三联 ◉ 哈佛燕京学术丛书

国家与学术的地方互动

四川大学国立化进程

（1925—1939）

王东杰　著

◆

生活·讀書·新知 三联书店

This Academic Book

is subsidized by

the Harvard – Yenching Institute,

and we hereby express

our special thanks.

图书在版编目(CIP)数据

国家与学术的地方互动:四川大学国立化进程
(1925~1939)/王东杰著. – 北京:生活·读书·
新知三联书店,2005.1
(三联·哈佛燕京学术丛书)
ISBN 7 – 108 – 02187 – 0

Ⅰ.国… Ⅱ.王… Ⅲ.四川大学 – 校史 – 研究 –
1925~1939 Ⅳ.G649.287.11

中国版本图书馆 CIP 数据核字(2004)第 117857 号

责任编辑 孙晓林
封扉设计 宁成春
出版发行 生活·讀書·新知三联书店
 (北京市东城区美术馆东街 22 号)
邮 编 100010
经 销 新华书店
印 刷 北京隆昌伟业印刷有限公司
版 次 2005 年 1 月北京第 1 版
 2005 年 1 月北京第 1 次印刷
开 本 850 毫米×1168 毫米 1/32 印张 11.5
字 数 280 千字
印 数 0,001 – 5,000 册
定 价 18.80 元

本丛书系人文与社会科学研究丛书，
面向海内外学界，
专诚征集中国中青年学人的
优秀学术专著（含海外留学生）。

·

本丛书意在推动中华人文科学与
社会科学的发展进步，
奖掖新进人材，鼓励刻苦治学，
倡导基础扎实而又适合国情的
学术创新精神，
以弘扬光大我民族知识传统，
迎接中华文明新的腾飞。

·

本丛书由哈佛大学哈佛－燕京学社
（Harvard－Yenching Institute）
和生活·读书·新知三联书店共同负担出版资金，
保障作者版权权益。

·

本丛书邀请国内资深教授和研究员
在北京组成丛书学术委员会，
并依照严格的专业标准
按年度评审遴选，
决出每辑书目，保证学术品质，
力求建立有益的学术规范与评奖制度。

目　录

Contents

目
录

绪　论

　　在西方历史上，大学曾一度颇具"世界精神"（主要是欧洲的小"世界"）。大学的师生来自欧洲各地，使用着同样的学术语言，分享着共同的文化预设，可以在欧洲的各大文化中心受到学者应有的待遇。[1] 但是，近代以来，随着民族主义思潮的出现，大学在民族国家认同的塑造过程中起到了极为重要的作用。[2]

　　在现代中国，民族认同的问题对大学来说尤为重要。首先，大学本身就是中西文化竞争的产物。其次，作为外来的学术建制，大学如何在中国土地上生存？中国人如何使其成为中国"自己"的大学？换言之，如何使大学"国家化"或"国立化"（nationalization）？只有中国有了自己的大学，才能有效地应付与西方的"学战"。[3] 在这一关怀的驱使下，20 世纪二三

---

[1]　金耀基：《大学的世界精神》，《大学之理念》，生活·读书·新知三联书店，2001年，第 72—73 页；王挺之《欧洲中世纪的教育》，《四川大学学报》（哲学社会科学版）2001 年第 3 期。

[2]　具体情况参看 Sheldon Rothblatt, Universities and National Identity and Identity Formation，收台北中研院近代史研究所编：《认同与国家：近代中西历史的比较论文集》，中研院近代史研究所，1994 年，第 505—535 页；雅克·勒戈夫：《中世纪的知识分子》，张弘译，商务印书馆，1999 年，第 121—125、128—129 页。需要指出的是，Sheldon Rothblatt 提醒学者，不宜夸大中世纪大学的所谓"世界精神"，它们在国家与地方事务中仍然扮演着相当活跃的角色。

[3]　还在留学期间的胡适对此就有所体会。在《非留学篇》中，他把兴办大学，尤其是国立大学视为教育救国最重要的方针。参见罗志田《胡适传——再造文明之梦》（四川人民出版社，1995 年），第 123—125 页。

十年代，中国的学术界曾经热烈讨论过"学术独立"的问题。同时，在中国现代诸多民族主义抗议运动中，大学生无疑充当了主力的角色。[1]

就目前的研究看，中国大学的国立化（或国家化）运动，至少存在着两种类型，它们分别和民族主义的两个向度相关。一是对外的，主要例证为教会大学及清华学校（大学）。对它们来说，国家化的目标和表现即是争取学术独立、收回教育权。简言之，要使大学成为"中国的"。在这方面，学者们已经做了相当多的工作，成为中国大学史研究中成果较为丰富的一个领域。[2]

但是，正如罗志田教授指出的，民族主义在"抗议"一面

----

〔1〕 参考 John Israel, *Student Nationalism in China, 1927—1937*, Stanford University Press, 1960。吕芳上：《从学生运动到运动学生：民国八年至十八年》，中研院近代史研究所，1994 年。又，桑兵的《清末新知识界的社团与活动》（生活·读书·新知三联书店，1995 年）和《晚清学堂学生与社会变迁》（学林出版社，1995 年）也探讨了"学生"群体在国内政治生活中的兴起。

〔2〕 关于教会大学，1949—1993 年的中文研究著作见王维江、廖梅编《基督教文化研究中文论著索引》的第 4 部分《基督教与中国科技、教育及文化》，收朱维铮主编《基督教与近代文化》，上海人民出版社，1994 年，第 472—481 页。1994年后的论著有章开沅《教会大学与二十世纪二十年代的中国政治》、吴梓明《岭南大学与中国现代化》、顾学稼《华西协和大学的收回教育权运动》，均见顾学稼、林霨、伍宗华《中国教会大学史论丛》，成都科技大学出版社，1994 年，杨天宏《基督教与近代中国》第 4 章，四川人民出版社，1994 年，第 221—226页；珠海出版社在 1999 年出版了一系列关于教会大学的研究著作，包括《华中大学》、《华西协和大学》、《福建协和大学》、《齐鲁大学》、《之江大学》、《东吴大学》；刘家峰《调适与冲突：1950 年前后的教会大学——以齐鲁大学为个案》，收章开沅、马敏主编《基督教与中国文化丛刊》，湖北教育出版社，2000 年，第321—335 页；王忠欣《基督教与中国近现代教育》第 8 章，湖北教育出版社，2000 年，第 113—142 页；陶飞亚、吴梓明《基督教大学与国学研究》，福建教育出版社，2000 年；金以林《南京国民政府发展大学教育述论》第 2 部分，《中国社会科学院近代史研究所青年学术论坛》（1999 年卷），社会科学文献出版社，2000 年，第 302—308 页；金以林《近代中国大学研究：1895—1949》，中央文献出版社，2000 年，第 184—197 页。关于清华大学的"国立化"，见苏云峰《从清华学堂到清华大学（1911—1929）：近代中国高等教育研究》，生活·读书·新知三联书店，2001。关于"二战"以后台湾的大学"国立化"情况，参见李正心《论光复时期台湾高等教育祖国化》，《教育史研究》1998 年第 4 期。

外，还有着"建设"的一面，而后者是我们过往的研究不甚注意的。[1]这一面在大学"国立化"问题上的主要表现，就是如何使一所大学成为"国家的"，这也同时带来了中央与地方或私人之间的竞争。[2]本书考察的四川大学"国立化"进程就是这样一个事例。川大远处内地，受外国势力的影响很小，主要与国内政治与社会格局的变化息息相关，特别受到中央与地方政府关系的影响。我希望通过对此进程的考察，为学术界研究中国现代大学的"国立化"及与之相关的民族主义、"国家建构"（state-building）等问题提供一个可供进一步分析的事例，以增进我们对中国现代民族主义运动在多层面上展开的了解。

毋庸讳言，四川大学在中国现代教育史上，特别是在抗战以前，并不占有若何重要地位。虽然是国立大学中成立较早的一所，但不论是地域所在还是学术名声，以及在中央政府的教育政策中，它都处在一个比较边缘的位置。"四川大学国立化进程"这样的题目似乎仅对生活在四川大学的人们才有意义，对"校史"以外的历史研究来说，则显得微不足道。

诚然，历史学不是"邻猫生子"之类的街谈巷议，它总是要回答一个比较"重要"的问题。但是，"重要"的问题并不一定是"宏大"的问题，更不等于"宏大事件"。一个问题的

---

[1] 参见罗志田《近代中国民族主义的研究取向与反思》，《四川大学学报》（哲学社会科学版）1998 年第 1 期，及《乱世潜流：民族主义与民国政治》（上海古籍出版社，2001 年）中的诸篇文章。

[2] 在这一方面，目前的研究较为单薄。陈三井在《民初西南大学之倡设与弃置》一文中谈到了民初地方势力筹设大学的情况，并从政治派系斗争的角度论述了西南大学的酝酿与"胎死腹中"的过程。不过，他的主要观点在论证"地方武人因政治斗争不惜摧残教育"。见《中央研究院近代史研究所集刊》第 19 期，1990 年 6 月。论述中国现代教育与国家关系的人类学著作，参考王铭铭《教育空间的现代性与民间观念——闽台三村初等教育的历史轨迹》，《王铭铭自选集》，广西师范大学出版社，2000 年，第 146—170 页；李书磊《村落中的国家——文化变迁中的乡村学校》，浙江人民出版社，1999 年。

重要性反而往往体现在那些具体而微的事物中。尤其是"国家统一"这样的问题，如果我们不了解它对诸多相关领域之影响，以及在不同的行政层级中的表现，就很难说我们对它有了深入的了解。事实上，四川大学"国立化"进程也正是在这些方面给我们提供了一个可以"见微知著"的案例。

20 世纪 20 至 30 年代初，四川政治和社会自成格局，四川大学也颇受影响，"国立化"进程与川内政局的变化密不可分。其中不仅牵涉到把持川政的各军阀（主要是刘文辉和刘湘）之间的势力消长，更与四川的"地方中央化"有密切的关系，反映出 30 年代国民政府的"国家统一"计划在四川的实践情况。

由于川大师生以四川人为多（具体比例随时代不同有所变化），因此，其"国立化"进程还涉及"四川人"的省籍认同以及在特殊情形下"四川人"与"中国人"的身份冲突。这些问题在任鸿隽的改革政策所引发的社会反响方面特别突出，也在 1938 年底的川大易长风波上有所体现。它与整个四川特别是成都社会思潮的变化有关，也不乏政治因素的作用。

处在近代中国"趋新"大潮的激荡下，四川大学的国立化也牵涉到新旧思想、教育体制乃至学术典范（paradigm）转移的问题。直到 30 年代中期，由于僻处一隅，四川的文化界和全国比起来，还显示出不少特色（未必是地方性的，却往往被"先进"地区的人士认为是"地方"的）。比如说，在文史学术方面，四川与中国东部和中部地区的典范便不尽相同，带有较浓厚的晚清民初色彩，在"不断更新"的民国时期便不免显得滞后。

若从"学术"与"政治"的相互关系看，这一进程还牵涉"学术独立"（包括一定程度上的大学"自治"）的问题。在当时四川大学不少师生的眼里，"国立化"意味着大学从此可以免于地方军政势力的干涉和威胁。因此，对"国立化"抱有相当积极的态度。在"国立化"中期，这一目标也确实获得了一定程度的实现。但随着国民政府西迁重庆，程天放出长川大，"拒程运动"失败，"国立化"的程度得到了前所未有的增强，学术界所希望达到的"学术独立"、"学术自由"的理想却受到了沉重的一击。

本书涉及的并不完全是一新课题。关于国民政府时期的国家统一运动，目前学界的研究似不算少，[1]但仍有不少值得继续注意的问题。如前面已经指出的，"国家统一"要从"全国"和"地方"两个层面加以了解方为全面。目前的研究多是从"全国"的大范围着眼，人们是如何从"地方"甚至更为基层的角度对这一过程做出反应的，研究明显不足。造成这一现象的一个重要原因就是近代区域史和地方史研究的薄弱。比如说，关于地方军人与国民政府的冲突，现在研究比较多的是两广地区。[2]对派系纷争尤烈的四川军人，却研究极少，已有的著作也多集中在政治史和军事史的范畴内，社会心态史则基本

---

[1] 笔者所见包括王柯《民族与国家：中国多民族统一国家思考的系谱》第 8 章《构筑"中华民族国家"》，中国社会科学出版社，2001 年，第 186—217 页，罗志田《乱世潜流：民族主义与民国政治》；中研院近代史研究所编《认同与国家：近代中西历史的比较论文集》；李守孔《国民政府之国家统一运动》，收中研院近代史所编《抗战前十年国家建设史研讨会论文集（1928—1937）》上册，中研院近代史所，1984 年，第 389—431 页；李达嘉《民国初年的联省自治运动》，台湾弘文馆，1986 年；石岛纪之《国民党政府的"统一化"政策和抗日战争》，收入张宪文、陈兴唐、郑会欣编《民国档案与民国史学术讨论会论文集》（以下径引书名），档案出版社，1988 年，第 288—297 页；吴振汉《国民政府时期的地方派意识》，台湾文史哲出版社，1992 年；易劳逸著、陈谦平等译《1927—1937 年国民党统治下的中国：流产的革命》，中国青年出版社，1992 年。相关的研究并见筹委会主编《中国历史上的分与合学术研讨会论文集》，台湾联合报系文化基金会，1995 年。

[2] 这和两广军人较多地参与了全国范围内的军事竞争有关。关于两广军人，除了前引一些著作中的相关章节外，笔者所见还有 Eugune William Levich, *The Kwangsi Way in Kuomintang China*, *1931—1939*, M.E.Sharpe, Inc., 1993; John Fitzgerald, Warlords, Bullies, and State Building in Nationalist China: The Guangdong Cooperative Movement, 1932—1936, *Modern China*, Vol.23 No.4, October 1997, pp.420—458。

上未进入研究者的视野。[1]

在这种情形下，我们很难确知时人对地方（如四川）与全国的关系是如何理解的。比如说，从知识界的立场看，军阀、国家统一这些问题有何意义？它们对学术界的影响如何？此一时期的地方观念和国家观念是如何相互作用的？人们怎样处理"省籍认同"与民族主义的关系？都是我们现在的研究关注不够的。[2]但是，缺乏了对地方社会心态的认知，所谓"国家统

---

[1] 目前对二三十年代四川的研究，多集中在"军阀史"的领域。1987 年以前国内的研究和资料出版概况，见孙代兴《西南军阀史研究述评》，收《民国档案与民国史学术讨论会论文集》，第 37—47 页。90 年代以后主要有匡珊吉、杨光彦主编的《四川军阀史》，四川人民出版社，1991 年。四川省人民政府参事室、四川省文史研究馆《川康实力派与蒋介石》（四川大学出版社，1993 年）是研究这一问题比较专门的著作。但是遗憾的是，该书在"学术规范"方面所做较差，引文多无出处。此外，多从政治权力斗争方面着眼，相对忽视了社会和文化竞争的层面。王玉娟从基层行政人员任用的角度涉及此一问题，见她的《民国川政统一初期（1935—1939 年）基层行政人员的任用》，四川大学历史文化学院 2001 年硕士学位论文，《刘湘政府对川省基层行政人员的任用倾向》，《四川大学学报》（哲学社会科学版），2002 年第 4 期。Robert A. Kapp, *Szechwan and the Chinese Republic: Provincial Militarism and Central Power, 1911—1938*（New Haven and London: Yale University Press, 1973）则从"武力"这一角度分析了军队在民国时期的中国社会中所扮演的角色，尤其对 1935 年以后国民政府对四川的控制做了研究（此书有中译本，题为《四川军阀与国民政府》，但我没有找到，故本书径引英文版原书）。杨天石《卢沟桥事变前后蒋介石的对日谋略》（《近代史研究》2001 年第 2 期）一文的部分内容利用蒋介石日记等档案材料探讨了蒋介石以四川为"民族复兴根据地"决策的确立过程。抗战期间的有关资料，参考编委会编《国民政府重庆陪都史》，西南师范大学出版社，1993 年；政协西南地区文史资料协作会议《西南民众对抗战的贡献》，贵州人民出版社，1992 年。另，刘君的《简论西康建省》（收《民国档案与民国史学术讨论会论文集》，第 321—331 页）亦涉及相关问题。

[2] 王尔敏曾经讨论过戊戌时期湖南地方思潮的兴起，特别注意到外省人士的作用，见《戊戌湖南客籍人士对于地方思潮的启发》，《国立台湾师范大学历史学报》，第 5 期，1976 年；刘伟探讨了晚清时期"省"观念的突出所由发生的原因，见《晚清"省"意识的变化与社会变迁》，《史学月刊》1999 年第 5 期；王续添则讨论了民国时期地方主义的具体表现及其与民族主义和国家观念的互动关系，见《经济·文化·外力——民国地方主义成因探析》（《教学与研究》1999 年第 3 期）和《民国时期的地方心理观念论析》（《史学月刊》1999 年第 4 期）。在地方史方面，苏云峰研究过 20 年代湖北人的"省籍意识"与自治观念问题，见《联省自治声浪中的"鄂人治鄂"运动"：兼谈省籍意识之形成及其作用》，《认同与国

一"也就往往被视为仅仅是一个政治权力（辅之以军事权谋）的运作过程，而这一印象至少是不全面的。本书希望在这方面做出些微的弥补。

具体到本书的主题来说，任以都教授曾在《剑桥中华民国史》下卷第8章《学术界的成长，1912—1949》中，从国家统一的角度提到四川大学的国立化运动，并把它视为"中央政府扩张权力"及高等教育通过"国家复兴"计划得以"进步"的双向互动过程。[1]不过，由于篇幅和主题所限，任文对此仅是一笔带过，没有做更为具体的考察，所述也仅仅集中在任鸿隽时期，因此难以洞察这一事件背后错综复杂的多元因素作用。四川大学校史编写组在20世纪80年代所写的《四川大学史稿》中对20年代末30年代初四川军人与四川大学的关系、四川的地方"中央化"等问题也做过叙述，但它从"校史"的角度入手，更关心的是学校自身的发展过程，对上述因素的影响力重视不够，其研究也嫌过于简单。[2]

作为个案研究，本书属于中国大学史或教育史的研究中广义的"校史"一类。目前，在这一领域中，除了教会大学史外，显得相对薄弱。已有的研究大体有两种路数，一是教育政

家：近代中西历史的比较论文集》，王东杰《国中的"异乡"：二十世纪二三十年代旅外川人认知中的全国与四川》（《历史研究》2002年第3期）则从旅外人士的视角着眼，所谈亦与本书有不少可以互相参证的地方。程美宝讨论了20世纪中国地域文化与国家观念的互动关系，见《地域文化与国家认同——晚清以来"广东文化"观的形成》，收杨念群编：《空间·记忆·社会转型——"新社会史"研究论文精选集》，上海人民出版社，2001年，第387—417页。程氏的另一篇文章《由爱乡而爱国：清末广东乡土教材的国家话语》（《历史研究》2003年第4期）对清末思想界由爱乡至爱国的思路做了探讨。

[1] 费正清、费维恺编：《剑桥中华民国史》下卷，中译本，中国社会科学出版社，1994年，第442页。由于任教授是任鸿隽先生的长女，这使她的写作在历史学诠释以外，或还具有家属回忆的性质。

[2] 四川大学校史编写组：《四川大学史稿》，四川大学出版社，1985年。此书的个别章节（主要是第4章《激流勇进（1931—1943）》）也存在着不注材料出处，甚至误注材料出处的问题。

策、制度与措施的研究，一是各校的校史研究。[1]

政府的教育政策、制度与措施，一直是大学史乃至教育史研究的重点。[2]中国现代大学发展的一个特征就是制度与政策的不断变化。因此，这种路数的好处之一就是提供了一个从宏观层面把握中国现代大学学制、中央政府对教育和学校的管理方针等全国性问题之基本变化和发展趋向的角度。这种路数特别注重统计数据的应用，在学校数量、学生人数、师资力量、经费筹措以及设备增减等问题上尤能发挥其特长，并同时注意到课程设置、教材选用等教育的"内部因素"的变化。

但是，这一路数也存在着不少问题。首先，中国现代大学的发展，在北洋政府时期，基本上倾向于放任。在这一时期，如果只注意到一些全国性的大问题，就有可能掩盖更为多元化的大学面貌。即使在国民政府成立以后，对全国教育的管理也

---

〔1〕 关于中国教育史的研究状况，参考江铭《教育史研究的回顾与展望》、周谷平《教育史学科建设刍议》、苗春德和吕云飞《河南省教育史学科：1978—1996》，以上三篇俱载《教育史研究》1997年第2期，许国春《对近年中国教育史研究之研究》，《教育史研究》1997年第4期，王伦信《台湾地区的中国教育史研究概况》，《教育史研究》1997年第4期，王炳昌《教育史》，收曾业英主编《五十年来的中国近代史研究》，上海书店出版社，2000年，第232—249页。教育史研究目前多属教育学学科范畴，与一般的历史学研究在路数上存在着较大的差异（参考佩尔·索拉《教育史是历史学科和传统人文学科的扩展》，收卡特林娅·萨里莫娃、欧文·V.约翰宁迈耶主编：《当代教育史研究与教学的主要趋势》，方晓东译，教育科学出版社，2001年，第54页）。在中国尤其如此。更重要的是，这一学科本身的"学术性"也需要进一步加强，如刘海峰在《高等教育史研究之探讨》（《教育史研究》1997年第2期）一文中，特意提醒高等教育史的研究者应具有"引文意识"。但遗憾的是，这一现象至今未得到明显改善。

〔2〕 这方面的研究，参见周予同《中国现代教育史》，上海良友图书印刷公司，1934年，上海书店《民国丛书》本，吕士朋《训政时期的高等教育》，收中研院近代史研究所编《抗战前十年国家建设史研讨会论文集（1928—1937）》上册；吕士朋《抗战前十年我国的教育建设》，收中研院近代史所编《中华民国历史与文化讨论集》第3册，中研院近代史研究所，1984年；熊明安《中国高等教育史》，重庆出版社，1988年，陈能志《战前十年中国的大学教育（1927—1937）》，台湾商务印书馆，1990年，吴家莹：《中华民国教育政策发展史：国民政府时期（1925—1940）》，台湾五南图书出版公司，1990年，季啸风主编《中国高等教育变迁》，华东师范大学出版社，1992年；前揭金以林书和文。

随着时间和人事的变化多所更张。至少在陈立夫作教育部长之前，各大学在行政机关、课程设置、师资聘任等重要方面，都还存在着不小的自主权。对此，这一注重共性的路数就显得过于简略了。

其次，这一路数太过偏重"典章"方面的研究，往往忽视了政策、制度或措施的落实情况。〔1〕在现实生活中，一种政策未必能够真正的落实；落实之后，在操作方面，也往往随着实际环境的变化而有所损益。因此，对历史学来说，政策"落实"的情况常常更重要。一个社会真实而复杂的情形，只有通过政策、制度与措施的落实和操作的情况才能得以展现。〔2〕要做到这一点，就必须注意那些更基层的、个案性的研究。

第二种路数是"校史"研究。这种研究往往站在某所大学的立场上，所注意的是该大学的"成长"历程。因此，它比宏观的政策史、制度史和措施史的研究更为切实，更能表现出一所大学发展的具体语境以及它对这些语境的灵活因应。显然，对我们了解更全面、也更细致的大学史来说，校史的写作大有可为之地。

遗憾的是，目前国内的校史研究却存在着一个明显的问题：校史的写作者们往往缺乏更为"历史学"的关怀。他们的写作对象和关注重心通常都是自己所在的大学，在写作过程中不甚注意把一个更为全面的"中国现代社会"或"中国现代大学"的概念考虑进来。这使得他们的写作过于偏重本校的"成长"经历，有时不免偏离了价值中立的学术规则。更重要的是，他们虽然也常常注意到学校所处的社会与政治环境，却又

---

〔1〕 于进胜在《中国教育史研究中的一个方法论问题》（《中国教育史研究》1997年第2期）一文中即提醒教育史研究者应该把教育思想、教育制度与教育实践区分开来。

〔2〕 王东杰：《"回到听讼现场"》，《中国图书商报·书评周刊》2002年7月4日第14版。

常常把它们当作无关紧要的背景知识来处理。或者，更常见的状况是，把复杂的政治因素简化为政治运动，使校史更多地带上了"革命史"的色彩，反而忽视了本是大学史"题中应有之义"的"学术"与"教育"这些因素。

事实上，最近校史研究界已经开始了对旧的校史写作模式的反思，这和他们认识到大学是一科研与教学机构有关。就此而言，把大学史放到学术史和教育史的范围内加以考察的新思路或可谓"搔到了痒处"。自蔡元培于民初把德国式的大学理念引入中国，提出大学是"研究高深学术的机关"以后，这一说法就得到了中国现代大学界广泛的认同。而大学作为高等教育机构，又担负着传承高深知识的职责。故学术与教育可说是现代大学不可或缺的两翼，自然也应是大学史关注的重心。同时，校园又是一个由校长、教职员、学生组成的小社会，他们之间的互动关系也是大学史应该关注而少有人注意的内容。[1]

另一方面，作为学术与教育机构，大学又是现代社会不可或缺的组成部分。大学的发展，离不开社会环境和社会条件；大学这一"小社会"里所发生的诸多事件的原因，往往要到校园以外的"大社会"中去找。[2]中国现代大学深深地根植于中国现代社会的土壤中：大学制度的引入，是中国社会变化的

---

〔1〕 苏云峰的两卷本著作《从清华学堂到清华大学：中国高等教育研究》（1911—1929）、（1928—1937）就涉及到学生的衣食住行、医疗卫生、课外活动等多方面的内容，在现有的大学史中显得较有新意。见沈怀玉的评论文章《从图书馆走向历史研究：苏云峰先生的学术生涯与成就》，《近代中国史研究通讯》第28期。吕文浩关于苏著的书评提出，苏把"整个学校当作是各种因素共同起作用的一个特定的社会组织，将各种足以影响到这个组织的风貌因素都进行了深入细致的分析"，《近代中国史研究通讯》第26期。虽然从"小社会"这一视角对大学校园内的生活进行描述还需要更多更全面也更细致的工作，但吕文浩的评语对大学史的研究思路却深具启发性。他并特别指出校史研究对推进大学史研究向"纵深"发展的必要性。

〔2〕 布赖恩·西蒙：《教育史的重要性》，收《当代教育史研究与教学的主要趋势》，第6页。

一个指标；大学制度与中国现代社会的互动，也是显而易见的事实。这就要求我们不但要注意大学校园的内部情况，也要把大学放在"外部社会"这一大语境下去考察，才能对大学的"内部社会"有更深入的理解。从这一点上说，从前关注"革命史"的大学史研究也未必没有所见。但是，这也要求我们放弃现行的"革命史"一些先入为主之见。其次，社会是多层面的，大学史的社会史研究方向也应该是多元化的。具体到现代中国而言，政治势力、党派斗争、思想取向，甚至人际关系这些或重大或平凡的因素，都在大学的发展过程中起到过不可忽视的作用。

不过，我的学术关怀和力图在本书中所达到的目标与目前我们通常所熟知的"校史"写作不尽相同。本书一方面试图在现有成果的基础上作出更深入、更具体的探讨，同时，也更重四川大学与外部社会的关系。[1] 四川大学档案馆藏《国立四川大学档案目录》的卷首有这么一段话：

> 本校是一所半封建半殖民地社会高等学校的典型，从它一成立，就充满了军阀与军阀、学阀与学阀间争权夺利、勾心斗角的矛盾，使川大在不同时期，有不同的特点。最初三年，川大为地方军阀牢牢地盘踞着（当然与四川的地处内腹、交通不便、受帝国主义影响远不及京沪深远等条件有关），第一任校长王兆荣则与川军军阀刘文辉有密切联系。这时川大的封建性、地方性、保守性是较强的。1935 年秋任鸿隽继任川大校长。……在他任内，学校

---

[1] 台湾学者王健文在《校史叙事观点的再思考》(《新史学》第 14 卷第 3 期，2003 年 9 月，第 147—171 页) 一文中，以成功大学的校史写作为例，对以"学校的政治隶属"作为"历史记忆"决定因素的校史叙事模式做了质疑和反思，并提出了内容更广阔的写作目标。王氏对传统校史写作的反思具有超出校史领域的启发性。但另一方面，其替代模式包容过广，反有使历史"细碎化"的危险。

欧化倾向有所增长，川大的买办性也跟着增长。虽然这时国民党在川大的势力有所扩展，但地方军阀势力仍然不弱。1938年秋蒋介石派CC头子程天放接长川大以后，情况才有大的改变。……四川大学在国民党反动派的眼里，成了一块肥肉，一所抗战时期"全国独善的最高学府"、"西南培养人才的总枢纽"，他们当然要着力控制了。

抛开这段话在特定历史时期的意识形态色彩，作者考察川大历史时切入的视角与本书颇多相似之处。不过，这一考察的线索未免过于简化，以致把问题也简单化了。

本书希望把四川大学放在一个更广泛的文化、社会和政治背景下去看待，即中国现代的国家统一运动在大学这一场域中的体现。在这方面，我特别关注的是，四川大学作为中央驻川机关，在中央与地方的关系中扮演了一个什么样的角色？中央与地方的关系变化又是怎样影响了四川大学的发展的？换言之，从"大学"这一角度看，中国的国家统一运动是如何展开的？需要指出的是，这里的"中央"和"地方"都不仅仅是一政治权力的概念，还包括了社会与文化的内涵。

我试图在本书中做到以下几个要求。一是从多元角度综合考察这一通常仅仅被放在"教育史"的范畴内来处理的事件，包括：政治权力的竞争（地方与中央之间的、地方军人之间的、不同党派之间的）、社会心态的变化（新派和旧派、主流知识分子和边缘知识分子、"乡人"和"国士"、四川人和"中央人"），以及教育制度的更替和学术典范的转移等。因此，本书更多注意了外部因素与校园内的小社会之间的相互影响（由于主题的关系，在校园影响社会这一方面没有过多地着眼）。

综合考察离不开跨学科研究或"科际整合"的方式。但是，这对研究者的知识结构又是个很高的要求。我个人只能说心向往之，目前尚无此能力。不过，现在的这一思路也受到其他学科，主要是人类学的影响。我尤其欣赏人类学和社会学家"蹲点"考察的办法和回到基层的研究路数，他们的作品常常予我以特别的启示。当然，历史学家无法亲历其境，只能通过既存的资料追想现场，而材料总是残缺的，学者们并不总是能够得到自己想要的东西。因此，我在写作过程中采访了几位当事人，希望以此弥补文字资料的残缺。但离预期效果仍很远。

其次，本书更多地借鉴了"新叙事史"的写作方式，以叙述为主，间以个人对事件的分析。[1] 在写作线索方面，更注意按照事件本身的发生时间与发展逻辑进行描述，而不采取"问题"导引式的写作取向。"讲故事"本是历史学的原初形态，但在"科学主义"的冲击下，历史学家已经不满足于这一"雕虫小技"，而是更重事物的"本质"或"规律"。这一变化不但改变了历史著作，也改变了历史学研究的面貌。它往往出于"分析"的目的，把一个完整的故事拆散为不同的主题；再按照这一主题对事件重新构建。这种方式通常显得"主题鲜明"，结论也很清晰，是我们目前在历史研究中经常看到的。但是，历史学的目标在于尽可能"如其所是"地描述历史，而历史本身却不是按照一个特定的"问题"发展的，一个事件往往是各种因素交缠萦绕、互相作用的结果。历史的进程既是参与历史事件的不同元素之间的"关系"，历史学家的任务也就是把这些关系尽可能地按照其本来面目清理出来。这是本书写作的一个宗旨。

历史学的生命在于具体。我本来希望这篇文章写得更"细

---

[1] 关于"新叙事史"，参考 Lawrence Stone, "The Revial of Narrative: The Reflections on a New Old History", *Past and Present*, No.85 (Nov.1979), pp. 3—24；E.J.Hobsbawm 对斯通一文的批评："The Revival of Narrative: Some Comments", *Past and Present*, No.86 (Feb.1980), pp.3—8 及 Peter Burke, History of Events and the Revival of Narrative, in Peter Burke (ed.) *New Perspectives on Historical Writing*, The Pennsylvania State University Press, 1995, pp.233—248。

节化"一些，比如说，在哪一次集会上，都有哪些人说了什么话？他是用什么样的口气或者带着什么样的情绪表达他的意见的？对此，其他人做何反应？他们争论的具体过程如何？诸如此类。我希望能够通过这些细节化的描述，使我们对历史的认知也更细致一点。但是，仍然由于资料遗存的限制，我们看到的往往只是会议的决议或结果，细节被抹掉了。我想要的效果远未达到。以后如能找到更多的材料加以补充，或者会使它更丰满一些。

本书的叙述采取时间线索，具体的章节又多以校长的更替来划分。这是因为，在现代中国大学史上，一个校长的治校理念与措施，对塑造一所大学的基本面貌起到了至关重要的作用，尤其是在大学相对享有一些自主权的时候。同时，在川大的例子中，校长的更替往往是外部政治局势变化的结果。这种变化对本书的主题至关重要。比如说，成都大学校长张澜与国立川大的首任校长王兆荣，便和四川地方军人中最具实力的两人刘湘和刘文辉有关，他们的更替，也是二刘权力竞争的结果。王兆荣辞职，任鸿隽继任，又是中央政府实行四川地方"中央化"的一个重要举措。同样，任鸿隽辞职也是由于他与地方社会及地方政权的矛盾造成的。1938 年，国民政府西迁重庆，川大也再次易长，由程天放取代了学者张颐。

中国史学传统特别注意"人"这一因素，以至钱穆先生提到，中国史学是以人为中心的，西方史学是以事为中心的。[1]对中西史学传统的这一分梳是否准确，容或有不同看法。不过，人是事的主体，事是人做出来的。这一观念看来是"卑之无甚高论"，但往往在实际的历史研究中被忽略。本书注意从

---

〔1〕 钱先生在不同的场合多次做过这样的表述，如《中国历史研究法》，生活·读书·新知三联书店，2001 年，第93—113 页；《中国史学名著》，生活·读书·新知三联书店，2001 年，第58—59 页。

一个人的特殊经验和身份中寻找解释其言行的线索。由于各事件中涉及的人物较多，背景复杂，且多不甚知名（有的在当时知名，却被历史遗忘），关于他们的资料不多或较为零散，这一工作也有待进一步的深入。

本书尽可能地使用一手材料。最重要的是档案，包括四川大学档案馆藏"国立成都高等师范学校档案"、"国立成都师范大学档案"、"国立成都大学档案"、"公立四川大学档案"、"国立四川大学档案"和南京中国第二历史档案馆藏国民政府教育部档案中关于川大的部分。其次是当时出版的报刊，尤其是《国立四川大学周刊》和成都市的几份报纸。但是，20 年代四川战乱频繁，资料保存不易，目前存留的较有系统的四川报纸多为 30 年代，尤其是 1935 年以后出版的。这也影响到我对 20年代学校情形的描述。第三是当事人的回忆录，包括一些亲历其事者的口述，如罗宗文先生（1931 年国立成都大学毕业生）、吴天墀先生（1938 年国立川大毕业后，留校为历史系助教）、闵震东先生（国立成都大学毕业生，1936——1939 年任职于国立川大秘书处）等。老先生们大都年事已高，却热情地接待了我，使我十分感动。由于是历史的亲历者，他们的口述包括了一些公开发表的材料中看不到的、更"内幕"也更形象的东西，极具史料价值。不过，因为时间较久，他们的记忆有时也未必十分准确。因此，我尽可能地参考了各方意见，特别是文献记载，以与口述材料相比较，希望能够更近历史原貌。由于功力所限，或有失误之处，是要由我自己负责的。

史学界的老先生们有一经验之谈，即"小处着手，大处着眼"。这句话多在学界流传，但真正身体力行的人并不多。具有讽刺意味的是，很多人（包括我自己）认真地对待这句话，还是从西方以《蒙塔尤：1294——1324 年奥克西坦尼的一个山村》为代表的所谓"小历史"、"微观历史"的观念传入国内以后才开始的。如何从更具体的层面把握历史的流动，成了人们思考的问题。但是很遗憾，"小历史"的著作被翻译出版的，在大陆范围内，大概还只是一本《蒙塔尤》；亲自动手去做的，就更是微乎其微。当然，这不是说本书即是一部"小历史"的作品，我毋宁把它视为对"小处着手，大处着眼"这句教诲的实践。

需要指出的是，本书所说的"见微知著"，与人们通常所理解的"以小见大"不同。一般所说的"以小见大"意味着从一个"典型"去考察全部，即由四川大学的国立化进程展示整个现代中国大学国立化的全貌；而我所说的"见微知著"则是要从四川大学这一小社区的发展过程中考察一些更"宏大"的因素对它的影响及其反应。或者说，如书名所示，本书希望从地方的层面上观察中国现代国家与大学这样一个学术和教育机构的互动。在这方面，美国人类学家克利福德·格尔兹对人类学"微观描述"方法中"小宇宙"模式提出的批评值得历史学家注意。他说："我们在小镇和乡村里获知的"是"小镇或乡村的生活"，而不一定是"民族社会、文明、大宗教或任何总括和简化现象的精髓"。[1]

---

〔1〕 克利福德·格尔兹：《深描：迈向文化的阐释理论》，收《文化的解释》，纳日碧力戈等译，上海人民出版社，1999年，第25页。不过，格尔兹此意只是反对将"地方性知识"加以任意的扩大，而不是否认地方可以在某种程度上"反映"全局。需要指出的是，我的取向与《蒙塔尤：1294—1324年奥克西坦尼的一个山村》这部"小历史"著作仍有不同。拉杜里在书中称引《奥义书》："通过一团泥便可以了解所有泥制品，其变化只是名称而已，只有人们所称的'泥'是真实的"（书前献词。许明龙、马胜利中译，商务印书馆，1997年）。而该书所做的不少判断，也就不免有"推论过度"的危险。另一方面，也有不少学者在质疑，此书所述到底有多大的"典型性"。彼得·伯克对此做了具有"修正"色彩的辩护："单个样本可以微缩地代表一种状态"，它有可能是"典型"，但也有可能是"例外"或"断裂"。（有关讨论参考彼得·伯克《历史学与社会理论》，姚朋、周玉鹏等译，上海人民出版社，2001年，第46—51页。）不过，无论如何，"小历史"的研究旨在给人们提供一幅更为全面的历史图景，也是本书的意愿。关于"小历史"的基本理论评述，参考 Giovanni Levi, On Microhistory, in *New Perspectives on Historical Writing*, pp.93—113。

同理，本书所呈现的，也只是一所地方色彩较为浓厚的大学"国立化"的过程。由于未对其他具有类似情形的大学做出全面的考察，目前很难判断川大是一"特例"抑或"典型"。这一判断需要更多的个案研究才能做出。但是可以肯定的是，此一事件可以增加我们对民国时期国家、中央、地方和大学等因素相互作用的了解。

相对于前人的研究来说，我选择的角度更广泛，特别是在中央（国民政府）与地方（军人）两种权力集团之间加入了"学术界"（大学）这一指标，既考察了其时知识分子对国家统一所持态度，又研究了政治与学术之间的关系，这些方面前人的研究似少涉及，或者算是本书"拾遗补阙"之处吧。

第 *1* 章

大学格局与地方政治：
从"三大"鼎立到国立四川大学

国立四川大学是 1931 年由国立成都大学、国立成都师范大学和公立四川大学合并而成的。在合并以前，各校虽在人事上有所重合，在校际关系上却矛盾重重。合并的计划虽早在 1928 年就已出台，但当事方各执己见，几经争议，一度搁浅。过程颇为曲折，各方互动也极为复杂，涉及经济利益的冲突、不同的教育观和文化观的碰撞。从教育行政的角度看，更牵涉大学管理权的归属。这些问题在不同程度上均持续到 1931 年后。因此，有必要对这一历史沿革作一简单的回顾。[1]

第一节 "成、高纠纷"

国立成都大学的酝酿

成都大学是四川最早组建的大学，其立校过程也最为

---

〔1〕 有关学校在 1924 年以前的沿革情况，参考《四川大学史稿》第 1—34 页。

曲折。

1924 年春，四川一、二军之战结束，熊克武率部出川，杨森攻入成都，独揽军政大权。3 月，派人接收国立成都高师（以下简称"高师"），原高师校长、国民党人吴玉章交卸职务，旋即出川。[1] 杨森派来代替吴玉章的，是北大毕业生、前高师英语学科主任傅振烈，其时是杨森秘书团的秘书之一。

对这一决定，高师学生立刻作出反映，他们先后两次发出宣言表示反对。其第一次宣言云：

> 西南教育被蹂躏久矣，堂堂校长，屡出兵间，敝校国立于斯，亦数苦其荼毒。今何幸蔡州城下，喜见官军，百废待兴，黉序尤重。乃有无廉耻之傅振烈（字子东）竟敢于统一政府之下，弁髦国宪，夤缘私门，欲攫取敝校校长一席以作群丑之根据地。当局者军事旁午，堕厥彀中，委令行之，受而不怍（本校校长中央得用委令，省政府礼聘，亦属例外）。查该傅振烈识浅体卑，风操蚩拙，精神萎靡，就木行将。前此奔竞敝校，滥竽教员，讲义不通（讲义具在），驱除以去。不得已拜军阀走狗熊峄（字晓岩，即摧残教育者）之门，谬长省立第一师范学校。新学制会，不解学分，攻击频遭，□不知耻。至其私德卑卑，尤污楮墨。……同人等慎重师资，不甘屈辱，良心自动，意图革新。对于傅振烈，矢志反对。至旧校长之去留，毫不过问，而新校长已电请政府简任有学问，有人格，有名望，并富于教育经验者，莅此接充，俾资起废。所望大雅名流，硕□耆旧，主张公道，抑此夸毗。敝校幸甚，中国

〔1〕 吴玉章：《吴玉章回忆录》，中国青年出版社，1978 年，第 120 页。

幸甚。〔1〕

从中可见，高师学生反傅，主要出自两个方面的原因，一是傅学问不佳，人品有亏；二是高师是国立学校，校长应由中央简任，不应由省政府任命。第一条是对傅个人学行的评价，第二条则关系到高师的权力归属问题。成都高师虽属"国立"，但20年代四川政治自成格局，中央权力在事实上无力控制四川。"现官不如现管"，高师学生对杨森不能无所忌惮，因此，就篇幅来看，宣言主要的火力还是集中在傅振烈个人品行方面。宣言中并明确表示，于"旧校长之去留，毫不过问"，强调反傅和吴玉章被免职无关，亦是此方面的考虑。

宣言发布后，傅振烈在杨森的支持下，依然到任视事，聘任教员。高师学生遂发布第二次反傅宣言，称："顷闻所聘先生，悉皆退聘。即有一二走狗，为之沿街收匿传单者，亦为我辈发觉，加以申斥。至当局方面，已一再陈情，恳求义断。"在撤傅命令未下之前，傅"所有一切行为，则认为私人交涉，不能于敝校发生效用"。并表示，"同人等为国家计，为学业计"，特提出两条建设性的意见：一是"聘选新校长之标准"：

> （一）海内名宿，确有学术，不涉政潮者；（二）于专门教育，富有研究及经验者；（三）对于西南各省教育，确有计划者；（四）川籍学者，如张真[如]，如任叔

---

〔1〕《高师反对傅振烈校长》，《商务日报》1924年2月23日，第6版。括号中的话系原文。熊峰为国民党人，曾任四川省议会会长。据经济学家彭迪先回忆："1922年成都各校学生为争取教育经费独立举行游行，到省议会请愿。省议长熊晓岩将请愿代表拘押，引起大家义愤，组织游行的同学鼓励大家去熊晓岩家，找他质问，我也跟着大队同学打着小旗一起去闹。熊家事先早有准备，调来警察数百人镇压，结果同学与警察发生冲突，秩序大乱，喊声四起，学生闹了半天，不仅有的人受伤，而且毫无结果而回。"此处所谓"军阀走狗"、"摧残教育"，盖与此有关。见彭迪先《我的回忆与思考》（四川人民出版社，1992年），第10页。

永（同人等于二人素昧平生，特其著述足以快人心脾，故略奉［举］之，以作理想人格云）之流，或省外与张、任相者（此句不通，或有佚文——引者注），均表欢迎。

其次，"在新校长未到校以前，援京沪各校例，由同学公请前教务长何叔宜先生，及前斋务主任秦丕基先生维持学校一切进行。至于傅振烈个人，倘不退避，则与流氓擅入学校一例对付"。[1]

除了这两个在宣言中公开表述的理由外，米庆云先生后来通过对高师、成大师生进行采访发现，时人拒傅，还有一层微妙的人事派系方面的原因："傅是留美学生，而四川高等教育，自清末民初起都是留日学生在主办。"不但高师校长，其他几个专门学校的校长和老师，以及四川军政界的上层人物也多是留日学生。"欧美留学生在四川教育界和政界，人数很少，也还没有形成力量。傅以一个留美学生获得四川教育界第一把交椅的高师校长位置，这是打破旧有秩序的突出事例，当然会引起同行人的震惊。"[2]不过，这一理由不如前两条理由那么"正大"，不便在宣言一类的文字中公开地表达出来。

20年代的中国高等教育体制正由主要是日本式向美国式转变，1922年新学制的颁布，标志着美式教育体制在中国的正式

---

[1] 《高师反对傅振烈第二次宣言》，《商务日报》1924年2月27日，第6版。括号中的话系原文，方括号中的字为笔者所加，下同。

[2] 关于国立成都大学成立和发展的基本情况，《四川大学史稿》（第90—94页、102—109页）和米庆云的《国立成都大学兴废记略——从成大、成高的纠纷到成大、师大、川大的合并》（四川省政协、四川省省志编辑委员会编：《四川文史资料选辑》第8辑，四川人民出版社，1963年，下简称《成大兴废》），第63—92页都有介绍。《史稿》叙述较略，米文较详。米庆云曾在成大读过书，在写作过程中又采访了成大、高师（师大）的不少师生，他的文章中提供了不少公开发表的文字中不易见到的内幕。

确立。[1] 成都教育界的反傅事件说明，这一转变不仅仅是官方政策的转变，也体现为具体的人事之争。后者所涉及的层面更为广泛，持续时间也更长。不过，从这一立场反傅的，主要是"教育界和政界"享有"既得利益"的人，青年学生并无此考虑。相反，他们心目中新校长的"理想人格"，却是张颐（真如）、任鸿隽这些欧美留学生（当然，任也曾在日本留学，但从其交游等因素看，仍被视为留美派）。

不过，反傅之风很快平息。米庆云说，这一方面是傅的背后有杨森的支持，另一方面也是因为傅氏"在高师教师和学生中做了许多工作"，特别是借助了国文部主任向楚的个人声望，对学生进行"疏解"，"于是高师反傅的主力——中文部的学生首先软化，其余师生及外界人士的反对，也就渐渐平息下来"。[2] 向楚系同盟会员，蜀中大儒赵熙的弟子，长于古诗词和声韵学，在四川学术界和社会上都有声誉，在军政界也有不少关系，他到高师任国文部教授兼主任系吴玉章所聘。其弟子黄稚荃说："吴去后，后来长此校长，于楚无不推重。"[3] 而傅振烈便是这些校长中的一个。

但是，有此一段冲突，高师学生始终看不起傅振烈。同时，傅氏在教师中也遇到不少困难。1924—1925 年曾受聘在高师任教的舒新城说：

> 当时成都教育界之情形，因为政治的关系，自然派别也很复杂。傅校长虽为留美学生，但以回国未久，虽曾在

---

[1] 这一说法流传已久，但目前尚无可参考的详实研究，故本书所论只集中在川大校史领域。

[2] 《成大兴废》，第 66 页。

[3] 黄稚荃：《对辛亥革命及四川教育、文化事业卓有贡献的学者向楚》，四川省政协文史资料研究委员会、四川省文史馆编：《四川近代文化人物续编》，四川人民出版社，1989 年，第 310 页。

成高任社会学教授，但在成都教育界中尚是"新进"，与"前辈"之意见，自然难得一致；而"新进"中也因政治系派、国内母校及留学国别系统等等关系，而难免利害冲突……〔1〕

舒氏的回忆反过来说明，反傅也并非简单的留日、留美之争，而有更为复杂的人事矛盾。

为了平息反对力量，傅振烈提出了高师改大的意见。四川社会早有设立大学之议。1912 年北洋政府教育部长蔡元培发布《大学令》，要求各省取消高等学堂，四川高等学校（原四川高等学堂）校长周翔就有将高等学校改为大学的建议。1915 年，高等学校校长骆成骧再次向四川省巡按使陈宧上书，重提旧案。但两次都被搁置。1916 年，由曾鉴、赵熙领衔，成都绅士和省城各校校长 24 人要求在四川高等学校的基础上，速建大学，未得教育部批准。任鸿隽 1919 年、1922 年两次提议四川筹办大学，得到了四川省议会和教育界的支持，但由于经费不充，遂告搁置。〔2〕1922 年颁布的新学制放宽了大学标准，新学制中已无高师的设置。于是，高师改大之风顿起，原有的 6 所国立高师中，北京高师、南京高师、武昌高师、广州高师、沈阳高师也乘势改为大学，只有成都高师一仍其旧，未免令人有落伍之感。因此，傅振烈提议高师升格为大学，顿受学生与社会欢迎。

1924 年 6 月，傅振烈将预备改大情形与二年制预科生简章呈报北京政府教育部。是年 8 月，教育部发下第 1391 号指令，

---

〔1〕　舒新城：《我和教育》上册，香港龙文出版社股份有限公司，1989 年，第 274 页。

〔2〕　《四川大学史稿》第 32—34 页。《咨省议会请议覆川省设立大学案》（1916 年），四川大学档案馆藏"国立成都大学档案"（下简称"成大档案"）第 4 卷。该卷又收有 1917 年《议员高培英提议设立大学案》。

准予高师招收大学预科生。当年便以大学名义招收了第一届预科生 143 人，分为 10 个系和 1 个体育专修科，并报教育部备案。1925 年 5 月，第一届预科生已满一年，乃预备开办大学本科，遂向教育部呈文要求"照南京、广东、武昌三国立大学成例"，更名国立成都大学（以下简称"成大"）。[1] 6 月 8 日，还未得教育部批准，傅振烈就在高师门上挂出国立成都大学的牌子，并通知省内各机关、学校，宣告成大成立。[2] 这一做法立刻激起了高师学生与毕业生的强烈反对和不满。高师是当时四川乃至西南地区唯一的中学师资培养基地，在四川中等教育界占有很大势力，中学校长和各县教育局长多出自高师，彼此援奥，被人视为"高师帮"。若把高师改为普通大学，就斩断了高师系统，高师帮将无所依存，而以后成大学生也将成为与高师学生争夺中等教育席位的劲敌。因此，他们也成为反对傅振烈改办成大议案的中坚力量。[3]

为此，高师学生会发表宣言，强调师范教育在培养师资方面的重要性，提出高师"改大"只能改为师大，不能改为普通大学。[4] 而傅振烈则说，四川需要的是综合大学，造就师资只是其中的一部分，成大设有教育系，足以应付培养中学师资的任务。他并以沈阳、南京、武昌高师都是改为普通大学为例替自己辩护。傅招收的第一届大学预科学生则认为，他们学习将近一年，"学校尚无正式名称"，于"学业前途实有最大妨碍"，也组织了"国立成都高师改建大学促成会"，成为傅振烈的支持者。[5]

---

[1] 成都高师上北洋政府教育部呈文，《成都高师请更名大学》，《商务日报》1925 年 6 月 4 日，第 3 版。

[2] 国立成都大学：《呈报国民政府文》，《国立成都大学校报》第 14 期，1928 年 5 月，第 9—10 页。

[3] 《成大兴废》，第 67—68 页。

[4] 《成大兴废》，第 68 页。

[5] 《成高学生之改建大学运动》，《商务日报》1925 年 6 月 5 日，第 6 版。

改大促成会发表宣言，宣称四川"有应设大学之必要者五"：一、四川"僻处西陲，文化幼稚，人民思想每与东南各省歧异，以致政治问题、社会问题常与东南发生歧异之纠纷"，应设大学，"俾与东南各省作均衡之发展"；二、四川物产丰富，"徒因人才缺乏，以致货弃于地"，应设大学"造就人才，开发富源，内以致富蜀民，外以挹注全国"；三、四川交通不便，人民"思想褊狭，目光短浅，遂使内讧不已也"，应设大学"以启发人民思想"；四、"今北京暨东南各省大学林立，固不待赘矣，此外武昌有大学，西安亦有大学，独吾川滇黔及西藏，疆域几有全国三分之一，人口几占全国七分之二，而无一所大学之设立，不免为教育行政之一缺陷"；五、"吾国自改行新学制以来，西南各省成立高级中学者甚夥，亟应设大学，以为高级中学升学之地步。吾蜀冠峙西南，领袖黔滇，大学之设，应为首倡。"[1]

同时，"成都高师有应改建大学之必要者三"：一、高师校园"面积广阔，尘嚣甚远，实为设立大学最良之地址，校具校舍亦较为完备，因势改建，事半功倍"；二、高师已收预科十一系（科），"当此将升学本科之际，势难终止"；三、"国立各高等师范，均已先后改为大学"，成都高师改大学，"并非创例"。此举"匪独成都高师之福利，实吾蜀全省之福利，且匪独吾蜀全省之福利，实西南各省暨全国之福利"。

这篇宣言每每突出四川在西南地区的"领袖"地位，体现出强烈的使命感和全国意识。这些特征后来在成大学生身上都可看出。而要求用高师校园改建成大，更是直接导致后来成大、高师矛盾重重的一个重要原因。

5月28日，傅振烈不顾高师学生反对，召集了校务会议，

---

[1] 本段和下段，均见《成高改建大学促成会宣言》，《商务日报》1925年6月13日，第6版。

讨论改建大学问题。傅在会上说，他已经委托旅京川人潘力山在北京争取庚子退款分配，"以希博得本校教育经费之一助。但此宗款项尚不恃为定款，所可靠能而〔而能〕永固者厥惟盐款，我希望各教职员先生对于此事一致努力进行"。经会议议决，即日起更名"国立成都大学"，"向教育部及本省省署、各督办署与省外各大学声叙"；在 20 日内，制定大学预算、学则及各正科课程；经费问题，"由校长请托专员赴本省各军民长官署及北京各部署，主张拨盐款作大学常年经费，并力争分肥庚款"。〔1〕

正在双方争执之时，四川军政形势发生了变化，杨森败出成都，傅振烈也随之离职。高师教师组成了校务维持会，推举留日派蔡锡保暂代校务，并报请省长公署聘委。此时，四川的军政大权落入了刘湘之手。早在 1922 年，他就下令把处理已经停办的四川高等学校善后工作的四川高等学校管理委员会改称四川大学筹备处，任命骆成骧为处长，筹备成立四川大学，只是由于战事频仍不了了之。现在成大的牌子既然已经打了出来，刘湘也就乐得维持现状。他聘请自己推重的张澜为高师兼成大校长，张澜到任以前，由蔡锡保暂代。

蔡氏暂代校务期间，既感改大趋势不可阻止，又希望维持高师的师范性质。而他本人处在两派之间，只有呈请北洋政府教育部确定校名。暑假期间，在未获教育部批复的情况下，他以高师和成大合衔的名义，续招了第二届预科生 80 人，试图维持均衡。但结果出来后，又引起了成大预科生的不满。他们认为，此次报考政治经济系的学生很多，却一名未取；女生十余人，亦未取。由于政治经济系是在成大名义下设立的，高师没有这一专业；第一届女生也是在成大的名义下招进来的，因

---

〔1〕 《高师改建大学会议》，《商务日报》1926 年 6 月 6 日，第 3 版。

此，成大预科生认为这是为恢复高师作准备，遂掀起反蔡运动，并派人前往南充，面请张澜到校视事。张澜自清末保路运动起，就在四川社会中享有极高的声誉。因此，成大预科生对他十分欢迎。[1] 张澜与傅振烈所见相同，向学生代表指出，经费问题才是成大能否成立的关键。成大学生确定了争取经费的斗争目标。[2]

张澜于 1925 年 10 月致函省长赖心辉，表示不愿接受成大校长的聘任，但对建大学之议极为赞同。他表示，四川文化落后于东南，而"年来中学毕业者增多"，出外求学费用过高，四川实有自设大学的必要。对于成大、高师之争，他再次指出经费问题是关键所在："第因成大拟筹之款，至今无着，闻近遂发生成高成大两部学生之争，此时只有增筹的款，依照南京高师改办东大之程序进行，则成高成大争执之问题自能解决。如只承认高师而不顾及成大，该校内部之争，断不能止息。"他并指出：

> 成大经费，要以指拨盐款为最相宜。查前此成都高师，名为国立，实用省款，以视他省国立高师之用国款者，四川未免吃亏。……盐款既为国税，此时又因军用而归入吾川当道之手，如能由执事及甫澄（刘湘字。——引者注）督办主持，于川省各军用之中，每月划拨五万元作为国立大学学款，在中央政府既无辞以拒绝，此后川军渐谋收束，于军费亦无妨碍之虞。俟至将来全国统一，盐税收归中央，而四川国立大学之款，则已固定，而不生摇动。[3]

---

〔1〕 罗宗文先生口述记录，2001 年 9 月 9 日。
〔2〕 《成大兴废》，第 70 页。
〔3〕 《张澜退还成大校长聘书》，《商务日报》1925 年 10 月 29 日，第 7 版。

经费不充是二三十年代中国高等教育面临的最大障碍之一。[1] 四川由于内战不断，受害尤烈。舒新城说：

> 本校的经常费，在名义上也有十几万，但是照例的七折下来，每个月便只有七八千元，而这每月七八千元每年又领不到三四个月，于是名义上十余万元的经费，实际上领不到二万元，但是四五百学生的膳费用品费，百余教职员工人的生活费，以及一切的开支，都靠这二万元之数，所以每年实际上课的时间，也常常不到三四个月。

他并举省外的例子以作比较："北京大学有次无钱买印讲义的纸，京沪报纸视为奇事；在此地这些事固是家常便饭，就是断炊也是屡见不一的事实。"[2] 傅振烈和张澜都以经费问题为成大组建的关键，可谓一针见血。

1925 年 11 月，经刘湘召集的四川善后会议召开，张澜以代表身份出席。1926 年 1 月 24 日，善后会议会刊刊载了成大学生会提出的"省长公署筹划的款作为成大基金"的议案。高师学生看到提案后，选派代表，赴善后会议，宣布高师"并未经中央明令停办，且复未经中央明令改组成都大学"。27 日又致函大会，除了再次申明高师没有停办，"成都大学法律上不能继承高师法有之一切主权所有物"外，又提出，成大未取得"合法根据"，则成大学生会就没有"法律上建议政府，领取国款之资格"。而高等师范教育，"在今日之中国，只有积极改进之必要，决无可以消灭之理由。昨岁全国教育改进社及全国教育联合会所以决议恢复高等师范学区，即鉴于广东、南京诸高

---

〔1〕 陈能志：《战前十年中国大学教育经费问题》，《历史学报》（台湾师范大学）第 11 期，1983 年 6 月。

〔2〕 舒新城：《蜀游心影》，中华书局，1939 年，第 128 页。

师改为普通大学之非是，四川不能再蹈覆辙"。[1] 但是，刘湘支持张澜，善后会议的议长周道刚、副议长邵明叔、提案审查官罗纶等也早在保路运动时期就与张澜交好。同时，办大学早是四川社会的共识。因此，会议最终决议成立国立成都大学，年拨国税盐款 60 万元作为经费，不涉及高师存废问题。[2]

成、高纠纷

1926 年 4 月 6 日，张澜就任成都高师和成大校长职。刘湘、刘文辉、邓锡侯、赖心辉等川军实力人物都参加了他的就职典礼，以示礼重，并表示一致同意聘请张澜为校长。[3] 张就职后遇到的第一桩问题是，善后会议虽然决议拨给成大 60 万元盐款作经费，但川省盐款一向为各军截留，北京政府也已不得不于 1918 年起指定盐款充作川省收束军队之用。[4] 成大的经费需要向各军商议争取。经张澜与刘湘和赖心辉交涉，刘、赖同意月拨 5 万元，呈报北京政府立案。张又与驻防成都的邓锡侯、刘文辉、田颂尧议定，在北京政府未核定前，"先就本省各军分配盐余项下年拨二十万元，作为大学常款"。督、省两署又划拨了四川高等学堂原址及附近菜园 200 亩与高等学堂分散在各县的田产 1000 余亩和陆军医院房屋作为成大校舍之用。[5] 但高等学堂由刘文辉军驻扎，附近菜园及陆军

〔1〕　转引自《成大兴废》，第 72 页。

〔2〕　张惠昌：《四川军阀混战中的"善后会议"》，四川省文史研究馆编：《四川军阀史料》第 4 辑，四川人民出版社，1987 年，第 21 页。

〔3〕　罗宗文先生口述记录，2001 年 4 月 1 日；《吴虞日记》下册，中国革命博物馆整理，四川人民出版社，1986 年，第 304 页。

〔4〕　南开大学经济研究所经济史研究室：《中国近代盐务史资料选辑》，第 1 卷，南开大学出版社，1985 年，第 376—381 页；又，宋良曦、钟长永《川盐史论》，四川人民出版社，1990 年，第 291—296 页。

〔5〕　国立成都大学：《呈报国民政府文》，第 11—12 页。

医院早由刘成勋以 13 万元的代价抵给成都市总商会，成大无款赎回。因此，只有继续利用高师原有基础办理成都大学。

张澜虽对成大更有兴趣，但也不愿得罪"高师帮"。在他上任之初的两个月中，成大、高师相对和平。

1926 年暑假，高师除了 1925 年与成大合衔招收的一届大学预科生外，实际上只剩下一个年级。招生时间将至，张澜向外发布的招生广告中只用了成大名义，高师学生以当面和书面的形式，要求高师单独招生，均为张澜拒绝。6 月 8 日，成大召开成立周年大会，张澜在会上演说，"略谓成大好如资质极佳之小孩，不幸生于贫苦之家，但望大家与以扶助，则其将来之造就，诚未可限量云云"。[1] 这一演说更使高师学生感觉张澜轩轾不平。11 日，高师学生集会，请张出席，"谓张校长此次出长成大、高师，据几次宣言看来，都是成大、高师并存，绝无消灭任何一校之意味。……惟自校长就职以来，同人等只闻校长对于成大之布置，擘划极详，而始终对于高师，则未有若何布置。最近对于高师招收新生，尤其渺若无闻。不知校长是何居心，特请明白表示。……张答：成高现已无再招新生之理由，既有成立师范教育之必要，以后成大可斟酌设立师范部云云"。这一回答与傅振烈如出一辙。因此，高师学生群起否认张澜为校长，向张索取高师校印，并全体整队到省署和省议会请愿，要求省署撤换张澜；"在正式校长未产生前，请省署照会成立教职员继续校务维持委员会。"[2] 同时，高师学生仿照成大学生 1925 年组织"改建大学促成会"之举，组成了"国立成都高师改建师大促成会"，以示针锋相对。[3] 高师毕业生也几度致函张澜，辩论高师存废问题，所持理由与在校生同，

---

〔1〕《成大周年纪念会记》，《国民公报》1926 年 6 月 11 日，第 5 版。

〔2〕《成大、成高争执愈愈烈》，《新川报》1926 年 6 月 12 日，第 6 版。

〔3〕《高师来渝代表与报界之谈话》，《商务日报》1926 年 8 月 29 日，第 6 版。

都把论争的焦点放在师范教育的独立性上。[1] 6 月 19 日，高师学生青成烈等闯入校长室，夺走了高师校印。[2] 成大、高师之争迅速激化。

20 日，成大学生会发表宣言，称"高师已改为成大，其自身早已不存在也"。理由是，教育部批准高师改大学，虽未明言大学性质，但教育部批准的高师改办大学章程中，含有"任何人皆知为普通大学所包有，而非师大所含赅"的政治、经济等系，因此，实是批准高师改为普通大学。[3]

在高师方面，学生一边罢课，一边呈文四川省署、教育部，称张澜"摧残教育，不堪长校"，要求"另委贤能"。他们指出，成大既经善后会议划拨盐余为经费，又经省、督两署指定校地，"是成大之经费及与高师经费用肉厘、校地有皇城，局界全分，不相侵扰。成大寄居高师校地、挪用高师校款，不过暂时之通融，而非永久之合办"。[4] 强调两校不同，本是为了回应其时四川省立各校要求停拨高师经费的要求（详见后），却是成大、高师分立的先声。高师学生呈文中再次提到师范教育独立问题：

> 窃教育为立国之大本，师资又为教育之基础。回顾西南数省，十余年来，所恃为教育之中心，而中级学校，师资之所出者，孑然为 [惟] 本校是赖。近年学制改变，西南教育日兴，各地师资需才孔急，本校正宜力事扩充，以应时势之要求，岂容摧残破坏？张澜代长本校之初，亦曾洞见及此，故就职宣言，有师范人才，如此缺乏，不能不

---

[1]《高师毕业生再函张表方（续）》，《新川报》1926 年 6 月 12 日，第 6 版。
[2]《吴虞日记》下册，1926 年 6 月 19 号，第 315 页。
[3]《成大学生会之宣言》，《国民公报》1926 年 6 月 21 日，第 6 版。
[4]《高师学生呈省署文》、《成高学生呈教育部文》，《国民公报》1926 年 6 月 21、22 日，均为第 5 版。

保存高师，并且要使他发展之语。载在本校校刊，有目共睹。乃最近忽然违反初衷，藉口根据前校长傅振烈原案，本校蜕化为国立成都大学，停止招生，使国立成都高等师范消灭无形。言行矛盾，是何居心，诚不可测。[1]

面对高师学生的反对，张澜向社会发出了一份题为《张澜对于高师学生暴动经过之声明》的石印小册子。这份小册子现已不易见到，据高师学生《声明书》中所引，大致谓成大已经教育部默认备案，新学制中已无"高等师范学校"的名称，而师范教育可综括于普通大学教育之中。对此，高师学生会称，张澜"误认'备案'为'立案'、'悬案'为'默认'、'默认'为'明令'"，这样无异于"自认成高改为成大之不合法"。关于张澜所提出的综合大学所出人才亦可担任教育事业的问题，《声明书》谓：

> 同人在否认张澜长校之第一次宣言中，谓其毫无教育常识，违背教育潮流，此其明证也。盖凡有智识者皆可为人师乃古昔之思想。在今天进步之社会中，从事教育者，必经师范训练，此乃天经地义之论。以师范教育之特质，不但要养成教育者底智能，而且要养成教育者底兴趣、教育者底信心、教育者底品格；不但要给学生以专门智识若干分量，而且是要从教育者的立脚点，去给他们以专门知识若干分量；不但是要使学生从事教学的研究，而且是要使学生立于教育者的见地，以从事科学的研究。既如此，何能以"研究高深学术"、造成"硕学宏才"之普通大学，而从事于教育耶？[2]

---

[1]《成高学生呈教育部文》。
[2]《高师生驳张澜声明书》。

此处最可注意的是，在高师学生眼里，张澜的观点属"古昔之思想"，"违背教育潮流"，恰与一般人认知中张澜趋新的形象不同。就当时国内大学的一般情形看，1922 年新学制出台后，虽然有高师改为师大的意见，但实际上，除了北京高师外，其余几所高师还是改为了普通大学，因此可算是"大势"。另一方面，民国以来，教育学专业化的趋势也越来越突出。1929 年，任教于成大教育系的陈修平就观察到，1911 年以后，中国出现了教育"专业化"的趋势，"即要求将教育当作一种专业，一面使师范教育变成了专门研究，一面限制教员资格，使从事教育的人都要受过相当的训练"；但同时，这一时期新教育的六大缺点之一，就是"推翻师范独立制度，致普通教育难得一贯的精神"。[1] 师范教育成了专门的研究，高等师范教育本身却有被推翻的危险，这两种截然相反的趋势同时出现，颇能说明那一时期中国教育体制变动不居的特点。傅振烈、张澜与高师学生各有援据，自然是谁也说服不了谁。

当时四川的最高民政长官、四川省长赖心辉和最高军政长官、四川善后督办刘湘分别驻军泸州和重庆，都不在成都，实际负责四川省长公署事务的是政务厅厅长稽祖佑，管理教育事务的是代理教育厅厅长万克明。稽祖佑与万克明在接到事情的通报后，派第一区省督学李世楷和第八区省督学黄元赞到高师训话，要求学生交出校印，学生不从。[2] 同时，张澜又要求驻在成都的帮办四川善后军务事宜刘文辉和清乡督办邓锡侯解决，二署以事属教育、并属学校内部事务为辞推脱。负责成都治安的城防司令部在成大方面的要求下，往学校调查，结论是

---

〔1〕　陈修平：《近代中国新教育总评》，《现代教育》（国立成都大学）第 2 期，1929 年
　　　6 月，第 13、15 页。
〔2〕　《成大兴废》；又，《高师生驳张澜声明书》也提到教育厅派李、黄二代表调查
　　　事，并说李、黄调查结果"亦谓无越轨行为"。

高师学生"无轨外举动"，也表示不予干涉。〔1〕

四川省议会早在接到高师学生的请愿而夺印事件尚未发生前，就已致电北洋政府教育部，请明令解决成大、高师之争。6月19日，教育部回皓电答复："查学校系统改革案第二十二项附记，国立高师应于相当时期内提高程度，称为师范大学，本部并无明令停办高师，特覆。"〔2〕皓电虽然没有确定成大与高师的关系，但明确表示并未停办高师，使成大方面颇为被动。因此，皓电内容经省议会披露后，张澜即宣布以后专任成大事务，不负高师责任。〔3〕张澜的声明实际上是对两校分办方案的认可。因此，高师教职员再次组成校务维持会，但很快就"因龃龉解散"。〔4〕高师一时处在群龙无首的状态。在邓锡侯、刘文辉的要求下，四川省长公署训令万克明暂时代理高师校务，结束学期事务。

万克明本人并不愿介入其中。他在后来向赖心辉、刘湘汇报事情经过时说："克明以该校系属国立，向来直隶教部管理，未敢出而越俎，迭次力辞。邓督办、刘帮办责令前往维持。"〔5〕果然，消息发表后，成大学生极为不满。虽然张澜已宣布不负高师责任，成大学生仍然认为，教育部皓电只是说未停办高师，并未明允高师招生，因此，依然群情激愤，不依不饶。6月30日，成大学生会派出代表晋见万克明，向万表达了他们的意见，从中颇可看出其时成大学生的关注重心所在。如

---

〔1〕 高师学生会代表谓城防司令部派兵调查系由张澜"亲往""坐请"。见《高师来渝代表与报界之谈话》。

〔2〕 四川省议会公函，民国十五年议字第376号，四川大学档案馆藏"国立四川大学档案"（下简称"川大档案"）第2517卷。

〔3〕 四川省长公署公函，民国十五年省字第354号，"川大档案"第2519卷。

〔4〕 《呈省长、督办缕陈高师、成大纠纷经过情形仰祈鉴核一案》，《四川教育公报》第8期，1926年8月，第21页。另，《高师来渝代表与报界之谈话》："及（校务维持会）至高师办事室开会，突有成大学生及流氓百余人，毒打高师教职员，如张瑞书先生，因伤重已入医院，并向法庭起诉。"

〔5〕 《呈省长、督办缕陈高师、成大纠纷经过情形仰祈鉴核一案》。

谓："先生既言仅维现状，且为时甚暂，则重大问题如招生等事，想自归教部解决。"万克明回答道："此事尚谈不到，我亦不能具体言明。总之凡贵校方面之重要问题，概须待教部解决；次要问题，概须待省长解决。"据此，双方似都认为皓电虽然说"并无明令停办高师"，但也未明言高师可以继续招生，也未涉及高师与成大关系。事实上，省议会虽接到皓电之后就请省、督两署"从速行知"高师招生，但四川省署态度谨慎，并不积极。不过，在成大学生看来，万克明代理高师校务，本身就等于对高师方面提出的两校分立意见的支持："因此次高师生劫印，其处理权限超乎本校规程之外，故张校长请政府解决。至高师部分之学校行政权，张校长仍照常办理，并未向省署辞职。……故省署断不能另自照会一人为本校高师部分之代理人。如以后省署违反成案和法令而出于非法之乱命，则同人誓不承认也。"万克明答道："我不日即将电请省长示知办法，省署自然不能违反成案等，如诸君等言语之不负责任也。"[1]

在与万克明的谈话中，成大学生会的代表说："高师已改大学，谁也不能否认。高师现有学员毕业后，名义自应消灭。今如言高师独立继续招生，是成大无所附丽，将归瓦解。同人等之争执，全在此点。至于四川应办师范方面之高等学校与否，同人毫无意见。如川中有款，即再办十所省立高师，亦所愿也。不过，成高实不能继续招生以危及成大之根本而已。"可知成大之所以一定要"继承"高师，主要的考虑还在名义方面。所谓名义又不是指"成都大学"的牌子，盖高师学生已提出两校分办的意见，张澜宣布专任成大，也是因为成大自有根基：既有善后会议的决议，又有高师求而不得的国款盐余作为

---

[1]　本段与下段，俱见《成大学生晋谒万厅长》，《国民公报》1926 年 7 月 1 日第 5 版、7 月 2 日第 6 版。

经费，独立并不成问题。因此，此处所谓"附丽"，当指"国立"身份而言。成立一所大学并不困难，要得到"国立"的身份，则必要教育部的认可，不是善后会议的议案能够提供的。成大只有"附丽"在高师身上，"国立"才是名正言顺。

当时的社会和学生多看中"国立"学校这一身份。据罗宗文先生回忆，当初罗父只允许他在四川考两所学校，一是高师，一是成大，理由是，只有这两校才是"国立"。[1] 当时抱这一态度的成大学生恐不在少数。其中缘由既和此前科举社会重国学的传统有关，也和当时多数非教会性质的私立学校教学质量不高有关。另一方面，成大必要有所"附丽"才不会瓦解的认知表明，成大学生在当时并不自信，而双方聚讼已久的有关师范教育的独立问题其实也并非问题的关键。万克明对此声明再次表示，四川省署对高师招生问题态度谨慎，而万本人更愿置身事外："此事自然如此。要之我现在仅尽教育厅长之责而已。刘帮办等促我以代理高师校长名义办理，我决不能。我只能以厅长名义和资格来暂维持现状也。"

从整个对话情形来看，万克明的答复显得颇为被动，这其实反映出留驻成都的四川省长公署诸人的尴尬处境：一方面，成大是四川善后会议的决议，张澜是经刘湘提名，并由四川省长公署聘请兼任高师校长的，刘湘既不能得罪，省长公署的权威又要维护；另一方面，教育部皓电所表现的态度对成大并不利，万代理高师校务又是"现管"成都的刘文辉之意，更何况还要面对在教育界人多势众的"高师帮"的反对。同时，成大学生咄咄逼人，也使处理此案者不得不谨慎从事。处在这样的局势下，万克明代理高师校务旬余即去。

在高师人看来，皓电则表示了教育部的明确支持。7月4

---

〔1〕 罗宗文先生口述记录，2001 年 9 月 9 日。

日，高师学生会发表宣言，不但反驳了张澜"成高不能招生说"，提出"本校应续招新生"，还进而要求"本校应积极筹备改升师大"、"成大应于短期内归还本校校址、经费及校具等"。〔1〕

　　7月5日，省长赖心辉自泸州致电省长公署秘书长沈与白和万克明，称："高师应否存在，此间无案可稽，殊难臆断。表公系本署照请兼任，虽生争执，不能率为处置。惟该校学生，对于此种事故，不即呈请政府秉公解决，率施侮辱，并直接呈请教部委任校长，均属不合。已电叔庚商同两兄察明真相，设法处理，并即妥议办法，呈候核示，希即照办。"〔2〕叔庚即四川省长公署政务厅厅长稽祖佑。由电文来看，赖心辉对成大、高师的处置并无定见，他所体会到的是高师学生的举动蔑视了省政府的权威。7月6日，刘湘也从重庆致电省长公署，称"高师改为成大，有案可稽。且高师款项以前借拨省教育经费开支，现省立各校一致阻止继续拨给，高师款项益属毫无着落"，因此，张澜不允续招高师新生"并非毫无根据"。他表示，已经致电邓锡侯、刘文辉及政、教两厅，"将校印送还张校长，请其继续维持，将为首学生从严惩办，以维学风。所有高师学校，应即永久停止招生"。〔3〕与赖电不同的是，刘电表示明确支持成大。

　　成大学生在获得刘湘的支持后，以为胜利在握，甚是得意。7月18日，成大学生会发表宣言，称"高师继续招生与改办师大之议"系"故意捣乱、变更事实"、"以逞私意"的行为。"且伊等必欲坚持改办师大之议，则亦唯有呈请教部改成大为师大，岂能变更事实，劈开成大而高师再行招生另办师大

〔1〕 《高师存废争执可休矣》，《国民公报》1926年7月6日，第5版。
〔2〕 《电呈复赖省长电询高师学生毁辱校长夺取校印一案》，《四川教育公报》第7期，1926年7月，第138页。
〔3〕 转引自《成大兴废》，第75页。

乎!'"前日高师学生会呈请省署转函张校长继续招生，批示：**'应候教部覆到再行核办'，是省署亦知成高继续招生格于成案，非教部有明令成高继续招生时，亦不能变更成案。**"文中又征引赖心辉电文，称："是赖省长对于高师应否存在，尚不能率然处置，必须根据成案（即高师改办成大所经过之卷案）。又张校长系省署照请兼任，张氏未提出辞职，则本校一切行政，不容他人干涉。且'妥议办法，呈候核示'一语，尤足见赖省长对于高师事件，自有主张，即稽、万各厅长，亦无权处办，必须'呈候核示'。"表明成大学生对奉刘文辉令维持高师的万克明等人极为不满，而川省最高当局的表态则使他们颇具信心。宣言最后表示："如教部明令成高继续招生，有正式官电到校时，同人谨遵部令。""如无教部明令正式到校，无论任何方面敢有贸然到校主持续招高师新生者，敝会三百余人，愿牺牲一切，誓死反对。"〔1〕

不过，刘湘远在重庆，鞭长莫及。成都各方虽意见不一，或主张审慎处置，或倾向两校并存，但与刘湘的强硬态度都大相径庭。实际经办此事的稽祖佑、万克明、沈与白等处在两大之间，深知此事棘手。因此，他们并没有严惩"为首学生"，而是一致主张将此事交由北京教育部解决。这在当时不失为一种最可行的办法，既可以使省长公署摆脱左右为难的局面，又使问题获得最权威的解决。

7月29日，四川省议会代理议长郭崇渠、副议长熊崿致函高师校务维持会，中引省议会与四川军务善后事宜公署之间的公函往来，可以看出双方就此磋商的一些情况及他们对此事的态度，值得征引如下。省议会致帮办署公函云：

---

〔1〕 《成大反对高师招生》，《国民公报》7月10日，第5版。黑体字系原文如此。

案查国立成都高师学校学生会代表王文蔚等以陈请建议维持校务等情一再到会请愿，曾经本会议定，电致教育部，请速明令该校继续招生，以宏作育。旋准皓电……（前文已引，兹略——引者注）当即咨行省、督两署查照办理，从速行知该校，赶办招生。兹复据该校校务维持会委员龚道耕等请愿前来本会。遂于七月十五号开茶话会，提付讨论。佥谓"查省、督两长现已出省，该校校务亟应办理，不能久悬，应就近咨请邓督办、刘帮办查照部电，会同教育当局秉公调处，迅予维持，以符部案而弭学潮"等语。列席议员一致赞成，除分咨外，相应咨请贵帮办查酌办理，宴为公便。

帮办公署回函云：

窃查此次成大、成高两校纠纷，各执一词，迭呈请求敝署解决。前来均以"事关教育行政，未便越俎处理"令覆两校学生会在案。又以教育为立国之根本，若使纠纷久悬不解，亦失国家菁莪育才之意。敝帮办近在咫尺，目击此种旷业废学状况，殊堪痛惜。故屡次函达省署教厅，请其迅予解决。意在使两校学生安心肄习，免碍学业之进行。贵会关心学潮，维护教育，良堪纵佩。兹准前由，除再于相当范围内尽力赞助，俾国家教育日臻上理外，相应函覆，请烦查照，实纫公谊。[1]

省议会是四川省内最早表示支持高师独立招生的机关，接到教育部皓电以后，他们"当即咨行省、督两署查照办理，从速行

---

〔1〕 四川省议会公函，民国十五年议字第376号。

知该校，赶办招生"。此处"当即"、"从速"、"赶办"数字，颇见急切之情。但省署并未照办，刘湘的态度又极为强硬，在这种情况下，省议会与高师维持会议定"就近"咨请刘文辉、邓锡侯"调处"，显然是看出刘、邓和刘、赖的态度并不一致，大有可利用之处。

其时川军中驻在成都的是"保定系"三军长刘文辉、邓锡侯、田颂尧。当时这三人关系尚好，刘文辉是其中心人物。对要求刘氏直接出面解决问题的成大、高师学生会，刘文辉虽以"未便越俎"为辞，表示"中立"（亲历其事的米庆云先生也说，刘文辉、邓锡侯对此事"抱中立态度"[1]），但事实上，刘不但"屡次函达省署教厅，请其迅予解决"，还力促万克明代理高师校长，偏向高师的态度显而可见。又，中共重庆地委向中共中央报告，谓刘文辉"因北伐军在湖南的胜利，遂动其投机之心"，举措之一是托人找吴玉章请吴去长成大。只因成都中共特别支部"向其要求太急"，加之国民党右派"造谣"，引起刘的疑虑，方不再提此事。[2]此份报告写于1926年8月3日，则刘请吴长成大系在"成、高纠纷"正烈之时。重庆地委报告里所说"成大"，也有可能包括了高师在内。但无论如何，可知刘文辉一度动过换掉张澜的念头。

8月初，四川省议会再次致电教育部，要求明令高师招生，文曰："皓电奉悉，贵部既无明令停办，高师请速令国立成都高等师范学校继续招生，以符原案，四川省议会叩。江电。"教育部复电曰："江电悉。已电四川省长转饬成都高师继续招生矣。"同时，又致电四川省署："顷于皓日复四川省议会一电，文曰：'徽电悉。本部并无明令停办，高师自应继续招

---

〔1〕 《成大兴废》，第75页。

〔2〕 《重庆地委向中共中央的报告——四川各派军阀动态》，收周勇主编《杨闇公纪念集》，重庆出版社，1993年，第424页。

生在案。'兹复准该署铣电:'请令高师校长继续招生,以宏教育,出电。'复行请即查照转饬高师校长,继续招生为盼。教育部。齐印。"[1]可知,在省议会催促教育部的同时,教育部和四川省署也在就此事磋商,且此时的四川省署在权衡各方态度后,已接受两校分办的方案。

这一决定使成大学生极为愤怒,他们本来就对稽祖佑、万克明不满,现在更是把满腔怒火发泄到二人身上。8月16日,成大学生会发出宣言,宣布稽、万二人"破坏成性,圆滑为习,屡次违反上峰明令,摧残西南学府"。宣言称:

> 自高师学生抢夺校印后,吾川督、省两长,即电饬该厅长,从速惩办高师肇事学生,并勒还校印。该厅长等以高师学生饶有势力,倘批逆鳞,则官位必生妨碍,遂一味颟顸,对于直接主官之电令,一概不顾。而万克明更不揣冒昧,以教育厅长资格,维持高师校务。到校不及三日,问心自惭,藉故引退。又以最滑稽之公函,托龚道耕到校主持。同人以龚氏之来,显系万克明暗中指使,当即具书质问,请其答覆。该两厅长满腔龌龊,自□宣示于光天化日之下,无颜置辩,竟傲慢不理。同人迭派代表晋见,终未得一晤。迟迟至今,纠纷不解,不得谓非该两厅长从中作祟也。

在督、省两长致电教部,肯定高师已改组为国立成都大学后,"该两厅长仍倒行逆施,欲将成大迁出校外,划拨附中,暂予借助。查成大由高师改组而来,已成铁案。高师原有一切,成大自应享有也。岂有令成大迁出原有校地,而暂住附中

---

[1] 四川省长公署公函,民国十五年省字第354号。

严［耶］？……且稽、万二氏为省长属员，对于主官命令，自当尊奉照办，乃悍然不顾，一再违背，两厅长若非凉血，请自三思"。并威胁要"将该两厅长违背命令、破坏教育各情，呈请四川省长，恳予重查办"。[1]

8月19日，四川省长公署公函成大、高师，引述教育部咨文，称：

> 本部案，查前据代理成都高等师范学校校长蔡锡保呈称，成大名称未经明令照准，一校两名，进行诸多窒碍，恳请确定名称等语。嗣复电致贵省长，内开成都高等师范学校前因提高程度，允其改建大学，嗣据册报改称成都大学，并非改办师范大学，此项办法与川省现情有无窒碍，所有预算是否经由省署核定，近复有人呈部极力反对，应请就近详细查明，电部以凭核办等因。去后迄未准复。兹准来咨筹办成都大学，并称校址一层，现与高师同设于旧皇城内，地方冲繁，殊不适宜，应将原拟设立大学之高等学校校舍暨所有地亩拨归管业等语。本部详加查阅，是成都高等师范与成都大学现已分途并进，各不相妨，将来造就高深学术，养成师资，均可自由发达，兼筹并顾，具有深心。除成都高等师范应仍旧办理，继续招生外，所有成都大学请予备案之处，应俟经费确定，将筹备情形及一切组织正式报部后，再由本部予以核备。[2]

1926年11月，四川省长公署下发了教育部252号训令，称："案查成都高等师范、成都大学一年以来，屡起纠纷，迭

---

〔1〕《成大学生会第五次宣言》，《商务日报》1926年8月26号，第6版。方括号中的字系笔者所改。

〔2〕四川省长公署公函，民国十五年省字第376号，"川大档案"第2519卷。

经本部与四川省长往复电商，最终决定分途并进，成都高师仍旧办理，成都大学准予成立，已由本部电咨四川省长查照饬遵在案。"[1] 不久，又经教育部第 268 号训令，任命张澜为校长。1927 年 5 月，北京政府财政部盐务署咨文，准在盐款下年拨 20 万元作为成大常费。[2] 这样，成大获得了"名分"，高师师生也从"亡校"的危机中解脱出来，"两大"并立的局面得以确立。不过，直到 1931 年三大合并时，成大也未经中央政府明令为国立大学。

从四川省署和教育部间的公文来往可以看出，四川省署虽然想把问题抛给教育部，但由于四川特殊的政治状况，教育部对此事基本上抱逊让态度，更多地依地方政府的意见为据。因此，省署的表态在问题解决的过程中起着关键的作用。教育部皓电态度暧昧，既征引"学校系统改革案"，暗示不支持高师改成大，但又未直接言明同意高师招生，等于未答复四川省议会的问题。这固然由于教育部不大了解事情真相，但主要还是由于四川省署态度未定。及至四川省署权衡各方态度，最终决定采纳两校分立并行的方案，表示同意高师招生后，教育部很快复电认可。有意思的是，齐电引述皓电，比原件多出一句"高师自应继续招生"。这或许正是教育部本来的意见，直到此时才得以明确表示。

但这就不能不涉及成大与高师的关系问题。事实上，就法理而言，成大是经四川善后会议通过兴办的，当初并提出不涉及高师存废，等于地方上新办的一所大学，本与高师无关。但四川当局一直未明确界定成大与高师间的关系，或者刘湘、张澜等本就不想把问题搞得太过分明，这样成大才得以高师继承人自居，自称"国立"。但两校分立，成大失去"附丽"，"国

〔1〕 四川省长公署公函，民国十五年省字第 474 号，"川大档案"第 2519 卷。
〔2〕 国立成都大学：《呈报国民政府文》，第 12 页。

立"二字便显得名不正言不顺。去掉"国立"之名，又不能获得成大学生的认可。故有成大备案之议。其实"备案"也者，不过是要教育部承认既定事实，使成大的"国立"性质合法化而已。教育部也因实际上管不到四川，乐得顺水推舟，但"本部详加查阅"云云，显然多少带些事后追认的无可奈何。

在四川省内，只有刘湘明确反对高师招生和两校分办，支持成大。但他远在重庆且是军事长官，干涉教育，即使在当时的四川，仍然显得名不正言不顺。而四川省长赖心辉虽同属速成系，但在"高师帮"的压力下，已和刘湘的意见不大相同，态度要暧昧得多。稽祖佑、万克明、沈与白更是深知此中利害，不愿得罪任何一方，想要置身事外。因此，以高师为国立学校为由，力主交教育部处理。最后认可两校分办，并为成大争得合法的"国立"资格，实际上也是当时最可行的方案。同时，实际控制成都的保定系出于和速成系争权的目的，偏向高师。四川省议会对高师招生的积极推动则颇耐人寻味。由于材料缺如，个中原因晦暗不明。不过，值得注意的是，成大是善后会议的决议，而1925年11月，四川省议会曾致电段祺瑞和北京政府内务部，质疑善后会议"侵犯国权及省议会职权"，极为不满。[1] 后虽经疏通，同意召开善后会议，但这一背景终不可忽视。四川省议会明显偏袒高师，或与此有关。

成大、高师虽已分办，但善后会议拨给成大的校址被刘文辉军占驻，成大只好继续呆在皇城。因此，成、高纠纷并未结束。米庆云先生回忆说，两校分立后，"两校学生用宣言、传单、标语、漫画的对骂仍然继续下去，并还随时发生打架吵嘴的事情。后来两校当局协议，打了一道扞墙，把两校隔开。……纠纷才逐渐减少。到一九二八年下期，刘文辉的

---

[1] 《川省议会对四川善后会议提出质疑电》，《四川军阀史料》第4辑，第215—217页。

军队迁出原高等学堂，成大在南较场新址设置理学院及理预科，一九二九年下期，全部搬到南较场，两校冲突才正式结束"。[1] 值得一提的是，在调停两校矛盾的过程中，四川地方教育界人士起到了重要的作用。如，1926 年 8 月 26 日，熊峑、叶秉诚、向楚、廖天祥、李思纯（哲生）、刘景光、龙邦俊（守贤）、沈懋德等 8 人邀请两校负责人见面，"对于校地问题，主张和平处理，届时由调人提出条件，将校址分成两段，各占一段。又教室三十余所，亦平均分配。至图书仪器等件，则作两校公物，共同使用"。[2] 是为"两校当局协议"之始。9 月初，熊峑、叶秉诚、向楚、沈懋德、龙邦俊、廖天祥、刘景光、李哲生等四川政、教两界人士，再次发起疏解高师、成大两校长教职员谈话会。[3]

从高师易长到成高分办的过程中，两校学生表现出强烈的参与意识。青年学生是现代中国社会中一个不可忽视的社群。由于人数众多，参与意识强，在历次大大小小的政治运动中起着主力军的作用。[4] 本文所述事件，与他们切身利益相关，参与的程度也要更深。其多采用集会、通电、发宣言等等形式，并能获得当局的大致认可，也可看出这一新兴政治表达行为的流行。同时，学生们对这一主要关系到自身利益的事件，又多从比较"正大"的立场加以诠释，善于利用"政治正确"的言论，以达成自己目的。比较而言，教师这一阶层的行为显

---

〔1〕《成大兴废》，第 76 页。

〔2〕《成都通信》，《商务日报》1926 年 9 月 2 日，第 6 版。又，《吴虞日记》8 月 26 号亦载此事，并谓："《西陲日报》登有向仙樵、沈懋德、龙守贤、吴又陵以调人资格，与成大代表叶秉诚、高师主任龚向龙〔农〕商酌校地，劝双方按恕道而行。"下册，第 323 页。

〔3〕《高师、成大纠纷解决难》，《商务日报》1926 年 9 月 5 日，残张，版数不详。

〔4〕罗志田：《近代中国社会权势的转移：知识分子的边缘化与边缘知识分子的兴起》，收《权势转移：近代中国的思想、社会与学术》，湖北人民出版社，1999 年，第 236—237 页。

得更为"老成"一些，但对学生的抗议行为又多少抱了"纵容"态度。有意思的是，在解决事件的过程中，有些人身兼数职，如向楚、熊崂、吴虞、叶秉诚、沈懋德等，既是两校教师，有时又以社会耆绅或教育界人士的身份参与调停；同时，由于不少教师在两校互相兼课，实际上也不像学生和负有学校责任的龚道耕、张澜等那样表现得截然对立。这一事件仍由学生起主导作用。

第二节 "三大"鼎立

三大鼎立局面的形成

高师学校虽然得以保留，改大的目标却未能实现。1926 年 8 月 22 日，毕业于高师的四川各地中学、师范校长、主任等 36 人致函四川省长公署，要求改高师为师大。[1] 1927 年 4 月，龚道耕向国民政府上了一道呈文，要求升高师为师大，并附送了《国立成都师范大学校计划书》，呈文先讲述了一通师范教育的重要性，继以国民革命大义相责："西南数省因地势交通种种关系，一切落后，同隶中华版图，同奉民国正朔，似应特别促进，俾其文化发达，得与东南各省相颉颃，以蠲除省与省间之不平等，此亦国民革命进程中所应顾及者也。"[2] 6 月，在未得到国民政府批复的情况下，高师便挂出了师大的校牌。

7 月 21 日，龚道耕又公函省署，请转咨中央核准改大，提

─────────────

〔1〕致省长公署公函，四川大学档案馆藏"国立成都师范大学档案"（下简称"师大档案"）第 1 卷。
〔2〕《呈国民政府请改升本校为师范大学并赍送计画预算校舍图等件由》，"师大档案"第 1 卷。

出四条理由："内容完善，提高程度，确已到相当时期，此按诸法令，应行改办师范大学者一也。"新学制"已无高等师范一级"，"则是高等名称，实已不能存在"，"此按诸学制，应行改办师范大学者二也"。西南各省师资缺乏，"此按诸西南需要，应行改办师范大学者三也"。"现在人民属望，学子请求，希望改大之声甚嚣尘上，且有正式改大促成会，以期早日实现者，此按诸一班〔般〕心理，应行改办师范大学者四也。"〔1〕在高师师生和校友的强烈要求下，1927 年 9 月 26 日，国民政府教育行政委员会正式发文批复："经本会第一百一十一次会议，准予改升为国立成都师范大学，惟组织大纲应照本会议决案各条修正，呈复备案。至关于该校经费由该省盐余下划拨，事属可行。但事实上能否如数划拨，本会难以悬断。故该校预算书交由该省教育厅会同财政厅审核办理见复。"〔2〕按照教育行政委员会的意见，师大组织大纲应该修改的主要有以下两条：一、按照原大纲，"校长一职由教授选举三人，再由政府择一任命办法，与其他国立各校迥然不同，碍难照准"。二、"组织大纲无训育委员会之规定，应依照中央所定办法组织之。"〔3〕1928 年初，大学院又任命龚道耕代理国立成都师大校长。〔4〕

成大立案和高师改大在成都市高校引起了巨大反响。1927年上半年，在成都的几大专门学校——四川公立国学专门学校、四川公立法政专门学校、四川公立外国语专门学校、四川公立农业专门学校、四川公立工业专门学校也提出了合并组织四川中山大学的议案。各校校长上四川省教育厅、四川省长公

---

〔1〕 "函省署本校改大请烦转咨中央核准立案"，"师大档案"第 1 卷。
〔2〕 国民政府教育行政委员会批文，第 144 号，"师大档案"第 1 卷。
〔3〕 教育行政委员会第 111 次会议关于国立成都师范大学组织大纲计划书及预算书之议决案，"师大档案"第 1 卷。
〔4〕 中华民国大学院任命状，大字第 1 号，1928 年，"师大档案"第 2 卷。

署的呈文中，提出设立省立大学的必要性：

> 查四川设立省立大学，早经本省各绅耆及省立各校校长会议呈请省长公署提交省议会议决，以前高等学校为校址，拨肉税四十万元为经费，由刘前总司令敦促骆君成骧担任筹备各在案。徒以经费支绌，军事弗宁，致设大音波时起时落，重以骆君物故，前议愈益沉寂。而蜀以地域上既碍于交通，国以时会上又丁乎战乱，人口环境上更各省丰啬。即[既]少升学之路，应辟施教之阶，则前此倡言设立省立大学者，至今尤为急务，未容缓图。从前议立既苦于经费，现在创办仍辍于款项，刻为应时势之需要，谋经费之省节。拟就省立各专门学校联合改为大学，定名为四川中山大学，即以现有之农、工、法、外语及国学专门学校分设五学院，就各专门学校已设各科分为若干系，其款项则以肉税独立案内划定之四十万元作为改办经费。[1]

万克明给刘湘、赖心辉的信中也说："各专门学校因日前高等师范自由改名师大后，均有改大之提议，风声所播，大有难以中止之势。昨经职两厅召集各专门学校校长在教厅开会讨论，均持必改之说。"[2]

成大和成师大在名义上都是国立，成都各专门学校提议设立省立大学之说，颇得四川军政当局的好感。经四川省长公署政务厅和四川省教育厅召集联席会议，拟订改大方案和组织大纲14条。赖心辉接到万克明的报告，随即复电："事属可行，仰将改组大学详章迅行寄渝，以便与督办署会同核定。"[3]经

---

〔1〕 《呈为议决合组改办四川中山大学校呈请鉴核备案事》，成都各专门学校校长呈四川省教育厅、四川省长公署呈文抄件，"川大档案"第1871卷。

〔2〕 万克明致刘湘、赖心辉信的抄件，"川大档案"第1871卷。

〔3〕 四川省长公署政务厅、四川省教育厅公函抄件，"川大档案"第1871卷。

督、省两署核准，报国民政府立案，8 月份正式宣布成立公立四川大学。

三大之间的矛盾

如前所述，四川教育的主要问题在于办学经费不足，无法提高教学质量。这不是升大便能够解决的。因此，在三大并立局面形成的前后，三校之间因为经济原因发生的冲突不绝如缕。

首先是国立学校与省立学校间的矛盾。在与成大发生纠纷的同时，高师又同四川省立各专门学校发生了纠纷，主要是经费之争。成都高师虽称国立，使用的却是四川省教育经费。1926 年 6 月，省立各专门学校联合上书省府，说：成都高师由于"不能从国库领得经费"，故"援照省教育经费收支处章程第三条之规定，暂行由省教育经费项下垫拨"。然"此不过暂行维持现状之举，并非永久不变之道。且借用之款，将来仍由国税项下归还"。省教育经费开办之初，"收入较旺"，"除高师借拨外，省立各校亦尚能维持"。但"年来时局日非"，省经费的来源——肉税收入锐减，省立各校难以维持。"而高师预算，因号称国立，不肯受省政府之限制，又以前川省为自给省份，并不肯受教部之考核，自□瓯脱，任意增加。并自将高师停招新生，改为成都大学，以致该校预算数增加一倍有半，每月实支一万五六千元，而伙食费保证金等，尚不在摊领之内。其他欠薪各项，更巧取豪夺，为所欲为。"要求停拨高师经费，归还省款，"或将其拨得之一万六千元按月加入省教育经费内，一体加摊，以示公允"。[1]

---

[1] 《各学校请停拨高师经费》，《国民公报》1926 年 6 月 9 日、10 日，均第 5 版。

成大经善后会议决议，获得盐税作为办学经费，境遇一跃而为四川各校中最优的一所，而省立各校反而处在风雨飘摇之中，自然使得省立各校难以继续容忍"国立"学校从原本已经少得可怜的省费中分得一杯羹。呈文表明，省立各校本已对高师处在教育部和四川省之间得到的特殊待遇不满。

对正处在生死存亡紧要关头的高师来说，这通呈文无异于火上加油。首先，省立各校视成大为高师的"后身"，恰是高师为争得独立所要竭力反对的。其次，若高师经费停拨，即使在法理上争得了独立权，在事实上也无法生存下去。因此，高师发表声明，称省校意见未与高师讨论，不能认为有效。为此，6月12日，省立各校致函高师，重申要求停拨高师经费理由。并明确指出，高师已经改为成大，既得国税，自然应该归还省款。"即该校尚有一年级未经毕业，所需经费，亦当在盐款项下支给。盖同属国立，自当同用国款。且此二年来，成大既恃高师经费以作开支，自此而后，该校自当向成大索款以维持。"[1]

7月初，省立各校教职员联合会致函教育厅，再次申诉省立各校的经费危机，并直指省长公署偏袒高师："今者成都省立学校各校长及教职员，以高师校既拨得盐款，所有在省教育经费下借支之款，应及时停止，函请大署四川省长公署主持。不□大署四川省长公署不明事理，乃以本期仍照本年度预算、十五年度改照民八预算借□，为调和敷衍之计，足见成都省立学校，自今奄奄一息者，尚有人处心积虑，必完全绝灭之而后快。"高师"一校所得，已占成都省立学校经费全额三分之一。昔时附庸，蔚为大国，岂真天之骄子，固宜受此特殊之待遇？"成大获得盐余后，高师还在续领省款，"当各省立学校送

---

〔1〕《省立各校与高师校——声明停拨高师经费理由》，《国民公报》1926年6月12日，第5版。

薪仅一月时，成大高师送薪□二月半"。"如此而不主持公议，必其人有偏私之见者，不然必其人神志惑乱不识是非之情者，又不然，必其人谓省立学校无存在之价值，应立时停办者。"对高师、成大之争，他们表示并不干预，但高师独立建制不能成为高师仍然使用省款的理由，再次提出高师可向成大索款。[1]

省立各校组成公立川大后，又因校产问题同成大发生了争论，而这又是由双方与前此拟设的四川大学的关系不明确造成的。公立川大酝酿成立之初，就以前此拟设的四川大学自居。其实，当初各方虽都有筹设大学的意见，对大学本身是省立还是国立，并未确切点明。只有任鸿隽在1919年向当时的省长杨沧白建议仿效美国各州立大学之例，设立四川大学，预想中似为省立。其余各方，对大学是"省立"抑或"国立"，似并不认为特别重要。至成都大学的成立，就目前掌握的材料看，似乎只是因为它在国立成都高师的腹中孕育，并自居为高师的"后身"，因此便自然而然地继承了"国立"之名，此外并无更深的考虑。另外，"从师资、校产、档案、院系设置、图书仪器直至校址"，成大都更直接地继承了四川高等学校。[2] 而刘湘等开始着手筹办的四川大学，在当时人的意想中，便是延续了四川高等学校而来。因此，诸人也多认为成都大学就是拟设的四川大学。但是，各专门学校校长提议成立公立川大，显然是在校名上做文章，并明确当初筹备的四川大学应是省立大学。这样，公立川大实际上以筹备的四川大学继承者自居，成大继承高等学校校产，当然便是不合理的了。

1928年12月初，四川省教育经费收支委员会召集省立各校开会，决定以四川大学名义收回前四川高等学堂田产，割卖新繁、郫县两处500余亩，清偿由前教育经费收支处会计孙友

〔1〕 《教联会致省署教厅函》，《国民公报》1926年7月2日，第5—6版。
〔2〕 《四川大学史稿》，第92页。

于经手的 6 万元借款，划拨一部分作为兑现教育经费收支委员会所欠省立各校经费之用。此议定后，并未通知实际继承四川高等学堂校产的成都大学，成大师生是由报纸上得知的。张澜随即致函公立川大五院长，指出：前四川高等学堂房舍田产已于十五年四月由四川督省两署正式拨归成都大学，并先后向北京教育部、国民政府暨大学院呈报核准，属于成大所有，公立川大无权变卖。并谓此议早经提出："前月，三军联合办事处曾据四川教育经费收支委员会呈请将成都大学所有之前高等学堂田产割卖十分之三四，以与握契不缴之粟雨田、孙友于清偿借款等情，致函敝校征求意见，当经敝校依法据理驳覆在案。"也就是说，四川教育经费收支委员会其实也承认此项田产属于成大所有，并暗示公立川大受了教育经费收支委员会的利用。[1]

张澜对此议提出五条质问：第一，粟雨田、孙友于"为著名作奸犯科之人"，借款本是假债，"为社会所共知，尤为学界所痛恨"，五院长等"何以对于该项假债始终不闻主张彻底查算，反于近日出而代谋清偿?"第二，"贵院长何以不协力向各军要求速将肉税交出，以支送教员薪修"，而要为孙等谋假债？第三，各军截留肉税，五院长等"不敢一言"，为何要主卖成大财产？第四，"贵大学主张此项学产应归省立大学，当不外以该产原系省有，暨省议会议决该产归四川大学为根据。然查此项田产系由前清奏设之尊经书院、高等学堂递转而来，已难谓为省有财产；且查省议会议决前案，不过指定该项产业为日后四川建设大学之用，并未指明其为省立抑为国立，亦未指明将来四川所建设之大学定须冠以四川之名称也。"此项学产既归成大，"纵令此后政府有划清国有、省有财产之计画，亦只

***

〔1〕 本段和下段见国立成都大学公函，十七年大字第 66 号，1928 年 12 月 5 日，"川大档案"第 1870 卷。

能就现无归属之财产而划清之。而依法律不溯既往之原则，对于本校依法取得之财产，亦不发生何种影响"。第五，五院长等"法律常识应极充备，行政手续应极了悉"，为何"徒徇私人，伙同为侵权行为"？

12 月 31 日，五院院长致函成大，仍以"前提高等学堂房舍田产，曾经前省议会议决为日后开办四川大学基金，并经省长公署依议执行，设筹备处在案"为辞，要求收回高等学堂财产，并谓张澜"竟指为自称之四川大学，未免滑稽"。[1] 不过，此事终经省长公署仲裁，仍旧维持成大原案。

其次是成大与高师（师大）的财产纠纷。两校分办后，成大使用高师校产，颇招高师方面不满。不久，双方又发生了庚款之争。傅振烈初办大学时，曾委托潘力山在北京力争退还庚款作为办学经费。[2] "川大档案"中藏有一份高师致成大公函底稿，从中可知，高师共分得 51750 元。成大认为，分款系在高师改大学之后，并经傅振烈以成都大学名义力争始得，故应该分给成大一份。高师则回信说，1925 年分款之时，成大还未经教育部核准备案，更无分款资格。"且当日分配此系[款]时限于国立学校。本校系国立六高师学区之一，分所宜尔。而贵校至今尚未经教部许可立案，当日何来国立学校资格以领金佛郎款？"[3] 此事未见下文，不知结局如何。

成都大学与成都的新旧之争

在三校矛盾中，成都大学显然是冲突的焦点。这首先是因为其他两校皆有历史源流，成大则近乎横空出世，故不免要与

〔1〕《四川大学史稿》，第 94 页。
〔2〕《高师校改建大学会议》，《商务日报》1925 年 6 月 6 日，第 3 版。
〔3〕"川大档案"第 2520 卷。原件无日期。

其他两校争夺有限的物质和财力资源。自 1925 年底，成大在刘湘的支持下，获得了盐税作为经常费后，经济条件又转比其他两校要好得多。这不能不引发高师（师大）和公立川大的嫉妒。吴芳吉在 1927 年底的家信中提到，"成都所有省立学校，今年十一个月之中，仅发过薪水两月。故凡省立学校教师，无不啼饥号寒，难于度日。所有教育经费，悉为军队提取以去，……成大系国立，情形稍好，故能支至腊月，惟明年开学，亦不容易"。〔1〕1928 年春写给吴宓的信中，又谈到："成大虽穷，究能月得几成，较诸省立学校不名一钱者，固在天上。以是，省校诸人，皆欲破坏成大而自取之。下手之方，则在专事攻击诸教授。吹毛求疵，使之体无完肤，以堕其信用。"〔2〕

另一方面，这也和当时成都社会的新旧之争有很大关系。20 年代中期的成都，文化风气相对于东部地区显得较"旧"。成都高师是当时成都的最高学府。可是，1924 年舒新城应傅振烈的邀请到该校教书，结果却颇为失望。他在写往南京的家信中说道，成都高师的图书馆只有三间屋子，收藏也少得可怜：

> 无论在普通的报纸杂志方面或专门的教育书籍方面，似乎比我家所备的还有限；最苦痛的就是近五年内的中西出版物太少，虽然也有若干份省外的杂志与最少数的报纸（我所见到的只一份上海的《时事新报》），但寄到的时间都在出版后一个月以至二三个月，而且首尾衔接的极少。图书馆内亦有若干定期刊物，但除了省外各校赠阅者外，都是本省的东西，而关于全国及世界的各种新闻则又无不

---

〔1〕 吴芳吉：《秉母书》，1927 年 12 月 25 日，《吴芳吉集》，贺远明、吴汉骧、李坤栋选编，巴蜀书社，1994 年，第 966 页。

〔2〕 吴芳吉：《与吴雨僧》，1928 年 3 月 16 日，《吴芳吉集》，第 980 页。

从京、沪报纸中转载而来。故在此地欲求从新闻纸了解天下，其难最少也与上青天的蜀道相等！[1]

近代文化的一个特征就是报纸、杂志在读书人的阅读生活中占据了一个重要地位。读书人要"与时俱进"，必须知道同一时期外地发生了什么，否则就会"落伍"。用舒新城引用过的一句话，即"四川人民对于中国的大事，只有历史知识，决不会受新闻的影响"。[2] 此话虽然夸张，但彼时四川人的消息确是不够灵通。

舒新城说，高师学生的生活也"最有趣味"，"但是你要领略这种趣味，最少得先把你的京津沪汉的脑子换换。……这里学生的生活既不似上述各地之任何一地者，但却有他的特点。你要懂得他们的特点，你最好把我十年前在湖南高师生活的情形回想一番，便可得其仿佛！"具体的表现则有多种：

> 学生自治会是五四运动后的特殊产物，在下江已推行至小学了。这里虽然有校友会，但似乎还没有学生自治的名义，男女同学虽然也由本校于本期首先实行，但男女生除了学着所谓教育家的背地里"评头品足"而外，无论何时何地，当着面总是"望望然而去之"。……他们虽然是大学生，但在事实上，仍要过中等学生一样地严格管理的生活；这校在名义上是国立，并且在名义上一切都照部章，而十余年来，部章上的高等师范并没有什么变更，所以斋务学监等等名目，都和我十年前进过的湖南高师一样。他们无论出校门多少时，都得向斋务处请假，早晚上课时都要由斋务处点名，逾期不返校或不告假缺席，都有记过的

---

[1] 舒新城：《蜀游心影》，第127页。
[2] 同上书，第53页。

惩罚。但在实际上，他们也如十年前我在湖南高师做学生一样，可以想种种方法掩饰学监而不按时上课与外出。

舒新城所观察到的成都高师之落伍，正是因为太遵照部章行事，最有意思。盖时代变迁，写在纸面上的制度却无变化，真正的"国立"标准便并不表现为教育部的章程，而在京津沪汉等地学校的实际中。

不过，也正因为成都高师"落伍"于时代十多年，还停留在五四运动前，因此，学风也就更为淳朴：

> 他们虽然每年只有三四个月的课可上，但大体说来，个个都有勤学的习惯，虽然对于所谓新文化，有一部分不大相容，但对于学校的课程却极其重视。……他们还有一种很好的风气，就是勤朴：学校的饮食问题，常常为各种风潮之母，但是这里的伙食都由学生自办——中等以上的各校均如此——所以学校既可免去许多无谓的风波，而学生也可藉此养成一种习知稼穑艰难的勤劳习惯。至于衣服方面，……十余日来我不曾看见一个学生穿丝织物——几完全穿布制衣服——这实不是下江的学生所能梦到的。

在学习方面，"他们对于功课虽然是朝于斯、夕于斯地努力研究，但都是自动的，对于教师绝不如下江学生的自由问难，自由讨论"，"而教师们却也乐得有此"。"这种现象，当我当学生的时候即已如此，内地的学生现在还大概如此。"[1]

在文化风气方面，虽然有吴玉章提倡过社会科学的研究，

---

[1] 以上四段，均见舒新城《蜀游心影》，第131—134页。舒新城在这里的描述，很符合1919年冯友兰在《新学生与旧学生》一文中所描绘的旧学生形象。参考王汎森《思潮与社会条件——新文化运动中的两个例子》，收《中国近代思想与学术的系谱》，联经出版事业公司，2003年，第271页。

但学生的兴趣仍以"国故"为主。这与成都的社会风气有关。胡光麃曾说:"四川尊老的风气为各省冠,绅耆在政治和社会上地位很高"。[1] 这些绅耆在文化上也多有影响。周传儒先生曾说:

> 成都有些遗老,保存了国粹,号称"五老七贤"。其中有一位徐子休(名炯。——引者注),在各中学讲修身课,挑选各中学的尖子,组织"丽泽会",每月会文一次,有奖。于是各中学都出了一些高材生。这些人国文根底好,而数理化都笨。考成都高师有余,考外省大学不足,因为偏科。……其时老一辈的国学大师,如向仙樵、林山腴(名思进。——引者注)、龚道耕,不在"五老七贤"之列,而在成高、川大教书,充实了大学阶段的中文系。[2]

"五老七贤"的具体名单,或有不同说法。比如,姜亮夫先生就说,林思进、龚道耕属于"七贤"之列。[3] 不过,周氏的区分自有其道理。事实上,他所注意到的"遗老"和"国学大师"在行为上的不同之处值得探究。"遗老"的行为更具"社会化"特征,对社会事务相对参与较多,表现出较为浓厚的"士"的特征,徐炯的"丽泽会"更是希望"力挽"社会之"狂澜"。比较起来,"国学大师"的活动范围,更多地集中在校园的范围中,社会参与程度不及"遗老"(这似是成都的特殊

---

[1] 胡光麃:《波逐六十年》,联经出版事业公司,1992年,第276页。

[2] 周传儒:《自传》,北京图书馆《文献》编辑部、吉林省图书馆学会会刊编辑部编:《中国当代社会科学家》第2辑,书目文献出版社,1982年,第212页。

[3] 姜亮夫:《忆成都高师》,《学术集林》第2卷,上海远东出版社,1994年,第275页。对"五老七贤"诸说的检讨,参考许丽梅《民国时期四川"五老七贤"述略》,四川大学硕士学位论文,2003年,未刊。

现象），思想也较"遗老"显得稍新。但是，与更新一辈相比，他们又显得"旧"，社会参与意识就更比不上。这颇可见出其时成都一地思想的"不同步"状况。"考成都高师有余，考外省大学不足"一句，尤见高师学风乃至招生情况受成都社会文化风气影响的现象。不过，"有余"二字表明，高师学风似又比社会上的文化风气稍新。

成大的表现则恰与高师形成对照，显示出"新"的特点。不少论者指出，张澜办成大，是以蔡元培办北大为模型的。成大学生廖友陶说：张"当年常对部分师生讨论蔡元培先生办北大时表露的对高等教育的一些观点，如'大学者，"囊括大典，网罗众家"之学府也'。……还说：'这是办学应当思索取法的。'"[1]并不赞同张澜办学思想的吴芳吉也在1930年致吴宓的信中评论道："张公之办成大，一仿蔡公之办北大。其宗旨在造出若干门人，以为己用。其工夫则在维持国共两党师生之均势。"[2]1931年，吴已转重庆大学，还在给刘咸炘的信中说，张澜"功利心大"，以此办校，"充成大所至，至于北大止耳"。[3]二人评价刚好相反，观察到的现象却相同。[4]

学北大最重要的一个表现即是在政治观点上兼容并包。罗宗文先生回忆说，其时成大共产党、国民党和国家主义派三足鼎立，"各都拥有一大批成员，各办各的刊物，大事宣传鼓动，争取群众，发展组织。彼此之间，形同水火，遇事互相批判攻讦，斗争异常尖锐激烈"。"但张校长对学生所持态度和信

---

〔1〕 廖友陶：《张澜兴建的民主与科学堡垒国立成都大学（二）》，《四川地方志通讯》1986年第2期。

〔2〕 吴芳吉：《与吴雨僧》，1930年3月15日，《吴芳吉集》，第1014页。

〔3〕 吴芳吉：《与刘鉴泉》，1931年2月6日，《吴芳吉集》，第1047页。

〔4〕 在一些细节上，张澜也以北大为榜样。《吴虞日记》1926年6月29号记："张表方借去予北大聘书、续聘书、聘任施行细则共三件，照样付印。"下册，第316页。

仰，从不加以干涉过问，听任各自选择决定自己的道路。"[1]不过，在吴芳吉等人看来，这也对成大的学风产生了不良影响："男、女生八百余人，真欲求学者不及十分之一，其余皆有党派，心不在书，教者学者于是彼此敷衍，不能认真。此种学校，完全未入轨道。平心而论，实则误人子弟。然在成都，犹以此校为最完善也。其他更不成矣。"[2]成大学生"以党争，屡起械斗，伤刺甚重，校长不绳以法，只做不知。寒假试验，既经教授会议决定于前，及期进行，乃无一人应试。亦只来书，声称某科某系都不试验，本班碍难单独进行"。[3]"此校情形甚为不安，恐在一年以内，'国家主义派'及'共产党'两部学生有大冲突，而校长又多方包庇两部之人，使其互相水火，实在可叹。"[4]

事实上，吴芳吉对成大的印象可称极糟。刚刚来校，他就发现"此校规模简陋"，还不如自己在湖南长沙教过的明德中学。[5]一般说来，"富于国故的知识"是 20 年代蜀中教育的强项，但是成大的情况却令人沮丧："文科课程殊无条理，无标准，今已办至大学二年，读《经史百家杂钞》犹未毕事，此则令东北［大学］诸生来此教之，绰有余矣。教师分新旧两派，若吉则为最新之人也。……至论蜀少年本质，率皆聪明激亢，兼南北民性之长，文学尤其所近，不费唇舌，可导之入于高深之境。惟以生活优裕，风气浮薄，姿态必求入时，言谈必求漂亮，活动有余，用功不足，此其不治之症，殊可兴叹。"[6]

───────────

〔1〕 罗宗文：《张澜先生办成都大学》，《文史杂志》1999 年第 6 期。
〔2〕 吴芳吉：《禀母书》，1927 年 10 月 4 日，《吴芳吉集》，第 934 页。
〔3〕 吴芳吉：《与吴雨僧》，1928 年 3 月 16 日，《吴芳吉集》，第 980 页。
〔4〕 吴芳吉：《致树坤》，1928 年 11 月 19 日，《吴芳吉集》，第 1003 页。
〔5〕 吴芳吉：《致树坤》，1927 年 9 月 28 日，《吴芳吉集》，第 925 页。
〔6〕 吴芳吉：《与刘弘度刘柏荣》，1927 年 10 月 1 日，《吴芳吉集》，第 928 页。

这段写于 1927 年的话与舒新城在 1924 年对高师的观察可谓处处相反，可知成都青年学生"更新"的速度之快。当然，也有可能是二人判断"实"与"浮"的标准不甚一致所致。不过，在吴芳吉的眼里，成大还是"落后"——而"落后"的表现"文科课程无条理，无标准"却恰是成大较高师"新"的地方。值得注意的是，吴芳吉自称属于成大最新的人。这是否事实，姑且不论。关键在于吴芳吉在当时的中国无论如何算不上"最新"，甚至还显得有点"旧"，他本人也并不以"新"自居，到了成大却成为新派，广受学生欢迎。[1]他几次在信中提到："吉来此甚获佳誉。本仅两班，不日间行将添至六班。"[2]"吾在此颇为多数学生所信仰，而少数同事所忌嫉。"[3]"男在此颇得学生信仰，惟有旧派教员则颇忌男。"[4]

趋新的不仅仅是成大的学生，连高师也准备聘请吴芳吉"教诗"。[5]吴芳吉虽然以诗人知名，但高师的老先生们写诗的名气在当时的成都社会上肯定比吴氏更大。此可知新派的号召力之强。倘参之以吴虞的遭遇，这一点就更为明显。

1926 年 4 月，吴虞应张澜聘到成大任教，徐炯对此极为不满，召集紧急会议，散发传单表示反对。1910 年，徐炯正是采用类似的手段将吴虞赶出了成都。但是，这一次徐不但没有在社会上引起同情，反而遭到了不少批评。叶秉诚对吴虞说，这事不仅关系吴虞个人，"其干涉大学内部言论、学术思想之自

---

〔1〕 罗宗文先生在 2001 年 9 月 9 日接受我的采访时也证实了这一点。不过，吴芳吉在时人的印象中，是否像他自认为的那样"新"，不同的人恐怕有不同的意见。比如，时在理预科读书的王叙五后来提到吴芳吉的时候，就说吴"思想较保守"。当然，王后来参加了中共，这一印象也有可能是事后的追忆和再诠释。王叙五：《自述》，四川师范学院、中共遂宁市委党史研究室编：《王叙五遗作选》，内部资料，无出版日期。

〔2〕 吴芳吉：《与刘弘度刘柏荣》，1927 年 10 月 1 日，《吴芳吉集》，第 928 页。

〔3〕 吴芳吉：《致树坤》，1927 年 10 月 2 日，《吴芳吉集》，第 931 页。

〔4〕 吴芳吉：《禀母书》，1927 年 10 月 4 日，《吴芳吉集》，第 934 页。

〔5〕 吴芳吉：《致树坤》，1927 年 9 月 28 日，《吴芳吉集》，第 925 页。

由，乃第一问题也"。"五老七贤"中的邵从恩也"以徐某此举
为悯笑"。5 月 5 日，成都《四川日报》、《国民公报》、《新川
报》、《西陲日报》等都发表了吴虞的《告满清举人徐炯》一
文，"除《国民公报》外，皆不登徐炯原文"。万克明、沈与白
等都主调和。成大学生更是大发宣言，反对徐炯。5 月 7 日，
张澜告诉吴虞，刘湘、赖心辉也"均不以徐炯为然。舆论尤大
多数不直之"。在这种情况下，"徐炯遂软下来矣"。〔1〕

从这一事件中可知，其时整个成都的社会心态已经发生了
不小的变化。如李璜所观察到的，成都虽然在"旧学渊源上"，
"对于新潮发生一部分的排拒情势，但四川人的省性（特别是
成都自来为各省知识分子所流寓之地）又较为敏感与流动，聪
颖而欠沉着，故对川外的思想及活动，虽得风气较后，也就容
易闻风而起"。〔2〕换言之，成都虽因地理和交通的不便，风气
相对闭塞，但心态仍以趋新为主，只是扮演的是跟风的角色
而已。

同时，张澜也邀请了吴虞堂弟、北京法政大学教务长吴永
权（字君毅，留日、留德）担任大学筹备委员会事宜，并请他
在外代聘教师。6 月 26 日，吴虞听说吴永权已决定回川，大为
高兴，在日记中说："现在徐炯可勿理，君毅回川，自能相
助"。〔3〕言下颇有得到同盟的快意。吴永权是中华教育文化基
金会（以下简称"中基会"）在成大设立的 4 个讲座教授（与
成师大合聘）之一。其他的 3 人是：曹任远（字四勿，留德，
原北大教授）、罗世嶷（留法，原北农大教授）、李璜（留法，

<hr />

〔1〕《吴虞日记》下册，1926 年 4 月 26 号、27 号、29 号、5 月 5 号、6 号、7 号、10
　　号、13 号、23 号、25 号、30 号、6 月 1 号，第 307—313 页。这些材料都是吴虞
　　本人所记，或有意无意略去了对自己不利的言论。其实，早在 1912 年，随着新
　　旧政权的更迭，徐炯就已经在成都社会中失势了。参考前揭王汎森《思潮与社会
　　条件——新文化运动中的两个例子》，第 260—262 页。
〔2〕李璜：《学钝室回忆录》，上卷，增订本，明报月刊社，1979 年，第 218 页。
〔3〕《吴虞日记》下册，第 316 页。

原北大教授）。中途路过重庆时，刘湘还特意为他们饯行。[1]另外，还从上海请到了魏时珍（留德，原同济大学教授）、谢苍璃（留德，原大同大学教授）等人，在当时的成都可谓极一时之盛，令人有耳目一新之感。为此，吴虞特把他们的履历寄给朋友，并在日记中说，这是为了使"新繁人略开眼孔"。[2]

由于成大的经费相对较为充裕，也注意在外面聘请教师，因此，其师资力量在三校中是最强的。1929 年，其高层职员的构成如下：文、法科学长吴永权、理科学长沈懋德（日本京都帝国大学理学士，原国立武昌大学物理学教授）、预科学长熊晔（日本早稻田大学政治经济科毕业）、中文系主任吴芳吉（清华肄业，曾任上海中国公学讲师、西北大学和东北大学教授）、英文系主任廖学章（日本立教大学毕业、曾任四川外国语学校校长）、历史系主任叶秉诚（曾任四川省立优级师范学校教师）、教育学系主任刘绍禹（美国芝加哥大学心理学博士）、理预科主任杨世英（国立北京师范大学毕业）、文预科主任周澧（北京高师毕业）、数学系主任胡助（法国里昂大学理学硕士）、物理系主任沈懋德、物理系教授魏时珍（德国哥廷根大学博士，后任理学院院长）、化学系主任曾济实（日本京都帝国大学工学士）、生物学系主任刘运筹（英国爱丁堡大学毕业，曾任北京农业大学和河北大学教授）、政治学系主任吴永权、法律系主任费有俊（京师法律学堂毕业）、经济系主任张籍（日本东京帝国大学经济学士）、注册部主任刘植（国立北洋大学工科学士）、斋务处主任杨特（同济大学土木工程科毕业）、图书馆主任周光煦（法国蒙比利埃大学地质学、里昂大学地质高等研究科毕业）、庶务部主任何式臣、会计部主任张简（日本高等师范学校毕业）。

---

〔1〕《吴虞日记》下册，第 328 页。
〔2〕《吴虞日记》下册，第 331 页。

教师共有 124 人，其中外籍教师 31 人，来自英、美两国，均在外文系任教（均为讲师），占总人数的 25%。在本国教师中，有留学经历者为 43 人，约占总人数的 35%。其中留日学生和留欧美学生分别为 21 人和 22 人，各占一半。非留学生为 42 人（学历不详者有 8 人）其中包括了林思进、蒙文通、刘咸炘、吴芳吉、吴虞、伍非百、彭举、景昌极等名学者。

此外，成大在不少方面也给人新鲜感。1928 年，吴芳吉在写给母亲的信中说："成大明春为第一班毕业大典，为川中空前之一大事，固应来观，不可失也。"[1]虽然不乏"劝诱"的意味，但成大第一批毕业生即川内第一批大学生，在当时固可算"空前"。

成大学生求新的意识就更明显。成大成立不久，国民革命之风吹入了"僻远的四川"。成大学生深受此风影响，在言论中表现出极为明确的改造四川社会的使命感。1930 年，成大建校五周年，举行了纪念大会。大会宣言总结了成大值得纪念的三大成就：

首先，"他是努力争斗底结晶"。"一般国立大学，多半为政府所发动，所组成；而我们这个大学产生于军阀抛弃教育专事内争底时代。其得成立，一方面是由于社会底需要，他方面则由于学生底奋斗，而社会底需要是由学生底奋斗具体表现出来的。"其次，"当京沪间已实行男女在教育上平等底时候，我们这些地方还是保有男子对于女子之贵族式的权威"，成大"首开目前各大学及专门学校男女同学之风"。"最后就是他的反封建精神。"中国的教育界"由小学中学而专门大学，都为若干派系所操纵。什么东洋帮、北京帮、高师帮那种中古基尔特底形式，瓜分了教育地盘……好比政治上底诸侯割据列国争

〔1〕 吴芳吉：《禀母书》，1930 年 1 月 14 日，《吴芳吉集》第 1009 页。

雄一样"。而成大聘请教师，"一以学问为标准，不管任何派系，这与他当初反对制造教育系统底学阀那种精神，始终一贯"。[1] 因此，"吾成大之纪念五周年"的意义也就不同一般了，它"非为一校之存亡计，实为吾川之教育前途计，换言之，亦即为西南各省文化之隆窳计也"。[2] 这番理由，特别是第一点，换个角度看，结论就可能大不相同。盖国立大学本应"由政府所发动"，成大既是学生"奋斗"的结果，恰说明其"国立"的不"正宗"。不过，成大学生的表述却蕴涵着另一层意义：成大的"国立性"恰因它不是来自政府，而是来自"社会"，代表了"民"的需要。社会而非政府才是"国"的真正代表，这一看法，实与前述舒新城对国立"标准"的认识有异曲同工之处。

成大学生改造社会的使命感之强，不仅是风气所化与张澜的提倡，也和成大学生的特殊经历分不开。有位学生就提醒道："纪念现在颇足以自豪的成大，尤其要记着过去处处遭人冷眼的成大。""当高师与成大争执的时候，新兴的成大学生，自然敌不过树大根深盘踞在四川教育界的高师学生。成大既无法令根据，又无常年的款，当然不应生存。且就四川现状而言，只是有了高师，什么人材也就够了，何必多事成立大学。站在那面的人们，都是这样异口同声的呼着。"[3] 这段对成高之争的描述，不尽符合事实。盖当时四川社会，多赞成四川应该有自己的大学，而成大从正式确定名分以后，在"常年的款"方面就好过它校。不过，成大学生多年寄居高师校内，确

---

[1] 《国立成都大学第五周年纪念大会宣言》，《国立成都大学第五周年纪念会特刊》，第1页。

[2] 惠伯：《吾人庆祝成大五周年纪念之重要》，《国立成都大学第五周年纪念会特刊》，第6页。

[3] 花睡：《纪念成大生日并告同学》，《国立成都大学第五周年纪念会特刊》，第3页。

实"遭遇不少冷眼"。这种一度身处边缘的状况尤其激发了他们的使命感。

一位署名"惠伯"的作者指出，改造社会当首从四川与西南做起。盖"吾蜀僻处边陲，交通梗阻，文化落后，风气不先，教育衰颓，于今极斯。而相毗之云贵康西藏诸地，鄙野尤甚。然则此提高西南文化之职责者，舍川民将谁属耶?"因此，成大实负重任。"夫吾之为此言，非蔑视今之师范大学及四川大学也。何者，盖彼二校近来亦已顺应潮流，并行改大矣。"不过，这两所学校受四川动荡的政局影响太烈，一年之中要停课数次，"独吾校处此遭迍艰窘之万恶社会中，而能化险为夷，不受经费之影响，同学卒能安心向学，而免失业之虞，仅为此教育破产之四川，留线生机"。[1] 不但如此，正因为四川是"落后"的，他们可以"由促进吾川文化的立场为起点，发扬光大，推而普渡全国于彼岸，至少，总不会落后于外国"。[2]

与此同时，在上海的一批成大校友也在努力提升成大在外省人心目中的形象。王宜昌在一篇题为《关于国立成都大学》的文章中，劈头便说："有一个'异乡'在现在底中国秘密地存在着，这个'异乡'，就是僻处西南底四川。"不过，他说，这是一个"误解"，四川其实是一处"不异的异乡"。原因就是有了一个成大。"国立成都大学成立于大革命底前夜，本其革命的创造的科学的精神，则不独是要改良现在，而且是着重于'运动底将来'。于是，她形成（成都）各大学底中心，而居于文化底领导地位了。"所谓"'将来底运动'，是要将四川与全中国联系紧密起来，而且是更要与世界联系紧密起来的。国立成都大学具有这种精神，而且是正努力着把四川文化与中国与

〔1〕 惠伯：《吾人庆祝成大五周年纪念之重要》，第7页。
〔2〕 花睡：《纪念成大生日并告同学》，第6页。

65

世界文化联系而融合统一起来"。[1]

周绍张则强调，成大不仅是四川第一个大学，"也是中国西南底第一个大学。不仅便利于四川底求学青年，就是河南湖北陕西云南等西南各省以外的人，都相继而到成大求学。这不仅是为西南培养人才，也是在为中国培养人才"。成大打破了"四川教育界底割据思想"，也是为中国统一做出了贡献。成大的各种学会和各学会出版的刊物，"与五四时代之北大，当今之中大，沪上之〔少〕数有名大学出版之刊物比，实亦有过与不及之地"，只是因为交通不便，川外人看不到而已。[2] 其实，在成大读书的河南、湖北、陕西的学生数量极少，云南的学生也不多，由此推出成大在为全国培养人才的结论，未免夸张。不过，作者的"国立意识"乃至"世界意识"却跃然纸上，而这又是和改造地方及全国社会的使命感融为一体的。

需要指出的是，虽然成大的校风更趋新潮，如吴芳吉所说，校内依然存在着新旧之争。在成大文预科读过书的周辅成先生说，"这时在我们讲台上的老师，除了把《四书》读得熟滥外，恐怕是比不上学生读的书多"。此处所谓读书，当然是指新文学和"社会科学"的新书。他曾和王宜昌等人在报纸上"攻击遗老遗少"，并和预科主任（即熊崿）因"教学"和"择师"问题发生过争执。在熊氏与"遗老遗少"们的压力下，张澜处分了他们。[3] 而李劼人离校，也是因为"提倡新文学、

〔1〕 王宜昌：《关于国立成都大学》，《国立成都大学旅沪同学会会刊》，第1期，1930年，第1、3、7页。

〔2〕 周绍张：《国立成都大学于中国西南底贡献》，《国立成都大学旅沪同学会会刊》，第1期，第8、9、11页。

〔3〕 周辅成：《我所亲历的20世纪》，《论人和人的解放》"附录"，华东师范大学出版社，1997年，第495、497页。周辅成、王宜昌与熊崿等冲突事，又见周辅成《平凡的一生》，《中国当代社会科学家》第3辑，书目文献出版社，1983年，第195—196页。吴芳吉亦因观念不同，与熊崿、吴君毅等有冲突。事见刘朴《吴芳吉传》，收《吴芳吉集》，第1370页。

外国文学，而当时老师宿儒，则墨守成规、专事词章考据。劼人不悦，遂决然舍去"。[1]

吴虞的日记中，有关学生对教师不满的例子更多。其中既有林思进等"老师宿儒"，也有新派人物。姑举两例。11月27号："（表方）言君毅及教习与学生感情隔阂，钟点太多，学生且谓新聘教习并无深文奥义。"[2]这时新教授到校才一个多月。学生本来以为新人物会有什么"深文奥义"，结果却没有，不免失望。这恐怕不是"新教习"不卖力，而是学生的期望值过高，或者他们想学的根本就不是老师所要教的。张澜、叶秉诚等"对君毅诸人办事"也"颇不满"。[3]当然，这不是新派与旧派之争，而是新派人物达不到人们对"新"的期待。换言之，成大的学生和张澜、叶秉诚等人在"期望"的层面（不一定在实际上）比这些新派人物来得更新些。

罗宗文先生说，他们当时对老先生们很尊重，但是更喜欢新知识。[4]罗先生自称属于当时学生中的"读书救国派"。而另外一些更新的学生，对"老先生们"恐怕就没这么客气了。林思进曾经告诉吴虞，有学生称自己为"桐城谬种，选学妖孽"。[5]到了1929年底，连一度最新的吴芳吉也为学生所不满："学生贴壁报，骂校长、教职员，吴芳吉、刘北荣（朴）皆不免。芳吉曾一度辞职。"[6]

不过，成大之"新"，只是在成都比较出来的。与外面的学校相比，成大仍然带有旧的色彩。这主要表现在体制方

---

[1] 魏时珍：《忆李劼人》，编委会：《魏时珍先生纪念文集》，自印本，第95页。

[2] 《吴虞日记》下册，第331页。

[3] 《吴虞日记》下册，第334页。

[4] 罗宗文先生口述记录，2001年4月1日。

[5] 《吴虞日记》下册，1927年6月26号，第410页。这表明在成大学生心目中，他们与旧派的冲突乃是10多年前的北京"新文化运动"在成都的重演。

[6] 《吴虞日记》下册，第482页。

面。[1] 如，舒新城所提到的"斋务长"与"舍监"的职务仍然存在；其院系组织分文、理、法科，而不是当时已经通行的"学院"制（1930 年改为学院，学长改院长）。此外，还有预科的设置。按国民政府教育部曾于 1930 年训令各地，大学不得有预科的设置，否则不予立案。[2] 而成大和成师大直到三校合并前均有预科。这或者与四川省中学教育程度不高有关，但其不合通例，则是事实。

成都师大与公立川大简况[3]

一般说来，成都师大和公立川大由于经费不足，办学的困难要比成大多一些，质量也较成大逊色。

成都师大自更名后，就一直谋求使用国税。"川大档案"中藏有一份龚道耕写给南京政府特使"少江"的信件，大致谓：

> 此间教育界状况，前由各校长面陈，并经联衔函述一切，谅邀洞鉴。惟鄙校系属国立，情势与各校稍异，不能不另陈梗概，以供星槎东旋覆命之采择。敝校创始于清光绪季年，……历时廿载，校名五易，造就师资达三千余人。因而倡设之普通教育，旁及于滇黔各省。西南文化之日臻进步，实与有荣焉。殊年来国家多故，政失其轨，应支国税久未实行拨领，原有校舍复被成都大学侵占，教财两厅复遵令审核敝校预算，会呈大学院。敝校长因赴全国教育大会，复面请大学院迅予核定前案，早拨的款。返川

---

[1] 不过，如《四川大学史稿》已经指出的，成大是在四川最早推行 1924 年的《国立大学校条例》的学校，第 123—124 页。
[2] 教育部训令第 222 号，"师大档案"第 4 卷。
[3] 关于三大学更详细的情况介绍见《四川大学史稿》第 139—148 页。

后又以经费无着，校务进行困难，飞呈大学院，请照前案迅拨国税，以资维持各在案。大学院虽有准拨盐税之言，而如何拨付，向何处支领，迄今仍无消息。现秋季开学之期已届，一切用款概系称贷而来，长此拮据，行见西南师资策源地沦于危境。殊非中央眷顾西陲，发皇教育之意。当兹训政开始之时，师范教育关系尤为重要。敬请大使迅予电转国府，饬下财政部及大学院，径令川省盐税稽核所照敝校前呈预算月拨税款四万元，以备支拂，而资挽救；并一面径函驻川各军长暂予分拨盐税，以维现状。事关西南文化隆替，非第一校存亡。使节返京之日，如能详为陈说，以备中枢治理之资，尤为感祷。[1]

此信写于 1928 年 9 月 2 日。我们从中可以看到龚道耕为解决师大经费问题所做的努力。不过，盐税控制在地方军人手中，国民政府对之也是无可奈何。

直到 1930 年 4 月，校长已经换了两任，这一状况依然没有变化："本大学自民国十六年六月经前大学院**明令定为国立**，并颁发关防。启用以来，迄今届满三年，尚未蒙政府**确定国税为本大学经费**，以致办理困难，待遇教授不免浇薄失礼。而各教授以本校为**西部中国师资之惟一源泉**，率能不计待遇，竭力维护，此则本大学所**铭感不忘者也**"。[2]

一般说来，师大学风相对来说显得"保守"一些。据李璜在 1926 年的观察，龚道耕"为人恭谨拘泥，师大所聘教授多墨守一派，而学生亦以恂恂儒者之风是尚"，而"成大学风比之

[1] "川大档案"第 2520 卷。
[2] 《国立成都师范大学一览》，1930 年 4 月，第 69 页。原文黑体字系大号排印。又，第 101—107 页有时任校长的周光鲁呈教育部文 2 篇、呈财政部文 1 篇、致四川省政府公函 1 件，要求拨款。

师大较为蓬勃而有进取精神"。[1]

不过，其师资力量也渐启"新"端，中基会赠送的四个讲座教授即成大与成师大共同聘请。到 1930 年周光鲁代理期间，师大的教职员构成情况如下：[2]

高层职员中文、理、教育三院长均空缺。中文系主任庞俊（字石帚，自学。先后受知于赵熙、林思进、张铮，1924 年被向楚聘为高师教授）、[3]英文系主任焦尹孚（国立东南大学西洋文学系毕业，曾任二十四军军部秘书）、历史系主任祝同曾（字屺怀，曾任四川省立第一师范校长）、生物系主任林道容（福建福州人，日本东京高等师范学校毕业，曾在福建高师、成都高师任教）、艺术专修科主任赵治昌（日本东京高师图工科毕业）、体育专修科主任陆清（江苏吴县人，日本体育学校毕业，曾任南京高师教授 4 年），化学、数学、教育学、文预科、理预科主任均空缺。秘书姜乃扬（成都高师毕业）、总务长胥鉴澄（成都高师毕业）、庶务部主任陈樾（四川陆军测绘学堂毕业）、会计部主任陈文鉴（成都高师毕业）、斋务长谭德勋（国立北平师大学士）、教务部主任任俊（法国都鲁士大学化学专校毕业）、图书馆主任空缺。2 位附中主任、1 位附小主任，均为成都高师毕业。驻京代表龚代祥（成都高师毕业，日本早稻田大学理工科学士，曾在北平各大学任教）。另有 3 位舍监。

成师大的职员构成比成大要复杂一些，除了与师范性质相关的一些职位，如艺术、体育专修科主任、附中、附小主任外，值得注意的，还有一位驻京代表。其职责为何，不得而知，不过，这一职务的出现表明师大更重视中央方面的信息或

---

〔1〕 李璜：《学钝室回忆录》，上卷增订本，第 218—219 页。

〔2〕 以下有关统计均据《国立成都师范大学一览》。

〔3〕 屈守元：《对古典文学具有卓识的庞石帚》，四川省政协文史资料研究委员会、四川省文史馆编：《四川近现代文化人物续编》，第 76—77 页。

与中央的关系。另外，成大的职员较师大完备，学历也更高一些。师大一向以"教"立校，竟然没有教育学院的院长和教育系的系主任，可见其寥落。

在91名教授中，留学生39人（欧、美留学生21人，日本留学生18人），非留学生46人，6人学历不详。在非留学生中，前清举人5名（周光鲁、林思进、余舒、龚道耕、赵一鹤），国内大学毕业者18人。[1]非留学生人数略多。需要指出的是，有不少人是在两校共同兼课的，如林思进、庞石帚、谢文炳、祝同曾、周光煦、罗世嶷、胡助、魏时珍、林兆倧（中基会讲座教授）、向志均等。不过，相对来说，师大教师给人的整体印象要稍"旧"一些。

公立川大就更显寥落。学校成立后，一直没有校长，由五学长（1930年起改称院长）组成的大学委员会办理，各院仍然自行其是。直到1931年6月，三大合并前夕，当时的五位院长还联名呈文四川省政府，谓学校"成立已历五载，而校长一职，始终悬虚"，以致"一切校务，统筹无人"，要求委任校长。[2]同时，学校经费紧张，校址被28军侵占，经往来函商，也未能解决。[3]这些问题都影响到川大的办学质量。

在五院中，中国文学院最有成绩。向楚自1928年起为院

---

〔1〕 含上海圣仓明智大学毕业1人（国文教授邹启宇）。该校是爱俪园总管姬觉弥在1915年所办，无本科和预科，按当时的说法其实是一所"野鸡大学"。见李恩绩《爱俪圆梦影录》，生活·读书·新知三联书店，1984年，第52—54页。

〔2〕 《呈请遴选大学校长以专责成一案》，"川大档案"第1888卷；又，该卷内另有1930年4月5日《呈为再请遴选大学校长以专责成事》，可知已不是第一次要求选任校长了。

〔3〕 24军司令部指令，政字第31号，1928年1月；五院长致邓锡侯信，1929年8月5日；国民革命军第28军指令，秘字第383号，1929年8月；《陈明接收棘手再恳设法维持克日交还商专校地一事》，1929年8月23日；《呈请令饬拨还商专校地以便接收部署一案》，1929年7月；四川省政府训令，省字第1326号，1929年10月；《呈为呈请收回商业专门旧址筹办高中事》，1930年5月；《呈为呈请命令解决四川大学校务以便祗遵进行事》，1930年6月。诸件均在"川大档案"第1888卷。

长，所聘教师均为"老师宿儒"，如龚道耕、林思进、赵少咸、祝同曾等，也有李劼人、吴芳吉、蒙文通等较为新派的人物。但这些人都是兼任，专任教师极少。就教学方式来看，"中国文学院教学，采取尊经书院导读作风，教学与治学相结合，学生听讲时少，阅读时多，使自发奋钻研"，较重"专与深"。[1]

不过，该院有时也不免用人过滥之弊。唐君毅1929年自中央大学休学一年，与同学游鸿如一起被该院教务长蒙文通聘为教师，唐授西洋哲学史，游授中国文化史。唐君毅年谱谓："当时二人均仅上过两年大学，却要教大学三年级学生，且学生中有年近三十者。然先生讲课，仍毫无愧色。事后先生追记其事，谓当时蒙先生糊涂聘请，彼等亦糊涂应命，可谓胆大妄为，不自量力矣。"[2]所谓"不自量力"，是事后的反省，当时并未意识到这一点，而是"毫无愧色"。可知唐不是"糊涂应命"，而是很有信心的。其自信主要来自他作为中央大学的学生，对川大学生并不放在眼里（学生中有年近三十者，只能加深这一印象）。即是说，至少在那时的唐君毅看来，川大的质量实在不算太好。

第三节　国立四川大学的成立

1928年5月，大学院训令四川省教育厅，发下旅沪川人郑宾于等请求合并四川省内各大学以成立国立四川大学的呈文，认为"所陈各节，似尚切实可行"，要求四川省教育厅"即便

---

〔1〕　黄稚荃：《对辛亥革命及四川教育、文艺事业卓有贡献的学者向楚》，第311页。
〔2〕　唐端正：《唐君毅先生年谱》，《唐君毅全集》第29卷，台湾学生书局，1991年，"年谱"第27页。

从速筹划"。此一呈文颇重要，值得大略征引。其原呈称：

> 窃维改造社会，首重教育。而良好之教育，必基于完整之学校。……故学校毋计多寡，而贵事有其实。四川高等教育办理多年，成立学校亦不下十数，而稽其成绩，则江河日下，今不如昔，名实乖离，图希延誉。名曰专门，而其设备之简陋，组织之粗疏，课程之缺谬，生员之浇薄，实有中级学校之不若者。又无（原文如此。——引者注）名称歧出，学生寥寥，耗费滋多，无补实际。如外国语、中国文学两科，大学之文科即是以范围者，而必独立别为两校（成都有外国语专门学校、国学专门学校）。且商专学生人数犹少于其教职员，彼亦自成一校，月靡数千余金。而蚕、茶两专校与农业专门性质相同，亦皆分立，鼎峙为三。此其流弊所至，则财力交弊，庸愚滥竽，苟且从事，有名无实。彼此坐困，进展无期。以故四川目前之专门学校非不多也，然而欲求一名实相符、真有学术事业表现的成绩之学校，卒不可得。

> ……再查四川又有所谓成都大学者，自号国立，而实未向任何机关备案；名曰大学，而校址与经费亦漫无着落。以上所陈，不过四川教育目前颓废纷扰之一班[斑]，犹未能尽其情也。宾于等均籍隶四川，或奔走国事于外，或自海外留学归来，或在他地任教，或则出省考察教育，常见他省教育均日有进展，惟吾川教育则纷乱难治，同人相与筹商，佥以为四川为西南文化之渊薮，不可任其堕落。学校之设置与其多而扰，不如约而精，有其名必验其实。目前改造四川教育之方，允宜仿照广东、杭州、南京各中大例，应将所有各专校一律分别省并，另组国立四川大学。集中人材，节省财力，组织必□改善，内容□求充

实。扫除从前一切苟且□□之弊。

……盖此议若果实行，利益孔多。前文未尽，请再申言之。（一）财力集中，耗用数减。……故就目前形势言之，独办一大学，财力尚可胜任，如求十专校并驾齐驱，均臻富裕，势必无成。且各校分立，一切设备者悉具，如图书馆与理化试验室等之设备，必有彼多此缺之憾，断难充备。合在一处，则供求便易，无忧不给。……（二）人材集中，聘用较易。川省人材不谓不多。然分在各校，其势遂弱。且各校薪额不一，因之聘员遂成难易之势。又有以各校设备不完，不乐从事者。故无论海内名师难希其驾，即本省通才亦多外就。若学校改观，力量充实，孰不愿欣然来归，尽心桑梓乎？……（三）教育宗旨可趋一致。目下国家方厉行党化教育，现今四川各专校之当事者，是否果能知其义，或能见诸实行者，尚属疑问。合之为一则步趋可齐。盖求一领袖之才与求数十领袖之才孰为易得，其中消息不俟烦言。……（四）教育经费易资整顿。现在四川省立各校经费，纯恃肉税维持。计其每岁收入，除交拂省立各校外，尚有盛〔剩〕余。川中各军往往藉口省立各校办理不善，恒将驻防区肉税截作他用。故省立各校日趋困窘，愈窘愈劣，愈劣愈窘。救济之法，实维更新。若合各校为一，规模渐整，自身无缺，据理力争，彼更何所藉口乎？……至其成立后之办法，请试并陈其愚：（一）组织。即依照中央所颁大学区规程，并参酌地方情形办理。各专校更名为某学院，其性质相近者更并为一院，而统称国立四川大学。（二）地址。择适中之校为中枢机关，综揽大学全部事务。其余各校得就原地改组或斟酌省并。（三）经费。即以各专校现有经费更加整顿，以充用度。设用不足，再行筹措。（四）学生。除招收新生外，悉将现有各专校学生分别试验，编入相当学级。并将现在成都大学学生亦同时收编，则不独前述各弊可去，诸利可致，西南文化必蒸蒸日上矣。……惟兹事体大，非事前详为规划，难期□□。应请钧院充拣熟习川省教育情形及富有教育学□若干人为筹备委员，就四川教育厅组织筹备会，即定为国立四川大学筹备会，并以现任教育厅长为当然委员，共同筹备，限期竣事，则大功可竟矣。……谨呈中华民国大学院院长。旅沪川人郑宾于、杨富民、程愚、宋德璋、苑春膏、陈肇琪、魏崇元、李世覆、魏子兴等四十一人。〔1〕

上书诸人在近代四川多不甚知名。领衔人郑宾于系成都高师毕业，〔2〕与吴虞等人多有交往。吴虞的日记中多次提到他。1929 年，他回到成都，吴虞还曾向张澜推荐过他。1930 年又向吴永权推荐。〔3〕但或是因为成大方面对他提出合并有意见，张澜等人并不积极。

此呈写于 1928 年 3 月，正是蔡元培任大学院院长，计划推行大学区制的时候，故立刻得到了大学院的赞同。〔4〕

当然，此事最关键的还是要看四川地方政府的意见。而郑宾于等的观察恰与其时正代理四川教育厅长的向楚意见一致。向为《四川教育公报》写的《弁言》中就说：

〔1〕 大学院训令与郑宾于等呈文均见四川省教育厅公函，十七年教字第 10369 号，"川大档案"第 1 卷。
〔2〕 《四川大学史稿》，第 151 页。
〔3〕 《吴虞日记》下册，1929 年 9 月 1 号，1930 年 9 月 5 号，1931 年 5 月 5 号，第 469、519、559 页。
〔4〕 关于大学院与大学区制，参见陶英惠《蔡元培与大学院》，《中央研究院近代史研究所集刊》第 3 期；刘正伟《论大学区制的试行及其对普通教育的影响》，《教育史研究》1999 年第 3 期；金以林《近代中国大学研究：1895—1949》，第 160—184 页。

十年已前，统计全国教育者，辄数吾蜀庠序之积，以为上第。此以多为贵者，其损益得失，于养兵见之矣。今有力者扶助创置，学校兴作，以手建为贤。而移取教育固定之入以充之，舍旧而新是图。要其经费之擘画，一若俯拾即是，秋毫不感筹措之难者，而教育之困匮益亟。地方县治，转相沿袭，以省治学校为败坏，不可复顾。动持一隅之论，蠹疑阻挠，此又倒果为因之见。不至举全省之教育，一变为防区化不止，学校前途之忧，未有已也。[1]

这其实是当时不少人的共识。直到 1932 年底，还有人把四川教育称为"数量化的教育"，即"只有数量的增加，而无质的改进"。[2]

米庆云先生在回忆文中，专门列出一节"向楚合并三大的开场锣"，并谓向楚"借口奉到南京国民政府大学院的训令"，实际上"主要在投合刘、邓、田三军的意愿"。[3]事实上，当时就有人怀疑向楚与郑宾于等的呈文有关。旅京川人赵伟在 5 月 17 日写给川大某人的一封信中就说："弟看此事向仙樵或亦知之，因是上书人中多系与向相识者耳。"[4]由此看，则郑宾于等呈文提议"以现任厅长为当然委员"，或即与此有关。事实真相如何，颇难断言。但可以肯定的是，向楚对此事甚为积极。[5]

向楚奉到大学院的训令后，当即呈文四川省长公署，请公

---

〔1〕《弁言》，《四川教育公报》第 2 卷第 1 期，1928 年 2 月，第 2 页。原文或有手民误植。

〔2〕直木：《四川教育的剖析》，《蜀社社刊》（上海光华大学蜀社），创刊号，1933 年 1 月 1 日，第 63 页。

〔3〕《成大兴废》，第 83—84 页。

〔4〕原件未属衔名，不知收件人为谁。"川大档案"第 1844 卷。

〔5〕郑桂仁：《向楚先生传》，《川康渝文物馆年刊》1990 年，第 92—93 页；向在凇：《前川大文学院长向楚》，《成都市文史资料》总第 19 辑，第 38 页。

署"会同二十四、八、九军联合办事处选聘三人，成大、师大及公立四川大学教职员各推选一人，连同厅长共计七人，组织筹备国立四川大学讨论委员会，以讨论筹备一切事宜。其人选资格拟以国内外大学毕业、熟习川省教育情形及富有教育学识经验者为准"。[1]

最后，三军办事处圈定熊嵘、杨伯谦、曹任远三人，连同成大代表李劼人、师大代表傅养恬、公立川大代表伍所南组成了讨论委员会。8月21日，讨论委员会通过了《筹备国立四川大学委员会决议案》，共有7条：1.就三大学现有"校地校产，及一切设备，统筹改组划归国立四川大学"。2."国立四川大学依据大学院学制系统条例，设文、理、法、农、工、医六科"。3."国立四川大学招收学生应以高中毕业生为限。但川省高级中学尚未遍设，……大学得暂行附设高级中学，所有现在预科学生一律归入附设高中肄业"。4."国立四川大学改组成立后，凡各学校已有之专门部学生应一律办至毕业为止，停止再招新生"。5."川省师资缺乏，国立大学应依据大学院颁布师范学校制度第四条之规定，于大学教育系附设二年制之师范专修科"。6."本大学及附设高中成立时，应将各校现有大学本科生及预科生一律审查，分别改编，归入相当班次"。7."查现各校经常费除国立成都大学每年定案系由中央指定盐税六十万元，现在实领数约计十万元外，所有国立成都师大及四川省立工专、法专、农专、外专、国专、蚕专、茶专八校经费均在省教育经费收支处由省税中之肉税项下分拨。所有九校经费预算案共为一百一十一万九千九百五十一元三角五仙六星，实领得之数不及一半。兹既组为国立四川大学，自应将以上九校经费全数划归国立四川大学接收。除国税

<hr>

[1] 《为拟具国立四川大学筹划办法呈请核示事》抄件，"川大档案"第1871卷。

外，其余之数仍由省税中之肉税或其他省税项下开支，并请转呈中央划拨盐余或关税附加及其他国税项下，每年加拨壹百捌拾余万元，并于前三年筹备期间，每年加拨开办费壹百万元，庶足敷用。"[1]决议案出台后，讨论委员会又推举曹任远赴南京大学院汇报。[2]

得知郑宾于呈文内容和讨论委员会决议案的各大学做出了不同的反应。对于"郑呈所举应行合并各理由"，成大表示可以赞同，但随即指出：

> 其所陈合并之办法，则系以成都师范大学为主体，而收改省立各专门学校，为四川大学之各学院。其经费校址一切仍旧，苟且敷衍，无变实质，徒易名称。其意盖以为苟能将省立各专门学校及国立两大学省并为一，统称为国立四川大学，经费则用师范大学及各专门学校之经费而已足；校址则用师范大学及各专门学校之校址而已足；学生则合师范大学及各专门学校之学生，并收编成都大学之学生，而亦不虞其少。至各校省并之后，如何而能振起，目前之衰颓如何而能发展，西南之文化如何而能树立宏远之规模，该呈固未能见及。

成大对以师大为主体的合并办法显然不满，但也表示并不反对三大合并，然此事"关系教育百年之至计，绝不可以苟且敷衍"，因此，提出7条建议：一、"经费当确定为盐税，年拨二百万元"。要建立一所国立大学，就必须"着眼于川滇黔三省及川边之文化发展，而不徒以四川为范围"，为此，经费必须充足。"而此项经费之出源则成都大学之经费已经定案之盐税

---

〔1〕 《筹备国立四川大学讨论委员会议决案》，"川大档案"第1卷。

〔2〕 四川省教育厅公函，十七年教字第10359号，"川大档案"第1卷。

为最宜。盖四川大学既属国立，则其经费当然由国税支付也"。二、"校舍当于省城南门外择地新建"。成师大驻在皇城，处于市中心；公立川大则散在城内各处。只有成大校址"偏近城南，地颇间旷"，较"为适宜"。三、"四川大学当于重庆建设分校"。这是为了便利川东和黔滇等地的学生。四、"大学当停办预科"。"大学之办预科，本属一时权宜之计，本校以数年所经验，尤觉预科本科不能合在一校"。五、"当以省款筹办宏大而且完善之高级中学"。六、"大学不得与专门学校混合办理"。"查省立各专门学校于十六年改称公立四川大学，除各学院分招大学预科之学生一二班外，其内容皆无改专门学校之旧"。合并后，应"不再招专门部学生"。七、"当以省款继续兴办职业专门学校也"。大学与专门不同，"大学立意，虽不废实用，而究侧重理论；专门设制，虽亦穷探理极，而实偏于艺术"。"吾川地大物博，当此民力凋敝之际"，尤当"力求实用"。"是以必须于大学之外，特设各种专门学校"。至于师范专修科，可以设在大学的教育系，不必另设。[1]

从成大的提议看，不管是经费还是校址，显然是要以成大为主体进行合并。至其余数条，多是对四川教育具有建设性的提议。其中除在重庆建设分校一条外，又多与四川省教育经费的使用有关，显然是害怕地方政府将各校合并后，将省教育经费移作他用。

议决案出来后，成大并不满意。9月18日，张澜上了一道呈文给国民政府，对讨论委员会决议的第1、7两条提出了异议。首先，成大主张"四川除国立大学而外，所有省办各种职业学校，仍当并行"。其次，"关于国立大学经费问题，本校以为完全应由国库负担"，而省教育经费应用来发展省立学校和

---

[1]《成都大学对于三大学合并之意见书》，1928年，"川大档案"第1卷。

高中。另外则提出，"国立大学既设成都，应即以成都二字冠于大学通名之上，正名为国立成都大学较为适当。四川名词仅代表省区，如大学系省立，冠此二字尚属合理。今以国立大学而加省区之名，殊嫌名实淆混。证以近事，如国立江苏大学之改为国立中央大学，国立湖北大学之改称国立武汉大学，即其例也"。张澜说，这里提到的三点，"或为国立大学根本所关，或以四川地方利害所系"，极为重要。[1] 校名问题是成大以前的建议书中没有提到的。[2] 若按这一建议，则成师大和公立川大事实上都成为成大的一部分。

成都师大也赞成将四川省内各大学合并，但是不包括师大在内。早在 1927 年 4 月，龚道耕在致大学院的呈文中，就提到这一点："川省号称专门学校者无虑十所，近更有自称大学之名以冀网罗学生者，学校内容如何，所不敢知。然就社会上之信仰观察，此等学校实早已自知其领导地位。钧府为整顿西南教育计，似宜一面将此等学校设法归并，改称省立大学，俾成为完整之研究学术之场所；一面将本校改升为国立师大、俾专司倡导革命，恢宏一般教育之职。各该校原有经费合并计算，年有六十万左右，不虞其缺乏也。"[3] "自称大学"云云，显指成大。因当时公立川大还未成立。不过，这段话在正式呈文中删掉了。

在四川省教育厅要求各校推举代表时，师大也派定了傅养

---

〔1〕《呈国府对筹备国立四川大学意见一案呈为径陈管见以备采择而策进行事》，"川大档案"第 1 卷。

〔2〕当时在国内亦有人对校名问题发表过类似的意见。如《现代评论》第 8 卷第 185 期（1928 年 6 月 23 日，第 42 页）署名"实"的文章《大学名称与大学区别》就说："像北京大学这样确当的名称，实在是比任何别的名称都好"。并建议把中央大学改为南京大学、浙江大学改为杭州大学。因为"以地名为所在大学的名称，不独是世界各国的通例，而且简单明了，可以免除许多误会。我们相信，在一个大都会之内，国立大学只应该有一个，所以用市名为校名，是最好不过的"。

〔3〕《呈国民政府请改升本校为师范大学并赍送计画预算校舍图等件由》原稿，"师大档案"第 1 卷。

恬。9 月 6 日，四川省教育厅为筹备国立川大了解各校情形发下调查表时，龚道耕批示："本校系国府备案之国立师范学校，就法律与学理两方面言，均不合□议合并，业向该会提出意见矣。此表无填造之必要。"[1] 9 月 10 日，师大致函四川省教育厅，对讨论会议决案提出异议，谓合并师大"殊失郑君等原呈之意，且对本校性质与现在地位，皆未深究"：

> 本校正名国立，已历多载。去经国府核准，改升师范大学，并正式简任校长，颁给关防在案。自后国府与大学院一切文件，皆直接达校。事实昭然。如中央认为应当省并，则于呈请备案之时，即应加以指驳，事后政策果有变更，对直接学校，何迄无明令发表，且于最近本校呈报招生简章，又予批准耶？按本校直属中央，凡关于变更及废止，依法应遵中央明令办理，此外似不容任何人干涉或支配。四川大学讨论会，究不知其法定权责为何，而可对于国立学校，轻议变更。……就理论言，师范大学不惟不应取销，尤应彻底独立。盖师范大学，与普通大学性质不同，目的迥别。普通大学重在研究学术，师范大学，除研究学术外，尤重在教授技能之训练。……即大学之教育系，与师范大学，虽同为研究教育，而一主研究教育学理，一尤重养成教育技能。质言之，即一重在教育的理想，一重在教授之实施。……方今社会进化，事贵分工。师范教育，关系国本，岂可含糊从事？主张合并师大于普通大学者，殆尤具以前之传统思想，而昧于进化公理欤？

此处所谓"学理"，与 1926 年高师学生反对张澜时所主相同。

---

[1]　四川省教育厅公函，十七年教字第 10232 号，龚道耕的批示也在公函上，"师大档案"第 3 卷。

公函还对曹任远作为讨论委员会赴南京的代表资格提出质疑："复查曹四勿系中华文化教育基金董事会赠送讲座，去留应受聘约及规程之限制。敝校既未同意推选案，则讨论会之推举及贵厅之分电北平中华教育文化基金董事会似应兼顾及之。"[1]

18日，师大又呈文大学院、国民政府，谓筹备国立四川大学委员会开会时，"列席七人，除职校及成都大学、公立四川大学各派一人外，余为教育厅厅长及其遴选驻军延聘三人。致会议席上一惟教育厅长之意旨是从，不过徒具会议之形式而已。职校代表以事关改造四川教育，但于主旨不背，何妨委曲迁就。讵议及改组旧有学校时，该厅长竟提议将师大一律合并，余人漫不加察，杂然应之"。呈文还附有致讨论委员会的意见书。[2]

19日，师大致函第24、28、29军，谓讨论会的决议早"经傅代表当场否认"，但是讨论会竟"不之顾"，"致外间闻此消息，函电责问，至为激昂。截至今日，接到此项函电已有二十余起"。[3]所谓"外间"，当是高师或师大校友。

1926年高师差点变为成大的惨痛记忆使师大人对一切想要取消师大的想法极为敏感。师大学生会本来已经"停顿已久"，但因"此事关系本校存亡，非一致团结应付不可"，华翰章等30多人在14日重新发起组织临时学生会，以"拥护师范教育独立"为宗旨。[4]26日，已经停刊的师大校报也再度

---

〔1〕 国立成都师范大学：《函覆教育厅查将原提意见书转呈大学院并案核办暨曹四勿代表赴京未经讨论会议决赞同一案由》，"师大档案"第3卷；《国立成都师范大学校报》第1期，1928年9月26日，第9页。

〔2〕 国立成都师范大学：《呈大学院、国民政府为四川大学讨论会合并本校未经赞同暨呈意见书请为并案合办一案由》，"师大档案"第3卷。

〔3〕 《函三军长送本校意见书请为转呈国府大学院一由》，"师大档案"第3卷。

〔4〕 《临时学生会成立》，《国立成都师范大学校报》，第1期，1928年9月26日，第4页。

"和读者见面"。[1] 第 1 期专门刊登师范大学独立专号，选录了 1928 年全国教育会议国立中山大学与粤桂两教育厅的提案、北平师大学生拥护本校独立宣言、北平师大学生为拥护本校独立请援电、前北京师范大学学生代表为拥护本校独立向第五次全委会请愿书、国立成都师范大学毕业同学对北平师范大学独立运动宣言等文献，并刊出傅养恬启事，宣布自己对讨论委员会的议决案并未表示赞同。[2] 直到 1930 年，周光鲁还在给教育部长蒋梦麟、行政院长戴季陶的信中提到，"夫北平交通利便，数省师资已惟国立北平师范大学是赖。西南交通梗阻，数省师资更不能不惟国立成都师大是赖"。"师大之争，在独立设置四字，往岁之纠纷为此也，奋斗为此也"。[3]

公立川大在得知大学院的训令后，亦表示赞同。在五院长（时中国文学院院长为蔡锡保）联名写给一位旅京川人"厚甫先生"的信中，称"此事于本大学前途关系甚巨，应请吾兄就近代表陈明一切，特撮举概要如下"。一、川省办理公立川大"办法尚称妥善，规模亦已具备"；二、学校经费"虽未充裕，亦属有着"；三、学校"成绩尚有可稽，基础比较稳固，改组以来，益加整理"，"不似从前之有名无实"。"以上三点，皆系最近实在情形，即与郑宾于等所建议者不谋而合"。此次中央下令筹备国立四川大学，"若果以本大学为主干，从事改组，以吸收所谓成大、师大，事势便利"。[4]

公立川大在三校中最无实力，也在梦想以自己为主体合并其他二校，"三大"各怀心思可知。因此，合并之议困难重重。同时，此议又牵涉到各地方军人。米庆云先生回忆道："成

〔1〕 《又相见》，《国立成都师范大学校报》，第 1 期，第 2 页。
〔2〕 《国立成都师范大学校报》，第 1 期，第 11—16 页。
〔3〕 周校长致蒋梦麟部长、戴季陶院长缄，《国立成都师范大学一览》，第 107—108 页。
〔4〕 原件在"川大档案"第 1844 卷。

都大学被认为是刘湘办的；师大校址的皇城是属于 28 军系统的边防军总司令李其相在成都市区的防区，师大校长的去留以及校产等重大事宜，李其相和他的兄弟李注东常常要直接过问，就被认为是李其相办的；川大五院系领省教育经费过活，虽没有明白属于哪一个军系，但也各有系派把持，不是教育厅可以任意变动的。"〔1〕因此，这次合并之议不了了之。

1931 年 2 月，新的四川省政府成立，刘文辉被任命为省政府主席。时刘文辉正处全盛期，踌躇满志要统一四川乃至西南，用他自己的话说，是"少年得志，不可一世"。〔2〕在这种心态下，他也需要像有些军人一样，有一所"自己的"大学。9 月 29 日，他以四川省政府主席的名义对有关各方下达训令或公函，再提合并之议："三大学成立以来，数载于兹，别户分门，叠床架屋。自北平外，罕有其比。夫北平旧都，人文渊薮，政府新迁，余风未堕。故其为制，迥异他省。蜀学虽盛，比诸广浙，未能远过。独援北平之例，三大并建。师儒既苦不给，经费亦复不充。枝梧到今，教学交困。原其致此之由，实因多事之故。事前莫为统筹，事后无暇整理。"1928 年曾有合并之议，"祗以省府延未成立，此案遂尔虚悬。日复一日，各校豫〔预〕科次第升学，情见势绌，渐难维持。……欲求三大学长此鼎峙，分途发展，是何可得？"三大之中，除公立川大的工、农两院外，"其分系同，系所授课同，授课之人又或相同"。就经费而言，"成大年领四十万，税收稍绌，立感困难。师大月仅五千余元，比于成大只七分一。本校已难支持，附属

---

〔1〕《成大兴废》，第 34 页。按，杨伯谦于 1929 年 2 月 22 日被任命为师大校长，似即与李其相有关。《吴虞日记》，1929 年 9 月 16 号："成大传事……又送来查杨吉甫（伯谦）吞校款帐目一纸。" 17 号："今日晤表方，……又言李其相与杨吉甫扎起不交。昨日已请教职员议开学。保阿斗者可谓大卖气力也。"（第 471、472 页）似可为米庆云文做一旁证。

〔2〕刘文辉：《走到人民阵营的历史道路》，全国政协文史资料研究委员会：《文史资料选辑》第 33 辑，中国文史出版社，1986 年，第 3 页。

学校一切支给，专赖学费。川大五院豫［预］算，各自独立者，差比中学，少者视小学犹或弗逮"。因此，"本府参酌旧案，体察现情，为整理大学教育起见，决于本期将三大学重复各系一律归并，指定校地，划一名称，原有学生并入肄业。其四川大学原设工农两院，着即划开。遵照最近教育部所订各省市普设专科学校实施方案，改设工农业各专科学校"。〔1〕

这一训令和公函虽是 9 月底才下，但是合并三大的风声至少从 7 月份就已经传出来了。吴虞日记 7 月 10 号："晚饭后看叶秉诚，言下半年学界恐有变动。成大经费动摇，亦恐不能办。"8 月 1 号："《新四川日刊》，教育厅正积极筹备成大、师大、川大三大学合并事宜，惟名称尚未决定，故川大无添办高中之必要。"8 月 11 号："今日《新四川日刊》关于三大合并问题，最短期内似难实现，唯对于川大合并，筹办高中，则刻不容缓。"〔2〕

米庆云先生回忆了当时"一般人"对这一问题的几种看法：1."把被认为是刘湘的成大和一向受李其相支配的师大一起撤［拆］散"。2."三大合并，师大川大合用成大的盐款，省教育经费项下可以不拨或少拨钱，还可借成大旧案把刘湘把持的盐款多挤点出来"。〔3〕

刘文辉雷厉风行，10 月 1 日就组成了大学整理委员会（下简称"整委会"），自兼主任委员，聘请张铮（是年 2 月起任教育厅厅长）为副主任委员，委员包括向育仁、邓锡侯、田颂尧、尹朝桢、赵椿煦，三大学方面，成大为熊嵋（张澜已于1930 年下半年回乡，校务由三院长轮流代理，时恰好为熊），

---

〔1〕　四川省政府公函，二十年省字第 673 号，"川大档案"第 1 卷。
〔2〕　《吴虞日记》下册，1931 年 7 月 10 号、8 月 1 号、8 月 11 号，第 569 页、571 页、572 页。
〔3〕　《成大兴废》，第 86—87 页。

师大为 1931 年 2 月起始任校长的宋绍曾，[1]公立川大为向楚，另外还有成大教授叶秉诚。

这一次的形势与上次大有不同。首先，主其事者为刘文辉，刘的态度极为强硬。10 月 6 日，刘文辉通知三大学于 3 日内交出校印等，并通知三大负责人到省府开会。魏时珍后来回忆说："当时刘文辉主持会议说话时的傲慢态度，使出席的校长、院长都感到非常震惊，他说话之后，大家相对默然，半晌无人发言。"[2]

另一方面，各校的情况也发生了一些变化，反对的声音不如从前那么大。公立川大隶属省政府，当然不敢反对，中国文学院长向楚更是积极。只有农、工学院对将其划开不满意，提出，按照刘文辉的意见，"未免偏重空谈学理之文、法、教育等科，而轻视崇尚实业之农工科"。就国内大学通例来看，如中央、浙江、广东、岭南、北平等大学，"莫不有文、理、法、农、工、商、医等各院"。就法令而言，排除农、工两院，"既无中央明令取消两院，复无教部指令降为专科，不知具何种理由"，"纯系教厅办理不公"。[3]但在刘文辉的坚持下，也不了了之。

师大原来是反对最力的，但按照刘文辉的意见，师大改教育学院，部分保持了师范教育的独立。况且合并以后，可以使用盐款，经费比较稳定。另外一个重要原因是原有的护校精神强烈的高师学生都已经毕业，新生中反对的声音并不大。反对力量主要是师大部分教师和校长宋绍曾。但刘文辉派他的义子石肇武率领大批兵弁到皇城内，把宋及教务长蔡锡保、秘书长

---

〔1〕 据吴虞说，宋绍曾长师大，也是李其相推荐。《吴虞日记》下册，1931 年 2 月 27 号，第 547 页。

〔2〕 《成大兴废》，第 87 页。

〔3〕 《农院学生仍坚持该校应并入川大已发出第一次宣言》，《成都快报》1931 年 10 月 22 日，第 6 版。

陈祖武等带到公馆里，当面命陈交出校印。陈借口校印未带到身上，宋等才得以返校。但宋仍携印出走，后到南京政府蒙藏委员会任职。[1]

如前所述，成大校方原本并不反对合并。1931 年 5 月 26 日，张澜在南充写了一封信给刘文辉，以"此次省府改组"的机会，希望刘在两个方面帮助成大。"一则定案之盐款必须拨足也"。"一则国立之名，必求国民政府核定也"。盖成大虽经大学院、行政院准予立案，并任命了代理校长，拨定了经费，使成大在"事实上"已经成为国立大学，"惟因前此省府无人负责，未能向中央建言，而旅沪川人，又曾呈请大学院为三大学合并之主张，遂致教育部对于成都大学，至今尚未明令定为国立大学"。此外，"建议三大学国立省立，分途并进，不合并则已，如须合并，则此一大学者，必当使之成为国立，而其经费，必当请求国府，于国税项下除国立成都大学已经年拨六十万元外，再行增拨若干"。他并提出，"中央对于东南诸省，尝有私人倡设之大学，亦允许其为国立，惟恐优厚之不加，我占西南重要位置之四川，岂宜长此自外，而自甘菲薄耶？至于省教育经费，则须完全留出，以多办关于生产事业之高等专科学校，绝不宜将国税省税并入于一大学之中，……如十七年教育厅所召集之三大学合并会议之经费混合办法，不能不令人訾其疏失也"。[2]其基本精神和态度并无太大变化。

另一方面，米庆云说，其时主持校务的熊崶"是与张铮、向传义等极为接近的"国民党人，"对三大合并是幕后人物"。他并透露，当时有人说，"合并三大，只是国民党人向楚、张铮和 24 军副军长兼国民党四川省党务指导委员会主任委员向传义（育仁）等的主动，目的是想消灭非国民党人张澜主持的

---

〔1〕 《成大兴废》，第 89 页。米庆云访问过陈祖武。
〔2〕 致省政府公函，1931 年 5 月 26 日，"川大档案"第 1 卷。

成都大学"。[1] 米虽然说"这不完全符合事实"，但这几位都是国民党，又都赞同合并，难免使人有此联想。而李劼人在1932年6月9日写给学生王介平的信中也说，国立川大曾请自己去教书，但他"不悦张重民之出卖大学，及一般混账东西，力拒不受聘"。[2] 另外，吴虞在《日记》中也将熊峋、张铮、向楚等一并计入"成大熊锦帆系"，[3] 可知这一认知是当时成都教育界较为流行的一说。

如叶秉诚所说，成大当时的确遇到了经费危机。10月14日，成大三院长还写信给四川省政府，称："本校历年因款未拨足，致欠发各教职员薪资。本年四月以来，川南盐务稽核分所拨款，先后积欠至五六万元，虽经认补，缓不济急。因是学校经费常在困窘之中。……又至本期开学以来，现已四周，而各处款项拨到者亦属无几。关于补给欠薪及维持现状开支，三大未合并以前之一切开支，非为六万余元现款之接济无法应付。"因而请求省府垫拨，"以资维持"。[4] 此前成大因有盐款支持，办理较为顺利。现在遇到严重的经费危机，独立难支，以至于要向四川省政府求援，是从前没有过的。这种情况也促成了一部分人倾向于合并。

合并令下的第2天上午9点半，吴虞在成大遇到叶秉诚。叶称"三大合并，事在必行，快则以一星期结束，迟则二星期，从明日起算"。当天上午11时，熊峋和叶秉诚召集学生报告经过情形。次日，成大召开教职员会议。吴虞在日记中记道："叶秉诚、蒙文通各有议论，均关重要。继学生主张，予以其多离事实而唱高调，遂归。"[5] 叶、蒙及学生发言内容为

---

〔1〕《成大兴废》，第90页。

〔2〕 转引自李眉《李劼人年谱》，《新文学史料》1992年第2期，第42页。

〔3〕《吴虞日记》下册，1931年7月21号，第570—571页。

〔4〕 国立成都大学公函底稿，"川大档案"第1卷。

〔5〕《吴虞日记》下册，1931年10月1日、2日，第580页。

何，已不可知晓。有一点可以肯定，蒙文通是反对合并的。[1]

10月6日，成大教职员吴永权、魏时珍、熊峄、叶秉诚、曾济实、谢苍璃、杨尚恒、胡助、何鲁之、李植、林思进、刘绍禹、李蔚芬、龚道耕、刘朴、何式臣、刘咸炘、周太玄等63人联名致函四川省政府提出，教职员对合并三大"意见不一"。"同人等以钧府新成，重提旧案，顾念各大学经费困难，立即着手整理。……但使有益学子，比较成大为完整，同人等自当牺牲一切意见，断不为故步自封之计。惟钧府具体计划未行公布，同人等为全川教育前途计，不得不龈龈过虑者，约有数端。"一是"经费数目自应确定"。"窃川省教育不良之原因虽多，惟以经费不足为最大。查省外各国立大学莫不因经费充裕而得良好之成绩。"拟建中的国立大学"经费非年有八十万元不能较现今为完备"。原三大的经费严重不足，合起来也不过50万元左右，"不知钧府将划拨何种的款以作新大学之固定经费"？二是请省府明令宣布保护原三大之校址校产。[2]

对此，省府于10月7日下午召集三大校长、院长开会，由刘文辉宣布：一、"新大学常年经费确定为六十万元"；二、"合并后所剩之校产仍作为学产，不得变卖及作别用"；三、"新大学暂假定为国立四川大学，俟将来呈请中央定名时拟撰三名，国立成都大学之名居其一，由中央选定"，国立成

---

〔1〕龚谨述：《蒙文通先生传略》，蒙默编：《蒙文通学记》，第187页。"三大"合并后，蒙文通离开了四川。据他后来讲，他这样做是因为对当时四川教育界的情况不满："我曾经在成都大学教过书，校外是军阀割据，暗无天日，校内教师间的派系明争暗斗。我实在看不下去，便离开了成都到了南京"。见蒙文通：《不能离开党的领导》，李有明笔录，原刊于1957年7月10日《光明日报》第3版，收李有明、蒙绍鲁《往事存稿》，四川民族出版社，2004年，第387页。按，蒙氏并未明说他离开成都是否与"三大"合并有关，但"校内教师间的明争暗斗"，恐即即包括此事。又，米庆云说叶秉诚也表示反对，《成大兴废》第91页。

〔2〕《国立成都大学教职员上省府函》，"川大档案"第1卷。

大校牌可暂时保留。〔1〕由第三条看，当时似还有人提出校名问题。

在成大学生方面，则有不少阻力。米庆云先生说，学生们"除发表宣言传单申述理由，向社会呼吁外，并整队到省府请愿。刘文辉作了两小时的演说，不接受学生们的要求"。〔2〕赞同合并的教师也在校内受到了学生的攻击。吴虞10月4号日记："成大壁报骂熊小脚、吴金钰诌上傲下，牺牲成大，以求饭碗。日前开会，金钰向教职员宣言，当打电与张表方辞职，众学生拍掌欢送，掌声如雷，金钰面红，耳根俱赤。学生继又群呼打倒吴幺儿，可谓丢丑矣。"10月5号："蒙文通云：今日成大壁报，又加入叶秉诚，谓彼同熊小脚、吴金钰出卖成大。"10月15号："晤周鲁瞻、张幼房，言成大学生昨夜半开紧急会后，遂将秘书处、会计课、注册部、训育部各处文件簿据接收。出有油印传单，驱逐熊小脚、吴金钰，结队至省署请愿。未知何如。晚饭后肇海来，背学生作《三院长赞》各一首。"不过，学生的反对声潮最终没有起到作用："晚肇海来谈，言叶秉诚至成大劝谕后，学生将文件簿据交还。"〔3〕

11月17日，四川省政府照会成大、成师大，任命吴永权为国立四川大学秘书长、魏时珍为理学院院长、向楚为文学院院长、熊嵘为法学院院长、邓胥功为教育学院院长。11月9日上午，国立四川大学开学典礼在皇城至公堂举行。刘文辉、邓锡侯、田颂尧、向育仁、张铮等俱到会。〔4〕国立川大正式宣告成立。

---

〔1〕 熊嵘、吴永权、魏时珍致成大教职员函原件，1931年10月9日；又，四川省政府致吴永权等回函，1931年10月9日，"川大档案"第1卷。

〔2〕 《成大兴废》，第91页。

〔3〕 《吴虞日记》下册，1931年10月4号、5号、15号、16号，第581、583、584页。"熊小脚"为熊嵘，"吴金钰"和"吴幺儿"均指吴永权。

〔4〕 米庆云说，很多成大学生没有参加开学典礼，"出席的人，于省主席演说时发出不断的'嘘'声，刘受气难堪，作了很多斥责，并表示要不顾一切，硬干到底"。《成大兴废》，第91页。

第四节 小 结

从 1924 年春傅振烈出长高师，到 1931 年底三大合并，其间颇经曲折。这一时期，成都出现了两所国立大学，并围绕着"国立"二字展开了名分上和实利上的竞争。其中，师大虽经中央政府批准，却在事实上受制于地方政府的控制，经费一直使用省税；成大虽然在使用所谓的国税，并认为自己在"事实上"已是一所国立大学，却未经中央明令宣布。这种"名实错位"的现象，显然是其时四川半独立政治局势的产物。

不过，成大争"国立"之名与成师大强调自己是真正的国立大学，也都表现出"国家"在"割据"状态下的号召力与吸引力。这除了因为各校有为自己"地位"的考虑外，谋求四川与国内其他地区在教育方面的平等是一个不可忽视的因素。龚道耕要求高师改大，即以西南文化落后，应该"特别促进"，"以蠲除省与省间之不平等"为词。1931 年 5 月，张澜向行政院上书，也有类似的说法。他要求行政院饬令教育部明确发表成大为"国立大学"，"既足昭示国家恢宏教育，无间于偏远；亦不使人妄疑该部有漠视西南教育之心，而敢于自外"。[1]

这一关切并非龚道耕与张澜所特有。早在 1924 年，还在北京教书的王兆荣就在讨论庚款分配问题时提出三件议案：

> 一、请向教育部建议，定四川为大学区案。……以四川幅员之广，人口之众，倘在教育发达之初，一大学还称不足。年来虽因军事迭起，影响及于教育者甚大，然亦不

---

〔1〕 "川大档案"第 1 卷。

能使以中学卒业中而有志向上之学子，悉数负笈于京沪鄂广等地，而不谋有以救济之方。以成例言，武昌之师范大学、奉天之东北大学、广州之广东大学等，莫非就原有之高等专门各校作设大学之计划。而川中固亦有国立高师也。以学制言，自初中高中之议定，向定所谓高等或专门学校，已成存名废实之局。苟非有改弦而更张之，则于革新学利〔制〕，庶有裨益。以交张〔通〕言，夔门颇西，几乎别为天地。富者虽可乘风破浪出外求学，中产家殆为不能送其子弟入大学矣。故欲求国家之教育文化为水平之发展，似亦不能仅置四川于高等教育区中。以地理言，则大学区匪特为川省教育谋发达，凡滇、黔□□川各省之中小学卒业者，或可入川求学，不至国□□京沪之不易，□阻其升学之志愿。……二、请订庚款分配之标准，地方应与国家并重案：查庚款之负担，原摊之于各省，故庚款之分配，不能不特别顾及各地方之教育文化事业。况所谓文化教育者，本应国家的与地方的并重，而不应为畸形的局部的发展。考之各地方实况，更觉维持现状之不易，遑论其他？倘非有特别款项助长增高，而欲各地方之教育文化全面的水平的发展之象，岂非难事乎？月来各省教育界中之函电，多发斯旨。……三、请联合国中各教育学术团体，……组织庚款兴学促进会。〔1〕

可见，四川文化的落后及中央政府对待各省政策的轩轾不一是其时某些川籍知识分子的两大心病，他们希望迅速提升四川在全国的文化地位。这一时期四川各大学对"国立化"的要求，便与四川知识分子对地方文化发展的特别关切有关。

---

〔1〕《川代表对于庚款之议案》，《川报》1924 年 11 月 7 日，第 6 版。

另一方面，如成大的事例表明的，成为一所"事实上"的国立大学，使用国税，就意味着更稳固的办学经费和办学条件，进而意味着较高的办学质量。这也就是成师大一直谋求使用国款的一个重要原因。从法理上说，国立大学应使用国款；反过来，只有国立大学才能使用国款。但在实际上，四川特殊的政治形势却使得盐税这一"国款"掌握在地方军人手中，得到中央政府明令认可的国立大学无法真正使用国款，中央政府也无可奈何，只有承认既定事实；未得到中央明令认可为国立的成大却在使用国款，并以此证明自己在"事实上"的"国立"性质，要求中央承认。这一事例表明，其时中央既有名无实，也就无法实现"国家"的"专有"，地方常常比中央更有运用"国家"资源（包括物质性和象征性资源）的能力。

但是，中央虽然"软弱"，仍为地方力量所认可。这也就为中央政府提供了一定的政策转圜余地。成大的国立性自始至终极为含糊，中央既不明确认可，也不明确否定，当然是因为洞悉成大背后有地方力量的支持，"得罪"既不愿，"顺应"又不甘，只有悬挂起来，以维持"法统"。

也正是由于"国立"二字在实际上的含糊性，使得大学能够采取相对灵活的策略为自己谋取利益。如四川省立各校所看到的，高师利用自己的"国立"身份和四川特殊的政治局势，获得了独立性较大的活动空间。而在"成、高纠纷"中，成大学生本宣称遵奉教育部的命令。及教部命令真下，对成大并不利，又转而以地方长官的命令为最后依据，并不认为这一立场的转换有何特别的困惑。

当然，学校的独立仍是相对的。生活在四川的政治环境中，大学不能不"现实"一些。高师虽有反对地方任命的傅振烈之举，但主要的原因，大概还在傅个人方面。高师师生对四川自成一格的政治状况，其实深有了解。在后来的"成、高纠纷"中，他们主要的求助对象也还是地方势力。龚道耕辞职后，四川省政府先后照会杨伯谦、周光鲁、宋绍增为校长。虽然名为"照会"，实与任命无异，都未遇到反抗。1930 年 9 月，周光鲁辞职，师大学生请愿团甚至直接呈请李其相的边防军总部"照会贤能接充校长"。[1] 杨森毕竟还是具有省政府名义的军人，李其相则不过适驻防现场，名更不正，却成为主动争取的对象，不但"校长出兵间"已大致为教育界一些人所实际认可，短短几年中，国立大学的学生更主动呈现"地方化"的趋势，颇可看出"地方"在国立学校生活中的实质作用。

事实上，早在 20 年代初，舒新城就曾观察到，"成都教育界之情形，因为政治的关系，自然派别也很复杂"。不但有"新进"和"前辈"之争，在"新进"也有"利害冲突"。"各人或各系各派为维持其势力计，当然要各寻其支持者，而支持之现实的力量，当推握现实政治权的当局。""故当时成都教育界之重要或有名望之分子，大都兼任督署职务或由督理罗致。"[2] 情况是否已经到了最后一句所说的那样严重，恐怕还有待研究，不过，成都教育界与"握现实政治权的当局"的关系密切，倒确实如此。

这一状况到了国立四川大学的第一任校长王兆荣时还未有实质性的变化。王兆荣是先由地方政府推荐，后经中央政府任命的。当然，比起"照会"的方式，王的任命在向"国立化"的方向上迈出了重要一步。

如在"成、高纠纷"中表现出来的，"国立"二字有时也成为地方政府不愿介入棘手问题时的一个借口。但是，一般说来，甘愿"作壁上观"的人并不多，特别是对所谓"一级将

---

〔1〕 《成都快报》1930 年 9 月 23 日，第 4 版。

〔2〕 舒新城：《我和教育》上册，第 274 页。

领"而言。他们彼此之间的竞争不仅在军事方面，也常常表现在军事以外的事务上。向楚所观察到的各地纷纷办学的情况，就是军人间竞争在教育上的表现。三大鼎峙亦与四川政治分裂的状况分不开。每校各有后台，彼此争斗，学校常成军人"斗法"之所。

由于同样的原因，像成大这样一所使用"国款"的学校，实际上也不能得到自己应得的全数"国款"。1928年，张澜就曾向国民政府呈文，报告"本校现在经费确实情形"时，就说，即"在事实上，四川军政财政均未统一，驻军提取各该区内盐款，已成例案"。即使与各军协商好的年拨20万元，也因分区关系，未能"全数收得"。其中刘湘所摊者，"自十五年六月以来，按期如数照拨"。刘文辉所摊每月1000元，自"十五年六月起迄十六年十二月止仅拨得七千元"；邓锡侯和田颂尧每月共应拨盐款6026元7角，则"自十五年九月起迄十六年十二月止"，仅田颂尧拨过6个月，每月又只有500元。[1] 即是说，刘湘办的成大，只有刘湘鼎力支持，其他人都不积极。

在这种情况下，刘文辉1931年以新任省主席之威合并三大，便颇有象征意味了。这次合并虽然有中央训令作为依据，但1928年大学院发下训令，便一直没有下文，这次合并及其具体办法，根本是在刘文辉的主持下进行的。换句话说，这一"国立大学"的基本格局是由地方政府确立的。同时，经过合并，刘湘、李其相等人在成都教育界的势力统为刘文辉收编，而从以后一年中国立川大的发展来看，刘文辉也显然把它当作自己办的学校对待。

"二刘"对国立大学的兴趣，与"国家"作为一种象征性资源的性质分不开。如同他们常常利用"中央"授予的各种头

―――――――――

〔1〕《呈为呈报经过及现状请予备案并指示办法事》，《国立成都大学校报》第14期，第13—14页。

衔对其他军人发布命令所表明的，在地方政治竞争中，掌握"国家"这一象征性"资本"，被认为具有"挟天子以令诸侯"的作用（实际是否达到又是另一回事）。可知"国家"虽已成为虚悬象征，在"基层"仍具有不小的说服力。

这三所大学的发展，尤其是成大和成师大的发展史，还和当时文化界的论争有关。这主要体现在两个方面。首先是师范是否应该独立。晚清民初中国各地建有不少高等学堂，包括高师。自 20 年代初开始，高师纷纷升大。不过，多数改为了普通大学，师范教育仅仅成为普通大学的一个学院。成都师大是 30 年代初中国国立大学中仅有的两所师大之一。

其次，这一事件又牵涉到成都文化界的新旧之争。当时多有人认为成都高师（师大）是"旧"的，但如前文所说，他们用来维护自己的理由却恰恰是现代的分工理论。在成大方面，更是从校长到学生都急欲趋新。特别值得注意的是他们那种明确的改造四川社会意识（师大的全国意识也很明确，但改造意识似不如成大明显）。而在他们那里，改造四川社会又常常意味着用新思想取代旧思想、用新学问取代旧学问，从而使国中"异乡"的四川和国内先进地区同步发展，不再被外省人视为"异乡"。[1] 不过，1929 年，一位成大中文系的学生便提出，在四川的特殊局势下，要发展教育，新文化未必是最好的选择：

> 今人多称纯文学为诗歌、戏剧、小说三者。……然诗歌造诣，前人已跻高峰。苟仍按步驰驱，何取故辙重蹈？故非参究欧西，无新产物。如是，则蟹行之文，宜与六书并重而兼通之，教师海内有几乎？戏剧、小说，我国或已

---

[1] 参考王东杰：《国中的"异乡"：二十世纪二三十年代旅外川人认知中的全国与四川》。

萌蘖而未盛，或因漠视而式微。材料取给，尤需外邦。蜀道艰难，远人奚至？而国内事此者，亦多不得。故揆诸地域，因时制宜，特以四部诸籍为基，以新文学及外国文学为辅。盖故籍蜀地多有，教师可少可多故也。[1]

作者显然并不反对新文学。但认为，对四川来说，趋新虽好，却有"地域"之限，只有"以旧为基，以新为辅"，虽然不够新潮，却是最可行的。这一观点与一般社会见解或有出入，但作者提出的问题却很实在。事实上，若从后来的发展看，"国学"确为四川学术界的强项。可以说，他向我们提示出新与旧、地方化与国立化之间在多层面上存在着的互相关联和绞缠。

国立四川大学的成立是四川大学国立化的开端。不过，"国立化"的多重意涵，早在三大鼎立时期就已体现出来，而在国立川大以后的发展过程中，随着时移势易，展现出其更复杂的面貌。

〔1〕 杨益恒：《上校长书》，《文学丛刊》，国立成都大学中国文学系，1929 年 10 月，"附录"，第 6 页。

第 **2** 章

"不在场"的中央："国立化"
初期的惨淡经营

国立川大成立后，校长人选迟迟未定，因此，在开始的几个月中，校政由四川省政府"整委会"负责，刘文辉代行校长职务。1932 年 5 月由国民政府简任的正式校长王兆荣到校视事，启用关防。"整委会"宣布解散。

这一时期学校发展的一个主要特点就是外部生存环境的艰难。郑宾于等提议"三大"合并的一个主要考虑本是借此消除四川高等教育发展的制约因素，国立川大也的确在有些方面（诸如师资配置）做出了一些改善。但是，对最根本的制约因素——经费不足，"合并"仍然无能为力。在王兆荣任内，这一问题不仅没有消除，反由于政治环境的影响，显得更加突出。因这一问题的根源本在教育界的"外部"，是教育界本身无力左右的。[1]

---

[1] 不少论者都把"限制滥设大学"、"整顿公立院校"作为国民政府发展大学教育的一个重要方面或"成就"来看待，如吕士朋《抗战前十年我国的教育建设》、金以林《南京国民政府发展大学教育述论》等。本文无意完全否定这一判断。但是，如果把注意力放得更"基层"一些，并考虑到一些"非教育"的因素，这一"成就"大概需要重新估计。

另外，这一时期，四川政治混乱，比起 20 年代来，内战的数量虽称不上频繁，其激烈程度却有增无减，尤其是刘文辉与田颂尧的"省门之战"，直接威胁到川大师生的生命与财产安全。1932 年，刘文辉和刘湘的"二刘之战"结束后，四川政局暂归平静，但并未改善国立川大的成长环境，学校有一度甚至处于岌岌可危的境地。这一状况直到 1935 年中央势力入川才有了好转。在这种情况下，王兆荣只有把主要精力放在催发经费和保护校产等方面，在教学和学术研究方面并无太大的投入。

一位川籍北大人在 1934 年指出："当二十年冬成都三大学合并时，吾人虽不若何反对合并，但其因合并而省却教育经费以作战费，固所反对者也。"果然，合并以后，"军人之克扣教育经费也，川局之陷于混乱状态也，遂使此唯一之大学在不生不死情形中苟延残命"。[1]这段话精炼地总结出了此一阶段川大的基本情况。

第一节 "三大"矛盾的继续

三大合并，本是在四川省政府的强迫之下进行的，原三校不少师生并不满意，因此，彼此摩擦依然不断。更因"整委会"的存在，使问题演变成原成大学生与四川省政府之间的冲突。

首先出现的是缴费风波。由于原三校收费标准不同，第一次校务会议根据"整委会"的意见，议决前各校学生仍照旧例缴费。不过，前成师大学生属于师范类，一向是免缴学费的，

---

〔1〕 述尧：《四川今日之大学教育》，《北京大学四川同乡会会刊》，创刊号，1934 年，第 31 页。

每期只缴讲义费 2 元；前成大学生除了一部分因成绩优秀，获得了全免或半免的奖励外，本科生每期学费 14 元，预科生每期学费 12 元；公立川大的本科生每期须缴学费 16 元，预科生 14 元。"彼此参差，办理不便"。因此，"整委会"决定，"在校本预科学生，除免费生外，本期各照旧额缴纳各费。自下学期始，至毕业时止，每名每期缴纳学费 14 元，其缴费未及此额者，仍照旧额缴纳。杂费讲义费免缴"。〔1〕此议一出，激起了前成大、川大学生的反对。

11 月 9 日，国立川大成立的当天，校务会议接到了"前成都大学学生为平等待遇请愿团"和"前四川大学学生为平等待遇请愿团"的呈文。前川大学生呈文称，省政府合并前三大，"原为整理大学，予以学生平等求学机会。学校当局自宜秉承斯旨，方不负省府整理大学作育人材之至意。乃第一次校务会议议决案有各院学生仍照原校规定分别缴纳各费一条，阅览之下，不胜骇异。查前三大行政已于整委会接收之日一并解除，则新大学成立自别有统一之行政，而待遇学生尤宜示以一律平等，以免门户之争"。"且当省府公布合并之际，各校学生为爱护母校起见，曾有保存原校独立之运动。今甫合并，自难免各怀畛域，学校当局不图所以泯除之术，反为之区别师大也、成大也、川大也，又为之定最高、最低缴费之标准，不啻割裂大学，予以树党夺争之机会。"不但如此，"近数年吾川战争频仍，天灾人患，杂遝俱来"，为此，"国立中央大学已有免川籍学生学费规定。况新大学建设伊始，奠百年树人之基"，也应该豁免全体学生的学费，才能使莘莘学子"咸得平等向学之机"。〔2〕

---

〔1〕 转引自王兆荣《为前成大学生要求平等待遇事呈教育部文》稿，"川大档案"第 175 卷。
〔2〕 前四川大学学生为平等待遇请愿团：《为呈请平等待遇以泯畛域事》，"川大档案"第 175 卷。

前成大学生所持理由大致相同，也认为这一规定是"畸形待遇不平"，违背了整理四川省大学教育的本意。不同的是，前川大学生强调整理大学是"省府"所为；成大学生则强调整理大学是"省府承大学院、教育部之令"而为。两校学生在措辞中体现出来的这一微小差别，或是其原有的"国立"和"省立"的不同身份在观念上的一个反映。成大学生也建议建校之初应该免缴学费，但理由亦和前川大学生不同。不但强调四川"天灾人祸"这一特殊困难，更强调免费是"国内外各大学之通例"：

> 又查国内大学有全不缴费者，南京中央大学是也。有以省籍受兵匪之害过深，得在国内各大学均受免费之待遇者，江西是也。有以学校开办之初，前三年入校肄业学生予以免费之优待以志盛事者，则尽国内外各大学之通例也。吾川偏处西陲，虽不能沿直隶京畿之中大例，然已天灾人祸纷至遝来，受害之深，恐不减于江西，待遇亦宜与为比，就其不能，亦不当见外于国内外之一般大学也。[1]

校务会议接到这两通呈文后，当即转请整委会"查酌处理"。[2] 在此期间，又发生了师大学生辱骂前成大教授吴虞事件。

吴虞日记11月11号："十时至本三教室，尚未开讲，师大学生故意捣乱，予即下堂而出。学生公然谩骂，予俟先乔（即向楚。——引者）与言明事实，并申明本三予不能教课，遂归。晚饭后，成大学生举代表来，请成大中文系教授非大学办

---

[1] 前成都大学学生为平等待遇请愿团：《为呈平等待遇俾免偏枯而泯畛域事》，"川大档案"第175卷。

[2] 国立四川大学校务会议致四川省府整委会公函，"川大档案"第175卷。

到悬牌记过、彻底分班不能到校；而学生则一面对学校非请成大教授上课及分班不可，以对学校当局。予极以为然。"12号，吴虞在日记中又记原成大教师对此事的评论："师大派计划先驱予，再驱刘北荣（即刘朴。——引者）、李培甫（李植。——引者）、刘洙源。是其整个计划，非仅对予一人之关系，乃成大中文系全体之关系也。"13 号日记："师大学生来匿名信三封，皆下流侮辱之辞。检二封与向仙樵交去。与刘北荣函，言师大学生匿名信，益证明其专排成大教授之非虚。"〔1〕

此时缴费事件也趋于激烈。11 月 17 日，成大学生请愿团宣布，由于"学校当局对此天经地义之正当请求"，不但没有给予"圆满之答复"，"反谓学生为误解"。"似此破坏大学规程，蔑视学生之合法举动，本团断难容忍。故经全体学生同意，以吾等最后之武力作正义之争求，从本日起实行一致罢课"。〔2〕

罢课当日，教育学院院长邓胥功致函校长（刘文辉），汇报了该院学生罢课的大致情形，建议刘"先行明白布告，一面说明不能免费之理由，一面允于下学期除前师大生外，对川大、成大有公平取费的办法。克日回复行课原状，免妨学业"。〔3〕

由于材料阙如，我们不知道事情发生后，学校当局具体采取了何种措施。不过，《吴虞日记》中有一些零星的记载。如11 月 19 号："教员有谓如政府派兵来，即不愿再教之说。"11月 22 号："肇海来，言政府主以武力复课。"11 月 23 号："饭后赵尚义来，……言李培甫、刘北荣、林山腴均未上课。如用兵力，并愿退聘。又言新大经费无着，学生决意牺牲，以伸士

〔1〕《吴虞日记》下册，1931 年 11 月 11 号、12 号、13 号，第 591、592、593 页。
〔2〕成大学生为平等待遇请愿团启事，"川大档案"第 175 卷。现存材料中找不到启事中提到的"学校当局"对请愿团的答复，故其具体内容不详。
〔3〕邓胥功致校长函，"川大档案"第 175 卷。

気，以维正论。"11 月 24 号："刘启明来，……又言新大用款在军需处，一二百元亦须军长开条子方能取。"11 月 25 号："李培甫昨日已将聘书与新大退去，决然毅然，令人佩服，予所当取法也。"11 月 28 号："闻政府中人似谓教员无书教，有恐慌之意。"[1]

从中可见，当时有省政府要派兵制止罢课的传闻，原成大师生并将缴费事件与国立川大的经费问题挂起钩来，遂使罢课的行动更具正义色彩，也使学生与省府之间的矛盾更形突出。不过，在原成大教师的压力下，省府并没有采取军事行动。

就在缴费风波愈演愈烈之际，成都文化界传言张澜有电致教育厅厅长张铮。具体内容为何，并无直接材料。不过可以判断的是，这封传言中的电报似对三大合并不利。《吴虞日记》12 月 1 号载："向仙樵来，言经费确有把握。表方并无电与重民（张铮。——引者注）。"不过，吴虞似并不相信向楚之说，因为向是来作说客的。12 月 9 号，《川报》发表了一则题为《刘主席对川大学潮之意见》的通讯。此报今已不易见到，据吴虞日记中所引，大体谓"现在国立四川大学的案，是经教育部准许了的，盐款也是由财政部划拨了的。合并的事，总算告一段落"。"不愿合作的人，我们也不必勉强他。学生要走向别处去读书，也吓不着谁。只要我们大学整顿得好，还愁莫人来读书么？"又云，"有人从中弄点玄虚出乱子"。吴虞谓此句"似暗指张表方与张重民之电而言也"。12 月 11 号日记又载："范崇高来，言此次风潮，一因表方有信与其川北同乡，一因小[晓]岩以为合并后可任校长，而仍任院长，大不满意。由此改组派与川北派结合捣乱，意在使三校分立还原也。……又言刘主席认为李培甫、刘北荣、林兆综[倧]、尹伯

---

[1]《吴虞日记》下册，1931 年 11 月 19 号、22 号、23 号、24 号、25 号、28 号，第593、595、596 页。

103

端为此次捣乱者。予殊不知也。"〔1〕

这段记述是来自省政府一系的声音。不管川北派（张澜）还是改组派（熊峰），抑或李、刘、林诸人，都是原成大教职员。〔2〕而成大属于刘湘一系，则是时人共识。因此，不管当事人做何考虑，这一事件的背后开始隐约浮现出"二刘之争"的影子。又，吴虞在日记中多次指责向楚偏袒高师，或以之为省府一派。从日记上下文合观，向说张澜并无电与张铮，显然类同于今日各国政府在敏感政治问题上的"辟谣"，主要出自策略上的考虑，其事之有无，不得为据。当然，也有可能是吴虞存有先入之见，故看到刘文辉的话，就马上联想到张澜给张铮的电文。不过，这也说明在不少人的认知中，大概多多少少都存有"二刘之争"这一未曾明言之意。

在成大师生的压力下，川省府对如何处理学潮，形成了两派不同主张。《吴虞日记》12月1号记向楚谈："省府对于学生要求，不能容纳。其未用兵者，以教员面子关系耳。现省府方面，一主电教部，请委校长来接办；二主消极放弃责任。如此则学校必陷于不生不死之状态。"吴云："水翁（向楚。——引者）之来，意谓此时不为政府，不为学生，是为维持学校，先由院长约教授中气稍平者，开一会议，商量一种复课办法。以予为五年以上老教员，为中文系骨干，故先来向予说明内容"。而吴虞对此并不积极："予嘱往晤刘北荣议之"。〔3〕此议并无下文，或是不了了之。

整委会无奈之下于12月10日牌告全校提前放假："兹为彻底整理起见，定于十二月十三日始提前放假。所有大学本、

〔1〕《吴虞日记》下册，1931年12月1号、9号、11号，第597、598、599页。
〔2〕李、刘皆原成大中文系教授，林在原成大、成师大两校兼课，但在成大任化学系系主任。尹伯端的情况不详。关于诸人履历，见《国立成都大学一览》（1931年）、《国立成都师范大学一览》（1931年）。
〔3〕《吴虞日记》下册，第597页。

预科暨专修科在校学生统限于十二月二十日以前一律迁出，不得逗留。俟办法确定后，再行定期开学。"[1]不意成大学生并不买账。12 月 13 号《吴虞日记》中记："刘鹤铭来，……言学生有住校团之组织，可谓不安分也。"[2]因此，12 月 20 日一到，"整委会即迫令男女生一律迁出，由教厅拨款修葺，校门亦以重兵卫守"。[3]

1932 年 3 月 1 日新学期开学。成都报纸报道，学校当局"力谋整顿学校，俾全体学生咸得循规蹈矩，不致再有如过去三大合并时之学潮发生，因之本期训育方针大致以严格为标准"。[4]其表现之一就是规定开学后四周不到者，一律停学一年。[5]同时，考虑到前成大预科生仅缴学费 12 元，则前公立四川大学预科学生若仍缴纳学费每学期 14 元，"亦属参差"，"故又一律改为十二元"。[6]在这种"高压"与"分化"并行的政策下，学费风潮暂告一段落。另一方面，国民政府也已于 2 月 21 日任命王兆荣为校长，"整委会"的使命行将终结。[7] 4 月 19 日，王兆荣由沪抵蓉。得知这一消息的成大平等待遇团"发出启事加紧工作"。[8]

同时，新的问题又出现了。4 月 26 日，"整委会"将新制校章分发下来，成大学生马上发表启事一则，称新校章有"诸多不合"，"有应请另制之必要"："一、该校章仅刊大学二字，大意笼统，不能代表国立四川大学"；"二、该校章仅刻绘双凤朝阳，充分代表封建之意义，殊与现代社会不合，且又如前师

---

〔1〕 四川省政府整理大学委员会牌告，"川大档案"第 175 卷。
〔2〕 《吴虞日记》下册，1931 年 12 月 13 号，第 599 页。
〔3〕 《成都快报》1932 年 3 月 1 日，第 6 版。
〔4〕 《成都工商时报》1932 年 3 月 2 日，第 4 版。
〔5〕 《成都快报》1932 年 3 月 1 日，第 6 版。
〔6〕 转引自王兆荣《为前成大学生要求平等待遇事呈教育部文》稿。
〔7〕 《川报》1932 年 2 月 22 日，第 10 版。
〔8〕 《成都快报》1932 年 4 月 26 日，第 6 版。

大之校徽形式"；"三、钟式，表示木铎，专门代表师范学校之义，与普通大学性质不合"；"四、校章所绘双凤，似类野鸡，于观瞻上殊属不雅"。[1] 剥掉一些冠冕堂皇的词句，成大学生的意见其实很简单，就是这一校章沿袭了前师大的徽章。不过，此问题没有下文，我们不知道问题是怎样处理的，但国立川大的校章仍然采用了这一图案。

5月2日，王兆荣到校视事。成大平等待遇团随即派代表面见王兆荣，陈述请愿经过，并上呈文一通。首先追溯了"吾蜀自民元以来，战乱相寻，百废莫举。大学教育，尤形简陋"的历史，表示赞成"剪骈去冗，合冶熔炉，使教育行政同归划一，西南学子共坐春风"。继而指责四川省府奉命合并三大，"乃于事前无详审计划，事后无实施方针，草草从事，不期月而合并告成。开校未久，举措乖方。三大既已不复存，而阶梯式之征费办法依然存在。师大学生则悉数豁免，川大学生则徇情减轻，成大学生则照旧征收"。这一措施"稽之于教部令章，考之于国内外大学组织，可谓怪例特开，奇闻罕见"。生等"据理力争"，不意当局"不加谅察，置若罔闻。不谓生等吝惜些须，即谓生等拨弄学潮。罪名妄加，手段不择。动见军戎，欺凌无辜。皇皇学府，岂是用武场所？青青子衿，原非无知走卒"。生等"忍痛罢课，再四宣言。既奉到教部明令，复博得海内同情。不平之鸣，遐迩相应。内如李培甫、刘柏荣诸先生之辞聘援助，外之如名流朱蜀[叔]痴先生之自愿捐款，以息纠纷；他如多数教授之罢课争执，新闻界之同声应和。乃当局恼羞成怒，甘铸大错。置教部明令于不顾，视薄海舆论于等闲，不惜牺牲数千学子之宝贵阴[光]阴，提前放假，迫令一体出校，实施其武力万能之政策，以离散我请愿集团。生等

---

[1]《成都快报》1932年4月28日，第6版。

奔走呼号，声嘶力竭。无如笔枪异势，官民殊途。衷曲不伸，衔冤莫白。数月以来，蓄锐养锋，久思再起"。今先生既"奉命国府，来长斯校"，希望能"重订缴费之章，期达平等之旨"。[1]

成大学生与刘文辉关系一向不睦，此通呈文多方渲染，把问题不能解决归结为四川省政府采用武力威胁的结果。其实，"提前放假"虽确实"牺牲"了"数千学子之宝贵光阴"，但成大学生罢课在先，这一责任也不该完全由"整委会"承担。

王兆荣接到呈文后，深感此事棘手。5 月 10 日，经校临时行政会议议决，"前成大学生平等待遇请愿团一案转请教育部核示"。[2]同时，王兆荣向教育部递交一通呈文，陈述了这一事件发生的经过，谓成都师大并入国立川大，"不但名义上完全变更，即性质上亦大相径庭，自不能再沿用免收学费之规定"。但是，合并前在该校读书的学生，"亦未便以合并之故"，"完全取消"其"既得权利"。因"各该生等，于投考学校之际，量力而行，不免有因免收学费始来升学者，一旦完全取消，自难继续肄业"。而综合前成大学生先后呈文，其意"不外免则俱免，缴则俱缴"。"惟免则俱免，不但本大学经费颇有影响，而国立各大学亦均无此办法。若缴则俱缴，则前师大学生等根据国家法令所取得权利即因而丧失。且查三大合并之初，曾因此项平等待遇问题罢课数日。现在处理若有不当，必再行引起纠纷"。同时，前成大学生呈文中所提到的"教部明令"，"兆荣详查接管卷宗，亦未见有此项命令，以致无所依据"，希望由教育部核示。[3]6 月 29 日，教育部发下指令，川

〔1〕　前成大学生平等待遇请愿团：《为呈请销除畛域划一学费以了悬案而昭平等事》，"川大档案"第 175 卷。

〔2〕　《本大学大事记》，《国立四川大学一览》（下简称《川大一览》），1935 年，第 2 页。

〔3〕　王兆荣：《为前成大学生要求平等待遇事呈教育部文》稿。

大"在校学生缴费应分别遵照前整委会决议各办法办理，毋庸再议"。[1]

此前四川省政府一直自己出面解决纠纷。但前成大学生既与省府有对立情绪，又没有一个他们信得过的权威力量做出裁决，也就不断闹下去。省府虽然施行高压政策，看似取得了一定效果，然学生却只是畏于强力，虽在表面上平息下来，实则"久思再起"。王兆荣把事情交由中央，结果并无不同，效果却很明显。尽管学生依然不服，却没有新的表示。此事遂终告解决。"平等待遇"事件实有成大与成师大的门户之见在其中。但是，新生的川大很快便遇到了来自外部的严峻考验，促使全校师生消除门户之见，共同抵御外来威胁。

第二节　在困境中维持川大的努力

标卖后子门城砖：与成都地方社会的冲突

1932 年 7 月，刘湘、刘文辉之间的"二刘大战"爆发。10 月，二刘暂时达成协议，战争告一段落。但成都市面的空气却益形紧张，战争的味道越来越浓。[2]学生颇为恐慌。为此，王兆荣亲访驻扎成都的三军长，刘文辉、田颂尧和邓锡侯都表示要维持川大。[3]但是，到了 11 月初，"省门之战"爆发，川大却成为最大的受害者。这场战争主要在刘文辉的 24 军和

---

[1] 《本大学大事记》1932 年条，第 3 页。

[2] 参看《吴虞日记》1932 年 10 月 3 号、8 号、19 号、21 号、22 号、23 号、25 号记，下册第 653、655、656、657、658 页。

[3] 《三军长均允维持川大》，1932 年 9 月川大送成都各报新闻稿，"川大档案"第 19 卷。

田颂尧的 29 军之间展开，邓锡侯名为中立，暗助田颂尧。双方在成都市内展开巷战，而为全市制高点的川大皇城校址煤山一带成为双方争夺的要地。

1935 年出版的《国立四川大学一览》中的《本大学大事记》从川大的角度留下了有关此次战争的一些记录，可见当时情形之一斑。

11 月 15 日："临时决议'自本月十六日起至本月十九日止停课四日'。按是时四川二十四、九两军在成都城内布置工事，如临大敌，交通梗阻，教职员学生往来均觉不便，故暂行停课。"11 月 16 日："开始停课。是日午后二时，川战爆发。四川二十四军据本大学前门，二十九军据本大学后门，互为攻守。本大学东偏煤山一带，斗争尤烈。文学院院长向楚、教育学院院长邓胥功暨教职员学生留校未及走避者三百余人均被围困于校内。"11 月 17 日："文学院院长向楚、教育学院院长邓胥功率领教职员三百余人走避理学院。"[1]

关于此事，黄稚荃在追忆向楚的文章中所记稍详：文学院被陷枪林弹雨中，"一时师生员工，仓皇万状。楚乃以电话呼吁田、刘两军阀，要其停战半小时，让文学院学生转地避难。射击刚停，先生亲率学生 300 余人，步行到南较场川大理学院"。[2]向楚在四川社会中较有声望，而四川军人又多重耆老，同时，向在三大合并时又支持过刘文辉，故由他出面，问题得以解决。但即使如此，亦被困半天一夜。

"省门之战"持续十余日，战后又人心惶惶，无法维持正常的教学秩序。12 月 2 日，学校即被迫牌告放假。[3]第二学期因经费无着（详后），延至 3 月中旬才开学。但到 6 月 27

〔1〕 《本大学大事记》1932 年，第 4—5 页。《四川大学史稿》也有征引。
〔2〕 黄稚荃：《对辛亥革命及四川教育、文化事业卓有贡献的学者向楚》，第 312 页。
〔3〕 《本大学大事记》1932 年，第 5 页。

日，由于"川战未息，匪氛又起，成都治安危险异常"，学校"鉴于前次巷战，教职员学生生命财产毫无保障，经校务会议决定"，再次提前放假。[1]

在战争中，川大不但经费停发，而且自11月16日以后，"所有被难学生，全由本大学供给食宿，进行益增困难"。提前放假后，学生虽然遣散，"而教职员之积欠薪修，及今后之维持费用，仍属无着，其教职各员生活之困难，已可想见，更无论本大学之恢复问题矣"。[2]在致四川省政府的一份公函中，川大初步估计了学校及师生的损失情况：包括"学校校舍、校具、图书，学生衣物、书籍、用具"在内，"损失在十五万元以上"。[3]

巷战虽停，却留下了"后遗症"。12月5日，川大收到四川省政府的一份公函，称：据成都市市长陈鼎勋呈，"成都市临时治安维持会函开，……此次省垣巷战发生，实以两军争据皇城煤山为肇衅之点，非将煤山铲平及前后皇城门撤消不足以弭将来战争之祸。兹经本会于二十七日开会，提出讨论。一致主张函请市府，克日督工铲平煤山，撤消皇城前后城门，以杜后患，并经表决，全体赞同。"陈鼎勋以为此议"不无见地"，"惟该处系属四川大学范围，应如何办理之处，理合呈请钧府鉴核"。省政府亦认为"自属可行"，"仰即克日查照该会原函办理，仍候函达四川大学可也"。[4]

川大以此事"关系产权"，当即回函省府，谓"此次巷战，

---

[1] 《本大学大事记》1932年，第5页。1932年刚刚应聘到川大教授心理学的高觉敷即因此离开川大。《高觉敷自述》，高增德、丁东编：《世纪学人自述》第1卷，北京十月文艺出版社，2000年，第143页。

[2] 《本大学经费概况》，《国立四川大学周刊》（下简称《川大周刊》）第1卷第11期，1933年3月27日，第2页。原文标点略有变动。

[3] 国立四川大学公函，二十一年国字第294号，引自《标卖后子门城砖经过》，《川大周刊》第1卷第11期，第6页。

[4] 四川省政府公函，二十一年省字第615号，引自《标卖后子门城砖经过》，第5—6页。

自西徂东，横亘全城"，将它"归罪于皇城煤山，固属因果倒置，而认铲平煤山撤消城门，即可以弭将来之战祸，亦似舍本逐末"。且"本大学煤山一带，早经决定，用作建筑校舍之基，而地势低下，尚须增高，故决铲平煤山，增高基地"。另，后子门（皇城后门）"年久失修"，"故本大学前拟将后子门撤消"，这样一来，前门"势成孤立，在战争上当无何等重要"。[1]

成都市治安临时维持会则以为自己的提议已经得到了省府支持，组织了成都市民众铲平城内高地委员会（下称"平高会"）。在各方催促下，"函约四川大学校派员会商"，但是因为正在假期，"未能将函递入"。1933 年 1 月 10 日，"平高会"贴出通告，谓奉有四川省政府省字第五二八九号指令照准，并在省会卫戍司令部与成都市政府备案，标卖前后城门城砖。[2]同时并贴有省会卫戍司令部布告宣布予以保护。川大即以国字第 10 号公函分函四川省政府、成都市政府和省会卫戍司令部，谓："查本大学前后门城砖，实属中央承拨本大学校产之一部，除本大学外，倘未奉有中央明令，无论何人，均无处分之权。"要求省市政府与卫戍司令部立刻制止"平高会"的行动。[3]

1 月 12 日，寒假留校学生刘麟等召集全体留校学生展开临时会议。"全场学生深为愤激，佥谓该会……实属侵害产权，蹂躏学校"，组成了国立四川大学临时学生会，"以维护校产为宗旨，不做其他一切活动"。在请求临时学生会备案的呈文中，则特别强调："皇城全部基址，曾由教部令，明拨为我校

---

〔1〕 国立四川大学公函，二十一年国字第 294 号，引自《后子门城砖标卖经过》，第 6 页。

〔2〕 四川省政府公函，二十二年省字第 34 号，"川大档案"第 693 卷。按省字第 5289 号指令与省字第 615 号公函内容大致相同。

〔3〕 国立四川大学公函，二十二年国字第 10 号，引自《后子门城砖标卖经过》，第 7 页。

产业。举凡畔内一切砖石瓦砾、一芥一木、俱属本校所有，外人不得染指丝毫。"〔1〕

1月15日，"平高会"与川大代表王兆荣、向楚、邓胥功、叶秉诚召开联席会议。"平高会"首先表示，并无侵犯川大主权之意，"本会所负使命，不在产权。若贵校能限日铲平煤山及后子门，或函知本会绝对拒绝，本会即可卸责"。〔2〕川大代表提出6条办法，"平高会"亦表示赞同：一、"承认城砖属川大学校主权"；二、"川大学校追认铲平高地委员会招投标柜所投出卖皇城后门砖石之标作铲平煤山及各项经费"；三、"开标时仍由委员会通知川大学校，派员会同办理"；四、"所卖砖石价值，除作铲除煤山费用外，并作运平后门泥堆、添筑后门墙垣，及搬运煤山下死尸出城门掩埋之用"；五、"削齐皇城前门东西两端，砌成陡峻，以人不可上为度，免再发生军事争点"；六、"除办理上列各项工作外，如有余款，即由双方会同，发给灾民"。〔3〕

这一消息在报纸发表后，1月17日，国立四川大学临时学生会致函王兆荣，谓"议决案内除第一、五两条外，余皆有碍本校主权。生等决难缄默。除直函该会否认外，特此布达，敬请停止进行"。〔4〕王兆荣及各代表与临时学生会商议后，重新申明：一、"标卖砖石之主权，属于四川大学校"；二、"前门投标无效，后门投标额若在最低额下亦无效"；三、"标卖以后子门砖石为限，此处如发现物品，应归川大所有"；四、"煤山除泥土外，所有砖石及其他物品，应归学校所有"；五、"标卖经费应由川大监管，与平高委商同办理"；六、"若有余款，应先

---

〔1〕 国立四川大学临时学生会：《为呈请备案存查事》，"川大档案"第693卷。
〔2〕 四川省政府公函，二十二年省字第34号。
〔3〕 《后子门城砖标卖经过》，第7页。
〔4〕 国立四川大学临时学生会致王兆荣的信，"川大档案"第693卷。

发济川大校工及学生中之受灾者"。[1] 这六条申明较前六条办法更强调川大的主权。对于"平高会"来说，"主权"本不是他们的目的，因此，立刻赞同，双方很快达成协议。

从中可见，川大师生和成都市民对此事的理解并不完全一致。对成都市民来说，铲平煤山就是对军阀恶战表示愤慨，初未料及皇城"主权"的归属问题。对"平高会"来说，任务更简单，就是此事的经办者。而川大校方一开始也没有强调"主权"问题，而是表明自己本有大致相同的考虑，并表示临时治安维持会的理由并不成立，乃是舍本逐末。这时的策略是"说服"。及至"平高会"贴出告示，校方马上拿出"中央"、"主权"的名目。学生的反应更是激烈，于此尤为致意。因此，当"平高会"表示并无"侵权"之意时，由校长和几位在四川教育界负有盛名的老先生所代表的校方也就松了一口气，提出的六条办法实以承认既成事实为准，基本上算是息事宁人。但学生却不同意，而且认为多数条目有损"主权"。在他们的影响下，学校提出了更强调"主权"所属的六项申明。不过，"平高会"作为一个民间组织，本无"觊觎"川大"主权"之意。同时，四川省政府对川大也基本上采取了协助态度，当川大表明本意铲除煤山时，就下令给"平高会"，谓"该会目的已达，毋庸再由该会办理。所有投标办法，应即撤消"。[2] 因此，事情很快结束。但是，一年以后，川大又一次遇到校产危机，就不这么简单了。

经费问题：与地方政府的冲突之一

国立川大成立时，按照教育部的批示，拨用前成大的年

---

〔1〕 《后子门城砖标卖经过》，第7页。
〔2〕 四川省政府公函，二十二年省字第14号，"川大档案"第693卷。

60 万元为经费。经"整委会"与各方商定，每月在川南盐务稽核分所拨用盐款 3.65 万元（其中在引税项下拨 2 万元，在票税项下拨 1.65 万元），在川北盐务稽核分所拨用盐款 0.25 万元，在四川省教育厅拨用省教育经费 1.1 万元，总计 5 万元，适合年 60 万元。其中川南所的拨款在"整委会"期间委托刘文辉 24 军的提款专员倪有休代提。虽然川北盐务稽核所划拨部分自始即分文未得，其他两处则向无拖欠，学校尚可维持。王兆荣到任的一段时间里，这一办法依然未变。但是，从 10 月份开始，南所和教育厅经费同时停发，川大遇到了建校后最严峻的一次经费危机。盖此时"二刘大战"虽暂告结束，双方暗地里都在筹措军费，准备决一死战，也都盯上了川大经费。

10 月份，川大仅收到南所拨款 1 万元，教育厅拨款 6 千元。11 月，学校准备改变代提办法，委派法学院事务主任何式臣到南所直接提款。不料何到南所所在地自流井后，发现倪有休以川大印收，每月在引税项下预提 2 万元，直到 1933 年 4 月，共提 14 万元。[1] 与此同时，南所又接到刘湘的电报，谓"川大现已停课放假，已无急需拨款必要，所有该校应提之款，暂由本部挪作军用，藉渡难关"。为此，南所致函川大："查贵大校款项，系奉中央核准，历经拨付在案。刻值军事激烈，忽被来电制止，敝所以奉令应拨之款，自未便听其阻碍。爰经提出抗议去迄，惟处此特殊情势之下，冀于事实有济，并拟请贵校自向军方力为交涉，期获续拨，而免障碍。"[2] 得知这一消息，川大一面致函南所，请"查照原案，严为拒绝，以维教育"，[3] 一面分别向正在交战中的刘文辉、刘湘交涉。同

---

〔1〕 国立川大 1933 年第 11 号公函，致 24 军，《本大学经费概况》，《川大周刊》第 1 卷第 11 期，第 4 页。

〔2〕 川南盐务稽核所 1932 年第 405 号公函，《本大学经费概况》，第 4—5 页。

〔3〕 国立川大 1932 年第 310 号公函，致川南盐务稽核所，《本大学经费概况》，第 5 页。

时，何式臣留守自流井，准备随时提款。

刘湘在接到川大公函后，表示"一俟军事敉平，税收恢复原状，即行照旧拨付"。[1] 为此，王兆荣派秘书长吴永权亲到善后公署商议提款事项。刘湘不得已道出实情："查本署现因军需浩繁，筹措艰窘，业以南所票税作基金，向自井灶行各商筹借饷款。此时碍难拨出，影响偿借基金。兹为兼顾军饷学款起见，所有贵校票税项下拨款一万六千五百元，暂由本部另筹拨付。一俟偿债期满，仍照旧案在南所提拨。至引税项下应提之二万元，前已由二十四军代提至二十二年四月份，应请径商领取"。[2]

1933 年春，川大开学在即，经费依然没有着落。几经交涉，刘文辉答应先拨付 4 万元。其时成都的报纸以《川大拟定期开学》报导了这一消息，文中同时提到刘湘对拨款"无诚意"。[3] 因此，川大再次派吴永权面见刘湘，请求刘湘"转达南所，嗣后按月在该所经征盐税项下，不分引税票税，尽先拨足五万元"。[4] 不久，又派理学院院长魏时珍赶往重庆交涉此事。

同时，川大呈文行政院、教育部，致函财政部，要求中央转知刘湘，拨发经费。2 月 22 日，叶秉诚、林思进、吴虞、向楚等 58 位川大教授也致电三机关。[5] 不久，教育部覆电川大，谓："该校经费已咨财部电饬稽核所查案照拨，并由部电达刘督办先行饬所拨发，仰便如期开学。"[6]

但是，财政部对川南盐务稽核所实际上根本控制不到。川

〔1〕 21 军回函，《本大学经费概况》，第 3 页。
〔2〕 21 军回函，《本大学经费概况》，第 3 页。
〔3〕 《社会日报》1933 年 2 月 7 日，第 4 版。《川大周刊》则说刘文辉答应拨 3 万元，《本大学经费概况》，第 1 页。
〔4〕 国立川大 1933 年第 29 号公函，致 21 军，《本大学经费概况》，第 3 页。
〔5〕 《川大教授请中央电饬拨款维持》，《社会日报》1933 年 2 月 24 日，第 4 版。
〔6〕 教育部覆电，《本大学经费概况》，第 2 页。

大向中央求助与中央的饬令，也只有象征意义而已，真正的解决还要靠刘湘本人。3 月份，刘湘在各方压力下，表示准备将1933 年"一、二两月份应拨之三万六千元，先行照案如数拨付，至三月份以后，自应由井源源拨济在案"。不过，据 3 月27 日出版的《川大周刊》表示，这笔钱"截至本月二十日仍未收到"。[1]

在教育厅方面，由于战事发生，省教育经费来源中断，因此，1932 年 10 月份仅拨到 6 千元，自 11 月起则全数停止。经校方去函交涉，终未成功。及至 3 月 13 日川大开学时，到校经费实际上只有刘文辉所拨 2 万元、刘湘所拨 1.6 万元，度日维艰。

川大从此陷入了旷日持久的经费危机中，校方为此与刘湘交涉不断。4 月份，川大派往自流井的提款专员李静修函报学校，云刘湘致电南所，每月仅拨给川大票税 1.6 万元，比规定的少了 5 百元。而由 21 军转拨的 1932 年 12 月、1933 年 1、2两月的票税，也各少 500 元。[2] 5 月，王兆荣再派吴君毅赴渝，与刘湘交涉。最后议定，自 5 月份起，每月拨给川大引税期票 2 万元。其中 5 — 12 月由 21 军军部拨付，1934 年 1 月起，改由重庆盐业公会拨付。[3] 6 月 22 日，21 军部将 5、6、7 三个月的引税期票拨付川大。[4] 另外，在川大的数次催促下，刘湘终于答应自 8 月份起，照拨票税 1.65 万元，3 月以后欠拨之数，待税收丰旺，即予补拨。[5]

1933 年 12 月 28 日，成都《社会日报》报道，刘湘在给四

---

〔1〕 刘湘覆全体教授电及编者按，俱见《本大学经费概况》，第 4 页。

〔2〕《函请补拨二月份前应拨票税》，《川大周刊》第 1 卷第 15 期，1933 年 4 月 24日，第 4 页。

〔3〕《本大学催拨引票两种近讯》，《川大周刊》第 1 卷第 17 期，1933 年 5 月 8 日，第8 页。

〔4〕《社会日报》1933 年 6 月 30 日，第 4 版。又，《吴虞日记》下册，第 703 页。

〔5〕《函南所补拨票税》，《川大周刊》第 2 卷第 2 期，1932 年 9 月 18 日，第 7 页。

川省教育厅的一封信中，要求"以后省、渝两处收入，即请摊赔尽先拨给省立十二校，期于中等以上发足三度，小学发足四度，余款再行拨发各受补助学校"。川大当即公函省教育厅，谓刘湘函内"对于本大学经费，并未涉及。……查本大学按月应拨省款，实系本大学经费之一部，……自无视同补助之理。且此项经费，本年以来，贵厅拖欠至十余万，所有省立各校，均较本大学领到赔数为多"。[1] 这表明，在地方政府的考虑中，川大作为国立大学，是排在省立学校后边的。因此，要解决这一问题，就要在经费上实现"国立化"。

在与地方军政当局交涉的同时，王兆荣还力谋由中央批准，增加川大经费。1933 年 5 月初，王兆荣呈文行政院、教育部，再次陈述经费困难，谓虽经与地方当局交涉，学校得以勉强维持，"亦仅急则治标之计耳。至于治本之道，即今后四川政局不再发生任何变化，按月能拨足五万元，亦难免于困窘"。原因是学校由三大合并，"教职员工约在千人以上，大学及附属各校学生多至五千人"。校址散在各处，图书仪器建筑设备"均甚简陋"，"倘不逐年稍加扩充，殊不足以谋改进"。"本大学在二十一年中，对于图书仪器，虽亦略有增加，然皆各方捐助，为数不多，仍不能适应本大学之需要。"同时，"四川僻处西陲，交通不便，兼任教员，颇难物色。不惟教授员额允宜酌加，及其待遇亦应稍优，始能讲授得宜，作育真才。惟因经费困难，仍属无法改进。"他特别提示，"现在国难日亟，我教育中心之京沪平津，以及武汉等处，时在恐慌之中，教育前途，至为危殆。本大学偏在西南，倘能积极整顿，力事改良，关系国家前途，至为重大"。因此，"仰恳钧院部核准电知四川军政各方，并转知财政部电饬川南盐务稽核分所，自二十

---

[1] 《函教厅摊发本大学经费》，《川大周刊》第 2 卷第 18 期，1934 年 1 月 8 日，第 7 页。

二年度起，按年在经征盐税项下，不分引税票税，拨支本大学经费一百万元"。[1]

王兆荣指出"本大学前途关系匪经"，极有道理。1935年以后国民政府推行四川"地方中央化"政策，川大的确占据了一个极为重要的位置，其思路与王兆荣在这里所说也适相一致（详见后章）。但是，中央势力要想入川，尚需机遇，而这一机遇（红军入川）当时虽已出现，却并不明朗。因此，整个四川在中央的政策中还处在一个边缘位置，王兆荣的要求也不可能被批准。财政部只是在1933年度国家总预算中，列入了川大补助费30万元。9月，教育部将此假预算发给川大。

王兆荣看过以后，认为这一决定"不特与中央核准定经费年支六十万元原案不符，且将本大学经费列入教育补助费，而不列入教育文化费，亦与其他国立学校之一律列入教育文化费者则别"。倘各界人士不了解川大实际情况者，仅根据这一假预算观察，"则不特对于本大学经费有所影响，即对于本大学地位，亦将有所怀疑"。因此，他立刻呈文教育部，称"虽以四川政局关系，本大学经费未能全部由国库应收盐税下划拨"，但实际上每年由"国库应收盐税下划拨经费"，也有43.8万元。"现在二十二年度假预算，仅列三十万元，相差甚巨。"况且，"本大学同系国立，与中央大学等校地位相同"，这一预算"对于本大学地位，似亦未符"。[2] 虽然预算最后仍然没有改动，但王兆荣对此事极为重视，他认为这意味着川大在财政方面还没有获得"国立大学"的待遇。1934年3月15日，王兆荣请假晋京，至6月25日返校。经过他"向关系各方，详加说明"，"于是本大学经费，乃得经中央政治会议正式议决，增

---

[1] 《呈院部请按年增拨经费》，《川大周刊》第1卷第17期，第5—6页。

[2] 《奉发假预算确难遵办》，《川大周刊》第2卷第3期，1933年9月25日，第9—10页。

加为七十二万元，在二十三年度国家总预算中，并得与各国立大学一律平列，作为正式经费"。[1]

不过，由于"二十三年度国家总预算收支相差过巨，碍难执行"，又经过中央政治会议讨论，"分别核减"，川大经费也减为 669024 元。但是问题仍然没有大的解决，"各方支付，均有拖欠"，"故实际能领到者，恐仍不过五十万耳"。[2]

1935 年 4 月，中央政府整顿四川财政，派出四川财政特派员，令南所将所收盐税全数交特派员，川大经费问题才得以较好地解决。

保卫皇城校产：与地方政府的冲突之二

1933 年 7 月，"二刘大战"以刘文辉的败退结束。19 日，刘湘部入驻成都，四川在表面上实现了统一。四川省政府落入刘湘之手。

9 月 17 日，刘湘"召集各军首长、各绅耆、各机关法团领袖"到四川督办署开会商议追剿红军的军费问题。"讨论结果，决定剿赤军费为四百万元，筹措办法，一出卖皇城（贡院旧址）地皮，估计二百万元；二就川东南各县筹百五十万元。"由于情况紧急，准备发行公债 400 万元，"即以出卖皇城及川中各县所筹款项为担保"。[3]

王兆荣看到这一消息后，"不胜骇异"，立刻致函督办署，询问是否属实。[4] 9 月 21 日，《成都国民日报》和《新新新闻》又刊载了出卖皇城的消息，并谓要将皇城改为市场，除了

---

〔1〕《本大学沿革》，《川大一览》1935 年版，第 3 页。
〔2〕《本大学沿革》，第 3 页。
〔3〕《剿赤经费有着》，《成都国民日报》1933 年 9 月 20 日，第 6 版。
〔4〕《函督办署查询是否出卖皇城》，《川大周刊》第 2 卷第 3 期，第 9 页，国立四川大学公函，二十二年国字第 271 号，1933 年 9 月 18 日，"川大档案"第 695 卷。

"剿赤费"外，还有赢余，可以"全数拨给川大，另觅适当地点，建筑校舍"。至于大众"主张出卖皇城的理由有六：一、"皇城地址存在，在名实均觉有封建思想"；二、"省城迭次巷战，均以该城为争夺之地，可见该城存在之不祥"；三、"皇城环境，不适宜学校驻地"；四、"旧有建筑，亦不适于学校所用"；五、"匪祸不除，学校前途且必陷于停顿"；六、"该地改筑商场后，可便利市民"。〔1〕

至此，王兆荣认为督办署虽未回函川大，通报这一决定，但这些报纸的报道亦未被督办署饬令改正，"本大学自不能再视为全非事实"，于是在 9 月 22 日又一次致函督办署，"详述不可能之理由"：首先，"本大学校产之皇城地址，历经中央核准"，"此项产权属于国家，毫无疑义。故地方军政机关，倘未呈奉中央核准，实属无权处置"。其次，皇城面积有限，出卖后，地价与督办署的计划相差甚远，更不要说有赢余了。总之，希望督办署宣布对这一决议"决不执行"。〔2〕

但是，刘湘并没有中止他的计划，甚至没有做出任何答复。在这种情况下，王兆荣致电教育部，报告了此事。〔3〕10 月 5 日，教育部密电刘湘，询问事情经过，表示川大校址"系经中央审定，倘有变动，对于该校影响甚巨"，希望刘"力维现状，以利教育"。〔4〕刘湘在回复教育部的"真"电中，重述了变卖皇城的理由，并云"川大所占校址，仅皇城一小部分，其余概是荒废之地"。〔5〕10 日，四川官公产清理处正式布告成

〔1〕 《成都国民日报》1933 年 9 月 21 日，第 6 版。
〔2〕 《函请停止变卖皇城决议》，《川大周刊》第 2 卷第 3 期，第 10—11 页；国立四川大学公函，二十二年国字第 276 号，1933 年 9 月 22 日，"川大档案"第 695 卷。
〔3〕 致教育部微电稿，1933 年 10 月 5 日，"川大档案"第 695 卷。
〔4〕 教育部佳电电文，1933 年 10 月 9 日，"川大档案"第 695 卷。
〔5〕 转引自《四川善后督办公署公函》二十二年财字第 653 号，"川大档案"第 695 卷。

立。11 日，布告从清理省会皇城地基变卖入手。[1] 17 日，该处副处长冯均逸宣布日内将对皇城地产进行测量，分区标价出售。[2] 18 日，刘湘对四川新闻界宣布，变卖皇城"势在必行"。[3]

随着官公产清理处对皇城插标清界，形势变得愈益严峻，川大的护校运动也越来越紧锣密鼓起来。10 月 16 日，王兆荣分别致电行政院、教育部和教育部长王世杰，请他们制止刘湘。[4] 17 日，王兆荣在家中接见了《新新新闻》记者，表示反对变卖皇城的态度，[5]并再次致电王世杰，谓刘湘真电"所持理由殊欠实在"，皇城"现存空地早定作建筑图书馆及法学院基地"，"觅地另建，需款至巨，决难办到。务恳转商政院、军会或参政会为有效之制止"。[6] 18 日，川大致函成都地方法院，请求备案否认变卖皇城。[7] 19 日，召开了全体教职员工和学生代表的紧急会议，通过了两项决议：一、全体教职员一致表示否认变卖皇城；二、由教职员签名向各方面发表宣言，说明皇城主权真相。[8] 会后并向全市发布了《国立四川大学紧急启事》，宣布四川官公产清理处的布告"实属越权"，"除呈请中央纠正外，应请各界查照不予购买。嗣后如有执该处证件对于本大学校产主张任何权利者，本大学一律否认。对于因

---

[1]《新新新闻》1933 年 10 月 12 日，第 9 版。
[2]《新新新闻》1933 年 10 月 18 日，第 9 版。
[3]《新新新闻》1933 年 10 月 19 日，第 10 版。
[4] 致行政院《请电令制止变卖皇城校产电》；致教育部《请制止变卖皇城校产电》；致王世杰《请制止变卖皇城校产电》，均为 1933 年 10 月 16 日，"川大档案"第 695 卷。
[5]《新新新闻》1933 年 10 月 18 日，第 9 版。
[6] 致王世杰筱电稿，1933 年 10 月 17 日，"川大档案"第 695 卷。
[7]《为否认变卖本大学皇城校产请备案由》，1933 年 10 月 18 日，"川大档案"第 695 卷。
[8]《全体教职员反对变卖皇城》，《川大周刊》第 2 卷第 7 期，1933 年 10 月 23 日，第 9 页。

此所受之一切损失，本大学亦不负任何责任"。[1]

20 日，王兆荣召集各班值日学生谈话，各院院长一并出席。王与各院长讲述了事情经过和教师态度，由各班值日生将此情形转告同学。各班推举代表 1—2 人，23 日在法学院大礼堂召开临时代表大会，通过了组织"国立四川大学全体学生反对变卖皇城校址大会"、由全体名义发表反对宣言、电中央请其制止、向督办署抗辩、招待新闻界请其一致反对、请各界援助等决议。24 日又召开第二次大会，决议通告附属学校各校学生，请其一致反对。[2]

10 月 26 日，《新新新闻》报道省会警备司令部召集新闻界谈话，禁止各报刊登关于变卖皇城消息。[3] 为此，川大致函警备司令部，谓"关于此项消息，均为各界所欲先睹。由本大学正式送交新闻界陆续发表真相，自易明白。一旦禁止登载，则传言失实，更多纠纷。况言论自由，载在约法，一般人士，均得享有。况本大学为国家教育机关、西南最高学府，岂有禁止登载其消息之理？"警备司令部回函谓："现值剿共严重期间，奉善后督办署严令，凡关治安消息，非经检查许可，不准擅行登载。……以后贵校披露消息，务希审慎，用维治安。"[4]

10 月下旬，争取对外同情的活动也进入了高潮。除了 19 日的教职员和 20 日的全体学生对全国宣言外，10 月 28 日，川大秘书处在皇城招待了成都市新闻界、教育界、各团体代表，

---

〔1〕《国立四川大学紧急启事》，《新新新闻》1933 年 10 月 21 日，第 4 版。

〔2〕《教职员学生一致反对卖皇城》，《川大周刊》第 2 卷第 8 期，1933 年 10 月 30 日，第 12 页。

〔3〕《新新新闻》1933 年 10 月 26 日，第 9 版。

〔4〕国立四川大学公函，二十二年国字第 323 号，"川大档案"第 695 卷；又，去函和回函均见《函警备部照常登载皇城消息》，《川大周刊》第 2 卷第 9 期，1933 年 11 月 6 日，第 11 页。

报告事情经过。接到邀请的有 38 家新闻单位、成都市商会、省农会、省教育会、市教成员会、市职工会、成都市民各业公会、平民教育会、省立农学院、工业学院、各中学乃至小学。[1]当天，全体教职员急电全国各新闻单位，包括北平《新晨报》、《益世报》、天津《大公报》、《益世报》、武汉《汉口商报》、南京《中央日报》、《中国日报》、上海《申报》、《时事新报》、《新闻报》、《晨报》、《时报》、广州《民国日报》、香港《南华日报》，以及川大附校、华西大学、各中学校等。王兆荣在电文原稿上批道："凡四川境内有衔名处一律"列名。[2]

在各种宣言或通电中，由向楚等起草的《本大学全体教职员反对变卖皇城校址宣言》（下简称《宣言》）所述最为翔实，基本上概括了其他各种宣言和电文的内容。这份宣言"倾诉"的主要对象是国民党中央党部、国立中央研究院、国立中央大学、国立北平研究院、国立北京大学、国立北平大学、国立北平师范大学、国立清华大学、上海国立同济大学、国立暨南大学、广州国立中山大学、国立武汉大学，旅外川籍政治、教育、文化界知名人士戴季陶、石青阳、吕超、傅增湘、任鸿隽、张颐、陈启修、胡政之、熊克武、杨庶堪、谢持、黄复生、黄季陆、黄圣祥、张群，及四川省内除刘湘以外的军人和地方士绅。

《宣言》举出 8 条理由：一、"就主权而言"，"皇城在五代时为蜀宫，明初为藩府，入清改为贡院……**主权属于国家，所有地方军政机关，均属无权处理**"。二、"就大学之地位及关系言"，川大"为四川唯一之最高学府，亦占西南文化之重心。……皇城贡院，乃国立川大之根本基础"。"今日科学世界，非有完备大学，不能与之提挈，以适于生存"。三、"就剿

---

[1] 邀请函及各单位名单，均在"川大档案"第 695 卷。
[2] 全体教职员感电文稿，"川大档案"第 695 卷。

赤与非法处分国产之比较言"，"剿匪为短期军事，大学为永久盛业"。何况湖南、江西均在"剿赤"，并未变卖大学校产，如不制止，"**恶例一开，则全国之大学校址，亦发生危险，全省之学校校址，亦发生危险**"。四、"就战祸之因果言"，皇城不是战争之因，反而是"受祸之地"。五、"就大学建地言"，国内外大学建在城内者有多例。六、"就民意方面而言"，"自议会停顿，已无代表民意机关，今者以党治国，党权高于军权。然省党部，既不在成都，亦初不闻有此项提议。民众团体云者，不知属于何等"。事实上，"**官产清理处人员之主张则有之，民众团体之主张则未也**"。七、"就法律言"，变卖皇城，"即令用何种手段，成为事实，本大学既已多次声明，一律否认，无论何时，在法律上可以主张正当权利。即使一时受暴力阻碍，皇城校址，为人侵占，或非法买取，最终本校在法律上可以无条件收回。企图购买者因此所受之一切损失，本大学亦不负任何责任"。八、"就安川剿赤救灾之责任言"，"**试从经过之事实真相逐一察之，此次挑拨战祸，推动战祸，操纵战祸，扩大战祸之责任者为谁？引起赤祸，养成赤祸，助长赤祸，制造赤祸之责任者又为谁？如能追罚首祸，惩治贪污，其所得不啻什百千万，何止如皇城区区之小数**"。[1]

11月1日，川大收到教育部的密电，谓"已由行政院严电制止"。7日，教育部又电："顷准军委会咨覆，已电刘督办，制止变卖矣。"[2]13日，刘湘的四川剿匪总司令部公函川大，谓行政院已查询此事。公函通报了刘湘的复电（"感"电）电文，内容与复教育部"真"电相同。[3]21日，川大呈文行政院，称"刘督办感电所称各项，均与事实相去甚远。现在四川

---

〔1〕《本大学全体教职员反对变卖皇城宣言》，《川大周刊》第2卷第8期，第1—4页。黑体字系原文如此，并以大号字排印。
〔2〕教育部叠电、虞电，均在"川大档案"第695卷。
〔3〕四川剿匪总司令部公函，二十二年财字第726号，"川大档案"第695卷。

善刘［后］督办以各方人士多不赞同，而本大学全体教职员学生亦一致反对，已有缓办之说。惟将来是否不再实行，殊不可知"。对此，川大将"严密侦查，随时阻止"。[1] 24 日，四川旅平教育界人士傅增湘、任鸿隽、张颐、陈启修致电四川大学并转各报馆，谓"同人等闻当局变卖川大校址事，极为愤慨。已电请教部设法制止，并致电甫公，请其立即停止变卖计划。该电电文如次：项闻我公拟变卖川大皇城校址，不胜骇异。年来蜀人对于我公希望正殷，似此摧残教育，殊属意外。应请立即制止该项计划，四川教育前途幸甚"。[2]

12 月初，消歇一时的变卖之议又起。3 日，官公产清理处处长李绳武、副处长冯均逸亲往王兆荣寓所，提出先以 30 万元供给川大，以 10 余万元作川大修理房舍之用；变卖皇城所得，清理处先向川大借作"剿赤"经费，将来另筹款项全数退还。4 日成都《社会日报》报道了这一消息，并谓王兆荣"以其办法虽甚良好，但皇城全权，属于国家……虽为校长实无权承认变卖"云云。[3] 川大随即致函《社会日报》，宣布"王校长自始至终，对于所提办法，毫未表示意见，亦未承认接受也"，希望报纸予以更正。[4]

为了防止刘湘强行变卖皇城，1934 年 1 月 24 日，校务会议决定，将驻在皇城的附属初中迁往五世同堂街原附属高中一部旧址，将原在南较场的法学院迁入皇城，占满皇城所有空房。[5]

变卖皇城之议屡被拒绝后，12 月 29 日，四川官公产清理处再次致函川大，谓"前高师使用皇城地基房屋，系由政府陆

［1］《呈明四川善后督办变卖本大学皇城校址真相请予备案由》，"川大档案"第 695 卷。

［2］电文原件藏"川大档案"第 695 卷。

［3］《社会日报》1933 年 12 月 4 日，第 4 版。

［4］《公产清理处又拟变卖川大校产》，《川大周刊》第 2 卷第 14 期，1933 年 12 月 11 日，第 10 页。

［5］《法学院迁入皇城》，《川大周刊》第 2 卷第 21 期，1934 年 3 月 5 日，第 7 页。

续拨用，本非一次全部划拨。至于城垣以外地皮，更无明文拨用。……是城根以外地皮，不在学校使用范围以内明矣"。要求川大查明这些地皮的租用情况。此后，双方围绕着皇城以外地皮的归属问题公文往来数次。官公产清理处的根据是 1918 年 1月 26 日原北京政府教育部第 22 号咨行四川省长咨文。原文谓高师校舍狭小，教育部本请将原四川高等学堂旧址拨给高师，但据视察员报告，皇城规模宏大，"且称贵省长亦以此地为适宜，……本部自应赞同。惟该校现时需用校舍甚急，应请迅予指拨"。官公产清理处认为，"此为第一次由省长指拨校地原案。就此而论，中央教育部仅予表示赞同，指拨与否，其权似仍在四川当局也"。[1]

对此，川大指出，皇城城根以外地皮，"确系旧贡院产业。而旧贡院全址，在前清时，即属国有财产"。"且中央既准拨用旧贡院作为前高师前师大及本大学校产，决无限于城垣以内之理。复查中央并无何项明文，将此国有财产，拨交前高师前师大及本大学以外任何机关管理用益。"同时，"赞同二字，在主权者求他人对其权利之主张表示同意时，亦未尝不可使用也。且皇城产权苟属四川当局，则四川省长是否扩充校产完全自由，又何待乎进一步之核准。故此项产权，当然属于中央"。

变卖皇城之议，最终由于"剿匪"失败，不了了之。但是，此事使川大与四川地方当局（主要是刘湘）的关系变得极为紧张。国民政府遥在南京，刘湘若一意孤行，中央也无可奈何。不过，川大虽然知道"中央"在四川只具象征意义，还是利用了"国立大学"的牌子，来对抗地方政府的决策。双方后来发生的争执更暴露出由于传统政治权力中心的瓦解和民国以后地方势力的上升所造成的国产"流失"到地方去的现象。另

---

[1] 本段和下段所引双方公函，均见《旧皇城全部均属校产》，《川大周刊》第 2 卷第21 期，第 6—7 页。

一方面，川大对地方资源的利用也很明显（至少有此一明确意识），这包括了旅外川人、地方士绅和地方军人，分别着眼于他们在全国和地方的社会影响力。求助地方军人，更有利用各军之间原已存在的矛盾的考虑。简言之，川大动用了"中央"和"地方"、"国家"与"社会"的双重资源来达到自我保护的目的，而以"中央"为主。这在《宣言》的最后一段表现得甚为明显："同人等……持光明正大之度，本敬恭桑梓之诚。国产主权，谨当听命中央；匡正扶持，敬请主张公道！"

第三节 王兆荣任职期间 川大的基本情况[1]

王兆荣在任期间，学校迫于战争、经费等压力，屡次提前放假，或延后开学。1933 年底至 1934 年初，又发生了护校运动，持续数月，其间还组织了学生在校园外巡逻。在这种情况下，正常的教学和科研秩序难以维持，也就很难称得上有何种成绩了。同时，学校合并之初，也不能不顾及前三大的原有情形和四川社会的特殊状况，故呈现出不少与其他国立学校不尽相同的特色来。

严明校纪

王兆荣治校，以"严"著称。盖"原'三大'之历史、性质、校规、校风，均各差异。并为一校，自难融洽无间。"[2]

---

〔1〕 关于这一问题，《四川大学史稿》第 168—177 页有较为详细的介绍。
〔2〕 转引自吕振修《追求光明的大学校长王兆荣》，《四川近现代文化人物续编》，第332 页。

这是一方面。另一方面，屡起"学潮"是现代中国大学生行为的一个明显"特色"，其中又以国立大学尤为突出。钱基博曾谓："方今学潮澒洞，天下汹汹。京沪一带，以迄北平，所谓全国文化灿烂之区。然国立大学即成政治斗争之市场，此一是非，彼一是非，相为仇敌，士不安于弦诵，大师亦只有依席讲而已。"[1]这虽然是 1945 年国内政治斗争尤烈时说的话，但在二三十年代已经呈现此相。1932 年 2 月 26 日的《川报》曾有社论，谓我国高等教育的办学者"利用青年，作政争之武器。五四以后，以迄今日，殆如出一辙。……学生受此熏融，遂一往不返，率以鼓动风潮，结纳当局为能事。……吾川僻处西陲，虽一切进化较后于人，而恶风气之来未能独免"。[2]

其实，前"三大"中，受鼓动风潮的"恶风气"影响的主要是成大学生。如前章所述，成大学生在张澜办学思想的影响下，深受"五四"以后国内大学"爱闹事"风气的影响。因此，合并之始，就发生了争取平等待遇的学潮，使学校不得不提前放假。这也正是《川报》社论的"今典"。这次学潮虽然也有公立川大学生的参与，但不管是从主动性还是激烈程度而言，他们都远较成大学生逊色。因此，王兆荣一到任，就致力于"为新大学树规模、立制度"的工作："就现实之立场，从各方观之均觉近情者，制定种种规章，俾资遵循。"[3]他先后发布了 22 种规章，涉及从校务到学生的日常生活的各个方面。

当然，更重要的是执行。王未到任以前，"整委会"就已经开始强化纪律。王到了之后，继续按此方针行事。四川省政府之所以接受王兆荣为川大校长，一个主要原因就是看上了他

〔1〕 钱基博：《答诸生论大学》，《中国文化》第 14 期，生活·读书·新知三联书店，1996 年，第 235 页。
〔2〕 《说四川大学》，《川报》1932 年 2 月 26 日，第 10 版。
〔3〕 转引自吕振修《追求光明的大学校长王兆荣》，第 332 页。

"做事有担当力"，找他来"整顿"学校。[1]他在任期间，学校纪律甚严。以1932学年为例，行课时间统共6个月，除名学生达260人（含预科生80人，附属高中学生50人），停学学生96人，大部分由于"旷课"所致。[2]这一情形与其时国立大学纪律松散的情况形成了鲜明的对比。[3]

不过，王兆荣的"严格"虽然给人们留下了深刻印象，[4]但似也不宜估计过高。盖1935年下半年任鸿隽接长川大后，就注意到：每次上课铃声敲响以后，"同学常迟迟不到教室"。其时的秘书长孟寿椿也批评过："但闻以前习惯，同学在打过上课钟十分钟之后，才上讲堂，因而教员亦多迟到。"[5]

院系设置

由于前三大科系设置不一，国立川大接收前三大的学生，不能不考虑到其原有的专业与科系，因此，在设置院系时也就不得不有所折中。学校最初预设文、理、法、教育四个学院。其中文学院包括中文系、英文系、史学系，理学院包括数学系、物理学系、化学系、生物学系，法学院包括法律系、政治系、经济系，教育学院包括教育系、艺术专修系、体育专修系。[6]"专修系"一说，名称怪异，显系由专修科而来。按

[1] 2000年10月31日采访吴天墀先生记录。又，萧公权也说：王兆荣在任川大校长期间"以严峻著名，对于桀骜不驯的学生毫不假借"。《问学谏往录》，学林出版社，1997年，第154页。
[2] 据《川大周刊》第1卷各期刊登除名、停学名单统计。
[3] 程千帆先生就曾提到，其时的国立大学"随随便便，纪律松散"。《桑榆忆往》，上海古籍出版社，2000年，第11页。
[4] 这是其时四川社会对王的一般印象，在接受我采访时，罗宗文、吴天墀等先生都表达了同样的看法。
[5] 任鸿隽、孟寿椿分别在1935年9月30日、9月23日纪念周上的演讲，《川大周刊》第4卷第3期，第2页；第4卷第5期，第4页。
[6] 《本校组织大纲草案》，《川大周刊》第1卷第1期，1932年9月20日，第1页。

前成大在"文科"中设有"教育心理学系"，与文、理、法诸科并置的，有"体育系"；前成都师大设有"教育学院"，下设"教育系"、"心理系"，与文、理、教三院并列的有"艺术专修科"和"体育专修科"。因此，教育学院，尤其是两个"专修系"的设置，与前成都师大和前成大都有关联。从名称上看，与成师大关系似更为密切。

川大档案中藏有张铮写给吴永权的一封信，未注时间。从内容上看，是讨论两个专修系的设置的："顷闻适有要事，不能到秘书处与会。关于附体、艺事，将来须呈部，务以不背大学规程为是。现大学改革伊始，如与部章相违，致被驳诘，恐人说办事人外行，此不是一二人关系，大学前途亦将于无形中受影响者也。"〔1〕这封信为我们留下了一份"整委会"成员在整顿大学时的心态记录：他们不但要考虑前三大的实际情况，还要注意到不违部章，以免被人攻击为"外行"。

草案报教育部后，教育部发下 7323 号指令："查教育学院，仅设教育学系，附设艺术、体育两专修科（据此，似在报教育部时将'专修系'仍改为'专修科'。——作者按），殊无设院之必要。"要求将教育学院改为教育系，并入文学院。〔2〕但是，前成师大原本就已为"师范独立"斗争良久，现在又要把教育学院撤掉，当然有不满情绪。因此，学校第 26 次临时行政会议议决的结果，仍请照设教育学院。同时，教育学院各科系又派出学生代表呈文学校，希望转请教育部"收回成命"。〔3〕但是，1933年 3 月 2 日，校务会议最终决定遵部令裁并教育学院。〔4〕

---

〔1〕 张铮致吴君毅函，"川大档案"第 1894 卷。

〔2〕 "川大档案"第 8 卷。

〔3〕 《转呈请转仍设教育学院》，《川大周刊》第 1 卷第 4 期，1932 年 10 月 10 日，第 4页。

〔4〕 《遵令裁并教育学院》，《川大周刊》第 1 卷第 11 期，第 8—9 页。教育部指令早在 1932 年 11 月 14 日就已经下达，但因为战事影响，一直未办。

师资聘任

　　川大师资最初都来自前三大。王兆荣到校后，由于经费紧张，战事不已，聘请教师的工作遇到了不少困难，但王兆荣仍然做了大量工作。据 1934 年度《教员一览表》教师履历一栏的显示，在 91 名教师（不含助教和军训教官）中，有 46 人没有前三大工作的经历，属于新聘者约占一半。这些新聘教师中，文学院占了 20 人（其中教育系 6 人，英语系 9 人，有 4 人系特约教授），理学院占了 11 人，法学院占了 14 人。另体育指导 1 人。除了中文系仍以"蜀中名宿"为主，只聘请了 1 位特约教授；生物系只进了 1 位讲师外，其他各系人事都有不小调整。最为突出的是教育系和法学院。教育系新聘人数达 60%，法学院更达 66% 以上。教育系是原成师大的"强项"，成大因为要和成师大竞争，在这方面也不弱。因此，该系的人员构成变化尤值得注意。不过，在新聘的 6 人中，有 3 位副教授，都不是学教育学，而是学冶金、无线电和医学的。这样一来，其变化的实际效应也就打了折扣。法学院新聘教师中有 2 人系日本东京帝国大学毕业，5 人系日本其他帝国大学毕业，当与王兆荣、吴永权有关。

　　在 12 位院长和系主任中，除了政治系主任胡恭先系新聘、化学系主任熊祖同无前三大教学经历外，其余均为前三大教师乃至旧任。这些人是校务会议的实际参加者，他们对学校决策的影响要远过一般教师。也就是说，川大高层人事构成并无太大的改变。其次，我们看到，在与地方发生纠纷时，仍要依赖于向楚、吴君毅、叶秉诚、魏时珍这些前三大教师解决，其中尤以地方军政关系最广、社会地位最高的向楚最力。

课程标准

30 年代初，各大学课程系自行决定。国立川大成立后，照顾到学生的学业，课程标准最初也多沿袭前三大。不过，大学当局仍然做了不少调整。由于这方面的材料相对缺乏，因此，我准备以四川大学档案馆藏 1931 年 12 月—1932 年 1 月文学院教务会议记录为例，讨论一下相关问题。

文学院的第一次教务会议于 1931 年 12 月 23 日召开。会议讨论了各系课程编制的问题。历史系（后改为史学系）主任何鲁之发言说："现行课程标准系沿袭前成大所订，自系暂时使用。"这一态度得到了与会人士的认可。文学院教务主任刘子周表示，"新大学初成立，关于课程一项，应有详审之规定，方为百年大计"。外文系（后改为英文系）主任刘奎发言，谓"课程若重新规定，应以国内其他大学之课程标准为参照"。会议议决，课程标准应重新规定。[1]

不过，重新规定课程标准又遇到一个问题，那就是"近来国内各大学对于教学目的各有不同，故于规定课程亦因之而异"。如关于中国文学，"中央大学、东北大学等校则以研求本国学术为主脑，至于北京大学、清华大学等校则以研求纯文艺以期创造此时代之新文学为主脑"。关于外国文学，"在东北大学则偏重在造成实用人才，以为东北政治上、外交上之用"；清华"则首重在造成博雅之士"。历史系"一为偏重历史整理方面，北平各大学每系如此；一为注重历史智识之研究，中央大学、东北大学即系如此"。川大要采取何种标准呢？对此，院长向楚表示，"现在中文系主任尚未聘定，即由本人暂代，对于中国文学，自以研求

---

〔1〕《文学院二十年度第一学期第一次教务会议录》，1931 年 12 月 23 日，"川大档案"第 202 卷。

本国学术为主"。刘奎表示,"必定要为学术人才,方能为实用人才",因此,外文系"以造成学术人才为主"。何鲁之提议史学系应以"对史学上之智识之研究"为主。[1]

从会议记录看,如何在外延聘教师一直是他们关心的问题。在第一次教务会议上,向楚便提出,"目下若就国内其他大学中之教授,择别聘请,恐不免困难。好在东北大学停顿后,其中教授多走北平,建议若在省外聘请教授,宜注意于此"。[2]此后,在历次会议中,关于这一问题都有很多讨论,其中东北大学教授是大家关注的热点。另外,张颐、常乃德等均为他们考虑的对象。

另一个问题是是否实行来自美国的学分制的问题。第一次教务会议议决"本院以后行学分制,但仍规定四年毕业,可提请大学部决定之"。[3]不过,当时实际代行校政的秘书长吴永权表示,"兹事体大,须审议"。对此,刘子周提出,"实行学分制第一好处,即在考核学生之学业,不单凭其试验成绩,而更注意其受课时间。教育上之创行学分制,其用意亦在此。川省大学学生近年每每任意缺课,竟有有名无人,而学期终又有成绩者。故非行学分制不易矫正此弊"。第一次会议时不大同意实行学分制的何鲁之也表示,"现在各个大学都是行学分制,四川大学既是重新整顿,也宜仿行"。[4]第三次会议,刘子周又提前议,除了再次提出"学分制的好处是免学生旷课"外,也说"所谓近代式之大学多数是行学分制"。[5]但此事终未通过。

由于存留材料所限,我们对他们在这方面的讨论只能采取

---

〔1〕《文学院二十年度第一学期第一次教务会议录》。
〔2〕《文学院二十年度第一学期第一次教务会议录》。
〔3〕《文学院二十年度第一学期第一次教务会议录》。
〔4〕《文学院二十年度第一学期第二次教务会议录》,1931年12月30日,"川大档案"第202卷。
〔5〕《文学院二十年度第一学期第三次教务会议录》,1931年1月8日,"川大档案"第202卷。

"管中窥豹"的方式。这里的讨论只限于文学院，并不代表理、法、教等学院的情况。不过，其中仍可看出一些有意义的东西。文学院，特别是中文系一向以"国故"为主，也是蜀学宿儒聚汇之所。但是，他们考虑问题，显然有一个"全国"观念。用今天的话说，他们不管是在课程标准方面，还是学分制的问题上，都不乏和国内其他大学或"近代"规则"接轨"的考虑。（当然，"接轨"不是唯一的考虑）他们也希望能在外省请到教师，而不是闭关自锁，只是外面的教师不愿意来而已。他们对东北大学的教师特别重视，原因就是有请来的可能。

另一方面，各系课程标准的设置，显然和其时国内学术界的新旧之分有关。中央大学和东北大学在文史方面均偏向于"旧"，北平各大学则偏向于"新"（文学方面重新文学，史学上重"历史整理"，近于"新考据"），这种"富于国故"的教学风气颇为院长向楚所喜，也是其重视东北大学教师的一个原因。

就地取材的科学研究

这一时期，学校虽然处境艰难，但仍注重与实践关系密切的科学研究。1933 年秋，四川叠溪发生大地震，阻断岷江，形成湖泊。12 月，王兆荣数次电告中央研究院，希望选派地质、水利专家来川考察。"一面对于地震加以研究，使科学上得有相当之贡献；一面对于积水，设法预防，使一般人民之生命财产，不致因此再受损失"。但蔡元培答以无员可派。王兆荣决定由川大独立考察，选派地质学教授周晓和率领两位助教和生物系学生 7 人，组成川大地质考察团，调查地震状况、震后地质变化和气象问题。21 日，考察团出发，[1]沿途采集了化石标本数十件和植物

---

[1]《本大学地质考察团出发》，《川大周刊》第 2 卷第 16 期，1933 年 12 月 25 日，第 9 页。

标本 40 余包，[1]于 1934 年 1 月 14 日回校，发表了叠溪地震考察报告。[2]

1933 年，化学系定量分析化学实验"颇注重实际应用，特将川中土产及有关吾人日常生活之物品，陆续分析"。并发表了分析结果，"以供社会人士参考"。其分析物有：1.水之硬度，取样包括成都薛涛井水、成都南门河水、本校井水；2.彭山县产"黑灰"中之碱量；3.成都制"粗硫酸"之浓度；4.灌县产"草碱"中之碳酸钾；5.成都精益醋庄所制"麸醋"中之酸量；6.川产"皂礬"中之铁量；7.荥经产"锑矿"中之锑量；8.各种银币中之银量，取样包括成都厂造大洋、成都厂造半元、前清龙版大洋、重庆大洋、云南半元、劣币（人头假洋）。[3]

1935 年 3 月，川大致函中英庚款委员会，希望能够得到赞助，以扩充物理实验设备。其主要拟办事项为：1."精确测定成都之经纬度及地方时，以确定标准时及精确时间"；2."测定附近各地之重力加速度及地磁性质"；3."气象之详测与空电之调查"；4."地震测定之设备。"理由是：1."成都为西南文化政治地理中心，对于经纬度自有详察之必要；且因确定标准时，亦非实测地方时，无已为学术之标准"；2."西南矿藏丰富，亟须开采。吾人为供探矿家及研究地质构造者之参考，应先有重力加速度之详测"；3."成都附近气象，其测定之精否直接影响全国气象之推算，关系特巨。且其气压特低，吾人为明其确实原因，亦非详测不可"；4."空气对于无线通信关系极大，吾人对于国内及国际间远距离无线电通信，宜早作基本之考察"；5."中国地震以陕甘边界为多，而四川叠溪亦时作时止，究其震源地点及震动之强

〔1〕《地质考察团已抵龙溪》，《川大周刊》第 2 卷第 17 期，1934 年 1 月 1 日，第 9 页。
〔2〕《地质考察团在叠溪之工作》，《川大周刊》第 2 卷第 19 期，1934 年 1 月 15 日，第 9 页。
〔3〕《理学院化学系分析各种物品》，《川大周刊》第 2 卷第 17 期，第 10 页。

弱，应在较近之成都随时测定报告。"〔1〕

川大的科学研究多系就地取材。这一方面和其地理位置有关，另一方面也是由当时川内政治不良、交通不便，不利于出省考察的客观限制决定的。当然，他们也很明确地希望增进和四川地方有关的知识之研究，以期对全国的科学研究做出贡献。"全国"既由"地方"组成，则"地方性知识"的增加即意味着"全国性知识"的增加。不过，这一方面的主要工作，是在任鸿隽时期完成的。

民族观念的培养

1932 年春，成都的一份报纸曾经有过如下的报道：

> 此间四川大学学生，自去岁东北事变发生以来，一时群情惶愤，反日空气，顿形紧张。于是有一部分同学相约组织反日会。但不久全体学生均归销沉，反日会亦无形停顿工作。于是堂堂四川最高学府的四川大学学生，均成"两耳不闻窗外事，一心只读圣贤书"之沉静学者矣。今春开学以还，未及一周，突传上海华军撤退，日军进占闸北，于是该校学生，又略呈活泼之象。七日市民大会未开会之前数日，该校文学院及教育学院有一部分同学，联名发起组织救亡请愿团，有三十余人署名。发出启事一则，张贴于皇城该校之学生张贴处。……启事发出之次日，即召集文教二院同学开会，但到会者寥寥无几。一则因学生中大半对沪案漠不关心，再则因近年来党派复杂，多数学生，均恐为一二人所利用而无益实际，甚或偶一不慎，出

〔1〕《扩充物理实验室实用设备计划书》，"川大档案"第919卷。

言招尤，故因噎废食，对沪案表现至为冷漠。……请愿完结，该团返校后，又为过去之反日会然，寂然无声矣。（昨日在学生张贴处）又发现署名部分同学者，谓国事危急……等语。其中愤激之词，溢出言表，想必一部分留心国事者。此文贴出后，同学均次第得见，其中愤发之词，有红线加于同行之下，亦颇引人注目。但贴出已一日，并无何等影响。该校文教两院学生，引之为谈资，大多数似谓为无关重要者。然大学生之感觉迟钝所为，及川大同学之沉静冷淡，从此可见一般云。[1]

此文所写内情甚详，说不定文章的作者就是川大学生中"留心国事者"之一。文中充满了对川大学生的失望之情，也当是不少"进步青年"的真实心态。然而，一定要有"行动"才算"爱国"，且"行动"又多指集会、组织团体等特定的行为，虽可能代表了相当一部分人的认知，却未必足以作为此文作者判断的依据。

1933 年 4 月，川大法学院旅平同学会鉴于华北抗日正亟，"海内外的同胞，纷纷捐输巨款，派遣专员，前来慰劳。然而我号称全国最富庶的四川，却未见有一文之捐助，一人之慰劳，思之惭愧无地"，"我们是四川大学的学生，在这种状态之下，还能坐视不理吗?"于是，决定派出杨敬之、吕奎文前去劳军。其目的是"在四川大学同学的立场上"，"来为同乡和川中同学作一个先例，好让他们继续着源源接济而来"。杨、吕到前线后，给学校写了一封信，希望"四川大学的列位先生同学们""能大声急呼起来，捐款慰劳浴血的抗日将士，那么虽在后方，总可以稍稍安慰自己了"。信末并特意注明"自喜峰

---

〔1〕 《如此之川大学生》，《成都工商时报》1932 年 3 月 15 日，第 4 版。

口飞机轰炸之下".[1] 感到"惭愧"，进而要学习"海内外同胞"前去慰军，并呼吁川大师生捐款的举动，颇可见出旅平同学会的"全国"意识。

王兆荣的民族主义观念一向很强。早在1918年，为了拒绝段祺瑞与日本签订的《中日陆海军共同防敌军事协定》，中国留日学生组成了"救国团"，王兆荣被推举为总干事长。回国后，在北京和上海继续发动"抗日拒约"运动，并创办了《救国日报》和"国民大学"。1919年春，与人在上海广为宣传，纪念国耻。1925年，王兆荣等在上海创办"学艺社"和"学艺大学"，仍以"学术报国"为宗旨。[2] 因此，在他长校期间，很重视培养学生的民族观念。

《川大周刊》第1卷有"讲演"一栏，登发学校（包括各附校）举办的各类演讲的演讲词，其中"抗日"和"救国"是个重要的主题。如叶秉诚的《何法恢复东三省》（第1卷第2—3期）、赵石萍的《九一八前后之东北》（第1卷第4期）、李希仁的《东北前途与吾人处国难之态度》（第1卷第7期）、许群立《长期抵抗的意义》（第1卷第20期）等。1933年5月11日，法学院教授霍俪白在讲授《中国外交史》时，向学生介绍了李大钊在1915年"二十一条"期间所写《警告全国父老昆弟书》的大意，后又应学生要求，把这篇文章交由《川大周刊》全文刊出，霍俪白并在文前附有识语，介绍了这篇文章的写作背景，并谓"虽明日黄花，亦聊以作国民薪胆之助云尔"。[3]

1933年4月15日，王兆荣在校务会议上朗读了杨敬之、

---

〔1〕《川大周刊》第1卷第15期，第2页。

〔2〕吕振修：《追求光明的大学校长王兆荣》，关于"救国团"的有关情况，参考王兆荣《关于一九一八年我国留日学生反帝救国团的回忆》，《秀山文史资料》第3辑，第56—63页，曾琦《反抗思想与革命精神》，陈正茂、黄欣同、梅渐浓编《曾琦先生文集》上册，中研院近代史所，1993年，第593页。

〔3〕李守常遗著《警告全国父老昆弟书》，《川大周刊》第1卷第20期，1933年5月29日，第1页。

吕奎文的来信。数学系教授胡助当即提议"本大学应积极努力募集捐款，即兑东北慰劳抗日各军，以尽国民应尽之责，并为西南各界倡"。[1] 5月1日，《川大周刊》发表了全校师生捐款办法，规定5月6日截止。全校师生自愿捐助，募集款数，经《周刊》发表，并由学校经济审查委员会监督。[2] 这次募捐共筹集款项2265.83元，经天津《大公报》转交华北各军。[3] 同时，根据校务会议的决议，学校还制定了《国立四川大学抗日方案草案》，以建设后方为主要目标。[4]

1934年9月15日，校务会议决定9月18日上午11—12时，全校师生纪念"九一八"事变，由学校制成纪念文，分送各教员，要求教师于纪念时间上课时，先为宣读。宣读后静默3分钟，默念"誓雪国耻"。静默后，教师得作关于"九一八"的演讲。如果恰好遇到外籍教师上课，则由院长或系主任代为宣读，并指导学生静默。[5]

第四节 中央入川与教育部整顿川大

蒋介石视察川大

1935年1月，由贺国光率领的军事委员会委员长南昌行营参谋团入川，四川的半独立状态被打破，开始了作为"中华民族复兴策源地"的"地方中央化"过程。造成此前川大经费危

〔1〕《校务会议决议慰劳抗日各军》，《川大周刊》第1卷第15期，第4页。
〔2〕《本大学募集慰劳抗日各军捐款办法》，《川大周刊》第1卷第16期，第1页。
〔3〕《社会日报》1933年7月12日，第4版。
〔4〕《国立四川大学抗日方案草案》，"川大档案"第1730卷。
〔5〕《川大周刊》第1卷第2期，1934年9月17日，第3页。

机、校产危机的一个重要原因就是真正有权力的"中央"远在南京，川大作为中央在川机关，不得不仰地方政府之鼻息。虽有不少抗争，但也颇为艰难。地方"中央化"的政策是要把中央的力量落实到四川地方上去，这给川大带来了一个转机。这是川大"国立化"过程的一个转折点。

此前，川大在各国立大学中一直被国民政府放到一个相当边缘的位置上。在经费问题上，直到1934年，川大人还认为自己未获得与其他国立大学平等的地位。其实，有不少国立大学和川大一样，并未完全享受中央拨款。川大人对"平等"要求之切，颇可见出其"国立"意识之强。不过，无论如何，中央的不甚重视是造成川大特殊性的不可忽视的原因之一，其特殊性又使得川大显得不够"国立化"。如，1934年春，川大接到教育部二十三年教字第455号训令和《中央统一会计制度》一册。为此，川大呈文教育部，表示执行困难。理由包括：制度规定，"各月份本机关经费按照主计处岁计局规定之预算科目依栏分写"，而"本大学并未奉到此项预算科目，而支出计算帐所定款项目节，本大学又未必适用"。制度规定，支出帐目"以月份预算为主，每月份设一帐户，凡属本月份之开支，不问其付款日期是否在本月份以内，概应记入本月份之帐"。可是，"本大学自民国二十年秋季成立以来，截至现在，均未完全收到。前〔按〕照上项规定，不问收款日期，概应记入本月份，则无论何月，其完全清结，不知待至何时，亦不知待至何时，始得报销。又支出方面，……若照上项规定，不问付款日期，概应记入本月份，则所有本月份开支，非迟至半年以后不能清结，亦非迟至半年以后，不能报销"等等。〔1〕

在这种情况下，中央势力入川，对川大当局来说是一件好

---

〔1〕《呈明统一会计制度执行困难》，《川大周刊》第2卷第21期，第4—5页

事。早在 1934 年 9 月，刘湘围剿红军失利，川局紧张之时，川大校务会议就通过决议，"用教职员全体名义，分电南京中央派兵入川协剿"。在致林森、汪精卫、蒋介石的电报中，提出"目前剿匪急务"，以中央军入川"为先决条件"。其理由是：一、红军活动"多在两省边界险阻区。省防则各自为政，而不相援应；省剿则备多力分而易于突破"。若由中央规划全局，"以中央军为主剿，以各省军为协助，……庶号令一而分合明"。二、"川省剿匪经年，师老兵疲"，必须要增加"生力军"。[1] 事实上，刘湘其时也正因为同样的理由不得不准备欢迎中央军的到来。而这同时也打开了四川政治的门户。

1935 年 3 月，蒋介石抵渝。得到消息后，王兆荣马上通电表示欢迎：

> 重庆蒋委员长钧鉴：旌麾莅止，全蜀欢腾，川人倒悬，待公而解。近者徐匪倾巢，分头窜陕；朱毛残部，穷蹙奔黔。参谋团秉承方略，赏罚既张，将士用命，大兵兜剿，阵容一新。北路兼扼止其国际路线之企图，南路仍堵截其回窜负隅之困斗。坚壁推进，合力总攻，奠定西南，完成统一，岂惟川省之幸？实亦全国之福。徯待来苏，喜极而泣。群望我公以整顿军事之精神，督励全川，刷新庶政。务使防区消灭，吏治澄清，苛税一蠲，民劳可息。仆射父兄，永流威惠，西川父老，尤切云霓。仅电欢迎，无任瞻企。国立四川大学校长王兆荣叩。支。

蒋介石接到后，于 11 日回电："成都国立四川大学王校长大鉴，支电诵悉。中抵渝旬日，诸待部署，俟处理稍为就绪，即

---

[1] 《川局紧张中全体教职员之表示》，《川大周刊》第 3 卷第 4 期，1934 年 10 月 1 日，第 5—6 页。

当赴蓉一行，藉图把晤也。中正真秘渝。"〔1〕

35 年春夏之间，川大"群贤毕至"，令人有面目一新之感：4 月初，天津《大公报》总编张季鸾到校演讲《四川与国防》，大意谓"中国在国际现势之下，处境甚危"，"故非积极建设国防不可。四川之地位遂极重要"。"此种责任，一半固由官方负之，尤希望大学之中坚分子，负有改造社会建设国防之青年，与政府在同一战线之下，共同努力。"〔2〕6 月初，行政院秘书长翁文灏与《大公报》负责人吴达诠到校演讲。翁文灏重点谈了古代四川"在文化交通方面与其他各省之关系，因得一结论，即四川交通不便，然对于外来之文化与力量，每次均能得到丰富之利益"。而现在，四川要"担负复兴中国之重任"，"亦需要外来之力量与文化"。吴达诠是旅外川人，指出四川一切，"殊落人后"，希望"四川人士与省外人士共同努力，造成新四川"。〔3〕张、翁、吴或官或民，身份虽然不同，但在演讲中表达的意思是一样的，特别蕴涵了打破省界意识的意思。此既有当下的具体语境，即当时四川社会上流行的"川人治川"的意见，也是其时主流知识分子民族观念的一个重要方面。

随着中央势力入川，四川各机关开始举行总理纪念周。川大的第一次总理纪念周是 5 月 27 日举行的，那正是蒋介石抵达成都的次日。6 月 9 日，蒋召集全市中级以上学校教职员谈话，川大校长、院长、系主任共 10 人参加了谈话会。6 月底，川大忽接"委员长行营侍从室来函：委员长莅蓉第五次纪念

---

〔1〕 《四川大学全体教职员电渝欢迎蒋委员长莅蓉由》、蒋介石回电文，"川大档案"第 1894 卷。

〔2〕 《张季鸾先生莅校讲演》，《川大周刊》第 3 卷第 28 期，1935 年 4 月 15 日，第 6 页。

〔3〕 《翁咏霓、吴达诠两先生讲演》，《川大周刊》第 3 卷第 36 期，1935 年 6 月 10 日，第 9 页。

周，日前奉蒋委员长面谕，特改在川大至公堂举行"。7月1日上午，川大各院及各附校教职员、学生代表约850人，连同党政军各领袖并各学校校长、各团体代表共1200余人参加了纪念周。8点半，蒋介石到校，在明远楼小憩后，9点到至公堂讲话。10点钟结束后，又由王兆荣引导参观了学校图书馆。[1]

蒋介石讲话包括三个方面。一是社会风气的良窳，根本的原因在于"一般负责教育责任的人，和一般学生以及社会上所有的智识分子"，能不能"尽到领导民众改造社会的责任"。"四川大学是四川的最高学府，四川大学一般学生对于四川更加责任重大"，更应负起教导四川民众的责任。其次，中国的教育往往过于偏重"学术、技能、做人道理"的"教"而忽视了"体魄、精神、道德和生活"的"育"："我看四川无论大学中学，一般青年学生的体格，都很瘦弱，精神都很萎靡，和云南学生比起来就差得远。……现在四川一般男女学生的体格不仅不及云南，恐怕比较任何一省都不如。这就是由于一般负教育责任的教而不育的结果。这是四川教育的一个大缺点，也就是我们民族最大的一个危机，和一般青年学生最不幸的一件事。"而"我们要自卫保国，雪耻图强，必要各个国民先能自强，第一就是要锻炼强健的体魄"。这一部分是蒋介石谈话的主要内容，占了全文一半的篇幅。第三即是要"养成劳动的习惯，发扬服务的精神"。[2]

7月8日，川大已经放假，蒋介石又一次指定扩大纪念周在川大举行。蒋介石这两次讲话，并无若何新鲜内容，但连续两次在川大举行纪念周的象征意义要远过于其实际内容，足见他对这一培养青年的机关的重视（至少是要造成这一印象），

---

〔1〕 《蒋委员长莅校举行纪念周》，《川大周刊》第3卷第40期，1935年7月8日，第5页。

〔2〕 《蒋委员长训词》，《川大周刊》第3卷第40期，第1—4页。

而川大也因此和中央加强了联系。同时，如果注意到下一任校长任鸿隽在川大加强体育的措施，或者会对蒋介石的讲话有更深刻的印象。

教育部对川大的整顿

在此之前，教育部也开始了整顿四川高等教育的计划。5月27日，教育部派视察专员郭有守、督学顾兆麐到川大视察。[1] 视察专员这一职务，本是教育部为了解各大学之实际情况而设。1934年，教育部派出了10个专员视察了40余所大学和专门学校，"特别注意学生之上课、学校行政人员之服务、经费之支配、课程、设备、图书与实验、卫生设备、物理教育"等。[2] 这是教育部第一次向川大派出视察专员。

1935年7月，教育部根据郭有守、顾兆麐的报告和建议，同时向四川省教育厅和川大下达训令，在四川全省范围内进行院系调整：1.重庆大学（下简称重大）定为省立，先设理、工两院，理学院原有数、理两系并为数理系；工学院设土木、采冶、电机三系；经费充足时得设医科，原有的农学院和文学院并入川大；2.原四川省立农学院并入川大；3.原四川省立工学院并入重大，其原址及设备改设职业学校；4.重大原有学生需一律甄别呈部备案；5.省立农、工两院经费分别划拨川大、重大。川大附中、附小一律划归教育厅办理。[3]

显然，这次院系调整是以川大和重庆大学为中心进行的。

---

〔1〕 《本大学大事记》，第10页。

〔2〕 《中国高等教育鸟瞰》，教育部高等教育司司长黄建忠在1935年初所作关于中国过去三年高等教育的演说，原载 Chinese Affair，周国柄译文发表在《川大周刊》第3卷第37、38期，1935年6月17日、24日。引文出自第38期，第7页。

〔3〕 教育部1935年7月江电，"川大档案"第6卷。

重大是在刘湘的大力支持下办起来的，刘还曾一度亲兼校长。该校一直没有向教育部备案。1934年，刘湘刚刚统一川政不久，就有人指出"重大乃因防区制下特殊之产物"，要求将重大并入川大，"以树统一之先声"。[1] 此次院系调整，审订重大性质，不仅是对四川教育的整顿，也是四川教育"地方中央化"的一个步骤。[2]

8月26日，教育部又发下郭有守、顾兆麐的视察报告要点，对川大的办理情况提出了批评和指示：一、院系组成：（一）文学院不变，重大并入，"教育系二年级仅学生一人，应令改入他系，或设法予以转学"；（二）理学院：物理、数学系"学生人数不多，应否合并为数理系，由该校酌办，并迅谋师资与设备之充实"；（三）法学院：政治、经济两系，"班次未齐。原有班次学生人数过少者，应合并为政治经济系"；（四）"添设农学院，暂设一系或两系，其详由该校酌定"。二、"该校经费应妥当分配，确定各院应占之比率。至于购置费用，过去所占成数太少，致各项设备甚形简陋，嗣后尤应设法增加，不得少于经费总额百分之十五。"三、"该校课程，多因人而设，无一定标准。所有讲义，计达一百五十余种，年费三万数之巨，教学徒重讲演，学生程度甚为低浅。嗣后应妥定课程纲要，切实施行。"四、"教职员原任之课务或行政职务，应由该校新任校长到职后斟酌情形，重行妥为支配，以利改革。"[3]

在王兆荣看来，这份报告乃是教育部对自己三年来工作的

〔1〕 述尧：《四川今日之大学教育》，《北京大学四川同乡会会刊》，创刊号，第31页。

〔2〕 1935年暑假，重大文理学院学生派出代表到成都向各政权机关请求免于甄别考试（农学院因已向教育部备案，可免试）。川大学生则提出，因"两校课程颇有出入，本无合并之可能"，为了避免"将来课程发生种种障碍"，重大学生应该甄别考试。《新新新闻》1935年9月1日，第11版。其实，"课程出入"的问题不是关键，川大学生的建议其实带有对未备案的重大学生的"歧视"意味。

〔3〕 教育部训令《令知视察报告要点仰切实改进具报由》，"川大档案"第6卷。

一个评价。因此，虽然马上就要与新任校长任鸿隽进行交接，但他还是在百忙之中抽出时间，呈文教育部，为自己辩解。呈文称，报告中关于购置费用的描述"仅二十一、二两年度之事实"，其原因也主要是经费困难，"截至本年八月止，本大学经费拖欠至四十八万有奇"。"且在此项经费困难之中，经本大学力事撙节，至二十三年度即逐渐扩充设备，其总数较之二十一、二两年度，超出十倍以上"。至于课程因人而设，"不知究指何课何人"？"查本大学第一、二、三各班学生，均由前三大合并而来。其在前三大肄业期间，所受课程至为纷歧。本大学接收整理，至不能不有所迁就。……至第四班以后各班学生，均系按照本大学课程标准办理，亦不能谓为无一定标准也。"报告对讲义费的描述，"亦仅为过去之事实"，"二十三年度不过二万元，业经减少"。"再，近日成都各报记载，专员视察报告有川大理学院仅有外国文杂志两种之语，不知是否事实。如系事实，则报告似有错误。因本大学理学院外国文杂志虽属不多，亦有二十余种"。[1]

王强调，他在川大办学效果不佳，泰半因四川政局不宁造成，不是没有道理。不过，这份报告书其实主要还不是对王兆荣工作的鉴定，而是对即将继任的任鸿隽的工作指示。

王兆荣去职

王兆荣 1932 年 2 月被国民政府任命为川大校长，实际上在 5 月 2 日才到校视事。但从 1933 年 9 月起，就不断要求辞职，其中仅从 1933 年 9 月 12 日到 10 月 31 日，就递交 3 次辞呈。[2] 王氏去意坚决，主要原因有二，一是四川政局不宁，川大生存环境

---

〔1〕 《呈覆本大学设备费及讲义费情形由》，1935 年 8 月 30 日，"川大档案"第 6 卷。
〔2〕 辞呈均在"川大档案"第 34 卷。

艰难；二是他本人与地方当局尤其是与刘湘关系恶劣。

如前所述，不管是在经费还是校产问题方面，刘湘对川大的态度都表现得极不友善。但这显然不是因为刘湘对四川教育事业不关心。萧公权和唐振常先生都曾指出，二三十年代，四川虽是军人的天下，但一般的社会风气仍多重文，军人也不例外。[1]事实上，如果以数量而论，民初四川的新式学校位居全国前茅。从前章所引向楚为 1928 年《四川教育公报》所写《弁言》中可知，其时四川社会以办学为荣。就刘湘而言，成大就是在他的大力支持下建立起来的，并为成大提供了相对优厚的经济根基。1929 年，他又曾大力赞助重庆大学的成立，并自兼校长。

那么，刘湘为何要刁难川大呢？现在虽然还缺乏直接的材料以洞悉内中隐秘，但有证据表明，这与他和刘文辉的恩怨有关。按"三大"合并成立国立川大，虽有教育部的指令，实际上是在刘文辉主持下进行的。在"整委会"期间，刘文辉更是代行校长之职。这对其时正趋恶化的"二刘"关系无异火上加油。盖成大通常被认为是刘湘所办，刘文辉通过三大合并，事实上就取消了刘湘在成都高等教育界的势力。

关于王兆荣长川大一事，或称出自张澜的推荐，[2]或称王兆荣是张铮推荐的。[3]但无论如何，王兆荣多被当时的人

---

〔1〕 萧公权：《问学谏往录》，第 119 页；唐振常：《武化世界》，《万象》第 1 卷第 5 期，1999 年 7 月。

〔2〕 吕振修：《追求光明的大学校长王兆荣》，第 332 页。

〔3〕 吴天墀先生说：刘文辉看中王兆荣"有担当"，故请王来。2000 年 10 月 31 日访问记录。吴虞也有类似说法，但具体原因则与吴天墀说不同。吴虞 1933 年 7 月 25 号日记："杨子寿来，言王兆荣赌债二万余，在上海困无办法，乃由吴永权找张铮，杨子寿找冷融，合力打通刘文辉一条路，始长川大，盖费九牛二虎之力也"（《吴虞日记》下册，第 707—708 页）。考虑到此时吴虞与王兆荣交恶，这一说法或当存疑。不过，王兆荣在上海有参与赌博事，郭沫若亦有记载，参《创造十年续篇》，《郭沫若全集》"文学编"第十二卷，人民文学出版社，1992 年，第 262—263 页。

认为刘文辉一派。如时为刘文辉部下的冷寅东后来就把王列入刘文辉当时所罗致的"各方面负有声誉之人"中。[1]

由于刘文辉是"整委会"主席，因此，1932年4月20日，王兆荣到成都后，即与刘文辉联系川大事宜。21日，他致电当时恰好不在成都的刘文辉："校事重民略为谈及。此后进行，尚乞指示一切，至所盼祷"。[2]不久，成都的报纸又报道王兆荣"须俟刘氏返省后始能到校视事"。[3]另一方面，王兆荣抵省数日，不断地与"省中要人及教育界"往来酬酢。28日，刘文辉的政治部主任周儒海又联络北平旅蓉同学会为王接风洗尘。[4]

7月5日，王兆荣补行宣誓，同时并举行国立川大第1届毕业生典礼。邀请名单包括：四川省政府主席刘文辉、省政府委员邓锡侯、田颂尧、向育仁、张铮，及省政府秘书长、教育厅长、民政厅长、建设厅长、财政厅长、高等法院院长、高等检察厅首席检察官、成都地方法院院长、省会城防司令部司令、军警团处长、各校校长及地方士绅如徐炯等。[5]大会首由监誓员、四川高等法院院长致辞。王兆荣宣誓并发表演说后，刘文辉、张铮、向育仁作了演说。邓锡侯、田颂尧都有贺词。[6]虽然王兆荣邀请的人都是成都的，而刘湘则远在重庆，但与当年张澜就任时"速成系"和"保定系"均到场的情形相比，此次只是"速成系"的捧场。

如同刘湘对成大一样，刘文辉亦表示要大力支持川大的发展。在补行宣誓礼上，张铮代表刘文辉向王兆荣保证："大学

---

〔1〕 冷寅东：《刘湘、刘文辉争霸四川的几次战争》，全国政协文史资料委员会编：《文史资料选辑》第10辑，中国文史出版社，1986年，第55页。

〔2〕 《王兆荣电刘自乾》，《成都快报》1932年4月24日，第6版。

〔3〕 《成都快报》1932年4月25日，第6版。

〔4〕 《成都快报》1932年4月28日，第6版。

〔5〕 《第一届举行毕业式拟请来宾》，1932年7月，"川大档案"第439卷。

〔6〕 《川大校长补行宣誓暨举行第一届毕业志盛》，"川大档案"第439卷。

经费按月由刘主席负责，在盐款项下拨足。即在盐税淡月，其不足之数，要由刘主席筹垫。"〔1〕刘文辉在"二刘大战"开始前，也的确落实了他的保证。此外，刘文辉还向川大捐赠了10万元，以帮助川大修建新图书馆。并表示，还可以再捐20万元购买图书，从1932年10月起分期拨付。〔2〕

"二刘"大战结束，刘湘控制成都，社会纷纷传言，谓王兆荣与刘文辉勾结，张澜将代长川大云云。〔3〕吴虞日记中便颇多记载。如1933年7月25号："杨子寿来，言王兆荣赌账二万余，在上海困无办法，乃由吴永权找张铮，杨子寿找冷融，合力打通刘文辉一条路，始得长川大，盖费九牛二虎之力也。"7月28号："肇海来，言张仲文将来省监视王兆荣，恐其卷款潜逃，云是表方之意也。"8月20号："肇海来，言李幼椿回成都，云表方当来，王兆荣不过一二月将去。"8月24号："过叶秉诚谈，云教员组织索薪团，问王兆荣要钱。而兆荣既以款借刘文辉，收不回来，刘甫澄当然不能拨款。"8月26号："肇海来，言王兆荣见刘甫公多次，未见。近一次见之。兆荣陈述经费困难。甫公云，我按月有款。兆荣云，因借与刘文辉作战。甫公云，你既能借出，自能收回，遂不复言，兆荣无结果而返。"9月1号："晨过王兆荣。……兆荣亦言四川久住，使人闻见狭陋，子女读书亦不便。何日摆脱川大，何日出川，似亦知其地位不能持久矣。"9月21号："过李劼人谈，云王兆荣交代颇难办，因差二十余万，恐不能脱手也。"〔4〕

其时吴虞刚被王兆荣解聘，对王颇有怨辞，故日记中多记对王不利的言论。从前文所述的情况看，川大经费是由刘文辉

---

〔1〕 《川大校长补行宣誓暨举行第一届毕业志盛》。
〔2〕 《校闻》，《川大周刊》第1卷第1期，1932年9月20日，第6页。
〔3〕 张澜将长川大的消息早在2月份就在成都教育界流传，并谓系刘湘促成。《张表方拟出川》，《社会日报》1933年2月28日，第4版。
〔4〕 《吴虞日记》下册，第707、708、713、715、716、717、720页。

的提款专员以川大印章代提而去，王兆荣事先并不知情。不过，其真相如何，王兆荣和刘文辉是否还另有一笔交易，并没有其他的证据。吴虞所记，也不过是听说而已，因此只有存疑。但这一说法在当时流传甚广。当时，由于经费紧张，王兆荣决定附属学校暂停招生一年。附属学校学生组成请愿团，发表声明说，校款不充非附属各校之罪，且"侧闻去年军兴，24军挪用校款至14万之多，以作军费。果尔，事前不闻力抗，事后未见索还"，[1]或即有此暗示。实际上，经费危机期间，王兆荣在提交教育部和行政院的呈文中，确实没有提到刘文辉占用的部分，而把经费不足的主要原因归结到刘湘身上。不但如此，王兆荣还特意提到，在委托24军提款专员代为提兑期间，若川南所逢到淡月，"收入不敷分配，未能拨足，亦由该军垫拨。此项代提手续，办理以来，尚无困难"。[2]

社会上有关王兆荣与刘文辉有交易的传言，必然会传到刘湘的耳朵里，刘湘也多多少少必会受此传言的影响。另一方面，不管王兆荣是否真的属于刘文辉一派，但既然有此传言，刘湘又已总揽四川军政大权，对他来说，继续执长川大，必会遇到不少麻烦。因此，他才会主动提出辞呈，并"推荐"张澜继任。[3]

不过，这时候的国民政府虽然早就有统一四川的意愿，却没有机会付诸实施，对川政策仍未提上日程。因此，王兆荣的辞呈也未得到教育部的重视。虽然王兆荣还是留了下来，但是他与刘湘之间的矛盾愈益激化。特别是"变卖皇城"的事件，使他与刘湘的冲突达到了极点。

随着中央势力入川，川大渐受重视，但王兆荣的位置也因此不保。据40年代起和王交往密切的吕振修说："1935年夏，

---

〔1〕《社会日报》1933年8月2日，第4版。
〔2〕《本大学经费概况》，《川大周刊》第1卷第11期，第2页。
〔3〕《社会日报》1933年9月13日，第4版。

蒋介石入川，刘湘提出川大易长之议，得蒋允诺。"[1]因此，王兆荣去职，首先是由于他屡次表达退意。其次，也是因为教育部对他的政绩并不满意。同时，王氏本人和中央也并无"交情"。但更重要的原因，恐怕是蒋介石与刘湘为四川的"地方中央化"达成的一个妥协。

第五节　小　结

如前所述，国立川大的发展与四川乃至全国政局的变化息息相关。这一时期，由于失去了地方军人的庇护，川大较前更需寻求中央的支持，"国立化"也主要表现为大学与地方政府的冲突。在这一过程中，"国立"地位是川大用以维护自己权益、抵御地方权力的一个重要的法理依据。但是，由于中央远在南京，又并不视川大为"自己人"，学校仍不得不仰地方政府之鼻息，"国立化"只成为川大人的一厢情愿，"国立"二字也只能起到象征性的支援作用。

另一方面，川大在中央心目中的位置，却恰与"四川"这一地方性因素有着密不可分的联系。川大在国立大学中，由身处边缘到受到重视，乃是因为四川首先受到了重视。这一带有诡论性质的过程，既表明中央与地方关系的复杂性，亦表现出川大身处其间的尴尬。

川大的发展又与四川地方政治权力的斗争紧密关联。二三十年代四川政治的一个特色就是"一省俨同数国"，因此，国人所追求的"统一"观念，在四川有了一层新的含义，那就是欲求全国统一，先求全川统一。[2]与政治上的分裂相应，四川

---

〔1〕　前揭吕振修文，第333—334页。
〔2〕　王东杰：《国中的"异乡"：二十世纪二三十年代旅外川人认知中的全国与四川》。

的教育也呈现"割据"状态。因此，教育上的统一同样重要。如上章所述，刘文辉整顿三大，合并为一，乃是其政治上统一全川的抱负在教育上的表现。但川大也因此卷入四川军人之间的斗争中。随着刘文辉的垮台，川大陷入了极度的危机。不过，这也反过来促成了校内门户之见的消除，带来了学校的空前统一。

这一时期，川大的确表现出不少与其他国立大学不同的特征。这是几个原因造成的。首先是实际存在的困难限制了学校的发展。我们看到，在聘请教师等问题上，川大还是希望能够从全国范围内考虑，但入川路途遥远，政治环境恶劣，办学条件艰难，都成为不少人不愿应聘的主要原因。其次，在全国不断趋新的形势下，四川学术界却不免显得保守，因此被人视为"落后"。造成这一现象的，有的是领导者的有意识行为，如向楚长文学院，便明确提出"以研求本国学术为主"，对省外大学最觉契合的也是风气相近的中央大学、东北大学等。有的则是自然环境所限（如师资的聘请）。

这一时期川大的"地方"色彩也和王兆荣交游不广有关。王虽然曾在数所大学任职，也在平、沪两地有不少朋友，但其身份相对边缘，影响有限。同时，似也不大注意与外界交流。1932年6月，教育部致电王兆荣，通知他参加"全国专科以上学校校长会议"。这本来是个与外界联系的很好机会，但他以"到任未久"为理由拒绝了。[1] 1935年5月底，王兆荣接到中央研究院来函，通知他作为"国立大学校长"，具有中央研究院评议员选举人的资格，希望他能够参加6月15日在南京举行的中央研究院评议员选举工作。他以"校务纷纭，未克分身"为理由，托考试院考选委员会副委员长陈大齐代为出

---

[1] 《因到任未久未便赴会由》，"川大档案"第125卷。

席。〔1〕王兆荣交游既少，对学术界的一些"规矩"似也不太熟悉。以1935年向中英庚款委员会请款事为例。申请书是3月寄出，不久即接到庚款委员会的回函，谓："查教育文化机关请款补助，照前订处理请款规则规定，应于每年一月底以前，备具中英文请款书及计划书等各二十份，寄送本会审查；又逾期寄来者，亦一律不予接受。"而川大的计划书，"寄达之时，既逾限过久，而份亦有所不足。按照规定，本应退还。祇以贵校路途遥远，邮件往返，多有不便，故暂为保存，俟下年审查之时，再为提出"。〔2〕在这方面，王兆荣的继任者任鸿隽就要活跃得多。

〔1〕 《托陈大齐先生出席研究院评议员选举会》，《川大周刊》第3卷第37期，第8页。当然，托人代为出席的，不止王兆荣一人，中央大学的罗家伦、武汉大学的王星拱、中山大学的邹鲁都未出席。但王在国内的声望显然远逊于罗等人。关于陈大齐，参考《陈大齐自述》，国史馆编：《国史馆现藏民国人物传记史料汇编》第2辑，国史馆，1989年，第332—344页。
〔2〕 管理中英庚款董事会公函，二十四年第9632号，1935年4月24日，"川大档案"第919卷。

第 **3** 章

"把国立二字真实化"：
任鸿隽长校时期的改革

王兆荣时期的川大，虽冠名"国立"，并颇有一些"国立化"的努力，但与其前身成都大学、成都师大一样，仍带有很强的地方色彩。而在中央方面，由于南京政府忙于应付各地的军事实力派时起时伏的反对浪潮，对基本只在"窝里斗"、不大参与逐鹿中原的四川军人也就无暇顾及，四川政策被中央政府放在了一个很边缘的位置上，川大的发展也没有受到教育部的重视。1935 年开始的四川"地方中央化"则为川大的发展提供了一个契机。作为民族复兴策源地建设的一部分，川大的改进也被国民政府提上了日程。

另一方面，作为主流知识分子中的一位上层人物，任鸿隽入长川大后，即把建校目标确定为"现代化"、"国立化"，希望把川大建成一所真正现代的和国家的学校。这一改革收到了明显的效果。但是，任氏的改革及其夫人陈衡哲在《独立评论》中发表的旅川观感在四川政界与社会中激发了不小的反对声音。1937 年 6 月，任氏终因这些人事纠纷辞去了校长职务。本章以任鸿隽在川大的改革及其社会反响为主要内容，在四川的"地方中央化"引发的社会影响的背景下讨论川大在 1935 ——

1937 年间的"现代化"与"国立化"进程。

第一节　任鸿隽长川大

　　蒋介石与刘湘虽然就王兆荣辞职达成了协议，但是，谁来取代王兆荣，刘和蒋却各有不同的意见。刘湘心目中的继任者是张澜。但是，张澜与国民党的关系一向不睦，其时又正起劲地宣传"川人治川"，蒋介石当然不会同意。至于任鸿隽，则有如下优势：首先，他是四川人，不会因籍贯问题遭到排斥。其次，作为一位主流知识分子，他在国内知识分子中享有较高名望，担任着知识界中几个炙手可热的职务。特别是中基会干事长的位置，使他成为知识界中握有实权的人物，[1]在相对闭塞的川内青年学生中也具有较高的号召力。1924 年春，成都高师学生提出的"聘选新校长的标准"，即举张颐、任鸿隽二人为"理想人格"。第三，作为《独立评论》的撰稿人，他虽对国民党作过批评，如反对"党化教育"等，[2]但对国民政府仍持基本肯定的态度，其立场类似于胡适所谓的"诤臣"。[3]反过来，自 20 年代初开始，他就在不同场合多次对四川军人作出过措辞更为激烈的批评。1928 年，国民政府曾任命他为四川省政府委员和教育厅长。1932 年，又发表他为中央大学校长。

----

〔1〕　关于中基会及任鸿隽与该会的关系，参考杨翠华《中基会对科学的赞助》，中研院近代史研究所，1991 年，谢长法《借鉴与融合：留美学生抗战前教育活动研究》，河北教育出版社，2001 年，第 215—222 页；任鸿隽与川大，见该书第157—158 页。

〔2〕　叔永（任鸿隽）：《党化教育是可能的吗》，《独立评论》第 3 号，1932 年 6 月 5日，第12—15 页；《再论党化教育》，《独立评论》第 8 号，1932 年 7 月 1 日，第10—13 页。

〔3〕　胡适对国民政府的态度，参看罗志田《个人与国家：北伐前后胡适政治态度之转变》，收《乱世潜流：民族主义与民国政治》，第 265—266 页。

虽然任氏均未就职，但其在社会上的知名度和与国民政府关系的密切程度显然要比王兆荣高得多。[1]

任鸿隽为什么会接受这一任命呢？他曾在自传里谈到自己的考虑：

> 使吾生当承平之世，得尸位一基金会之执行领袖，目击所办之文化事业，继长增高，日就发达，亦可以自慰于余年。顾自民国二十年秋"九一八"事变发生，全国命运忽然入于惊涛骇浪之中而莫之所措。吾乃自计，中基会之事业既已规模大备，此后虽有润色，后贤其必优为。内地鄙塞之乡，其有待于吾人之努力，必且较大都市之文化事业十百倍之。于是民国二十四年秋政府以四川大学校长见征，余毅然辞去中基会职务而就川大校长。[2]

这段文字写于 1937 年 12 月他刚辞去川大校长不久，忧国之情跃然纸上。

其时中央政府和国内舆论界都以四川为"中华民族复兴

---

[1] 赵慧芝的《任鸿隽年谱》是目前国内较全面的关于任鸿隽的著述，《中国科技史料》第 9 卷第 2 期、第 4 期；第 10 卷第 1 期、第 3 期。任以都对谱的评论，见《任以都先生访问记录》，张朋园、杨翠华、沈松侨访问，潘光哲记录，中研院近代史研究所，1993 年，第 105 页。此外，有陶英惠《任鸿隽与中国科学社》，《传记文学》第 24 卷第 6 期，1974 年 6 月；陈光复等《为川大树规模的科学家任鸿隽》，《四川近现代文化人物续编》，第 336—352 页；张孟闻《任鸿隽先生传略》，《科学》第 38 卷第 1 期（1986 年 3 月），第 58—62 页；杨翠华《任鸿隽与中国近代的科学思想及事业》，《中央研究院近代史研究所集刊》第 24 期（上），1995 年 6 月。对于这样一位虽在他的专业（化学）领域并无贡献，但在中国现代思想史和教育史方面都颇具影响力的人物，目前学界的关注显然不够。美国学者郭颖颐的《中国现代思想中的唯科学主义（1900—1950）》中对任鸿隽的科学主义思想做了不多的描述，但也犯了一些基本史实的错误，如谓任是数学家等。该书由雷颐中译，江苏人民出版社，1995 年。

[2] 任鸿隽：《五十自述》，收樊洪业、张久春选编《科学救国之梦：任鸿隽文存》，上海科技教育出版社、上海科学技术出版社，2002 年，第 687 页。

根据地"，建设这一"最后防线"成为当务之急。任鸿隽聘请的川大农学院院长曾省就表示，他来川大有三个原因：一是"个人和任校长有私谊的关系"。二是四川农业资源"甲于全国"，"为研究生物及农业起见，也该到四川来考察考察"。"第三，自蒋委员长莅川以后，四川方面的工作，颇形重要，国人都公认四川为将来中华民族复兴的策源地，也宜趁早努力打算，替四川农业寻一条出路，也好替国家建设下一点基础。"[1]

任鸿隽聘请的理学院教授江超西则从"吾国大学中心移动之轨迹"论述川大在国内政治中的重要性：五四时期，大学中心在北京；五卅运动，"上海各大学成为打倒资本侵略之策源地"。不久，"黄埔军校及中山大学成为打倒军阀专制之策源地。但今日之中大正在极力复古，目前全国文化中心，已向西南而转移，故设不幸国际战争一开端，四川大学必成为打倒帝国主义复兴中华民国之策源地"。[2]江氏虽全以政治表现为文化中心的表征，却也正看出川大地位随着国内政局的改变而提升的事实。

当然，若无政治环境的变化，建设西南终归空谈。1935年8月28日，任鸿隽由武汉飞往成都，对报界发表演说，即谓"过去川大，在四川军政混乱之下，极不易办好，即因四川政治已上轨道，故敢来川"。[3]

任鸿隽辞去中基会的职务就任川大，当还有其他一些考虑。首先，任鸿隽的乡土意识虽然并不强烈，但四川是他长大的地方，乡土感情乃是人情之常。早在1918年，他还在美国留

---

〔1〕 《曾院长讲我国农业教育所谓"教""学""做"之错误》，《川大周刊》，第4卷第4期，1935年10月7日，第2页。

〔2〕 江超西：《四川大学之任务与中华民国之前途》，《川大周刊》第4卷第7期，1935年10月28日，第6页。

〔3〕 《四川大学校长任鸿隽昨由汉飞蓉》，《华西日报》1935年8月29日，第7版。

学，到绮色佳开会，发现该地荒芜景象，不禁感慨："与绮色佳别才两年耳，已不禁令威重来之感。以此推之，吾六年不见之中国，十年不见之四川又何如也。"1919 年，他刚回国不久，就首途回川。在给胡适的信中，他说自己"欢天喜地地把行李搬上轮船，以为十几年未见的故乡，可以计日而到了"。这些话中，乡情毕现。

在川期间，他建议当时的四川省长熊克武，仿照美国的州立大学制度，设立四川大学，并草拟了发展计划。不过，那时他最大的志愿是在四川建钢铁厂。虽然"见得情形"并"不甚稳妥"，但仍觉"他们企业的性质，却十分强盛"，因此，计划在"二三年内，就专心办一两件实业"。1922 年，他又偕妻陈衡哲回川一行，目的仍然是办实业。陈衡哲在写给胡适的信中说："我们来川之前，彼此曾经约好，四川有事可做，我们就做；四川如无相当之事可做，我们就自己去创造点事业出来做。"这一动议的提出者，应是任鸿隽，因为陈衡哲此前并不了解四川的情况。即便如此，他们依然决定，"如四川一时可以不再打仗"，就"在此先磨一二年"。[1]

任鸿隽两次入川的感受都不太好，最终决定离开四川。不过，他对四川局势仍很关注。杨翠华教授指出，作为中基会的干事长，任鸿隽对"民国的科学发展，有绝大的影响力；他对中国科学发展的理念也左右了中基会的补助方向"。[2]任氏个人的影响力是否有这么大，或可有其他估计。不过，从下表中可以看出，四川一直是中基会资助的重点地区，恐怕与任氏不无关联：

---

〔1〕《任鸿隽致胡适》，1918 年 9 月 5 日；《任鸿隽致胡适》，1919 年 4 月 16 日；《陈衡哲致胡适》，1922 年 10 月 3 日，中国社会科学院近代史研究所中华民国史研究室编：《胡适来往书信选》上册，香港中华书局，1983 年，第 18、37、164 — 165 页。

〔2〕 杨翠华：《中基会对科学的赞助》，第 40 页。

表1：1926—1935年度中基会资助各校科学讲习[1]

单位：席

年度	北平师大	中央大学	东北大学	中山大学	四川大学	武汉大学	小计
1926	4	4	3	3	3		17
1927	5	4	3	4	3		19
1928	3	5	3	4	3		18
1929	4	5	4	4	4	3	24
1930	5	5	5	4	5	4	28
1931	5	5	3	4	5	4	26
1932	2	1		2	3	4	12
1933	1	1		1	2	4	9
1934					2	4	6
1935					1	1	2
合计	29	30	21	26	31	24	161

从表中可见，川大受资助不一定是每年最多的，但历年合计却是最多的。

1931年，任鸿隽带领中基会组织的教育考察团赴川考察，并在成都大学发表了以创造四川新文化为主题的演说。1935年10月，他在招待成都各报记者时提到这一次经历，说："本人在五年前来川时，鉴于环境恶劣，办学不易，勾留三日即去。途次，致函省方各当局，主张（一）打破防区制，（二）缩编军队。若此两点不能做到，教育决无振兴之望。"[2]暗示当初曾有在川办学之意。任鸿隽本因不得志离开四川，现在既有机会在四川做事，环境也与前不同，自然倾向于接受任命。

---

〔1〕 杨翠华：《中基会对科学的赞助》，第117页。

〔2〕 《川大校长招待本市记者》，《华西日报》1935年10月2日。本章所引报刊未注明版数的，均见"川大档案"第17、18卷，《1935—1936年川内各报有关川大新闻剪辑》（一）、（二）。

要作川大校长，不得不面临着一个如何与地方政府相处的问题。高兴亚回忆说：1935 年，他正代表冯玉祥和刘湘接洽合作事项，接到四川大学的电报，聘他为特约教授：

> 因为南京教育部发表任鸿隽为川大校长，与刘湘原来推荐的人——张表方——不符，任恐以后刘与他为难和四川协款有问题（当时四川省对川大每年有一笔协款），故迟迟未敢到职，先派孟寿椿到蓉疏通。我适在蓉，孟与我系中学和大学的同学，因而托我代询刘湘对任鸿隽长川大的意见，并希望刘发电表示欢迎。刘答复因为他先推荐了张而又打电欢迎任，这对张未免难堪。但任也是一位四川学者，非纯粹的二陈派，他以后决定帮忙，任来时他还要派自己坐的汽车和交际科人员去接，并住在他的招待处，用这样方式来欢迎。就这样任才来接长了川大。[1]

从中可见，任鸿隽在入川之前，就已经对与地方政府相处有过充分的考虑。而刘湘对任鸿隽也基本上持接受态度，其原因，一是考虑到任的四川省籍，一是考虑到任的学者身份及他与中央有距离的政治态度。

第二节　任鸿隽的治校思想

8 月 6 日，行政院发表任鸿隽为川大校长。消息发表后，受到了四川社会舆论的肯定。他的人还未到四川，报纸上就开始对他的行踪进行连篇累牍的报道。8 月 15 日，《华西日报》发表了

---

〔1〕　高兴亚：《冯玉祥与刘湘的秘密往来》，全国政协文史资料委员会：《文史资料选辑》第 42 辑，中国文史出版社，1986 年，第 248 页。

一篇题为《四川学术前途之展望》的社论，把任鸿隽长川大比为"汉世文翁西来，两川普化；清季王湘绮主持风教，人文蔚起"。[1]这份报纸是四川省政府的机关报，其时正为刘湘抵制蒋介石势力进行舆论宣传，或较多地代表了地方当局的意见。[2]

《川报》上也发表了一篇社论，提出任氏长川大，是和"旧时代军阀制度之打破，防区制之毁灭，新省政府之成立"具有同等意义的一件事情。作者并希望，任氏到校后："一、宜革除地盘学帮之关系也"，譬如说，"某大学校长苟为留日派，则其以下之院长、教授等，十九亦必留日者无疑"；"二、大学各院系规模同仪器教具之设备宜完备也"；"三、宜顾习[惜]西南文化之前途，与乎四川青年之学术获益，不宜重在地盘之争夺，与乎少数人关系之把持分赃"；"四、宜使大学将来能科学化、社会化，使其学术科学能有实际贡献于西南各省，而其间毕业之学生，皆能具有实际担当开发西南、建设西南文明之使命"；"五、宜竭力排除官僚主义化之教育恶习，使将来之教育设备，能成为一种责任主义化，俾有提高学生文化水准，为青年学生将来谋求出路之可能设计"。[3]

8 月 31 日的《成都快报》社论则就"用人"、"课程"、"奖学金"等几个方面向任鸿隽作了建议，除了和《华西日报》、《川报》相同的地方外，在"用人"问题上，明确提出了"用人之道，不问其楚不楚，宜问其材不材。谓蜀中无材不可，谓蜀才皆可用亦不可。其人果材，其材果可用，则楚弃楚材，诚属可惜。否则当征聘于外，即不可得，亦宁阙毋滥"。[4]

---

[1] 《华西日报》1935 年 8 月 15 日。

[2] 赵星洲：《回忆〈华西日报〉》，四川省政协文史资料研究委员会编：《四川省文史资料选辑》第 40 辑，四川人民出版社，1992 年，第 15—17 页；关于《华西日报》，又见陈雁翚：《对〈回忆华西日报〉一文的几点质疑》，《四川省文史资料选辑》第 44 辑，四川人民出版社，1995 年，第 222—226 页。

[3] 天骥：《新校长任鸿隽氏抵蓉后吾人对川大之希望》，《川报》1935 年 8 月 30 日。

[4] 《今后之四川大学》，《成都快报》1935 年 8 月 31 日。

川大学生得知任鸿隽长校的消息后，更是兴奋。8 月 21 日，他们致电中央研究院，请转任鸿隽，催促任早日到校："近传月底来蓉，不免失望。恳速飞蓉，临校视事。各院教授并恳在外敦聘，多多益善。生等不胜迫切翘望之至。"[1] 其时正是暑假，这份电报只能是少数人所为，不过，其"迫切翘望"之情，显然不是虚词，当极具代表性。

这些言论大抵代表了四川社会（尤其是青年人）对任鸿隽的欢迎和期望，其中所指陈的四川教育与文化中存在的问题，也包含了这些生活在四川的人们的经验与体会。他们寄希望于任鸿隽的重点，大抵可表述为"提高川大水平"。《成都快报》的社论，更涉及到用人标准是否包括省籍考虑的问题。盖当时四川社会多有对任鸿隽要废止王兆荣所下川大教授聘书的传闻，《成都快报》即是为此所发。不过，当时大部分人考虑的重心似还在前一方面。

多年旅外的任鸿隽虽与四川省内青年的想法有不少不谋而合的地方，但也有一般四川青年不易体察到的更深一层的考虑。8 月，他在北平发表了"关于整理四川大学意见"，提出三种方法："第一，要提高教授待遇，在国内妙选学界名宿前往担任教授，至少要做到国立两字的目标，使此大学成一个国家的大学，不单是四川人的大学"；"第二，要极力增加设备"；"第三，要慢慢提高学生的程度"，包括"精通一种外国语"、"能应用学理解决社会的问题"等。[2] 1936 年 6 月，在川大第 5 届学生毕业典礼上，除了勉励毕业生"随时不忘操学问"以外，他又一次详细阐述了他的治校宗旨：首先，"四川不能说是四川大学的四川，四川大学不能说是四川的大学"，而是"中国的大学"。因此，"我们要以全国为我们的目标，无论人

---

〔1〕《新新新闻》1935 年 8 月 22 日，第 9 版。
〔2〕《任鸿隽在平发表"关于整理四川大学意见"》，《新新新闻》1935 年 8 月 28 日。

才的造就，学术上的探讨，但应与全国要有关系"。"其次，四川大学要于世界上求生存竞争，使他成为现代化的大学。我们要把眼光放大，看看世界上的学术进步到什么地方，我们就应急起直追才对"。[1]

可知，在谋求川大"现代化"方面，他和成都舆论界颇多共识，但在"国立化"方面，一般舆论似考虑不多，至少不如任鸿隽考虑得这样明确和系统。1936 年 9 月，在新学期开学典礼上，任鸿隽回忆起 1935 年刚刚来到川大的情形，说："回想到去年的九月，我初来本校，在欢迎会的席上，曾经向大家宣布两点：一、如诸位欢迎的标语所说的：把学校现代化。二、把学校办成名符其实的国立大学，就是把'国立'二字真实化。"[2]可知，"现代化"是当时川大学生欢迎标语的内容，或者说是他们对任鸿隽的最大期望。"国立化"则是任鸿隽的补充。当然，这不是说"国立化"就只是任鸿隽的一厢情愿，其他人都没有考虑到。但是，任氏对此显然更多一层自觉。事实上，任鸿隽的谈话中虽然常常把"现代化"放在"国立化"之前，这两大目标在他的心目中所占的分量却可能刚好相反，"国立化"是他关注的重心，"现代化"则是其中的一个题目。那么，是什么使得任鸿隽念念不忘川大的"国立化"（或"国家化"）呢？这与他自己的经验和对那时全国局势的认识有关。

30 年代，国民政府虽然在形式上统一了中国，但内部的纷乱依然不止，日本的侵略又迫在眉睫。因此，如何更有效地凝聚国家力量以御外侮已经成为当时最重要的问题。国内主流舆论界对此也多有思考。以任鸿隽所属的圈子而言，从 1933 年底到 1935 年底，就先后有吴景超、蒋廷黻、胡适、翁文灏、傅

---

[1] 《川大五届毕业典礼昨午隆重举行》，《华西日报》1936 年 6 月 25 日；又《新新新闻》同日第 10 版对任鸿隽的话亦有报道，唯所述不如《华西日报》更详。

[2] 《本校举行本学期开学典礼》，《川大周刊》第 5 卷第 1 期，1936 年 9 月 21 日，第 1 页。

斯年等人参加到这一讨论中来。其中关于实现统一的具体途径，他们虽各有不同见解，或主武，或主文，但其拥护统一的态度则是一致的。[1] 这些人大抵是其时主流知识分子中的上层人物，虽然对政府多有批评，但并不反中央，其中如翁、傅等还在国民政府中担任职务。

这些讨论的时代语境，如翁文灏所说，是由于"中国人自甘分裂的本来极少，不过有些人往往想依仗外族的保护，自立一国"——动因主要在"外"。但是，"从历史上看"，中国是"分裂必成衰弱，统一可臻盛强"；就"现在的立国"看，尤其需要统一。盖工业化所需资源在中国分布不均，"所以南北合起来，各物皆可有用，南北一分开，则工业便失基础"。翁文灏此处的讨论已经涉及到"国家统一"问题的另一面，即任鸿隽所谓"现代化"的方面。

同时，翁文灏也注意到，国家统一的阻力不仅仅是政治的，也有社会方面的，即地域意识的影响。"其实许多分别都出自社会误解。江南人往往说华北有特殊情形，华北人也往往以此自解。其实不论南北皆是逼近强邻，……所以特别情形可谓遍于沿海各省"——这样一来也就无所谓"特殊"与否了。尤其是"现在的中央政府正在内忧外患交迫之中艰苦奋斗，全国上下再不要无聊的增加困难了"。

对于地域意识，傅斯年也有论述。在《北方人民与国难》中，他以一个北方人的身份，向北方人说法。他首先否认中国真

---

[1] 蒋廷黻：《革命与专制》，《独立评论》第 80 号（1933 年 12 月 10 日）、《论专制并答胡适之先生》，《独立评论》第 83 号（1933 年 12 月 31 日）；吴景超：《革命与建国》，《独立评论》第 84 号（1934 年 1 月 7 日）；胡适：《武力统一论》，《独立评论》第 85 号（1934 年 1 月 14 日）、《政治统一的途径》，《独立评论》第 86 号（1934 年 1 月 21 日），第 2—7 页；翁文灏：《我们应努力拥护统一》，《独立评论》第 180 号，1935 年 12 月 8 日，第 2—4 页；孟真（傅斯年）：《北方人民与国难》、《中华民族是整个的》，《独立评论》第 181 号，1935 年 12 月 15 日，第 2—8 页。以下三段引文都出自这里的几篇文章。

有所谓强烈的"南北观念"："这经验至少在教育界是普遍的，我从没有听说大学请教员要以地方为一种标准（或者邹鲁的中山大学除外）。教育界以外，自然比较落后，但严峻的省界偏见是很少有的"。不过，南京国民政府成立后，"有些头脑简单或失了职业的北方人，大大抱怨起来，以为北方人受了南方人的压迫"。对此，他"分解"道，北方人抱怨的问题，在南方也一样，"这是政府好不好的总问题，并不是政府偏重南方的问题"，恰恰相反，"南京有些领袖，时时觉得北方应该格外重视"。最后他特别提醒"北方中国人"："我们的处境已是站在全国家全民族最前线上的奋斗者"，"我们只有在整个的国家民族中才能生存"。因此，虽然政府并不太令人满意，但"这时候，在此空气中掩护着攻击政府，至少也是没出息"；进一步，"这时候，这环境，说话不留意，极易为人利用，所以要小心，要顾大体"。

翁文灏和傅斯年之着意打破地域观念，与其时在日本人教唆下出现的"华北自治"有关，故针对的都是南北之分。而对不少的旅外川人来说，四川在国内政治地图上的位置虽然看来恰与"站在全国家全民族最前线"上的华北相反，其重要性却并不因此有所减轻，盖"一旦太平洋战争爆发，四川确是一个国家最后的出路"，因此，改造四川，使它不再成为"地狱"势在必行。[1] 如果说，华北和东南一带都处在日本的直接威胁之下，因而无所谓"特殊"的话，四川远处内地，反而显出特殊来。1937 年 11 月，当时还在川大读书的中共地下党员熊复就在一篇文章中谈到成都青年与"全国各地的青年"不同：

　　　　不要说在"一·二九"（原文如此，应为"一二·九"。——引者）的当时，我们平津一带的同学展开了一幅英勇斗争的画

---

[1] 古舞：《救救四川》，《独立评论》第 96 号，1934 年 4 月 15 日，第 18 页。

面，上海、广州、汉口、桂林、开封的同学随着发出了热情响应的时候，而我们成都的青年却沉寂得像一潭死水！也不要说在去年一年中，北平、天津、上海一带的同学每月平均有一两次示威游行的勇敢表现的时候，我们成都的青年仍然一声都没吭过！就在今天，全面抗战已经持续一百天了，全国各地的青年都风起云涌，在热烈而勇敢地执行他们的战斗任务，做着他们在民族解放运动当中所应当做的事情的时候，而我们成都的青年却只是呈现出一幅枯寂零乱的画图！〔1〕

熊复对成都青年的描述并不完全公正，成都的青年更不是不爱国，但较之华北与东南地区，他们的表现确乎不够"热烈"，而原因之一恐怕就在四川离"强邻"太远的缘故。

四川虽远离外患，却频生"内忧"。1932 年开始，红军入川，川军抵抗不力。任鸿隽认为这是四川政治不统一的结果："我们推求川军致败的原因，与其说是自信太过，不肯牺牲，不如说是各军缺乏统一指挥，而且互相猜忌，甚至于互看笑话，幸灾乐祸。"其深层原因，更是中央对川政策的失误："自国民政府成立以来，中央对于四川的统一，似乎始终未加注意。""四川历年的乱事，是中央放任的结果。"事实上，四川不可轻视。其"地势险阻"，"易出难进"，"物产丰富，可以自给"，"应该利用来做抵御外患，复兴中国的根据。所以整理四川，应该比开发西北尤为重要急切"，但若让中共"在四川得势，这层便无从着手"。为此，他提议中央政府要"军事与政治双方并进，最要的是移注一部分实力来从事"，以"整理四川"。〔2〕在另外一篇文章里，任鸿隽还建议中央政府"用国法

---

〔1〕 青水（熊复）：《树立成都青年为救亡而斗争的旗帜》，原载 1937 年 11 月 6 日《救亡周刊》第 5 期，收《熊复文集》第 1 卷，红旗出版社，1992 年，第 4 页。

〔2〕 叔永：《剿匪中的四川问题》，《独立评论》第 119 号，1934 年 9 月 23 日，第 8—10 页。

军法"，对"剿匪"不力的"四川军阀""严格以惩"。[1]

所谓"军事与政治并进"，是针对国民政府当时提出的以政治求统一的策略。这一提议与吴景超、蒋廷黻以武力求统一的观点更为接近，而不同于胡适所提出的"用政治制度来逐渐养成全国的向心力"的主张。胡适指出，"今日必须建立一个中央与地方互相联贯的中央政府制度"，即"国会"，"方才可以有一个统一国家的起点"。他并批评蒋廷黻所说中央各部成为各省"会馆"缘于"中国人的头脑里有省界"的说法，称"省界是人人有的，并不限于中国人"，美国人也有，"不过他们的国家有较好的制度"，可以预防这一现象的出现。"蒋先生指出的笑柄，只消一点点制度上的改革就可以消灭了。"[2]

任鸿隽的这一主张，与他对国家局势的分析有关。1933 年他曾说，中国的前途虽有"悲观"与"乐观"两条路，但是，"悲观的可能性较多"。为此，他指出有四件事"必须立刻办到"："一切内争的霉蘖必须消弭"；"剿共的工作，须从速得到一个相当的结果"；"一切无意义的军阀私斗，必须用实力严行制止"；"罢免一切不急之务，集中力量向增加国力一方面切实工作。"[3]有三条都属"安内"的工作。其中第三条"实力制止"四字，尤值注意。盖国难当头，其他办法已是缓不济急。要武力统一，中央便必须有实力。

早在 1932 年，任鸿隽就提出过这一动议。他并总结过四川战事的"退化"轨迹："如民二倒袁，民五护国之战，是为大局而战，或者可以说是为主义而战。这时的四川，尚自命为中国全局的一分子，他的战事，也可以说和大局有几分关系"；"民六刘戴之战，民九熊顾之战，可以说是为驱逐外省军

---

〔1〕 叔永：《四川军阀的出路》，《独立评论》第 75 号，1933 年 11 月 5 日，第 3 页。

〔2〕 前揭胡适《政治统一的途径》，第 5 页。

〔3〕 叔永：《中国的出路》，《独立评论》第 56 号，1933 年 6 月 25 日，第 6、7 页。

队而战。这虽然不成一个理由，但我们可以了解军人们狭义的爱乡思想，和卧榻之下不容他人鼾睡的情绪。到了民十以后，滇黔军队，既已驱除净尽，中央及外间的势力，对于四川，也是鞭长莫及，于是真成'四川者，四川人之四川也'。"〔1〕

大概正是有此自觉，他在长川大时，便着意淡化"四川人之四川"的意识。他也曾在自传里谈到这一问题："吾父在时，无日不思返浙江原籍（任原籍浙江。——引者注）。吾辈则乡土观念甚轻，以为吾中国人自命为中国人足矣，于此中复自画为某省某县人，有何意义？"〔2〕也就是说，他要用"中国人"的大认同取代"某省某县人"的小认同。显然，这一看法也更接近蒋廷黻对省界意识的批评。

省界意识的反面，就是任鸿隽的夫人、历史学教授陈衡哲在一篇文章中所说的"中国人民""向来缺乏"的"国家观念"。但她也同时指出，"眼前的大难或能使我们牺牲了小我，而为全体着想"；"使我们与我们的仇敌握手合作，同卫邦国"。〔3〕换言之，国难为统一带来了契机。这也正是任鸿隽在川大推行"国立化"政策的动因和目的。

另一方面，当时四川省内外的舆论大都认为四川文化"落后"。其原因主要是由于地理偏僻，交通不便，加之政局动荡，致使省外的人们裹足不前，与外界的信息交往不易，乃至有人认为四川人对中国的了解"只有历史知识"。〔4〕任鸿隽在"关于整理四川大学意见"中说：川大"迄今尚未上轨道，……学术空气与十五六年前北方各大学无以异"。"推求原

---

〔1〕 叔永：《如何解决四川问题》，《独立评论》第 26 号，1932 年 11 月 13 日，第 2 页。

〔2〕 任鸿隽：《五十自述》，第 677 页。

〔3〕 衡哲：《我们走的是那一条路？》，《独立评论》第 157 号，1935 年 6 月 30 日，第 2、3 页。

〔4〕 本段和下段的相关内容参见王东杰《国中的"异乡"：二十世纪二三十年代旅外川人认知中的全国与四川》。

因，第一，自然是因川省地处偏僻，且形成四塞，外间的学术空气不易吹到里面去；第二，是因川省历年动乱频繁，本省及外省的人才皆不愿在川内服务，学生优秀者大半出外求学。故教员人才缺乏，学生程度低浅"。[1]9月16日，他第一次在川大总理纪念周上发表演讲时，又一次提到，四川之所以乱，大抵出自三个原因：一是"地形闭塞，容易与外间形成隔绝"；二是"四川全省被许多高山大川分割"，容易"分成许多小部落"，带来"部落思想"；三是"因为地理的关系，人民的智识程度，常常在水平线以下"，也就"常常为自私自利的引起战争"。[2]显然，文化"落后"既是四川"割据"状态的表现，又是"割据"造成的一个结果。

进一步，各地"思想时段和社会时段的不同步"是近代中国的一个重要特征。[3]而当大家心目中的中国有可能已不是同一个时期的中国时，这种知识的不同步现象也就在无形中加剧了国内的"割据"（或者"分裂"）状态。如第一章所述，王宜昌就抱怨说，四川已经成了中国国内的一处"异乡"：外间的人们既以为四川"难知"，又对四川存在着不少的"误解"。他宣称四川其实并不像人们想像的那样"异"。王宜昌的意思是强调"外间"人不明白四川，与一般人多强调四川人不知"外间"故而落后的讲法不尽相同。

任鸿隽则恰恰属于后者。还是在川大纪念周上的演讲中，任鸿隽强调川大具有三大使命：第一，"输入世界的知识，使我们……晓得世界的进步到了什么程度，人类的大势，是个什么情形"，以消除"我们从前所有野蛮战争，部落思想"。第

---

〔1〕《任鸿隽在平发表"关于整理四川大学意见"》。

〔2〕任鸿隽：《四川大学的使命》，《川大周刊》第4卷第2期，1935年9月23日，第1页。

〔3〕罗志田：《新旧之间：近代中国的多个世界及"失语"群体》，收《二十世纪的中国思想与学术掠影》，广东教育出版社，2001年，第258—259页。

二，"是要建设西南文化的中心。""西南这两个字，近来被用来做特别区域的代表，我们决不赞成。我们从文化方面看，以为中国的文化，都偏于沿海口岸。"整个西部地区，文化不够发达，其中就只有四川"有做文化策源地的资格"。第三则是"在现今国难严重之下，我们要负的民族复兴责任"。[1]

这三大使命中，第一、第二两项都着眼于提高四川文化方面。但又有不同的侧重点。第二条是使文化不发达的西南赶上文化的中心地带，以消除西南的"特别"性——当然，这里的"特别"二字，主要还是指"反政府"的西南军人之政治"割据"。但按任鸿隽的意思，政治上的"割据"根本上还是源自观念上的落后。

第一条使命就不仅仅是要使四川赶上中国文化的发达地区，而且是要"世界化"了。1931年，任鸿隽在成都大学讲演的时候，就曾提到这一问题："四川这个地方，因为地形人事种种的关系，常常有文化落后的危险，但是我们要是不能使四川的文化与世界的潮流并驾齐驱，不妨退转一步，在四川创造一个新文化。"其条件，一是要树立"进步"的"信仰"，一是要运用"科学方法"研究实际问题。[2]这里虽然说"退转一步"，与1935年的意思实是相同的。

"世界化"三字在新派知识分子那里是常谈，其实质则是"外国化"。1932年，国联教育考察团到华考察后，发表了一份报告，批评中国的教育受外国（主要是美国）影响太深，而未注意与中国的实际情况结合起来。任鸿隽则在对这份报告书的评论里宣称，中国实际情况就是，"我们的外国化不够"。任在这里所说的"外国化"，包括"功课的编制，教材的选择，教

---

〔1〕《四川大学的使命》，第1—2页。
〔2〕《赴川考察团在成都大学演说录·任叔永先生之讲演》，《科学》第15卷第7期，1931年7月，第1168—1169页。

学的方法，人格的培养"等，其实就是他心目中认为"现代化"的那一套东西。[1]

换言之，任鸿隽改革的第一个目标——把川大"现代化"实包含有"外国化"的成分。这与"国立化"看来相反，其实不管是在最终取向还是思维逻辑上，都有一致的地方。[2]不过，这里边到底有不尽圆满之处。任鸿隽、胡适这些留学生或自以为言之成理的地方，换一种语境，在别的人看来，或者就有不同的观感了。事实上，这也正是造成任鸿隽后来辞职的一个重要原因。

第三节 "现代化"与"国立化"的 具体措施与表现

本节讨论任鸿隽在川大改革的具体措施与表现，也是任鸿隽所谓"现代化"和"国立化"的具体内涵。这些措施主要表现为：人事的刷新、生源的扩大、课程的整理、设备的完善。

人事的刷新

如前所述，任鸿隽在北平发表的治校方案以妙选教授、增加设备、提高学生程度为主要内容。同时，成都的新闻机构不断报道他在外省聘请教授的消息。如，8 月 15 日的《华西日报》称任"拟聘胡适之先生为文学院院长、陈启修先生为法学

[1] 叔永：《评国联教育考察团报告》，《独立评论》第 39 号，1933 年 2 月 26 日，第 19 页。

[2] 类似的情形在胡适身上也有表现，参见罗志田《再造文明之梦——胡适传》，第 112—147 页。

院长"，以及严济慈、陈衡哲、杨振声等。[1] 8 月 22 日的《新新新闻》称任将请中央大学农学院院长王善佺为川大教授；24 日又刊登"南京消息"，谓任鸿隽拟请蒋廷黻为文学院院长、李乃尧为农学院院长，法学院院长"属意"周鲠生，"史学系主任，则以陈衡哲为事实上之主持者"。[2] 这些消息不乏媒体臆测。胡适就亲口称任鸿隽"未对本人谈及此问题"。[3] 但这些传闻也不是凭空想象，盖以任鸿隽在国内学术界的地位和交游，大家有理由相信其可能性。这些消息公布后，加上"一朝天子一朝臣"的惯例影响，引起了社会上不少猜测和一些川大旧教授的恐慌。因此，8 月 28 日，任鸿隽甫抵成都，如何对待旧教授的问题，就成为新闻界采访任鸿隽时的一个中心话题。

任鸿隽接受任命已是 8 月，即从教育部同他接洽起，到 9 月份开学，也不过短短的一个多月的时间，想要使川大教师名单全面刷新是不可能的。为了防止人心涣散，任鸿隽表示，在短期内，他不准备在这方面有太大的动作，而把精力主要放在整顿课程方面："个人意见是，本期川大教授多已下聘，且原有教师有过去教学颇能胜任，现在决就地取才，原有学问品行均佳之教授讲师，决继续聘请。此刻第一步工作，即为整顿课程标准。"[4] "若原来各教职员咸愿努力作事，本人当尽量留用。整理课程后，如实缺乏某项人材，再电外面请。"[5]

但整顿课程势必影响到教师的工作，故任鸿隽决定重新下聘，包括已经下过聘书的教授，也一律加聘。这一措施出台后，"教授中多人，均以此举不合法"。理由是"该校聘请教授，系依据该校延聘教员规则四、六、七、八等条办理，其延

---

[1] 前揭《四川学术前途之展望》。
[2] 《新新新闻》1935 年 8 月 22 日第 9 版、24 日第 11 版。
[3] 《北平晨报》1935 年 8 月 16 日，第 9 版。
[4] 《新新新闻》1935 年 8 月 29 日。
[5] 《建设日报》1935 年 8 月 29 日。

聘主体，为大学本身，非校长个人"。[1] 按照原延聘规则的规定，每年7月1日—15日为延聘教员之期，教授第二次续聘期满后，未得到解聘通知的，其续聘书继续有效。[2] 任鸿隽此时加聘，确已超期。不过，加聘以后，大多数人实际一仍其旧，"惟其中最少数人，因课程革新，所任功课未免减少而已"。根据课程革新方案，减少的大抵是一些专题研究性功课，而担任这些课程的，主要是一些"老师宿儒"。他们本不同意任的治校思想，自己的利益又受到了侵害，不满之情当可理解。当然，更重要的是，任鸿隽此举表明他不承认王兆荣的聘请方案，对于很多人来说，大概还预示着自己的位子岌岌可危。因此，尽管受到直接影响的只是"最少数人"，认为此举"不合法"的，却有"多人"。对此，任鸿隽表示，"加聘办法，系得教育部同意。且最近河南大学，及国立上海商学院，均采用此项办法，并非川大创举"。[3] 又，1928年罗家伦整理清华校务，就采取了重发聘书的办法，并得到了当时大学院的认可。[4]

　　任鸿隽极重大学师资。1934年，他在一篇文章里劝告热衷于"择师运动"的学生们说："与其择师，不如择学校。"理由是："在现今学校林立的时代，某校长于某种课程，大概在社会上是有定评的。而说某校长于某种课程，即无异于说某种功课有某某著名学者在那里担任教课。"[5] 因此，"妙选教授"一直是他的一个主要政策。任氏初到川大，就从省外带来了秘书长孟寿椿（四川涪陵人，原国立暨南大学文学院院长）、训育主任钟行素（四川富顺人，原复旦大学训育主任）、文书课

──────────

[1]《成都快报》1935年9月10日。
[2]《国立四川大学延聘教员规则》，《四川大学一览》，1935年，"规章"第14—15页。
[3]《华西日报》1935年9月11日。
[4] 罗家伦：《整理校务之经过及计划》，1928年11月，清华大学校史研究室编：《清华大学史料选稿》第2卷（上），清华大学出版社，1991年，第9页。
[5] 叔永：《论所谓择师自由》，《独立评论》第87号，1934年1月28日，第14页。

173

主任郑颖孙（安徽人）、会计课主任刘尚志（字立之，江苏丹徒人，曾服务于中基会干事处）、文学院院长兼外文系主任杨宗翰（江苏人，原国立北平师范大学外语系主任）、农学院院长曾省（字省之，浙江瑞安人，原国立山东大学理学院院长兼生物系主任）、中文系主任刘大杰（湖南人，原国立暨南大学教授）、生物系主任钱崇澍（浙江人，中国科学社生物所所长）、园艺系主任毛宗良（浙江黄岩人，国立中央大学园艺系主任）。已经联系好的有法学院院长燕树棠（国立武汉大学法学院院长，后因故未到，改由徐敦璋代。徐系四川垫江人，曾任南开大学教授）、图书馆主任桂质柏（湖北武昌人，原中央大学图书馆主任兼教授）等，后陆续到达，共20多位。可以说，在很短时间内，任鸿隽约到的人数并不算少。更主要的是，他们占据了校内几个最重要的行政职位，如秘书长、训育主任等。在文、理、法、农四学院中，除了理学院院长周太玄系续聘，农学院系新近加入外，余两院长皆由外聘。

但任鸿隽对此并不满意。他表示，"本人对于外地著名专家学者，随时均在物色中"。[1] 1936年2月，第二学期开学，任鸿隽又请到中央研究院历史语言研究所研究员丁山（文学院）、法国留学生张仪尊（理学院）、杨佑之（法学院）、德国留学生朱健人（农学院）共4人。1936年9月新学年开始的时候，任鸿隽更是一下子从省外增聘了25位教授、副教授，其中文学院10位、理学院6位、法学院5位、农学院3位。包括了牛津大学哲学博士张颐、中央研究院化学所所长王琎等。此外，又聘请清华大学体育指导黄中孚为体育部主任。到他1937年6月辞职时，"由省外增聘者达四五十人"。[2]

〔1〕《任鸿隽谈整顿川大》，《北平晨报》1936年5月29日。
〔2〕任鸿隽：《电呈庐山蒋院长》（实即任辞职后的述职报告），1937年7月2日，"川大档案"第6卷。

任鸿隽在国内学术界交往广泛，聘请到的人里有不少是国内大学和研究所里的知名之士。而从这些人到川大之前的履历来看，任氏择人的范围多集中在东部的国立大学和研究机构，正是他心目里中国文化的"先进"地区。

经过这番改进，川大教职员的结构（主要是学历和籍贯两方面）有了很大变化，此处拟用 1935 年上半年和 1936 年下半年的两组数字对此加以说明。[1]

表 2：主要职员学历与籍贯构成表　　　单位：人

年份	总人数	留学生	非留学生	四川籍	外省籍
1935	20	13	7	16	4
1936	23	20	2	9	14

说明：

1. 1935 年的主要职员包括秘书长、文书课主任、教务课主任、事务课主任、出版课主任、图书馆主任、体育室主任、文学院院长、中文系主任、英文系主任、史学系主任、教育系主任、理学院院长（兼生物系主任）、数学系主任、物理系主任、化学系主任、法学院院长、法律系主任、政治系主任、经济系主任。1936 年包括秘书长、文书课主任、注册课主任、会计课主任、庶务课主任、学生生活指导委员会主任（即训育长）、体育部主任、图书馆主任、文学院院长、中文系主任、外文系主任、教育系主任、理学院院长、数理系主任、化学系主任、生物系主任、法学院院长（兼政治经济学系主任）、法律系主任、农学院院长、森林系主任、农艺系主任、园艺系主任、病虫害系主任。

2. 1936 年的会计课书记刘立之学历不详，故表中只有 22 人。

―――――――――

〔1〕 1935 年上半年和 1936 年下半年的数字分别根据《国立四川大学一览》1935 年版的《本大学职员一览表》、《本大学教员一览表》和 1936 年版的《职员名录》、《教员名录》所提供的情况统计而来。

表3：主要职员中留学生留学国家构成表　　单位：人

年份	总人数	留日	留欧美
1935	13	6	7（曾留美者2人）
1936	20	4	16（曾留美者10人）

表4：教员学历与籍贯构成表　　单位：人

年份	总人数	留学生	非留学生	四川籍	外省籍
1935	96	56	40	70	26
1936	141	70	71	85	56

说明：

1.1935年的教员名单包括教授、特约教授、副教授、讲师、助教、改文教员与改英作文教员、专任教员、体育指导员、国术指导员、军训教官、军训助教、气象测候所助理员；1936年的教员名单包括教授、特约教授、副教授、讲师、专任讲师、助教、军事主任教官、军事教官、体育主任、体育指导、国术指导、戏剧指导、提琴指导、音乐指导。

2.1935年聘任的6位外籍教员，1936年聘任的1位外籍教员，均未列入总数。

3.1936年的名单中有2人情况不详，未列入计算。

表5：教员中留学生留学国家构成表　　单位：人

年份	总人数	留日	留欧美
1935	56	30	26（曾留美者9人）
1936	70	22	48（曾留美者25人）

　　数字虽然经常掩盖许多具有实质性内容的社会差异，[1]但参以实情的佐证与修正，仍可透露出不少极具意义的信息。

---

[1]　罗志田：《数字与历史》，收《东风与西风》（与葛小佳合著），生活·读书·新知三联书店，1998年，第143—151页。

就教职员的学历构成看，根据表 2 和表 4 的显示，1935 年川大主要职员中留学生占总人数的 65%，教员中的留学生约占总人数的 58%（如果去掉同时兼任"主要职员"的 12 人，则教员总数为 84 人，留学生占 55%）；到 1936 年，主要职员中留学生的比例为 87%，教员中的留学生比例不足 50%（如果去掉同时兼任"主要职员"的 18 人，则教员总数为 123 人，留学生占42%）。主要职员中留学生比例明显上升，教员中的留学生比例则有所下降。

不过，需要说明的是，1936 年的教员名单中列入了 4 位课外活动的指导老师，他们均为一般大学本科毕业，这是 1935年的教员名单中没有的。1935 年的体育指导员只有 1 位（无留学经历），1936 年却增加到 4 位（3 位无留学经历）；1935 年军训教官和军训助教共 2 位（1 人无留学经历），1936 年的军事主任教官和军事军官却增加到 5 位（4 人无留学经历）。此外，1935 年全校各学院共有助教 9 人（均无留学经历），1936年助教人数则增加到 31 人（均无留学经历）。这些职务在教学方面都处在一个相对次要的位置（并不是说这些职务的变化没有意义），如果去掉他们和兼任主要职员者，则 1935 年教员总数为 70 人、留学生数为 45 人，约占总数的 64%；1936 年教员总数为 81 人、留学生数为 70 人，留学生约占总数的 86%，仍比 1935 年有大幅度的增加。

以留学生留学国家的结构而言，1935 年的主要职员中留日学生约占 46%（法学院院长吴永权既有留日经历，又有留欧经历，归入留欧美学生中计算），欧、美留学约占 54%；教员中留日学生约占 54%，留欧美学生约占 46%（含 1 名留苏学生）。1936 年主要职员中留日学生仅占 20%，教员中的留日学生占 31%；欧、美留学生的比例则相应增加到 80% 和 69%。留日学生所占比例大幅度下降。另一方面，1935 年主要职员和教员中欧洲留学生的数目都超出美国留学生，到了 1936 年这一情况恰好颠倒过来，留美学生迅速增加。

30 年代中期，尽管学界早已出现了质疑"留学"的言论，但对于尚在"成长期"的中国学术界来说，留学仍为"正途"，其中留美学生的数额大大超过留日学生，成为学界的中坚力量。经过任鸿隽改革，留学生特别是美国留学生在教职员构成人数中比重增加。更重要的是，他们的绝对人数虽不算多，但占据了校内几个最重要的行政职位，也是校务会议和各委员会的基本成员，对学校各种政策措施的制订具有举足轻重的影响。

因四川文化风气偏"旧"，新派人物多自省外聘来。其中虽然有不少是旅外川人，但经此改变，教职员的省籍变化仍然显而易见。1935 年四川人在主要职员中占了 80%，在教员中占了约 73%；这两个数字在 1936 年分别降为约 39% 和约 59%，非四川省籍人士则相应地分别上升为约 61% 和约 41%（如果去掉同时兼任主要职员者，则 1935 年川籍教师为 61 人，外省籍教师为 23 人，分别占总数的 73% 和 27%；1936 年川籍教师为 79 人，外省籍教师为 44 人，分别占总数的 64% 和 36%）。主要职员中的外省人远远超出了本省人，占了近三分之二的数目。这还不算像任鸿隽这样的省籍认同并不明显的四川人。[1] 究其原因，一方面固是任鸿隽个人"魅力"造成的，另一方面也有时局的影响。盖其时华北政治空气益形紧张，不少学者内迁。但无论如何，在这方面，任鸿隽要把川大办成一所全国性大学的努力却收到了明显的效果。

与 1935 年比较，1936 年的教员名单中增加了几位课外活动的指导教师（包括戏剧指导、提琴指导、音乐指导），体育

---

[1] 需要指出的是，人员构成中的"省籍"固然是衡量川大"国立化"程度的一个重要指标，但也不能将其"教条化"，本书并不排斥有着"全国意识"的四川人（包括旅外的和在省的）在推动川大"国立化"方面的积极作用。

指导也大大增加。军事教官的增加，则是其时国民政府推进军训政策的体现。值得注意的是，助教人数在一年多的时间中增加了22人，他们都是国内大学毕业生（以川大毕业生为主）。这些助教主要分布在理学院（18人）和农学院（9人）。助教多跟随教授以为锻炼，其数目的增加与当时"学术独立"的思潮有关。任鸿隽主张中国大学应多设研究所以求学术独立。[1]川大理学院当时无设研究所的可能，留助教便不失为一种变通。同时，任氏增聘了一批国内大学研究院的毕业生。他们主要集中在文学院，如中文系专任讲师萧涤非（清华研究院）、中文系副教授戴家祥（清华研究院）、外文系专任讲师陈光泰（清华研究院）、史学系教授丁山（北大研究所国学门）、史学系教授杨筠如（清华研究院）。

其时中国现代史学界的"新学术"典范已经确立，人员主要集中在中央研究院历史语言研究所（以下简称"史语所"）。而四川学术界中的知名之士如庞俊、李植、李蔚芬、向楚等多予人"旧派"的印象。任鸿隽到校后，在人事方面倚重新派的意旨甚为明显。一直由向楚担任的文学院院长改由杨宗翰担任，杨氏于1936年夏回到北师大以后，则由张颐担任，李植的中文系系主任职务也由新文学家刘大杰取代。

1935年川大英文系有6位外籍教师，包括3位特约教授：巴黎大学博士邓孟德（法国）、加利福尼亚大学博士费尔朴（美国）、托仑妥（今译多伦多）大学学士罗成锦（加拿大）。1位讲师：美国人施女士（曾任成都教士及各校英文教员），1位改英语作文的老师加拿大师范大学毕业生倪克新，1位专任教员黄微华兰（美国美丽底斯女子大学肄业）。任鸿隽到校后，只留下了文学院哲学教授黄方刚的夫人黄微华兰，其余外教都

〔1〕 叔永：《大学研究所与留学政策》，《大公报》1934年12月23日，第1版，《再论大学研究所与留学政策》，《独立评论》第136号，1935年1月20日，第14—17页。

被辞退。外文系教师由留学生和国内大学研究生担任。这或者是由于多数外教资格不够，有"过滥"之嫌，与留学生和国内大学研究院的优秀毕业生相比，实不算高明。盖外教所长，多在语言方面，于学问并不见佳。而外文系的课程，"隐然分语言文学两部分，相辅为用：盖非语言智识充足者，不足以言文学，非文学造诣深者不足以知语言也"。[1] 语言的优长不能作为唯一的聘任标准。

理学院原来的欧美留学生就不少，故其人事变动不大，比较明显变化的是任鸿隽请了中央研究院化学所所长王琎为化学系系主任，中国科学社生物研究所教授钱崇澍为生物系主任。这两位都属于当时国内最好的科学家的行列，也是由任鸿隽发起组织的中国科学社社员。他们占据了理学院三个系主任中的两个位子，颇为引人注目。[2] 农学院是刚刚划入川大，基本上是一切更新，9 位教授中，留日、留美学生各占 2 席，国内大学毕业 1 人，其余均为留法、德学生，与全校的情况稍有不同。

生源的扩大

"国立化"的又一努力体现在学生身上。川大的生源一向以四川为主，兼有部分云南、贵州等西南地区的学生。以 1934—1935 年为例，在校生共 793 人，其中云南 13 人、贵州 10 人、山西 1 人、湖北 1 人、安徽 1 人、陕西 1 人、广西 1 人、韩国 1 人、四川 764 人。[3] 除去一名韩国学生，川籍学

〔1〕 《外文系系务会议报告》，1935 年 10 月 4 日，《川大周刊》第 4 卷第 4 期，第 6 页。

〔2〕 任在科学社中享有极高的声誉。1940 年中央研究院改选院长，科学社社员多动议选举任鸿隽，任最后得 4 票，均为科学社社员所投。事见张剑《1940 年的中央研究院院长选举》，《档案与史学》1999 年第 2 期。

〔3〕 《国立四川大学在校学生籍贯分布表》（二十四年度），收注册课编印《国立四川大学教务统计一览》，"川大档案"第 189 卷。

生约占学生总数的 96% 稍强，外省学生不足 4%，且多来自四川周边地区。另一方面，四川的高中还不普及。"据往年调查，每年高中毕业生，仅有六百余人。其中能升学者，与能考入大学者，折扣下来，为数已经不多。而成都有四个大学（原文如此。当指川大、私立华西协合大学、四川省立农、工二学院——引者），平均每大学有一百余人"，生源明显不足。〔1〕

为了改变这一状况，1936 年夏，任鸿隽决定在平、津、京、沪、广东、陕西等地设立考场，以扩大招生范围，"使省外各地青年都有来学的机会，要使本校属于整个国家的，不因为地理上的限制，而成为西南的一个组织"。〔2〕这次招到新生和转学生共 164 人，含河南 4 人、云南 4 人、贵州 3 人、湖南 2 人、浙江 2 人、广东 2 人、辽宁 2 人、安徽 1 人、江苏 1 人、山西 1 人、湖北 1 人，四川 141 人。〔3〕从省籍分布的范围上看，新增加了河南、湖南、浙江、广东、辽宁、江苏几个距离四川较远的省份（湖南除外）；以比例言，川籍学生仅占这次招生总数的 85% 稍弱，外省学生占了 15% 的名额。这一数字虽然并没有改变学生籍贯的基本构成，却使川大在向"属于整个国家的大学"的方向上迈出了重要一步。

课程的整顿

1938 年，教育部训令整顿全国大学课程，谓中国"大学课程除医学院外，向由各校自行规定"，因此，虽然可以"因人地之宜，自由发展"，但也带来不少问题。尤其是"若干大

〔1〕 《任鸿隽谈整顿川大》，《北平晨报》1936 年 5 月 29 日。
〔2〕 任鸿隽在二十五年度开学典礼上的报告，见《本校举行本学期开学典礼》，《川大周刊》第 5 卷第 1 期。
〔3〕 《二十五年度新生及转学生籍贯统计表》，收注册课编印《国立四川大学教务统计一览》。

学，分系过早。各系所设专门科目，又或流于繁琐，一般学生缺乏良好之基本训练，所得知识，难免支离破碎，不能融会一科学术之要旨"。[1] 这与任鸿隽初到川大的观察是一致的："同学一入学校，似乎就是专门人才，所有功课都完全是专门的功课，如国文系则教文字学音韵学，史学系则教各国史，英文系则教莎士比亚，理院物理系则教高等物理。这固然是很好的，不过关于很重要的科学如像国文、英文、算学等，普通训练太觉缺乏。"他强调，"往日有此种科学标准。不过他们中间经过多年的高中阶段，我国的中学，尤其是四川的中学如何够得上"。此句费解，就上下文看，"往日"或是"日本"之误。[2]

在任鸿隽看来，"大学学生，重在求得研究学问门径，并不定须所学各科，均有深刻研究"。而要这一点，"固有赖于教授之指导；第根本问题，则在关系各科之基本学科，非有相当了解，其道莫由"。"畴昔国内各大学，均重视专门科学之讲授，而忽于基本科学之练习，其在四川尤甚。"为此，他"规定一二年级，注重英文及基本科学之复习。三四年级，再作专门科学之研究"。[3] 1935 年 9 月 7 日，任鸿隽到校后主持"廿四年度第一次校务会议"，通过了三个议案，第一件就是"各院系共通必修或选修科目应如何规定案"。"议决：（1）各院系一年级英文必修课程由文学院主持，每周定为三小时。……二年级则归各院自行规定。（2）各院一年级各系国文必修课程（国文系除外）以入学试验成绩优异者方得免修，其不及格者须在补习班肄业，以及格为度。"[4] 一年级的基本国文和基本英文，均属"特设"，宗旨是"督促学生多读多作，以树立国

---

〔1〕 教育部训令，1938 年 9 月 23 日，"川大档案"第 52 卷。
〔2〕 《任校长演讲词》，《川大周刊》第 4 卷第 1 期，1935 年 9 月 16 日，第 2 页。
〔3〕 《任校长整顿农学院之计划》，《川大周刊》第 4 卷第 4 期，第 2 页。
〔4〕 《廿四年度第一次校务会议决案》，《川大周刊》第 4 卷第 1 期，第 5 页。

学及西学之基础"。[1]1936 年度，更规定"各院系一二年级定英文为必修课程，定国文为文学院一二年级、理、法、农学院三院第一年级之必修课程"。[2]

任鸿隽对教学方面的另一个批评是："我们讲授的方法，是注重讲义。各教授讲义给同学们念念，试验时照讲义写一次，算是毕业。"[3]老师上课念讲义，学生考试考讲义，或者可以算是不负责任，但"注重讲义"这一现象其实是民初时候留下来的传统。冯友兰就回忆说，他上大学的时候，"对于教师的经验，是看他能不能发讲义，以及讲义有什么内容"。[4]1922 年姜亮夫到成都高师读书，就发现高师的一个"特色"，"是这里的教师讲课都要发给我们讲义"，不但"自己编的"要发，就是已经出版的但成都买不到的书"也成本成本地印给我们"，如清代学者陈澧的《切韵考》，他称赞说，"这种气魄在别的学校里很少见，可见这所学校对学术的重视。虽然这个学校外表是破破烂烂，可是教育的实际效果是扎扎实实的"。[5]根据姜亮夫的观察，成都高师时候所印讲义，其实也包括了不少参考书在内。当然，其数量多少，不易判断。

到任鸿隽时期，大概讲义已经多是教师的讲课内容。因此，他强调这个办法不符合当时教育界强调学生"主动"的观念。对此，他提出要"把大学各科的教法，从自动方面发展"，即"在尽可能范围内，渐渐的废除讲义制而代以参考书

---

〔1〕 任鸿隽：《电呈庐山蒋院长》。

〔2〕 任鸿隽在二十五年度第一学期开学典礼上的报告，第 3 页。又，据屈守元先生回忆，任当时"亲自"教文理科新生的必修课"科学通论"。见《怀源小札》，收《晚初阁论著辑录》，电子科技大学出版社，2002 年，第 423 页。对此，现存文献并无记载。即使屈的记忆准确，任在校的时间并不多，常在外地，上课大概也没有几次。但屈的回忆却证明任鸿隽对基础学科的重视予人印象之深。

〔3〕 《任校长演讲词》，第 2 页。

〔4〕 冯友兰：《三松堂自序》，人民出版社，1998 年，第 303 页。

〔5〕 姜亮夫：《忆成都高师》，第 275 页。

或概要制"。其好处"就是至少使学生得自己寻一点材料或一些书籍来完成他们的讲义，而不至死守一部讲章，其他一切都可不必措意"。[1] 1935 年度第一校务会议规定，"除法律系外，各系应力求减发讲义，而多采用提示纲要办法。如目前骤行改革所有困难时，可先行筹备，在下学期开始实行"。[2] 下面是 1936 年 4 月份由注册课制的一份比较表：

**表6：廿四年度十月份暨廿五年度十月份
讲义种数及页数比较表[3]**

院别	1935 年度种数	1936 年度种数	比例	1935 年度页数	1936 年度页数	比例
文	56	34	1.6：1	111550	34180	3.2：1
法	28	27	1：1	88350	39450	2.2：1
理	35	16	2.2：1	94070	23730	4：1
农	1	0	1：0	400	0	
共计	120	77	1.6：1	294370	97360	3：1

可见，新并入的农学院一开始就实行了这一政策。文学院与理学院的讲义种数和页数都大幅度下降，法学院的种数虽然无大的变化，页数则减少了一半以上。

"从自动方面发展"的第二个表现是减少课程："以前课程太多，现在我们把各系课程减少"，目的是给学生"以一些时间去自动研究或读书"。相应的，"教授担任钟点，也相当的减少，使教授与学生，有多的时间去讨论与研究"。[4]

表7是1934年度和1935年度川大各院系课程门数和上课

---

[1]《四川大学的使命》，第2页。
[2]《廿四年度第一次校务会议议决案》，第6页。
[3]"川大档案"第189卷。
[4]《任校长演讲词》，第2页。

时数的比较。从中可见，除了史学系和法律系外，1935年度各系的课程门数均比1934年度有所下降，最多的是数理系和政治经济系，门数减少了一半以上，生物系的门数减少了一半。除了史学系、法律系、政治经济系和生物系，其余各系的授课时数也都有所下降，但幅度较课程门数的下降幅度要小，数理系的下降幅度还不到4%。另外，政治经济系和生物系的课程门数下降，授课时数却大量增加。出现这一现象的原因大概与任鸿隽注重基础教学和实用教育的思想有关。盖精简课程门数之后，保留下来的一般都是基础课程。同时，法学院和理学院所讲授的内容也都与实际相关。当然，历史、法律二系的课程虽然有所增加，其教师（教授、副教授、特约教授、讲师）数目也在增加。历史系比1934年度增加2人，法律系比1934年度增加6人，故问题都不大。但政治经济系和生物系的教师却比1934年度各减少5人，故他们的教学压力实际上比从前更大了。

表7：廿三、廿四年度各院系课程门数及授课时数指数表 [1]

院系		文学院				法学院		理学院		
		中文	外文	史学	教育	法律	政经	数理	化学	生物
1934年度	门数	54	44	22	41	37	31	26	46	41
	指数	100	100	100	100	100	100	100	100	100
	时数	32	32	17	27	28	23	26	33	29
	指数	100	100	100	100	100	100	100	100	100
1935年度	门数	40	27	23	27	41	15	12	29	21
	指数	74.4	61.5	104.5	69.5	110.8	48.4	46.2	63	51.2
	时数	27	21	23	24	30	32	25	26	30
	指数	84.4	65.6	135.3	88.9	107.1	114.3	96.2	78.8	103.4

---

[1] "川大档案"第189卷。因农学院是1935年下半年并入川大的，无从比较，故本文删掉了农学院的情况。

教学改革的另一个大方面是使学校向"实际应用方面发展"。[1] 任鸿隽一向强调实用功能只是科学的表层，但仍注重教育和科学的实用性。[2] 据张孟闻回忆，1932 年科学社入川募捐，他和秉志各写一篇募捐启事，结果被一个"晚辈青年"认为内容太偏重于实用功利。[3] 同时，这也是其时教育部整理全国教育的基本方针之一。[4] 注意实用学科和当时国家建设乃至救亡的迫切需要有关。[5] 关于任鸿隽时期川大在这一方面的活动，《四川大学史稿》论述已详，本文不再赘述。[6]

值得提出的是，这些实践活动多与四川地方特色有关，不少还是与四川地方当局合作的项目。如 1936 年 5 月成立的西南社会科学调查研究处，在一年的时间里就进行了一系列调查工作，包括：川东川西米量产销情形调查、重庆批发物价指数及成都零售物价指数调查、成都手工业情形调查、地方行政及地方财政调查、农民生活情形调查等。[7] 在自然科学方面，除了与四川省建设厅合组水稻场、甘蔗实验场等，农学院还对四川各地农业生产技术、作物种植及农业经济方面做了大量调查。理学院则有赴京沪平津工业考察团、食盐工业考察团等设施。这些调查活动的目的是获得对四川社会与自然情况的确切知识和数据，为四川地方建设服务。

从内容上看，这些调查所获得的知识，不论是社会方面还

---

〔1〕 《四川大学的使命》，第 2 页。
〔2〕 周川：《任鸿隽的教育思想及办学实践》，《高教与人才》1994 年第 2 期；谢长法：《任鸿隽的实业教育思想》，《教育与职业》1999 年第 8 期。
〔3〕 前揭张孟闻文。
〔4〕 金以林《南京国民政府发展大学教育述论》，第 312—317 页；吕士朋：《抗战前十年我国的教育建设》，第 270 页。
〔5〕 胡先骕：《留学问题与吾国高等教育之方针》，《胡先骕文存》上卷，江西高校出版社，1995 年，第 285 页。
〔6〕 《四川大学史稿》，第 188—190 页。
〔7〕 任鸿隽：《电呈庐山蒋院长》。

是自然方面，多与四川地方情形相关。事实上，早在1931年任鸿隽在成大讲演中，就提出用科学方法研究实际问题："如现在讲马克斯主义是最时髦的了，但是我们要晓得马克斯的唯物史观论，是用科学方法得着的一个结果。我们若是也用科学的方法去研究中国现在的社会问题，那末得到的结果，是不是与马克斯主义一致便不可知了。这个研究的结果，若是与马克斯主义一致，我们方才不是盲从；若不是一致，便是我们新创的文明了。"[1]科学方法是现代的，也是无地域性的，而科学研究的对象（实际）则多有地方的特殊色彩。若要"创造一个新文化"，则必须着眼于"地方性知识"。换言之，知识生产的"现代化"是建立在"地方性知识"的基础上的。另一方面，任鸿隽对"地方性知识"的重视，不仅仅是知识创新的考虑，更是出于建设"中华民族复兴根据地"的目的。这一情形揭示出"现代化"与"国立化"（及"地方性知识"）之间更为复杂的内在关联。这一情形也提醒我们，任鸿隽心目中的教育"现代化"虽然带有"外国化"的成分，但其施政依据仍着眼于国内（主要是四川）的实际。

从国立化的角度看，任鸿隽颇注重教育与救国的关联。任鸿隽在给蒋介石的述职报告中，说自己"在可能范围内，极力筹设有关国难应用之科目，以期应付当前之严重国情"。[2]1936年教育部要求征集国难教育意见。任鸿隽提出了两条意见：一、"目下大学教育多偏于空虚无用之理论。"但是，"国难期中，一物一器之有无，动关民族之存亡，故非极力提倡实用精神不可。鄙意除文法各科应多授本国历史及国际智识，以唤起民族意识外，理工各科应责成各校，就地域所宜研究平时或战时必须之制造工程一二种，其工作之种类则由各校报告于

---

〔1〕 《任叔永先生之讲演》，第1169页。
〔2〕 任鸿隽：《电呈庐山蒋院长》。

教育部，为之统筹而分配之"。二、"应付国难最有力有效之一点在造成强健的国民。"就此，他建议，应把仅在一年级学生中推行的军事训练"普及于大学全体学生"；"□定中小学课程，减少教室功课时间至三分之一，以其时为户外作业及锻炼身体之用。"〔1〕

这些意见与任鸿隽治理川大的指导思想是一致的。除了前面讲到的注意实用一方面外，任鸿隽特别注意加强体育锻炼，〔2〕主要便是"鉴于同学体格之屡弱，与夫蜀中体育兴趣之淡薄，虽青年亦均萎靡不振，殊忤复兴民族之旨"。〔3〕钱崇澍也注意到，四川"人民体力似多不强健"。"有谓日人自重视体育以来，有其人民身体已平均增高半寸，而川人有谓现代人民身体已较其祖先退化。此语虽不足据，但不重视体育，身体日弱，为必然之理。"〔4〕当然，我们也不会忘记蒋介石7月1日在川大至公堂的报告对四川青年体魄的评论。事实上，蒋的谈话也可能是任鸿隽在川大加强体育的一个重要背景。〔5〕除此之外，任鸿隽强调体育的重要性，还有更形而上的考虑，即培养学生健康活泼的精神。他曾谈到，"我们参观过美国小学教育的，第一个印象，就是他们养成学生的活泼精神和健全身体的注意"。〔6〕所谓"第一个印象"，可知感触之深。事实上，任鸿隽来校不久，就有人评论说，"吾人尤感兴趣者，亦为最可爱、最可珍贵者，即四五年来之川大学生，都是沉沉暮气，鲜有蹈厉发扬的精神"，近来则"求进之心曲，饱满之精神，

〔1〕 任鸿隽关于国难教育之意见，1936年2月22日，"川大档案"第46卷。

〔2〕 重视体育的具体措施见《四川大学史稿》第194—197页。

〔3〕 《体育部举办各项球类锦标比赛》，《川大周刊》第4卷第7期，第8页。

〔4〕 钱崇澍：《关于来蜀之感想》，《川大周刊》第4卷第8期，1935年11月4日，第2页。

〔5〕 当然，这不是说任鸿隽就完全是受了蒋介石的影响，更有可能的情况是两人"不谋而合"。

〔6〕 叔永：《评国联教育考察团报告》，第19页。

真有如雨后春笋，咸喜活气一团，欣欣向荣。此为川大复活的新机，亦是新四川建设各项专才之深远保育也"。〔1〕可知颇有同调。中国近代思想的表现之一便是"尚武"，反过来就是要"一洗文弱"。这主要出自国人对日本和西方强盛原因的认知。〔2〕因此，即使抛开"国难"的历史大背景，重视体育也是教育"现代化"的一个组成部分。

课程方面也有明确调整。其时各院都拟订出了"国难"期间教育计划。其中，文学院的特殊教学科目为史学系的《东北史》，主要宗旨是："一、阐明东北数省在历史上之重要；二、加深学生对于东北数省之认识；三、增强学生收复失地之观念。"教育系"为应付国难时期中小学教育之需要起见，特设置国难教材研究会"。理学院数理系加入《无线电》一科，《光学》一科中加入"生理光学及军用光学仪器原理"。化学系《应用化学》加入"关于国难之材料"的内容，《化学工程》加入"关于国防之材料及工场设计"的内容，并增加《军用化学》一科，准备增设《应用光学》，法学院课程整理的幅度极大，删除一部分"不适合非常时期之需要"的科目，如法律系的《英文政治选读》、政治经济系的《现代政治问题》、《社会政策》、《政党论》、《经济政策》、《商业经济》、《公文程式》、《法学通论》，现有的 10 余种科目中增加关于战时内容。增设《战时经济》课程，及《粮食统制问题》、《全川稻米产销状况》等研究科目。农学院鉴于"我国在国防上建设防空林，实为目前当务之急"，特在《森林问题讨论》课上增设"防空林之设施"。此外，农艺系增加"四川省稻麦改进"的研究项目，目标是"求川省食粮自给，并供国家非常之需"。森林学系则增

〔1〕　万方：《川大复活的新机》，《新四川日报》1935 年 10 月 22 日。
〔2〕　参考罗志田《五代式的民国：一个忧国知识分子对北伐前数年政治格局的即时观察》，收《乱世潜流：民族主义与民国政治》，第 158—159 页。

设"国防用木材性质之研究"的项目。[1]

设备的改进

任鸿隽在来川之前，对川大设备的简陋就有耳闻。在学生欢迎会上，他所谈到的第一个感想就是校舍："记得大公报记者张季鸾来蜀，于川大很失望，他说川大不惟不及国内各国立大学，即私立大学亦不如。再如李仪社先生来川参观，也说川大还不如陕西大学，这可见到川大给一般人的印象是怎样。"因此，他把改进校舍作为一个重要的改革内容。就此，他提出了两套方案："永久的计划，如武汉大学，由中央及地方筹款，在城外另建新校舍，不惟校舍问题解决，而且延聘教授及学生问题也同时解决。""至临时计划，今年图书设备仪器，增加的增加，改革的改革。"[2]

改建校舍不仅仅是几幢建筑物的改观，也是大学设备的改善。对此，当时有人并未理解。据1936年夏入川的张颐说："鄙人入夔门后，即闻有人说川大不应该新建校舍，殊不知本校校舍，实在陋劣已甚。"他评论说，这种意见其实是"以从前书院的眼光来品评现代大学的设施"，根本不了解"现代教育所授的功课内容与从前的书院不同，所以她所需的建筑设备，亦自迥异"。[3]

不过，改进设备需要经费，这是川大原有的经费所无法负担的。不过，作为整顿川政的一个方面，任鸿隽的计划得到了蒋介石的主持。这个计划分两步，"第一步，先就皇城校址，添建图书馆一座，……约须二十万元。农学院添建实验室一

---

[1] 各院计划书，"川大档案"第46卷。

[2] 《任校长演讲词》，第2页。

[3] 张颐在川大五周年纪念会上的报告，1936年11月9日，《川大周刊》第5卷第9期，第2页。

座，须费约三万元。第二步：为全体计画，……由中央及地方政府，各担任一百二十万元，分三年拨划，为建筑文、理、法各学院教室、试验室、大礼堂、体育馆、教职员办公室、宿舍、学生宿舍及各种设备之用。"[1]他将这一计划呈蒋介石。蒋回电道："可照办，当负责为之主持，希速设计进行可也。"[2]9月28日，来蓉的蒋介石召见任鸿隽，"面询学校近况甚详，对改建校舍计划，嘱即绘图与兴工"。[3]

由于这一计划"历时较久"，"为期其速成起见"，10月21日，任鸿隽再次电呈蒋介石，"请将除农学院添设试验室费三万元，令川省政府拨发外，余所须款项二百六十万元，指定的款，并示办法"。11月8日，蒋介石复齐电："一、农学院添建试验室费三万元，已令四川省政府，从教育经费下，即予提拨。二、各项建筑及设备所需之费，当由行营拨发四川善后公债一百四十万元，其余不足之数，当令四川省政府，并由中央于二十五年度起，各担任六十万元，各分三年匀拨，每年各拨二十万元。"并指示"将一切建筑计划，另呈中央核夺"。[4]任鸿隽接到齐电后，即在上海请人担任设计工作。1936年春，由天津基泰公司和上海公利公司分别设计的两座新校舍模型完成，运抵成都。任鸿隽请即将来川的蒋介石亲自定夺到底选用哪一座。[5]4月，蒋介石莅蓉，任鸿隽"数次谒见"。[6]蒋面饬四川省财政厅厅长刘航琛，将善后公债全数拨与川大。刘

---

〔1〕《任校长改建本校校舍计画书》，《川大周刊》第4卷第3期，1935年9月13日，第1—2页。

〔2〕《蒋委员长梗代电》，《川大周刊》第4卷第3期，第2页。

〔3〕《蒋委员长召见任校长》，《川大周刊》第4卷第4期，第5页。

〔4〕《本校建筑费蒋委员长电拨的款》，《川大周刊》第4卷第10期，1935年11月18日，第1页。

〔5〕《华西日报》1936年4月16日。

〔6〕《校长报告》（1936年4月20日），《川大周刊》第4卷第31期，1936年5月4日，第1页。

答应，第一批建筑费 140 万元将于半月内拨到川大。川大为保管这笔款项，经行政院批准，组织了保管委员会，由任鸿隽、财政部特派员关吉玉、刘航琛、教育厅厅长蒋志澄等组成。[1]

另一方面，任鸿隽鉴于川大原系三校合并而成，"对于校产，曩无系统之管理"，而新校舍建设在即，必须认真清理。故决定由孟寿椿等组成校产清理委员会，"一面从事清理，一面设法收回所有一切之租佃屋宇地亩及无契约借之基宅"。[2]为了避免在清理过程中可能出现的租佃纠纷，还组成了佃户建筑物评价委员会，邀请四川省政府、成都市政府、成都市商会各派一人参加。[3]在川大的要求下，四川省政府又命令公安局协助川大清理地产。[4]

这次清理校产的活动不但涉及到不少民间组织和个人，还包括了四川省政府、教育厅、军事委员会中央各军事学校毕业生调查处四川通讯处等地方与中央单位。[5]其间有不少单位和个人或托人情或自行上书要求通融，均被拒绝。

全面的校产清理工作暴露出不少历史遗留问题，其中主要是皇城城基问题。1926 年 1 月，刘湘任四川善后督办期间，曾与当时的省长赖心辉一起布告全城，准备开放皇城，修建马路，并将皇城城基丈量变卖。当时居住在其中的成都大学和成都高师曾去函诘问，表示反对，但督办公署称皇城原属四川省产，所卖地皮也并非学校所有，强行拍卖。三大合并后，川大

〔1〕《成都快报》1936 年 4 月 22 日；《本校建筑费拨付有期》，《川大周刊》第 4 卷第 30 期，1936 年 4 月 27 日，第 8 页。

〔2〕《川大周刊》第 4 卷第 18 期，1936 年 1 月 13 日，第 6 页。

〔3〕《省市府派员参加川大校产清理委员会》，《新新新闻》1936 年 4 月 11 日第 6 版；成都市商会公函，商字第 309 号（1936 年 4 月 30 日），"川大档案"第 628 卷。

〔4〕《成都快报》1936 年 5 月 28 日。

〔5〕1936 年 4 月 1 日呈教育部《请转川府切实协助并克速将已变卖皇城地基收回交还由》、1936 年 4 月 27 日公函《请于本年七月底交还借本大学原附小校址由》、军事委员会中央各军事学校毕业生调查处四川通讯处主任康泽公函，"川大档案"第 628 卷。

一直对此持有异议。1933 年底，王兆荣以皇城系旧贡院产业，"而旧贡院全址，在前清时即属国有财产，中华民国成立，迭经中央核准，陆续完全拨充前高师、前师大及本大学管理用益"，试图收回，但由于地方当局坚持原案，终未成功。[1]

川大清理校产的消息公布后，有"承买皇城城根地皮主权团"发布启事说，皇城城根是"刘督办赖省长"所卖，"查皇城既属官产，经军民首长皇皇示谕主卖，承买者依法取得主权，有省公署管业证为凭"。另一方面，"省督两署主卖皇城在师大时代。当时议决，以师大所住必需校地，划作该校校址外，余概变卖"。因此，"川大接收皇城校地，依法只能接收其原来师大划定之地。现川大改为国立，政府拨皇城为校址，当亦限于官有校地，而民有者，自然不在此例，不能含混其词，抹煞法律主权与事实"。[2] 此后，他们又不断向川大、教育部表示他们的不满。[3]

四川省政府的态度则有所变化。一方面，他们坚持前议，谓皇城地基"系属官产，应归省有"。民国七年，虽经当时的四川省长将部分地亩拨给高师（成都师大前身），但"城垣以外地皮，未见明文拨用"。现在川大要求把皇城地基收回，"不特原案指拨地方，是否皇城全部地址，尚未确定。而前省长公署已经变卖之省有官产，并已发给契约为凭。如又由本府予以收回，实于政府威信有碍，所嘱收回交还之处，本府实难照办"。虽然如此，但比起此前来，处在"地方中央化"压力下的四川省政府的态度还是发生了变化："惟承示皇城全部地基

---

[1] 1933 年 12 月—1934 年 2 月四川官公产清理处与川大就此事交涉的来往公函，"川大档案"第 2560 卷。所引文出自 1934 年 1 月 22 日致四川官公产清理处公函。

[2] 《复兴日报》1936 年 2 月 14 日。"现川大改为国立"一语，也不自觉地透露出至少在部分成都人的心目中，实未将成都师大视为真正的国立学校。

[3] 《明远四街校产佃当各户代表谭岳峰等为陈明详情恳饬各佃照常复租用杜纠纷事》，"川大档案"第 628 卷；教育部训令《奉交查复崇义堂等呈请饬发给收回皇城地基业价一案抄发原呈仰查明具复由》，"川大档案"第 629 卷。

约五百余亩，以之改建文理法三学院及图书馆、运动场诸部分，尚有不敷应用之虞，自不能任其支离分割，阻碍建筑设计。兹本府为仰体中央发展西南文化之至意，及解决历年之界址纠纷，自今日起，承认皇城旧址全部为贵校管业。所有前省长公署或其他机关变卖之城根附近地基，即由贵校自行设法收回，以期兼顾而资救济。"省府并建议川大"在建筑费内酌提若干，查照契价减贬收回"。〔1〕

对此，任鸿隽指出，皇城主权属于川大，并非"省有官产"，毫无疑问。1926 年出卖皇城地基，本"未奉中央明令"，"本校自无赎还之责任"。"况本校呈奉核拨国省库款，早经中央指定，全数作为改建校舍与充实设备之用，更无余款可供提拨，用为收回前省署卖出之地亩。"〔2〕四川省政府则回答说："本府一切开支，均照预算办理，上项收回经费，既未列入预算，则所嘱收回之处，实难照办"。〔3〕到此，双方谈判陷入僵局。

另一方面，任鸿隽对校址的选择也举棋不定。盖其时关于这一问题有两种主张，一是在城外，一是在皇城。任本人那时比较倾向于皇城。因"皇城在明为蜀王宫，在清为贡院，在民初迄今为学府，向为作育人才之所，与川中文化发源地，在历史上有伟大之价值"，"以之整个作一学校之基址，在全国各省中可谓不可多得"，并能尽到"以风化策动社会"的责任。虽然其范围有限，只有 500 亩，但任以为，"欧美各国历史悠久的大学，本部的校址，都不算顶大"，将来可向外发展。〔4〕可见，任鸿隽选择皇城，主要着眼于它在文化上的象征意义。当

〔1〕 四川省政府公函，二十五年财字第 343 号，"川大档案"第 628 卷。
〔2〕 致四川省政府公函底稿，"川大档案"第 628 卷。
〔3〕 四川省政府公函，二十五年财字第 657 号，"川大档案"第 628 卷。
〔4〕 《校长报告》（1936 年 6 月 8 日），《川大周刊》第 4 卷第 37 期，1936 年 6 月 15 日，第 2—3 页。

然，皇城已有基础，改造起来成本较低，也应是任氏的考虑之一。不过，任鸿隽也知道，皇城的发展空间毕竟有限。再者，其历史遗留问题太多，若选择城外，等于一切从头开始，或者要更简单一些。

5月12日，任鸿隽飞往南京，向教育部汇报相关问题。教育部同意将校址定在皇城。关于皇城城基问题，"仍请四川省府设法收回，其余各处，亦须如期收回，以利建筑。遇必要时，得由教部指派专员清理"。关于前师大债权团问题，教部呈行政院，"请行政院令四川省府在清理积欠下汇案办理"。[1]同时，任鸿隽邀请行政院秘书长翁文灏、政务处处长蒋廷黻、前清华校长周诒春、教育部代表李济和他一起组成川大校舍图样审查委员会。"因为这几位先生都是国内教育界的名宿，对于学校的建筑很有经验。"[2]

10月，川大新校舍图样经行政院批准，并在南京教育部开标，计划第一期修建校本部图书馆、办公楼、数理馆、化学馆及农学院教室、办公室、宿舍。不意10月下旬，任鸿隽突然接到教育部的信件，"说川省政府有一代电至教部"，建议川大迁至城外。教育部回电谓川大校址早经决定在皇城，临时未便更动。任鸿隽表示，"本人对此并无成见，一切均根据中央的决定"。[3]工程还未开工就停顿下来。不过，四川省政府这一次的提议，另有一个附带的条件，即可以在城外给川大2000亩的土地以为交换，且可在短期内把地交出，不妨碍川大新校舍的建筑进行。任鸿隽考虑了这一建议，认为可行。"不过在地亩以外，还有一个问题，便是因迁移而增加的建筑费，须由省府拨款补助。"双方就此"商量了许

〔1〕《任校长公毕返校》，《川大周刊》第4卷第36期，1936年6月8日，第5页。

〔2〕《校长报告》，《川大周刊》第4卷第37期，第2页。

〔3〕《校长报告》，1936年12月14日，《川大周刊》第5卷第13期，第2页。

久"。川大要求付 100 万，省府则只答应给 60 万。但"因为迁移与否的大前提还没有解决"，这一"非正式的接洽""也就到此为止"。

1937 年寒假，任鸿隽再次离校赴京，把交涉情况向教育部汇报。而"中央的意思，则自来主张在皇城建筑"。如果改变了原计划，就不可能在"短期"内把川大"改建成功一个现代的大学"。不过，听了任鸿隽的汇报后，教育部"也不反对，但以为应当有两个条件：1.在东门外望江楼附近圈地二千亩。一月内交出一部分以便开工，其余在第二个月内交出。2.建筑费七十万元，先交一部分，其余的在两年内匀交"。任鸿隽和教育部分别将此意见电达四川省建设厅厅长卢作孚和四川省政府，四川省府提出，要调查后才能决定补助费的多少。3 月 15日，任鸿隽在重庆会见了卢作孚，卢谓可出补助费和搬移费共66 万。任鸿隽明知再继续坚持下去也不会有大的突破，川大校舍却不能一拖再拖，遂表示自己"仰体中央顾念西南文化急于观成的意旨"，"立即承认卢厅长提出之数，但希望交地与交款力求迅速"。

回校后，任鸿隽又向省政府发了一件公文，要求半月内作出答复。他在总理纪念周上对学生说："我自己定下期限，在一个月以内非动工不可。省府如能照我们的条件成立合同，我们就在城外建筑，不然，我们只好不谈迁移问题，就在皇城动工。"〔1〕

1937 年 4 月，双方组成了"四川省政府办理国立四川大学迁移委员会"。26 日，任鸿隽在与孙洪芬一起拜访蔡元培时，提到"已由省政府画拨地二千余亩，现在征收中"。孙也向蔡

---

〔1〕《校长报告》1937 年 3 月 2 日，《川大周刊》第 5 卷第 22 期，1937 年 3 月 29 日，第 2 页。致四川省府公函见《川大周刊》第 5 卷第 23 期，1937 年 4 月 5 日，第 6—7 页。大致要求为：66 万元于签定搬迁合同时交 26 万，其余 40 万元于两年内匀拨；校地 2000 亩在一个月内交足，合同应在 3 月内签定。

说，川大开办费已预备五百万元。[1] 6 月 10 日，新校舍开工典礼举行。[2] 川大和四川地方当局之间围绕着皇城校址之间旷日持久的争执也终于结束。

这场争论除了双方的利益之争外，还牵涉到"主权"归属问题，即皇城到底是国产还是省产。四川地方当局坚持皇城归地方所有，作为中央在川机关，川大（包括国立成都高师、国立成都师大）则每追溯皇城的历史渊源，证明它属于国有。这场争论之所以长期陷入"公理婆理"之争，一个主要原因就是官产而有"国产"、"省产"之分，是晚清才开始出现的新观念[3]，故川大和地方都可从历史上找证据而均不能说服对方，更因没有一个高出二者之上的权威力量予以裁决，这场争论只能旷日持久而不分高下。川大虽是"国立"，但离中央太远，事实上是处在地方政府的势力范围内。因此，川大尽管一直援引"国家"或"中央"的名义保护自己，终于不能收回皇城地基。但随着中央势力入川，川大可以更有效地寻求中央的支持，而中央也把川大的建设视为四川教育"地方中央化"和建设"民族复兴根据地"政策的一个重要部分。在这种情况下，地方政府的态度也有了转圜。但是，事情的最终结果仍是（代表中央的）川大做出让步。

若把这一事件与同为中央在蓉机关的四川陆地测量局占地事件做一比较，就更值回味。四川陆地测量局隶属军事委员会参谋本部，是 1917 年 12 月迁入皇城的，远在成都高师迁入之前。但从高师时代开始，学校就不断地要求测量局迁走而未成功。新校舍设计方案出来后，川大以陆地测量局占地为建筑所

---

[1] 蔡元培日记，1937 年 4 月 26 日，第 268 页。高平叔主编：《蔡元培文集》第 14 卷《日记》下，台湾锦绣出版事业股份有限公司，1995 年，第 268 页。
[2] 《本大学新校舍开工》，《川大周刊》第 5 卷第 33 期，1936 年 6 月 15 日，第 4 页。
[3] 杜恂诚：《民国时期的中央与地方财政划分》，《中国社会科学》1998 年第 3 期，第 184 页。

必需，陈请行政院命测量局迁出。测量局虽以局址非向川大借用，"且同隶中央，同属要政，更不宜兴彼废此"为对，但在蒋介石的直接干预下，还是迁出皇城。[1] 在这一事例中，陆地测量局的"失败"，正是因为它与川大"同隶中央"，不得不服从中央命令。而四川省政府则握有实权，同中央的关系也更为微妙，反而更易"成功"。

国家观念的培养

除了上述一系列改革措施外，作为"国立化"目标的一部分，任鸿隽还着意培养学生的国家观念。比如，他曾经专门提出，川大学生"不必"成立"同乡会等狭义的组织"。他希望"诸位自己要准备将来做一个国际上的大人物，不然也要做一国的国士，不要准备只作一县或一乡的乡人"。[2] 就目前的资料看，这是任鸿隽第一次（也是唯一一次）在公开场合对举办同乡会表示不以为然。就时间上看，这是在《川行琐记》事件（详后）发生以后，因此，任鸿隽特意指出同乡的观念很"狭义"，或者别有感触。不过，在事实上，当时川大立案的各团体，的确没有同乡会之类的组织。任鸿隽辞职以后，孟寿椿也在一次报告上谈到：

> 在学校向来一贯的主张，就是凡不含有地方性的学术团体，如教育半月刊社、政治月刊社等，学校是准其备案，乐于赞助的。至于含有地方性的团体，如同乡会与由某某中学毕业同学会等，学校向来是不能允许成立的。因

---

[1] 行政院二十五年第 3214 号公函、行政院二十五年第 4700 号公函、教育部二十五年国字第 11437 号训令、教育部二十五年第 15657 号训令，均在"川大档案"第 628 卷。

[2] 《校长报告》，《川大周刊》第 5 卷第 22 期，第 3 页。

为这类的小组织，如果成立以后，可以引起许多纠纷或小派别，我整个的力量就分散了。所以我们在学术方面，要以整个的川大同学为单位，收相互切磋之效；在救国方面，也要以整个的川大同学为单位，集群策群力以赴之，则其收效也更伟大。〔1〕

由孟寿椿的说法看，这不是任鸿隽一时心血来潮，而是他"向来"的主张，而孟寿椿这样的四川人也是赞同的。其实，当时全国不少高校都有类似的组织。如武汉大学的同学团体，宗旨便大抵"不出'联络感情'的范畴"，"什么'××中学校友会'，什么'同乡会'，什么'级会'，什么'系会'。还有什么'学社'，不一而足"。"同是安徽同乡，却有敌对的'友声'和'一一'两派；仅仅一百多个湖南同学，居然小团纷立，什么'湘西同学会'、'湘南同学会'、'岳郡同学会'、'邵阳同学会'。分门别户，各张旗鼓。"〔2〕因此，川大校方的这一规定未免苛刻。不过，这也正可见任鸿隽的"中国人"自觉程度之高。

川大举行升国旗仪式也是在任鸿隽长校以后。1935年10月18日，理学院举行首次升旗仪式。院长周太玄主持仪式，讲解国旗的象征意义，谓："此后每日升降旗时，吾人宜善体斯意，多少可促起吾人为国家服务之精神与努力也。"〔3〕

1936年6月，任鸿隽致电中基会孙洪芬请转蒋梦麟、梅贻琦、胡适，谓"近日两粤出兵之说，甚嚣尘上。虽形势未明，而国难当前，何忍更为加重？请联合国内学界同人，通电劝阻"。后又直接致电蒋、梅、胡，请署稿时加上四川省立重庆

〔1〕 孟寿椿在二十六年度第六次纪念周上的报告，《川大周刊》第6卷第6期，1937年10月25日，第2页。
〔2〕 伯钧：《武大学生的生活》，《独立评论》第186号，1936年1月19日，第12页。
〔3〕 《理学院旗台开幕典礼》，《川大周刊》第4卷第7期，第8页。

大学校长胡庶华和私立华西协合大学校长张凌高之名。[1] 6
月 27 日，报纸上发表了任鸿隽与竺可桢（国立浙江大学校
长）、王星拱（国立武汉大学校长）、罗家伦（国立中央大学校
长）、胡庶华、张凌高等六大校长联名致中央和两广的函
电，希望中央本着"宽大为怀之精神，详审国际环境，兼筹并
顾，以济危亡"；希望陈济棠、李宗仁、白崇禧"避免国内战
争，保全国家元气"，"听候中央，决定抗敌大计"。[2] 此事为
任鸿隽发起，反映了他一向反对内战的态度。函电以六大校
长的名义发出，当不乏提升川大（及四川省各大学）在国人心
目中的形象之考虑。

第四节 《川行琐记》事件与任鸿隽去职

1936 年 2 月 1 日，刚刚来到成都"一个月"的陈衡哲给
"住在北平、天津、上海、杭州、南京，以及华中各处的许多
朋友们"写了一封"公信"。一个月以后以《川行琐记》的题
目发表在《独立评论》上，叙述 1935 年底她们一家四口人搬家
到成都来的情形。4 月和 6 月，她又在《独立评论》上连续发
表了两篇同题文章，叙述她在成都的生活经验。[3]

陈的文章一开始并没有引起太多的关注。但从 6 月初开
始，却在四川社会中引起了一场大风波，最后导致了任鸿隽的
辞职。

不过，这场风波的起源地却不在四川，而是由南京开始

---

〔1〕 原件在"川大档案"第 36 卷。
〔2〕 《华西日报》1936 年 6 月 27 日；《时事新报》1936 年 6 月 27 日，第 1 张第 3 版。
〔3〕 三篇分别见《独立评论》第 190 号(1936 年 3 月 1 日)，第 14—20 页；第 195 号（1936
年 4 月 5 日），第 14—20 页；第 207 号（1936 年 6 月 28 日），第 15—21 页。下
引文，不再一一注明。

的。6月2日起，南京的《新民报》"地方"版突然转载了《川行琐记》之二《四川的"二云"》，并以大字标出"她说四川女生不以作妾为耻 她说四川的鸡蛋没有蛋味"作为副标题。编者说，此事的缘由是收到了一位川籍读者林昌恒的来稿《质问陈衡哲女士》，对陈的《四川的"二云"》一文表示不满。"为方便读者理解陈女士观察四川的错误起见"，特转载这篇文章。[1]之后，又连载了《川行琐记》其他两篇，并发表了一系列旅外川人对陈衡哲的批评文章。

更重要的"讨伐战场"还在成都。6月20日，成都发行量最大的报纸之一《新新新闻》增刊的专栏作者"棉花匠"在他负责的栏目"七嘴八舌"中对陈衡哲的《川行琐记》提出了批评："陈先生写这篇文章的时候，是才到四川不久。以一个妇女来到四川，而且又拖儿带女，奉行的是贤妻良母的职务，要想在短时间内，观察四川的社会情形，以至于天文地理，我觉得陈先生似乎草率了一点。"他的文章主要针对陈衡哲所谓的"二云"（陈说四川有"二云"——天上的乌云和人间的鸦片烟云）："四川果真是多雨的地带吗？果真是蜀犬看见太阳都觉得寄［奇］异吗？拿近来的天候来说，我想陈先生一定要自悔失言的。"当然，更重要的还是另外一云："四川的烟民自然很多。可是，据我们知道，陈先生来川的时候，四川的烟民，已经在减少了。陈先生偏要以过去的事实，以短时间的天象，来罗织四川的罪状，使外省人得到了一个黑暗地狱的印象。这等于嫉妒别人豪富，偏要说他的祖先当过乞丐一样的心理。我想，陈先生看不惯四川的现象，一定不能再往下去了。"[2]

"棉花匠"虽然批评陈衡哲的文章，但把原因归结为陈太

---

〔1〕《新民报》（南京）1936年6月2日，第3版。

〔2〕棉花匠：《一定不能再往下去》，《新新新闻（本市增刊）》1936年6月20日，第1版。

"草率"，措辞尚算温和。他也承认四川存在着陈衡哲讲的那种情况，但强调那都是"过去的事实"了。他并指出，之所以不满意那篇文章，是因为陈使"外省人"对四川产生了不好的印象。

从6月下旬开始，直到7月中旬，在20多天中，陈衡哲成为《新新新闻》等成都报刊的重点讨伐对象，几乎每天都有相关的文章或消息发表，"批判"的程度也不断升级。据该报7月5日宣称，"本报接到对陈衡哲女士污辱全川质问文，直到昨夜，已达五百七十余件"。[1]这些"质问"的内容大都集中在以下几个方面。

首先，不少论者异口同声地指出，陈衡哲写《川行琐记》距她来川时间甚短，就妄下断语，表明她根本就是对川人心存偏见。成都公学的高中生萧参在文章里说："你之尽量搜□四川的坏处，未始不是□叫人'改过迁善'的意思，但却言中有刺，处处都在讥刺着四川。这却叫我怀疑你的叫人'改过迁善'的态度，而想着你是在嫉恨着四川，对四川没有怀着'友好'的意思。"既然是带了有色眼镜，看四川也就处处见到不好的一面了。陈衡哲文章里说，"在别的地方，野孩子随地拉矢的'地'是马路；但在成都，那'地'却在我们的大门内！"萧参指出，其实"'处处老鸦一般黑'！只因一些孩子生在你所厌恶的四川，便披了'拉矢拉在门内'的恶名了"。[2]

一位署名"两极"的作者摘抄了陈衡哲文中的一些段落，以证明陈衡哲对四川的"花"、"鸡蛋"、"孩子"、"西药房"、"浴室"、"阳光"、"云"、"社会"、"人"、"文化"、"女生"、"成都人"乃至"四川两字""都不满意"，偏见极深。更何况是在"外省出版的《独立评论》上"发表，使四川人在全国的形象

---

[1] 乡坝老：《女职校当局注意》，《新新新闻》1936年7月5日，第16版。
[2] 萧参：《给陈衡哲的一封信》，《新新新闻》1936年6月25日，第11版。

不佳。〔1〕

陈衡哲文章中提到"女生作妾"，尤令妇女界反感。不少作者都要求陈衡哲"拿证据来"证明四川的女生好作小妾。7月8日，华阳妇女协会召开紧急会议，提出《川行琐记》已经构成了"诽谤罪"，并致函各县妇女协会、各校女生参加诉讼。〔2〕

如果说一开始的言论还集中在对陈衡哲文中的内容进行批驳、用语也还不算太刻薄的话，以后的论者就越来越多地把话题集中在陈衡哲本人身上，措辞也变得苛刻起来。6月26日，《新新新闻》的另外一位专栏作者"乡坝老"也加入进来。在他的专栏"老实话"中称：《四川的"二云"》"从第一节到第四节我以为陈女士完全不是写的四川，却□□把他自己活活描写出来了。描写出来他是一位天人，纵不住在天上，应当住在金屋琼宫里；再换一句话来说，他是未来中国的代表女性，要等到物质享受发展到最高峰的未来中国出现的时候——不管美国来发展，日本来发展都可以——他才能够移住。……然而我们也不欢迎他住"。〔3〕

《四川的"二云"》的第1—4节的大致内容是说，12月13日到成都后，由于路途颠簸，陈衡哲生了病。"在生活安定的情形下，你只要吃一片安斯辟零，洗一个热水澡，裹着棉被睡一夜"就好了。可是在成都，除了安斯辟零之外，其他几件事是"做不到的"。同时，衣服和房子都很冷。好不容易买了个在北京早已过时的小火炉，又没有匠人会安。阳光稀少，在90天中，"阳光虽然现了十九次，却只有六次是有热力的，只

---

〔1〕　两极：《陈衡哲果逃席耶?》，《新新新闻》1936年7月10日，第7版。
〔2〕　《新新新闻》1936年7月9日，第10版。
〔3〕　乡坝老：《读读陈衡哲女士的〈川行琐记〉》，《新新新闻》1936年6月26日，第16版。

有两次是自早照到暮的"。

比起后文那些经常被人批评的文字（水果甜得不够味、鸡蛋没有蛋味、兰花不够香、"坏事全国都有，四川来得特别"等），这些内容和陈衡哲的用词其实都还客气。"乡坝老"为何独独挑出这几句呢？一个可能是他当时只看到了这几节。在这篇文章的开头，他表示："《独立评论》敝老看过它创刊的几期后，便赌咒永远不看了。"因此本没有看到陈衡哲的文章。但是"南京的读者，写信来责问敝老，为什么不将陈女士的大作痛加批评，词语严厉，并随时个剪附南京《新民报》转载一篇（原文如此。——引者注），教我细读"。而 6 月 2 日的《新民报》只登了前四节。即是说，如果陈衡哲是"戴着有色眼镜"来看四川的话（陈的确可能有先入为主之见，她在文章中对太阳出现次数的统计，似非无心之为。但也不像人们说的，是来成都一个多月的时间就做出的判断。1922 年她和任鸿隽到四川来，住过半年的时间，当时对四川的印象就不好），"乡坝老"一样戴着有色眼镜。他是先听说陈衡哲侮辱川人，然后再来读陈衡哲的文章的。因此还未读到值得发脾气的地方，就已经发现了陈衡哲的"人格"有问题。

像"乡坝老"这样的先由耳食得到一个印象，再读到陈衡哲文章的人还不少。"乡坝老"说，他在成都费了很大的力气也没有找到《独立评论》。畅销报纸的"专栏作者"尚且如此，一般人更可想像。对多数成都读者来说，是在 7 月 5 日《复兴日报》或 6 日《新新新闻》开始连载陈文以后才读到全文的。因此，多无机会了解陈衡哲在第一篇《川行琐记》中对四川的一些赞美之词。如重庆"许多机关真能现代化"、"一个受过教育的女子，在四川的教育界中——自重庆到成都一例都如此——似乎能不成问题的以她自己的资格来与社会相见"，而"这一层在中国许多大都会中，却似乎还不能，或不愿做到"，以及四川"无论高山低谷，都是水肥土润，田陌整齐"，并因此想见了"四川农民的辛勤"。若他们是从第一篇读起的，愤怒或不至于这么深。更重要的是，《新民报》大字的副标题其实已经改易了陈衡哲的原文："再说纳妾。这自然是中国的一个腐败制度，决不是四川所独有的。但四川的情形却另不同。在别的地方，妾的来源不外三处，那便是：丫头、娼妓和贫苦的女孩子。在四川，有许多阔人的所谓'太太'却是女学生，而有些女学生也绝对不以做妾为耻。""有些"二字要紧。但是，批评文章都受了《新民报》的影响，有意无意地忽视了这个"关键词"。

作为当时主流知识分子的一员，陈衡哲一向以救国为己任。但没想到，她对四川物质条件的批评却被不少川人批评为"洋派"。"乡坝老"所谓"不管美国来发展，日本来发展都可以"即含有此意。一位曾在重庆二女师读过书的旅京女生也说陈"真不愧是在外国去跑了一次，学了点洋皮毛的女人"，是在"当阔太太闹洋架子"。[1]一位作者批评陈"数典忘祖"，"炫耀我坐飞机，我乘过汽车，我住的洋房，我用的外国火炉，我又呼仆而使侍"。[2]中学生萧参则说："四川再'原始性发达'，国是最爱的！尤其是爱用国货的。"而陈衡哲给四川人"开的药方"，"五样中就有两样系外国货"。[3]另一位作者说："十分洋气的陈博士，对我们国家民族的贡献就是要中国洋化"，可是，"像这样的洋化，只有殖民地化"。[4]

陈衡哲在文章中，表彰了一些"四川有知识有地位的人"，如卢作孚、一位毕业于北大法学院的新都县长、几位川

[1] 念慈：《读〈四川的"二云"〉后》，《新民报》（南京）1936年7月7日，第3版。
[2] 朱巨圣：《致陈衡哲女士的一封书》，《新新新闻》1936年7月6日，第11版。
[3] 萧参：《给陈衡哲的一封信》。陈衡哲在文章中为四川人开的"药方"包括："掘除鸦片烟苗铲子"、"销毁烟具的大洪炉"、"太阳灯"、"鱼肝油"、"真牌社会工作人员"。
[4] 吉爱黎：《〈川行琐记〉中的陈衡哲》，《复兴日报》1936年7月8日，第4版。

大教职员，也常常征引几位"四川朋友"的话为佐证。这篇文章又是以给"朋友们"的"公信"的名义发表在同人刊物上。这些都不免使人觉到陈衡哲带有"圈子"气。换言之，这使不少不能进入这一"圈子"的非主流或非上层的读书人感到"你们"和"我们"的分界。一位自称"军人"实际上是读军校的旅外川人程天杰就评论说，陈衡哲的话，"只有"胡适之才相信，还把它刊登出来。[1]"乡坝老"自称根本不看《独立评论》，以表示对陈衡哲、任鸿隽、胡适这些上层知识分子的不满。

当时社会上有流传说陈衡哲爱的是胡适，因嫁不成胡，才嫁了任。"乡坝老"在一篇文章中，将此事拿了出来，暗示陈衡哲是"恨乌及屋"："或者因不喜欢与某川人结合，待木已成舟，然后向全川父老昆弟姊妹泻愤耶？抑别有所指欤！"[2]6月29日，四川省立女子职业学校初级化工科学生胡季珊在《新新新闻》"中学生"版的一篇文章中说："老实说，要吃够甜味的水果，有蛋味的鸡蛋，嗅香味浓的兰花，这才是姨太太闹的臭架子。我总不相信吃了海水的人，也会崇拜偶像。想做白话文祖师（指胡适。——引者注）的如夫人，祖师看不起，又出让给冒牌许由（指任鸿隽。——引者注）。自己却做了玩物，还来骂人，丑死，羞也不羞？"[3]

关于陈、任、胡之间的关系，人们虽然有很多猜测，社会上也流传着不少传说，但成年人语多避讳，说出来的话吞吞吐吐，皮里阳秋。"中学生"则不通世故，"童言无忌"，用语也极为刻薄。不过，胡文虽俗，文字却辣，当非一般中学生所为，此事背后或有"高手"参与。只是假名于"中学生"，故

---

〔1〕 程天杰：《〈川行琐记〉读后感》，《新民报》（南京）1936年7月8日，第3版。

〔2〕 乡坝老：《鄙视老百姓》，《新新新闻》1936年6月29日，第16版。

〔3〕 胡季珊：《敬致陈衡哲女士》，《新新新闻》1936年6月29日，第11版。

而出言无忌。文章发表后，事件再起波澜。7月5日，《新新新闻》以外的成都各大报纸都刊登了一篇署名胡季珊的"启事"，称文章是被人"借名"所作。但《新新新闻》"老实话"专栏却发出"女职校当局注意"的警告，说女职校"派其事务主任施某来本报强迫声明胡季珊女士文系窃名"，复"于今日在本市报纸刊登抹煞胡女士人格不惜一并包办之声明启事，其自外于川人，漠视该校学生，莫此为甚"。〔1〕

第二天，《新新新闻》报道了胡被学校当局"以高压手段扣留四小时"强迫胡否认系文章作者的经历，并说胡季珊的哥哥"愿与陈起诉"，温江县留省学会（胡是温江人）愿为胡作后援。文末并录有胡季珊的哥哥胡仲坚致陈衡哲的一封信，与温江县留省学会的评论，透露女职校的背后有陈衡哲的压力。〔2〕同期刊出了胡的又一篇"启事"，谓前篇启事是被学校当局强迫所作。

7月上旬以后，事情越闹越大。〔3〕加之当时有传言，说任鸿隽在陈衡哲的催促下，要求四川省政府和公安局查封报馆，一时之间，谓陈衡哲破坏言论自由立刻成为批评文章的主题。这对陈衡哲这样一个西化的主流知识分子来说，无疑是一个重大打击。《复兴日报》的专栏作家"佛公"就评论说："我想，这事竟出之于与胡适之派的自由主义者论战中，是充分暴露了所谓民主政治者，是资产阶级的政治独裁，是实用主义学

---

〔1〕 乡坝老：《女职校当局注意》，《新新新闻》1936年7月5日，第16版。

〔2〕 《新新新闻》1936年7月6日，第6版。7月1日，乡坝老就在《老实话》中发表一篇《敬告学阀勿在堂堂天府滥逞威风》，称陈衡哲是"学阀"。第16版。

〔3〕 成都的一份小报《复兴日报》此前一直沉默，自7月5日起加入，开始连载陈衡哲文，其编者按称："陈衡哲在《独立评论》上发表了《川行琐记》后，颇引起省内外川人的反感。然而，陈衡哲这篇文章却为《独立评论》增加了销场，许多想一读《川行琐记》的人们，不免有向隅之感。我们认为以陈衡哲的地位发出那样的言论，是有加以批判的必要。特将陈之原作移载本报，使大家得以按其原文逐一批评。"《复兴日报》1936年7月5日，第3版。其后更是连篇累牍地发表批评文章。

者的思想统制。"陈文"是一篇有力的反动的文化批判。因为《独立评论》是宣传美国资本主义的好人政府的喇叭。换言之，陈衡哲的《川行琐记》，不是湖南女子眼中的四川，而是美帝国御用学者眼中的中国"，也就是"文化领域中的汉奸"。[1] 此篇批判涵盖了不少文章的内容并加以系统化和"升华"，其对自由主义、美帝国主义、实用主义和资本主义的连带攻击，恐怕会大出陈衡哲的意外，但也提示出其时主流知识分子的自由主义信仰与一些非主流文化人的信仰颇有距离。

"佛公"大概很是对自己的认识水平得意，在接下来连续发表的两篇文章中再次提醒大家："我们倘若是检讨陈衡哲的社会的和民族的底意识，那旁及于其'朋友们'，是很有必要的。所以，我认为，批判陈衡哲就应该批判《独立评论》。因为，他们是一个思想的集体。"换言之，就是不进攻"湖南女子的陈衡哲个人"，而是进攻"《独立评论》派的陈衡哲之徒"。然而，很遗憾的是，从当时的大多数文章看，"我们的确是以四川人的立场在回敬陈衡哲。这就成了四川人与陈衡哲个人的法律问题"。[2] 但是，此事"不仅是陈衡哲个人的没落，而是胡适派实用主义者的哲学破产"。[3]

事实上，比起一般的"批判"来，"佛公"的这几篇文章的"立意"确实要"深刻"得多。但是，此事根本起源于乡土意识，最容易打动人、最快见效的办法还是要站在"四川人的立场"上批判陈衡哲。因此，"乡坝老"在报纸上对省女职校的批判就强调这是"屈服强权"，自外于川人："我们到底不知女职校是四川办的呢，抑是陈女士私有？是用四川人的钱呢，抑是陈女士自掏腰包？是以四川教育厅为上司呢，抑当奉陈女

〔1〕 佛公：《文章公案》，《复兴日报》1936年7月7日，第4版。

〔2〕 佛公：《攻陈衡哲的阵容》，《复兴日报》1936年7月8日，第4版。

〔3〕 佛公：《实用主义宣告破产》，《复兴日报》1936年7月9日，第4版。

士为上司？"〔1〕而《复兴日报》同期发表的不少批判文章，用字下流，格调极低，其实也只是满足了"四川人的立场"。

事件发生不久，任鸿隽也被卷入其中。7月7日"乡坝老"在文章中"声明"："本报之批评，之质问，完全是对事不对人，而且只是对文，只是对《川行琐记》而发挥意见，始终没涉及陈女士令夫任君。……本报这种光明磊落的态度，是值得大家认识的。"〔2〕但之所以觉得有特别声明的必要，当然是因为任鸿隽与陈衡哲是夫妻关系，人们很容易把他们联系起来一起考虑，也是因为已经出现了"涉及任君"的批评。事实上，当天的《新新新闻》上发表的李思纯《评〈川行琐记〉》，就不但批评陈衡哲，也涉及了任鸿隽。

李首先质问陈衡哲："陈女士所指诸短处，为四川所独有，而各省除四川外，有完全无短处可指耶？则我固有证据，以明其不然。陈女士何以独苛责四川？"他把原因归结为陈具有"殖民地中仅受肤浅欧化之洋奴故态"。即是说，陈虽处处显得"洋化"，其实只得其表皮而已。按李是法国留学生。欧洲人一向看不起美国，认为美国文化"肤浅"。中国留欧学生也受此影响。李进而开始质疑陈的"学者"地位："平心而论，陈女士生平仅而〔有〕高中历史教科书一部。若编教科书者便为学者，则上海各书局之学者遍矣。"不光如此，"即陈女士尊夫任先生，其《科学家列传》与《科学通论》，今之教员学生，凡中英文精通者，皆能为之。任先生若为学者，亦尚须更有较高深之贡献，社会乃承认，遑论陈女士耶？"〔3〕

平心而论，若从学术史的角度看，李对陈衡哲与任鸿隽学

---

〔1〕 乡坝老：《请女职校当局拿话来说》，《新新新闻》1936年7月6日，第16版。
〔2〕 乡坝老：《请七千万人公开讨论》，《新新新闻》1936年7月7日，第16版。
〔3〕 李思纯：《评〈川行琐记〉》，《新新新闻》1936年7月7日，第11版。

术水平的质疑，并非毫无道理。任和陈"暴得大名"，确有"时势造英雄"的成分。不过，李思纯质疑任鸿隽与陈衡哲的学者身份，试图瓦解二人在学术界与教育界的影响力，与当时一般社会的关注点显然有异。一个重要原因当是李较接近《学衡》派，与任、陈所属的新文化一派在思想上本有差异。[1]另一方面，李其时虽已不在川大任教，但与四川文教界的联系极为密切，他这番话大概代表了成都不少教育界人士的不满。当然，李自己也是学历史的，或者也自认为更有资格评判陈衡哲的学术水准。事实上，若单论专业学术，陈著虽是高中教科书，却可列入中国现代史学名著的行列，故陈的学术成就当比任大。但看李思纯的话，似乎认为任比陈高，转见其心态的微妙。

进入 7 月以后，《川行琐记》事件越闹越大。从 6 月底开始，就不断有人威胁要以"侮辱川人"的名义将陈衡哲告上法庭。7 月 7 日，《新新新闻》再次报道，四川省法律界人士正在研究《川行琐记》违法之点。谢伯川主张提起公诉，并自愿作为发起人。同时，各留省学会也纷纷表示反对陈衡哲。[2]在这种情况下，7 月 8 日，任鸿隽一家离开了成都。[3]

值得注意的是，《川行琐记》事件期间，在南京的川人自始至终与在川人士存在着一种互相呼应的关系。7 月 13 日，挑起事件的南京《新民报》发表了一篇 11 日寄出的"成都航

---

〔1〕 关于李思纯的文化观，参考李德琬的 3 篇文章：《鱼藻轩中涕泪长——记李哲生一九二六年晋谒王国维先生》，王元化主编：《学术集林》卷 11，上海远东出版社，1997 年，第 27—29 页，《记陈寅恪遗墨》，《学术集林》卷 13，上海远东出版社，1998 年，第 1—7 页，《吴宓与李哲生》，《新文学史料》2002 年第 2 期。值得注意的是，1923 年，李思纯在南京东南大学任教，时任鸿隽为该校副校长，李译述法国学者朗格诺瓦、瑟诺博司的《史学原论》（商务印书馆 1926 年初版，1931 年再版）一书，尚由任氏校订。二人关系是否在此之后出现了问题，待考。不过，双方在文化观念上的不同，却是不争的事实。

〔2〕《新新新闻》1936 年 7 月 7 日，第 9 版。

〔3〕《陈衡哲行矣》，《新新新闻》1936 年 7 月 9 日，第 9 版。

讯"，说陈衡哲抱着"姨太太式的贵族妇人底立场"。文章记叙了胡季珊文所引发的一系列冲突，谓任鸿隽先去找到"省府某要人"，"某要人仅置之一笑，劝他不要小题大做，和平了结。任氏又去哀恳省会公安局，亦被拒绝，叫他去找新闻检查所"。百计不成，改用"温柔手段"，"于 7 月 6 日以川大秘书处名义邀请各报社记者到该校茶会。……任氏照例作了一篇自吹自擂的演说，报告川大下半年计划，想藉此掩盖他们的罪恶，不料亦无效果而散"。任鸿隽一家离蓉的时候，"许多学生工人，在他的寓所——成都青龙巷——周围张贴'驱陈逐任'的标语传单，五光十色，应有尽有"。[1]

平心而论，陈衡哲的文章的确使外面的人对四川产生了不好的印象。[2] 陈自己就在《川行琐记》的第三篇中提到："有几位他们的太太不在成都的朋友们近来对我说，'我们的太太看了您的第二公信之后，不肯到成都来了，这怎么办？'"另一方面，作为一个"新式"知识分子，陈衡哲与中国的普通社会也的确存在着不少隔阂。据任以都先生回忆，陈衡哲从四川回到北平后，说起四川，给任以都的印象是"落后闭塞得不得了"。理由是，"他们刚到成都，便有许多不认识的人一窝蜂跑到他们住的地方来，说要来看博士，问他们看什么博士呀？他们就回答说要看女博士。家母看到这个场面，觉得啼笑皆非，因为她并没有拿到博士学位，就算拿到了，女博士又有什么了不起呢？诸如此类的事情，使她深深感到四川的文化实在太落后了"。[3]

这就是陈衡哲"不了解"中国内地普通社会的一面。"女博士"者，是报纸上的介绍。而当时的报纸和社会上又通常喜

---

〔1〕 《陈衡哲侮辱川人》，《新民报》（南京）1936 年 7 月 13 日，第 6 版。

〔2〕 但这也绝非陈衡哲一篇文章引起的，至少从晚清开始，外省人中就有了关于四川的负面品评，民国以后四川的混乱局面又加强了人们的这一认知。

〔3〕 《任以都先生访问记录》，第 89—90 页。

欢给知名人士戴上"博士"帽。20 年代的舒新城就说自己多次被人封过从"学士"到"博士"的各种学位。"现在到过纽约、巴黎、东京的文人学士，回国不常被人称或自称美国、法国、日本某某博士硕士吗?"[1]这虽是 20 年代的情形，到 30 年代也不过时。盖"博士"头衔本有吸引力，更何况是"女博士"，又是在内地耶? 陈衡哲在北平的上层知识分子圈子里呆惯了，固可不以为然，但内地一般人觉得稀罕，却也在情理之中。[2]

双方观念不同，自然难以融洽相处。在来看"女博士"的"他们"来讲，这未尝不是一种友好的表示；但在被围观的人，便觉很不自在。[3] 同时，陈衡哲"又是心直口快的人，言语间常常透露出对四川的不满，可以说她是不太喜欢四川的"。[4]爆发冲突是早晚的事。

但另一方面，陈衡哲的文章里对四川人的批评，大体上也没有超出一般评论的范围。以最为川人非议的"鸦片云"和"女学生作妾"为例，其实是当时不少人（包括旅外川人）都指出的，其措辞也未必就更温和，但并未被认为"侮辱川

---

〔1〕 舒新城：《蜀游心影》，第 163 页。

〔2〕 陈衡哲出生在上流社会家庭，可说对中国农村的实际情形一向不甚了解。但她自己并不清楚这一点。罗志田、葛小佳先生曾注意到，赛珍珠的小说《沃土》出版后，江亢虎和陈衡哲都曾批评赛书"未能反映中国的真实"。"实则他们所指责的所谓不真实，多是城市知识分子不甚了解的农村情形，今日当过知青的读书人会发现赛珍珠的描述是颇接近真实的。倒是赛珍珠书中有些安在中国农民头上的西方观念，受西潮影响的江陈二氏反能安然接受，并不摘除。"罗志田、葛小佳：《形象与文化：换个视角看中国》，收《东风与西风》，第 35 页。

〔3〕 同时或者也还有一种优越感。指责这一情况表明了四川文化的落后，恰是这优越感的反映。此点承辛旭提示。

〔4〕 《任以都先生访问记录》，第 90 页。陈衡哲脾气不好，易与普通社会发生冲突。任鸿隽对此颇有体认。陈衡哲在纪念文章中提到，任鸿隽曾对陈说："你是不容易与一般的社会妥协的。我希望能做一个屏风，站在你和社会的中间，为中国来供奉和培养一位天才女子。"陈衡哲：《任叔永先生不朽》，收《任以都先生访问记录》，第 194 页。

人"。这自然与四川人的心态变化有关，[1] 而任鸿隽在川大改革引发的各种矛盾也是一个不可忽视甚至更重要的原因。这一点，任鸿隽自己也意识到了。他在1936年8月9日写的一篇文章中便特意提醒人们事情发生在"六月下旬"，"即是学年将要完毕，也是西南问题发生之后"，[2] 暗示这事的背后另有玄机。

"学年将毕"，也是延聘教员即将开始的时候。如前所述，1935年任鸿隽刚刚接受任命，人们就猜测他会在人事方面做出大的调整。虽然由于时间仓促，仍然保留了大多数人的职位，但任鸿隽废除旧的延聘规则，一律重新加聘，却使很多人产生了危机感。事实上，任鸿隽也的确一直在外物色人选。1936年6月，任鸿隽从北平、南京接洽校务回来，在总理纪念周上宣布，他这次出省，在武汉、杭州、南京、北平等地联系了一批新教授。但是"因为本校现状下的设备太不够，要真正的专家学者到此地来，非常感觉困难。这次请好几位先生，诸位在报上大概也看到过。其余的各位先生，到了相当时候，再向诸位发表"。[3] 按其字面意思，这段话是说在外聘选教授的困难。但很多教授却从中听到了更多的信息，深恐自己饭碗不保。

7月18日，在《川行琐记》事件中一直保持沉默的《成都快报》报道说任鸿隽"本届暑期"决定在省外新聘大量教授，一部分旧教授得知后"颇感恐慌"，"乃开秘密会议"，商量应付方案。不意有一参加会议的教授向任告密。"任意更决，乃索性将曾经参与此项协商会议之教授，除告密者外，一体淘

〔1〕 王东杰：《国中的"异乡"：二十世纪二三十年代旅外川人认知中的全国与四川》。
〔2〕 叔永：《四川问题的又一面》，《独立评论》第214号，1936年8月16日，第3页。
〔3〕 《校长报告》，《川大周刊》第4卷第37期，第3页。

汰。"为了防止消息泄露，任于赴京前将延聘名单密封起来，待其启程之后，始行开封。未得到聘书者，占原教授数目的四分之三。[1]

20 日，该报又发表了一封川大某教授的来信，谓前篇报道"多有失实"，自己愿意将"近一月来之川大畸潮"公诸于众。他否认了被解聘教授开秘密会议的说法，说实际上是法学院的教授对院长徐敦璋有意见，在一教授家里商议写信给任鸿隽，使他可以了解法学院的内幕。但他也认可了川大更换大批教授的说法，并深表不满。他指出，任鸿隽其实对此早有三种表示，不是"本届暑期"的突然决定。这三种表示是，一、来校之初即废止教授待遇规则，"而于过去一年之间，亦绝未宣布新条例。当然是自此取消教授保障待遇，俾任意辞退之"。二、在五（当为"六"）月中，任"于总理纪念周上宣布新聘之'真正学者'数人。并称尚有数人，俟相当时期再发表"。这表明任鸿隽"已有行动去旧迎新，仅时间问题矣"。三、任氏长校一年来，"除极少数教授外，大多数至今尚未得与任氏一交谈者，则任氏预先承认此辈教授为将去之客"。作者怕教育界以外的读者不解，加了一句按语："各大学校长，无有不平日与教授发生密切关系。一为礼貌，一为考核。"而"一年以来，川大教授之五分四以上，无不存五日京兆，即以此也"。[2]

作者指出，川大旧教授的资格并不低。"即以此次之被辞退者而论，亦多数在省外有［之］各大学执教多年，前届校长多方罗致方延聘到校者。其中更不乏著述宏博之士。"他质问川大当局，被解聘后，"本省教授，尚可另外辟蹊径；外省教授，则何以堪？"[3]

---

〔1〕 《川大教授将更动大批》，《成都快报》1936 年 7 月 18 日，第 6 版。
〔2〕 《川大教授停聘问题》，《成都快报》1936 年 7 月 20 日，第 6 版。
〔3〕 《川大教授停聘问题》。

此文观点大概代表了不少人的看法。任鸿隽提到的"真正的专家学者"使川大旧教授中那些自认为属于"将去之客"者极有意见。联系到李思纯对任鸿隽、陈衡哲"学者"身份的质疑，可知这一不满不是解聘事件之后发生的，大概早已在私下里流传了。

另外，这位教授还指出被解聘的人也有不少是在"省外大学""执教多年"的，以此作为他们不应该被解聘的一个依据。这其实是在无意中接受了"省外"标准。当然，"曾在省外大学教过书"肯定不是任鸿隽聘请教授的标准——他的解聘名单中有"外省教授"也说明这一点。但由于他不断强调从省外请教授，不免给人一种以有"省外"教书资格为延聘标准的印象。

很快地，《新新新闻》也对此事做出了反应。"棉花匠"讽刺说：任鸿隽废除教授待遇条例，"使教授们对于饭碗知有今日不知有明日"，"这，我们不能不佩服任校长之威风，足以祸福群儒，大有雷霆不测之势"。"任校长宣布即将新聘大批'真正学人'，决心除旧布新，淘汰旧聘的'冒牌学人'。任校长此举对于四川教育，实已尽其敬恭桑梓之能事，我们不能不受宠若惊了！四十余位被解聘的教授，谁叫你们不做几部教科书，不到美国去逛逛，不先在平津著名大学去教教书，真是活该！"[1]

这里"敬恭桑梓"四字，其实原本不在任鸿隽的主要考虑范围之内（或有也不占太大分量），对任并无杀伤力。不过对报纸的读者（四川人）来说，却可起到不小的提示作用。其实，聘任新教授亦是"敬恭桑梓"也，何以用讥讽的口吻说出？可知"棉花匠"的主要意图是刺任"去旧"，而非"迎

---

〔1〕　棉花匠：《最高学府庆得人》，《新新新闻》本市增刊，1936年7月23日，第1版。

新"。任鸿隽解聘的教授中，自然有外省人，但如前表所述，其时川大教师外省籍人士本来就少，被解聘的人当然以川人为主。更重要的是，解聘是在《川行琐记》事件后发生，很容易使人认定此举系与川人为难。

"棉花匠"的话也代表了时人对任鸿隽选聘教授标准的认知。大概包括几方面：出版过教科书、有留美经历、曾在平、津著名大学任教。这几条当然有讽刺任鸿隽夫妇的意思（盖他们两人都符合这三条标准），但事实上也或多或少地反映出其时在教育界、思想界中占主流地位的知识分子的一些共相。

任鸿隽在文中还提到"西南事件"，即陈济棠、李宗仁、白崇禧1936年的"反政府"军事行动，暗示这背后有"中央与地方"的矛盾。任以都先生提到任鸿隽在川大，"一直受到地方势力的抵制，原先的那一派不满，以为家父是中央政府派来的、是蒋介石的人，称之为'中央人'，因而千方百计，极力杯葛，明里、暗里都给他带来不少麻烦和困扰。"〔1〕当时还在川大读书的吴天墀先生也说，蒋介石发表任鸿隽为校长后，表示在经济上支持任。因此，刘湘对任鸿隽有防范之心，二人的感情不融洽。任办事，刘不合作。刘湘亦认为陈衡哲的《川行琐记》是反对四川的。〔2〕

魏时珍曾向时在川大秘书处工作的闵震东先生谈到：

> （任鸿隽）正筹新建校舍，广招贤才的时候，不幸招

---

〔1〕 《任以都先生访问记录》，第89页。按，"中央人"的称呼直到40年代初尚为四川军人使用。1941年夏，随在乐山武汉大学任教的父亲杨端六、母亲袁昌英住在乐山的杨静远在日记里说：中央军与川军再起冲突，川军"准备抵抗，并且扬言在中央军来前先杀尽中央人"。见杨静远《让庐日记》，武汉大学出版社，2003年，第6页。

〔2〕 此是吴天墀先生于2000年10月31日下午接受我的采访时所说。吴先生在《吴天墀文史存稿》的《后记》中也提到，任鸿隽"和地方当局，特别是刘湘本人的关系不甚融洽"。四川大学出版社，1998年，第525页。

致地方军阀、土劣的嫉视，适因其夫人陈衡哲对川中军阀暴政以及社会风气，时有指责，不留情面。于是上下纠结，动用小报文痞自称"乡坝老"之类记者，利用成都《新新新闻》版面，连续多次登载短文，对任先生夫妇大肆攻击，甚至人身诋毁，近于下流。一个本地大学校长受到如此污蔑、揶揄，任先生十分气愤，但上面无人制止；地方当局的军阀刘湘正好以此报复任先生不向他低头拜望之耻，还在南京大施伎俩、鼓噪，说他纵容夫人陈衡哲侮辱四川，借此排挤、打击任氏。任先生才愤而辞职。事先，任校长一度邀请川大素称正直、公道的几位教授先生，如周太玄、李劼人、胡少襄（助）、魏时珍诸人，请教办法，李劼人当即向任先生说："那个记者'乡坝老'是他们豢养的一条狗，你犯不着和他们理论！"当日几位先生都为之不平，但都是书生，手无寸铁，徒呼奈何！[1]

按其时李劼人并不在川大任教。不过，周、胡、魏几位都是川大的元老，李劼人则是四川文化界的名流，任鸿隽找他们商量办法是可能的。

从任鸿隽在任期间与地方当局合作的情况看，打交道比较多的是建设厅厅长卢作孚。[2] 与地方上的其他官员，接触甚少。这在讲究"人情"的中国，不免显得"清高"。而地方官员对川大新校舍的建设，虽在表面上并未过分刁难，其不合作

---

[1] 闵枕涛：《回忆魏时珍先生二三事》，编辑组：《魏时珍先生纪念文集》，1993 年，第 192 页。闵枕涛即闵震东先生的笔名。闵先生在 2002 年 4 月 4 日上午接受我的访问时，对此事的叙述和对"乡坝老"的评价与文中引用魏时珍的说法大致相同。需要说明的是，闵先生与任鸿隽夫妇都有交往，他的话带有较强的倾向性和感情色彩。

[2] 任、卢两人的交情至少从 1931 年就开始了。当时中国科学社的年会在重庆召开，实际由卢作孚接待。卢给科学社的不少人留下了不错的印象。如胡先骕就称卢为"四川杰出人物"。《蜀游杂感》，《胡先骕文集》上卷，第 336 页。

的态度却明显可见。事实上，如果从地方的立场上看，任鸿隽的言论确乎可以算作"中央派"。更何况在不到一年的时间里（从1935年9月到1936年7月底），蒋介石在成都、南京数次接见任鸿隽。故任被人视为"中央人"，也不是没有由头的（但在任自己看来，他是站在整个国家立场上发言的）。另外，在清理校产的过程中，任鸿隽不假颜面，也得罪了不少人。不过，如果没有《川行琐记》事件的发生并在社会中引起了广泛影响的话，地方当局的掣肘还不足以使任鸿隽辞职。

另外，在此事件中最为活跃的《新新新闻》自1929年创办起，即有刘文辉、邓锡侯的支持。当时虽然已经与CC派有了联系，但"对于地方实力派的原发起人，仍竭尽奉承之能事"。[1] 四川的地方实力派之间虽有摩擦，不过，当时的四川政治已因"中央"这一外力的"侵入"，主要矛盾变为了中央与地方的矛盾。因此，其"杯葛"任鸿隽并非偶然。而四川省政府的"机关报"《华西日报》却自始至终未发一言。既不参与攻讦，也不表示反对攻讦，实际上是纵容的态度。

值得注意的是，这一风波是由南京《新民报》首先发难的，而且《新民报》对陈衡哲形象的塑造（在副标题中对陈衡哲的原话做了一处关键性的修改）在后来事件的发展过程中起到了奠定基调的作用。查《新民报》的创始人和主要负责人陈铭德、邓季惺的回忆，原来此报与四川地方甚有关联。其发起人陈铭德、刘正华、余唯一及邓季惺都是四川人，另一位发起者吴竹似不知是否四川人，但和陈一起曾在属于刘湘系统的重庆《大中华日报》社工作。《新民报》筹办期间，陈铭德利用曾在《大中华日报》工作的关系，由刘湘的师长蓝文彬赞助开办费2千元。"《新民报》出版后，又通过刘的驻京代表傅常和

---

〔1〕 陈祖武：《记成都〈新新新闻〉》，《四川文史资料选辑》第24辑，四川人民出版社，1981年，第93—94页。陈是该报发起人和编者之一。

财务处长刘航琛等人的说动，由刘湘按月津贴报社五百元。稍后，刘又每月给铭德个人活动费二百元。"这样，《新民报》实际上成为刘湘派的一份报纸：

> 《新民报》从创刊到一九三八年刘湘去世，和刘湘的联系一直难解难分。一九二九年《新民报》创刊时，刘湘还止于割据于川东，四川各派军阀混战正酣，还不知鹿死谁手。在这种局面下，他需要挟"中央"以自重，从而在"中央"所在地也需要有一份报纸来替自己宣传吹嘘。这时的《新民报》正适合了他的需要。举凡刘湘集团的扩张和"文治武功"，《新民报》总是大登特登。刘湘的驻京办事处就有一位司员专司发稿的工作。《新民报》每隔三几天总有刘湘的消息，而且都登在显要地位。[1]

陈、邓的这段回忆证实，《川行琐记》事件的背后，确有刘湘一派的作用。

在事件发生的过程中，旅京川人始终与川内舆论保持着一定的联系。1936 年 8 月 2 日，四川旅京同乡会在中央大学召开第二届会员大会，通过了一份"纠正陈衡哲，警告任叔永"的要案。[2] 6 日，旅京同乡会理、监事联席会又通过决议，委托傅况麟、邓季惺两律师代表该会具控陈衡哲侮辱川人之罪。[3] 四川旅京同乡会既包括了张群等在党内较为得势的国民党人，也有像杨沧白这样已经"边缘化"了的国民党人，其会

---

〔1〕 陈铭德、邓季惺：《〈新民报〉二十年》，《文史资料选辑》第 63 辑，中国文史出版社，1986 年，第 99—102 页。

〔2〕 《新民报》1936 年 8 月 3 日，第 5 版；《中央日报》1936 年 8 月 3 日，第 3 版。川大图书馆所藏本日《新民报》恰缺第 5 版，或即与此事有关。故此条材料承赵灿鹏先生抄示。

〔3〕 《新民报》1936 年 8 月 7 日，第 5 版。

员与四川地方社会有不少联系。

《川行琐记》风波对任鸿隽的打击甚大。虽然经行政院、教育部和四川省政府去电慰留，任鸿隽表示仍愿继续留任，推动川大改革，但其积极性已经大受影响。

8月，任鸿隽独自返校，陈衡哲及其女留平。次年1月寒假任鸿隽返平，辞职之意更坚。胡适对任的决定并不赞同。1月31日，他在日记中说："写一封长信（一千六百字）给叔永、莎菲（陈衡哲的英文名。——引者注），力劝叔永不要辞川大校长。写了，我自己带出，和他们长谈了两点钟。但终无效果。明知无益，但朋友之谊应尽忠言，他人更不肯如此恳切说了。"[1]胡应知此事极难转圜，故说"明知无益"。不过，该事的症结主要还在陈衡哲身上。3月1日胡适又记："叔永来谈。他很明白，只是因为太太不明白，故不能不辞川大的事。我看他很可怜，还想再劝莎菲一次，叔永说：'只是白费笔墨。'"[2]虽然如此，4月8日，胡适又一次拜访陈衡哲"谈四川大学事"，但结论仍是："她是无法劝的。"[3]由胡适和王世杰（见后）日记可知，促成任鸿隽辞职的主要力量还在陈衡哲，任鸿隽自己倒未必一定要走。

任鸿隽准备辞职的消息传出后，川大也在尽力挽回。1937年6月21日，张颐在写给蒋梦麟、胡适的信中说："近常以欢[劝]挽叔永一事，电函相扰。"[4]可知校方做了不少努力。

在中央方面，则至少从3月中旬就已经准备接受任鸿隽的辞呈。3月18日，王世杰在日记中记："四川大学校长任

---

〔1〕 中国社会科学院近代史研究所中华民国史研究室编：《胡适的日记》，1937年1月31日，香港中华书局，1985年，第533页。

〔2〕 《胡适的日记》，1937年3月1日，第542页。

〔3〕 《胡适的日记》，1937年4月8日，第553页。

〔4〕 耿云志主编：《胡适遗稿及秘藏书信》第34卷，黄山书社，1994年，第29—30页。张写此信时，已任代理校长，信的主旨是希望蒋、胡帮助他劝说朱光潜应聘川大。

叔永坚辞校长（因家庭关系）。今日与蒋院长（即蒋介石。——引者注）商定将以张伯苓继任；张亦同意。"[1]可知这时已和张商量过。3月22日翁文灏在赴欧考察前，也写信给胡适说：

> 四川大学事已商得一继任人选，叔永兄如能续任自所最盼，但彼之困难亦可深谅。故此学期后如不愿续任，亦可有法解决。此事不能宣布太早，以免引起波澜，即对叔永兄亦尚未说明。兹以告兄者，盼于弟行后，遇有必要时，兄可与雪艇（即王世杰。——引者注）、叔永双方接洽。叔永如不任校长，政府可给以出国考察名义（叔永言中基会可出费用），亦经说明同意也。[2]

翁文灏信中虽说任能续任最好，但事实上，其时国民政府的一些要人对任并不满意。1937年3月1日，国立浙江大学校长竺可桢在日记中说，他欲辞浙大校长职，推任鸿隽接替。但"（陈）布雷谓任至浙大极不相宜，因中央有若干人颇不喜之"。第二天他再次提出这一动议，陈布雷只好以内幕相告："据谓当初请叔永为川教育厅，而叔永不往，颇不为戴季陶所喜，因此调浙大亦难成事实。"[3]1941年，竺可桢又旧话重提，盖"觉其资望材能为最相宜"。但陈布雷再次否定了他的建议："因其长川大事，蒋公予以二百余万元，嘱其放手进行，但未能请得好教授，故印象不佳。"第二天，他又从另一

---

〔1〕《王世杰日记》第1册，1937年3月18日，中研院近代史研究所，1990年，第37页。

〔2〕《翁文灏致胡适》，《胡适来往书信集》中册，第352—353页；耿云志主编：《胡适遗稿及秘藏书信》第32卷，第61—62页。

〔3〕《竺可桢日记》第1册，1937年3月1日、3月2日，人民出版社，1984年，第91、92页。

个人那里得到同样的回答："以川大经验不佳，委员长殊不喜之。"〔1〕

陈布雷是掌机要者，故知道许多内幕。对于这一问题，他实有两套说法。最初说是戴季陶不喜欢任鸿隽。按戴虽是川人，对四川的认同感并不强，反多强调自己原籍浙江。因此，戴不喜任，当与《川行琐记》引发的风波无关。依陈布雷的说法，则要追溯到20年代末。然此并未影响任为川大校长，可知对任的"仕途"最不利的影响并非来自戴季陶。此时陈布雷并未提及蒋介石的态度，但是，经过《川行琐记》风波，蒋介石大概也不能不考虑到地方人心的因素，故此时中央方面对任鸿隽的形势并不利。〔2〕事实上，1941年陈布雷对竺可桢所说任未请到好教授，如前所述，实是冤枉（虽则蒋对"好教授"的定义或有不同，但也不至于离学界的一般看法太远），或是托词。反倒是另一个人所述更近真实：所谓"经验不佳"者，应该包括了与地方关系不好。

任鸿隽辞职后，继任人选曾经颇费教育部的思量。5月28日王世杰日记：

> 任叔永因其夫人为川人所辱，坚辞国立四川大学校长职。今日予与南开大学校长张伯苓，请其任川大校长。彼允就，但坚不肯解脱南开校长名义，即请假亦不愿。依法国立大学校长不得兼职。此事遂予部方以甚大困难。近来教育（部）对于大学校长人选问题，指定极感艰窘。一方面人与校须相生，他一方面人校相生之人选却未必能得政

〔1〕《竺可桢日记》第1册，1941年4月12日、4月14日，第502、503页。

〔2〕根据钱昌照的观察，戴季陶跟蒋跟得相当紧，"以蒋介石的意志为意志，做蒋的传声筒"。见钱昌照《钱昌照回忆录》，中国文史出版社，1998年，第26页。故1937年3月陈布雷以戴不同意为由回绝竺可桢，很有可能是蒋介石的态度。

府信任通过。比年来予对于各大学校校长人选，颇□无所贡献。〔1〕

刘湘得知任鸿隽辞职的消息后，再次想把握机会。5月28日，王世杰在日记中说："刘湘密电张岳军（张群。——引者注），请其推荐晏阳初为川大校长继任人，予未答。"〔2〕其实，晏阳初并不是刘湘的人，其资历也不是不可以作川大校长。但不知王世杰做何考虑，并没有答应。大概跟晏出自刘湘推荐，如答应，终有向地方力量妥协的"嫌疑"有关。〔3〕王世杰考虑再三，终于决定选择任鸿隽推荐的张颐。6月4日，他在日记中记道："周枚荪于日前赴□谒蒋，予请其转达数事。"第一件即"准任鸿隽辞职，以张颐代理川大校长"。〔4〕

第五节　小　结

任鸿隽在川大的改革必须放在四川"地方中央化"的背景下去理解。显然，与王兆荣独立支撑川大的局面不同，任鸿隽的改革，得到了中央政府和蒋介石的大力支持。此前一直困扰川大的经费问题有了改善。经费改由嘉定中央银行拨发，无须

---

〔1〕《王世杰日记》第1册，1937年5月22日，第53页。

〔2〕《王世杰日记》第1册，1937年5月28日，第55页。

〔3〕晏阳初在1936年夏被刘湘聘为四川省政府设计委员会副委员长，刘自为委员长（《复兴日报》1936年6月30日，第6版）。但晏阳初回川，并不全是刘湘所请。据晏自述，是蒋介石先由四川返京后，建议晏回川做平教工作，接着才一连收到刘湘三通电话请晏。因此，刘湘倒可能是受了蒋介石的怂恿。不过，据晏阳初的观察，刘湘的态度"极诚恳"，或者真有结纳之意。见晏阳初《平民教育运动的回顾与前瞻》，收《告语人民》（与赛珍珠《告语人民》合刊本），广西师范大学出版社，2003年，第201页。

〔4〕《王世杰日记》第1册，1937年6月4日，第57页。

学校再向盐务稽核所交涉。[1] 校舍问题虽几经波澜，也终于有了结果。而任鸿隽在川大推行的"现代化"和"国立化"改革，也有意无意地配合了国民政府把四川"地方中央化"的政策。[2]

从"中央"的角度说，国民政府和蒋介石对川大与任鸿隽的支持也具有两层含义：这固是建设"中华民族复兴策源地"的一个重要方面，但也不乏在高等教育领域推动"中央化"的"算计"。但是，任鸿隽虽是国民政府国家"统一"政策的支持者，却更强调"国士"立场，这就使他所推动的川大"国立化"与国民政府在四川推动的"中央化"在共通之处以外，亦有歧异的地方。胡适苦劝任鸿隽不要辞职，亦出自同样的关怀。然而，这一认知却未完全被地方政府所理解。因此，川大在此时期的"国立化"进程，既从一个侧面反映出其时中央政府与地方实力当局的权力配置和竞争情形，也暴露出"国家"和"中央"之间"和而不同"式的关系及其实际效应。

事实上，"地方中央化"这一表述本身就具有"含糊性"。在理论上，中央政府本是一国之象征，因此，所谓"地方中央化"，在中央政府的宣传中即是国家统一的实质化，或谓"国家化"；但与此同时，实也包含着从地方政府手中"集权"的

---

[1] 盐务稽核所本身也在"中央化"，其过程中仍然存在着地方与中央的矛盾。缪秋杰 1929 年 11 月—1930 年 9 月第一次入川整顿盐务，希望把由军人控制的四川盐务收回中央，但因开罪地方，未能成功。1935 年，缪第二次入川，获得了孔祥熙、宋子文等人的支持。但是，由于与四川省党部的曹任远等人的矛盾，1939 年 12 月，缪被免职（可参看下章曹任远在"拒程"运动的表现）。参考李涵等《缪秋杰与民国盐务》，中国科学技术出版社，1990 年，第 51—53 页、101—125 页。

[2] 任鸿隽来川大之前，对川大的情形并不完全了解。他关于川大的评论，有不少受到教育部或他那个圈子里来川参观的人如张季鸾等人的影响。其中，教育部视察员报告是一重要根据。这些言论也影响到他的改革措施。

意味。[1] 地方"实力派"虽不敢公开反对"统一",然在他们心中,"中央政府"的资格本身就很可疑。刘湘就曾暗示,如果自己因为是"带兵的官"而被认作"军阀"的话,蒋介石也是"军阀"。[2] 因此,他们更倾向于从"中央扩张权力"的意思理解"地方中央化",而不将其视为真正的"国家化"。进言之,当时所谓的"统一",一方面固有实际上的"统一",另一方面也是一种合法化利益的"说辞",虽然众口喧腾,却不免成为"虚悬"象征。

地方政府也是国家的一部分,对于其所治地的人民,更是"国家"的直接代表。在"承买皇城城根地皮主权团"看来,不管是国立的教育机构也好,还是地方政府也好,都属于与"民"相对的"官"的一方,代表着"治人者"。这一区别对于国立机关来说,就明确得多,也有意义得多了。不过,二者虽属于不同的"系统",但同为"国家"的一部,同隶中央政府,这既为国立机关运筹于中央与地方之间提供了一定的便利,也可能因此使其利益最终受损。

除了任鸿隽和地方政府在"国士"还是"中央人"这一认知上的南辕北辙,任鸿隽有意要做"中国人"并因此而着力淡化"乡人"的特殊考虑,也并不为地方人士(包括官民两方)所理解。这一区分本来出自任鸿隽对"军阀私斗"的反感。他所谓的"西南",实际上更多的是政治概念,但任氏认为这一政治问题的根源在社会心理方面,造成他对"国家"和"地方"之别的着意强调。而这又使他明确提出的"国立化"的含

---

[1] 抗战爆发,"国府"迁渝后,这一态度便更为明确了。1941 年 6 月 16 日,蒋介石在三届财政会议及四川省清乡会议开幕典礼上发言,便特意指出,"四川为中央之四川",并"告徐堪转语四川参议会,对中央须客气"。引文见史丽克整理《翁文灏日记选》,《近代史资料》总 104 号,中国社会科学出版社 2002 年版,第 141页。

[2] Robert A. Kapp, *Szechwan and the Chinese Republic: Provincial Militarism and Central Power, 1911—1938*, p.65.

义与王兆荣时期川大师生并未言明的"国立化"在内涵上有了差异：它不再是一种抗议性的目标，在追求"国立性"的同时，也有着明确的"去地方性"意识。

从时代思潮的角度看，强调国家和地方之别，并不是任鸿隽个人的特殊关切，而是广为接受的一种看法。如黄炎培1936年3月4日在川大的演讲中也希望川大学生，"就是做梦也要做国家的梦，不要做思乡的梦"。[1]这与本世纪初兴起的由地方自治以获得国家统一的思路形成了鲜明的对比。

不过，国家观念为大家广泛接受，同时意味着它成为大家都能拿来用的一种思想武器。如前所述，陈衡哲曾经激烈批评过中国人缺乏国家观念。她在写《川行琐记》的时候，心中所想大概也正是作四川人的"诤友"，好使四川这个"特别"的地方变得不特别。事实上，当《川行琐记》事件发生后，任鸿隽从川人的反映中看到的正是狭隘的地域观念。他在事件稍微平息后（8月15日、8月16日）连续写了两篇文章发抒他的感想。在《四川问题的又一面》中，他说："我常常说，四川人尽管有许多短处，但排外不是他们的短处之一。但近来也觉得他们如其不积极的排外也许消极的排外，那就是说，于他们的面子或特殊利益有关的时候。"[2]在《关于〈川行琐记〉的几句话》中，他更是亲自出马，对川人的批评做了一一回应，指出，这里边或有"误会"，这种"误会""不是由于读者程度浅稚，有意或无意的不了解，便是由于奸人恶意的挑拨"。他认为，四川社会对《川行琐记》反应如此激烈的原因，就是"四川的朋友们近来习闻民族复兴根据地一类的话，以为我们的一切一切都已尽美尽善，如其有人把我们的缺点拨弄出来，我们

---

〔1〕 黄炎培：《大四川之青年》，《川大周刊》第4卷第25期，1936年3月23日，第3页。

〔2〕 叔永：《四川问题的又一面》，第4页。

便非把他打倒不可"。他警告说："这样讳疾忌医，正是民族复兴的大阻碍，真正以民族前途为念的，应当痛加革除才是。"[1]胡适等对此认识大概抱有同感。不但把这两篇文章连续发表，而且《四川问题的又一面》还放在头版位置（三篇《川行琐记》都是放在各期的篇末位置发表的）。

但对有些陈衡哲的批评者来说，任鸿隽的话恰好也是他们要说的。如"佛公"指出的，若只是站在"四川人的立场"批陈，并不能占到上风，必得转到"民族立场"才能稳操胜券。7月2日，"乡坝老"在专栏中宣称，他接到了一封署名为"陕西街一三九号"的读者来信，"似若对陈衡哲女士的《川行琐记》亦薄有微词，而实则着意在指播敝老及棉花匠……立论过于尖酸刻薄"。[2]"乡坝老"辩解说，他们批评陈衡哲，不是出于私心，而是态度正大："当此国家危乱，举国共谋团结不遑之际，举凡地方观念，土茜意识，是我非他，入主出奴一类狭隘思想，均应力加祛除。"知识分子对此"尤应力行不背也"。"过往北新猪八戒故事之引起回族同胞反感，《闲话扬州》之引起扬州人士反感，《新疆通讯》之引起新省民众反感，均不外充分发泄畛域观念，挑拨地方情感，有背中枢统一团结之旨。……试问陈女士之《川行琐记》与上述种种有若干区别？"[3]

法律界人士谢伯川也说："在这国家多事的时期中，团结全国上下的同胞，一致协力对外，是刻不容缓的事。故调和全国上下的感情，是我们知识界应有的态度。所以现在各个同胞

---

[1] 叔永：《关于〈川行琐记〉的几句话》，《独立评论》第215号，1936年8月23日，第12页。

[2] 查川大教职员名单，陕西街是川大教职员住处比较集中的一处，这封信或与川大教职员有关。但名单上显示的教职员住址却没有139号，因此只有存疑。

[3] 乡坝老：《正告陕西街一三九号的辩护人》，《新新新闻》1936年7月2日，第16版。

站在整个民族着想，是应把'地方观念'进一步扩充到'民族意识'来。"而《川行琐记》"无异是挑拨民族内部的意见不统一。"〔1〕换言之，谢伯川认为《川行琐记》对四川的批评恰表明陈衡哲抱着的仍是"地方观念"。而一旦扩充到"民族意识"上，《独立评论》派的美国"出身"就成为最致命的软肋。有一位名叫乔华甫的作者就讽刺道："帝国主义者想要征服中国，一面需要'下人'，一面需要'优秀分子'。陈衡哲却可在《独立评论》上写篇文章寄给外国朋友，说：'我不是做妾。'"〔2〕

由此我们看到，论辩双方都以同样的武器攻击对方，盖不如此就表现不出自己"政治正确"。不过，对陈衡哲的批评大抵聚焦为"侮辱川人"一项，可见背后起作用的其实还是"地方观念"，但在这里，"国家观念"或"民族意识"却成为"强化"乃至使"地方观念""合法化"的一种表达方式。

事实上，任鸿隽过于强调"国家"与"地方"的区分，对生活在四川社会中的川大也带来了一些并不有利的影响。这特别在川大清理校产的过程中与地方政府和社会的冲突里表现出来。此事虽然与利益相关，不完全是一观念问题，但也表明任鸿隽不善于处理与地方关系，造成与地方社会的紧张。其实，早在1935年11月，教育部视察专员陈礼江就对此有所提示："我们还须得唤起一般社会人士的注意，使他们知道大学的重要，而且请他们帮忙。譬如说，武汉大学，从前将要扩充校舍时，无论湖南人湖北人，都争着来捐款修建房子。因为他们都争着这样想，'这大学是我们大家的！'所以新校舍不久就扩充得很有个样子了。这一点，贵省人还得努力，而且我们也更应

---

〔1〕 谢百川：《读了〈川行琐记〉以后》，《新新新闻》1936年7月8日，第5版。
〔2〕 乔华甫：《下流统计》，《复兴日报》1936年7月6日，第4版。乔在该报上围绕此事发表了不少用语极下流的文章。

当不忘记去向外宣传。"[1]但任显然在使川人感到川大是"我们的"这一点上做得不甚成功。

任鸿隽的乡土意识不强，是他有意识地要做一个"中国人"而非"某省某县人"的结果。但中国有着注重乡土情谊的传统，任鸿隽的做法有时难免使人不解甚至不快。罗宗文先生告诉我，1936 年，他曾以"桑梓之情"邀请任鸿隽担任重庆中学生运动会的裁判长，不意任一口回绝。后来他去找张伯苓，张很爽快地答应了。[2]按任鸿隽未答应罗的邀请，或有其他原因，当时未必即想到这是"四川的事情"。但即使确实如此也并不奇怪，盖他本是在有意识的层面淡化着乡土观念，不等于真的在感情上对四川有何疏离。任鸿隽强调"国家"与"地方"之分，着眼点本在政治方面，但既是"有意识"而为，有时不免"矫枉过正"，如以"乡人"待之，自然会有"失落"之感。罗宗文先生的困惑，亦正表明双方观念的差异。

不过，如前所述，在"知识"的领域里，国家与地方关系则显示出更为复杂的形态。如果说"科学方法"具有超越性质的话，科学研究的对象却不能不回到具体的时空环境中。任鸿隽在川大倡导的学术现代化，同时具有这两项内容。对四川特殊的自然与社会现象的研究，乃是其"科学化"的具体表现。事实上，从后来的发展看，川大在全国具有较高水平的研究，正是"地方性"较强的那些学科，如生物学和农学等。社会科学就更不能忽视地方的特色。随着外患催逼，对西南社会问题加以研究就更成为当务之急。1935 年黄炎培就在川大呼吁："从前南开大学对于东北问题，曾加以研究，对社会贡献很多。我们四川大学对于西南问题，大可加以切实之研究。……西部无

---

[1] 陈礼江：《川大之特殊任务》，《川大周刊》第 4 卷第 9 期，1935 年 11 月 11 日，第 5 页。

[2] 2001 年 4 月 1 日上午采访罗宗文先生记录。

国立大学，只有川大，这个责任只有川大能负得起，亦责无旁贷。"[1]西南社会科学调查处的成立，就以此为目标。

　　另一方面，如我们看到的，在任鸿隽、胡适这样的主流知识分子看来，对整个中国来说，"现代化"带有"外国化"的成分；而对四川这样的"落后"地区来说，"现代化"则同时兼具"平津沪宁化"和"外国化"两重看似不同实则一致的内容。即是说，"世界"（或"外国"、"现代"）和"中国"以及中国的不同"地方"之间存在着一种复杂的对应关系。四川由于与平津沪宁这样的"先进"地区比较起来显得"落伍"，即不"现代化"，因此也被他们视为不够"国家化"（在这里，国家被等同于先进的中国）。[2]但事实上，到底哪一个中国才是真正的中国，不同的人在不同的语境下会有不同的认知。比如在社会学和人类学家费孝通看来，答案或者就恰恰相反。[3]同时，这一认知也不能不令人质疑任鸿隽、陈衡哲是否抱了"平津沪宁"的"地方观念"。

　　任鸿隽提倡的"现代化"和"国立化"，在学术上的表现之一就是在川大树立"新学术"的典范。1936年他邀请李济做了题为《建设中国的新史学》的演讲。1937年初，又用中基会资助川大的5000元演讲基金，邀请秉志、张熙若、傅斯年、丁燮林来校演讲。他自称这是为了弥补四川"地处偏僻"造成的"风气闭塞"，"以谋学术上风气的开通"。为此，在总理纪念周上，他特别要求"大家要利用这个机会去亲近一下当代的学

────────────

〔1〕　黄炎培：《大四川之青年》，第4页。

〔2〕　其实这些地区有不少被任鸿隽等人视为不太"现代化"的东西也是"外国"——日本化了的，只是与任他们心目中的外国——美国不同罢了。这里边反映出近代趋新思潮对国人的外国观的影响。

〔3〕　对于费氏而言，"中国社会是乡土性的"。这是从"基层"的角度看。同时，这些之上还有一层"比较上和乡土社会不完全相同的社会"。而任氏、陈氏所表彰的先进地区，其实是近百年来"在东西方接触边缘上发生的"的"一种很特殊的社会"。费孝通：《乡土中国》，生活·读书·新知三联书店，1985年，第1页。

人"。[1] 可知他心中对学人有"当代"与"非当代"的区分，而从他的改革措施来看，四川的不少学者恐怕是被他划入"非当代"的行列里的。

四川学术风气的确"闭塞"，换言之，即显得"旧"。但问题是，"旧"是否就一定是"落后"？至少对"国学"来说，就未必如此。程千帆先生回忆说："四川这个地方，一方面外面的人根本不晓得四川的学者有多大的能耐，另一方面，四川的学者还很看不起外面这些人。他看不起自有他值得骄傲的地方。"又说："有一段时间任鸿隽请刘大杰先生到四川大学当中文系主任，就丢了丑。因为刘大杰作的那些旧诗，连他们的学生都不如，所以后来没多久他就走了。那个时候刘大杰是新派人物，那同四川学者的旧学基础相比差得很远。"[2] 自然，学问"好"或者"坏"，与评价标准有关。程先生的标准，大概就与李济、傅斯年等人的标准不大一样。但这并不是说，四川学者"闭门造车"，"出门"就一定不能"合辙"。中文系向宗鲁亦是属于"外面的人不晓得"而"还很看不起外面的人"中的一个，但是他的学问，便颇得"新学术"的奠基者之一傅斯年的好感。1941 年，向宗鲁逝世，傅对向的学生王利器表示，本来希望把他"请出来，在史语所或北大工作"。[3] 从这个角度说，任鸿隽倡导的学术"现代化"政策在"新""旧"不同的学科中取得的效果是不一样的。在农学院方面，成就极大，以至于李约瑟 1943 年把农学称为川大"最强的学科"，并因此

---

〔1〕 《校长报告》，《川大周刊》第 5 卷第 22 期，第 2—3 页。

〔2〕 程千帆：《桑榆忆晚》，第 25 页。

〔3〕 王利器：《李庄忆旧》，《新学术之路——中央研究院历史语言研究所七十周年纪念文集》下册，中研院史语所，1998 年，第 799 页，《往日心痕——王利器自述》，山西人民出版社，1997 年，第 82 页。有意思的是，傅斯年使用了"请出来"这样的字眼，而"出来"的目的地又是"史语所或北大"。可见在傅的心中，直到 1941 年，四川（或川大）还是偏僻之所。换言之，已经成为"天子脚下"的四川在傅斯年看来仍然处在文化上的僻远之区。

把成都称为中国的"农业中心"。[1] 而从后日的结局看，"新文学"或"新学术"在川大中文系实未生根（至少未取得太大的成就），相反，倒是其旧学一直在国内占有较高的地位。[2]

这里边也反映出主流知识分子和已经"边缘化"的知识分子及知识青年之间的矛盾。此处所谓已经"边缘化"的知识分子是指取得过功名或在晚清时候有过留日经历的学者。他们一度在民初的教育界和政治界比较活跃。其中又大体可以分为两类。一类是治中国传统学术即当时所谓"国学"的，一般说来，传统人文素养很高。另一类是在日本学习政法的，通常带

---

[1] 李约瑟：《川西的科学（二）生物学和社会科学》，《李约瑟游记》，贵州人民出版社，1999年，第116页。不过，李约瑟文中谓川大为"省立"，倘不是一时手误或误植，就可知其时川大的地位和声望仍然有限。

[2] 1942年底黄季陆接长川大后发现，"'朴实敦厚'四个字，要算是川大的一个特点"，以至于青年学生有时不免"表现出颓废与迂腐"。他曾向"老教授们"透露对此的不满，"不意竟遭致他们的联名抗议。可见这种流传已久的'朴实敦厚'的学风是如何为老教授们所钟爱。可见川大学风到40年代初仍相对显得"古朴"。在"旧学"方面，黄季陆的一段回忆甚有启发意义。抗战胜利前后，黄氏曾劝傅斯年将史语所迁至川大，意在为学校灌注新的学术空气。"想不到傅先生说：川大的老先生们，多认为我们没有读过中国书，其实我们这群人都是从古籍中下过苦工夫来的。我们有我们的治学方法，他们自有他们的道理。"黄季陆说："这正说明了两种不同的精神。有意思的是，当他把自己的设想告诉"川大文学系的老先生们"时，"他们并不感到什么快慰，甚至有一位先生的意见认为傅先生中文不通，读古书句读都弄不清楚，大有反对的情绪，使我深深感觉到'文人相轻'的恶习，和治学的人的成见之深，壁垒之严，真叫主持大学的人，难于有所兴革了"。黄氏此处引用傅斯年和"川大的老先生"的话，均未加引号，或与原话有出入，大致意思应不差太大。黄季陆学的是政治学，又多年搞国民党的党务工作，于"新学者"和"国家家"在学术上的对立恐怕不甚了解，此事实不能以"文人相轻"和"成见"一笔带过，而真是两种学术"精神"的差异。值得注意的是，傅斯年回答黄季陆的话，和他20年代末对章太炎等人的批评相比，措辞已经缓和得多。他垂且于声明"我们这群人都是从古籍中下过苦工夫来的"，似透露出其潜意识中或有"与川大的老先生们比起来'我们这群人'读书确不多"的想法。若与他对王利器说的话对勘，此恐非无稽之谈。"川大老先生"的话，则印证了前引程千帆的话。故任鸿隽在川大引介新学术和新文学，使"老先生"边缘化了，虽然笔者目前所见材料中并未直接透露"老先生"的感想，但恐怕并不太妙。引文见黄季陆《国立四川大学——长校八年的回忆》，收《黄季陆先生论学论政文集》第3册，国史馆，1986年，第1743页。

有速成性质，专业根底不强。任鸿隽来校后，前一类教师在学校生活中的重要性显然降低，后一类则多被排除。至于大量的知识青年，一般说来，多拥戴主流知识分子的"现代化"观念。任鸿隽初到成都时他们表示出的欢欣鼓舞并非作态，从报纸上看（这批人是报纸的主要读者和作者），他们对任鸿隽的改革也多持肯定态度。不过，陈衡哲的文章显然刺伤了他们。他们从中读出了"洋"气和"富贵"气，这种气质和经验离他们的生活实在太远。《复兴日报》中的一位作者说：《川行琐记》"引起人家反感的"，不是陈衡哲批评了四川，而是"她那为文的态度"。"我们根本不认为陈衡哲的《川行琐记》是在批判四川人，她不过是在向她的朋友和一般不及她那样'舒服'的人卖弄自己的华贵而已。"[1]主流知识分子和追随他们而不及他们那样"舒服"的知识青年之间产生了裂痕。实际上，不少在1936年夏天在报纸上大做其批陈和批任文章的人，与1935年秋对任鸿隽的到来感到欢欣鼓舞的人属于同一群体，他们态度的变化（还要把胡适和《独立评论》扯进来）颇耐人寻味。

任鸿隽在川大校长任上不到两年时间，却是川大"国立化"进程中最为关键的时期。他所奠定的基本方针，也为后任继承。不过，张颐的运气更糟。他作校长才一年半的时间，新教育部长陈立夫就任命CC派的程天放继任。川大教师中为保张驱程大起风波。这一风波背后的原因是多方面的，其中一个（或者不甚重要的）因素就是程天放非川人。但程天放比起任何一位前任来，却显然更加地"中央化"——从这个意义上说，川大也真正地实现了"国立化"。不过有意思的是，程天放又重新起用了在任鸿隽和张颐时期一直受到冷落的向楚。虽

---

[1] 木鸡：《论陈衡哲的"批判"态度》，《复兴日报》1936年7月9日，第4版。

然一方面因为向楚是国民党人，但更重要的恐怕还是向有在地方上可以利用的资望。其中的纠葛从另一个侧面表现出了民国时期"国家"（及"中央政府"）和"地方"之间错综关系的长期性和复杂性。

第 *4* 章

成为"名副其实之国立大学"：
"拒程"运动的前前后后

张颐接任不久，抗战爆发，四川真正成为"中华民族复兴策源地"。随着战争的发展，平、津、宁、沪、汉等地区先后陷入战火，甚至沦入敌手。战争给川大带来了一些不利的影响，如经费被压缩，但更带来了一个发展的良好契机。比起纷纷内迁的东部高校，远在后方的川大处在一个相对和平的环境中，一度成为最完备的一所国立大学，被人寄予"文化复兴之策源地"的厚望。[1] 1938 年，国民政府西迁重庆，四川开始由"天高皇帝远"的僻壤变成了"天子脚下"的畿辅地带，川大的地位也随之上升。随着东部地区的大批高校师生来到四川，改变了川大的人员构成，川大也被认为实现了真正的"国立化"。但与此同时，中央政府对川大的控制也在加强。1938年底，国民政府发表刚刚卸任的驻德大使程天放为川大校长，当即引起了一部分川大师生的反对，掀起了一场"拒程"运

---

[1] 《司法院长居觉生（居正。——引者注）先生在本大学讲演》（1938 年 4 月 20 日），《川大周刊》第 6 卷第 28 期，1938 年 5 月 2 日，第 2 页；邵维坤 1937 年秋在农学院演讲《对于我国高等农林教育之观感》也把川大农学院称为"将来复兴中国农村的策源地"，《川大周刊》第 6 卷第 10 期，1937 年 11 月 22 日，第 6 页。

动。这是川大第一次和中央之间产生摩擦，却是在实现了"国立化"以后。其间的吊诡之处，颇耐人寻味。

第一节 "国立化"进程的迅速推进

本节所述主要是张颐任代理校长期间和程天放长校初期川大实现"国立化"的过程。不过，其中一些方面，如师资的聘任等，与校长的更替有着密切关系。在这方面，本节所述，基本上限制在张颐长校时期。但要指出的是，这两个阶段虽然在具体的人事方面有些变化，其中一些人物地位的升降还颇具象征意义，但从整体上看，基本趋势并无改变。

1937 年 7 月 1 日，张颐在就职典礼上表示，除继续推行任校长既定计划外，在原则方面，从三方面下手：第一，继续提高学生程度，使与其他国立大学同等而不含地方色彩；第二，充实设备，提高研究兴趣，使文化水准和欧美各大学同等；第三，更进一步使中国学术能与欧美各国齐头并进。[1] 显然，他与任鸿隽的办学理念相同。继续留任的秘书长孟寿椿也在"新生周"的演讲中说："任校长同张校长都很想把这个学校从现代化、国立化方面尽量的去发展。"[2]

川大的条件自 1935 年后虽有所改善，在国立大学中仍属差的行列。但是，抗战的爆发却使川大的条件一变而为国立大学中最好的。如经济学家赵人儁在研究战时国内经济状况时就感到"自抗战以还，交通阻碍，报纸所载，支离破碎。杂志则往往出版愆期，且事实寥寥。政府机关刊物范围较前狭小，重

---

〔1〕《新新闻》1937 年 7 月 1 日，第 10 版。
〔2〕 孟寿椿：《四川大学之新精神》，《川大周刊》第 6 卷第 3 期，1937 年 10 月 4 日，第 3—4 页。

要事实因军事关系间多隐讳。差幸在川大此项报章杂志力为搜集，参阅便利。他处则并重要刊物亦不易见。此吾人对于今日之川大深为欣感者也"。[1] 1939 年 4 月，程天放也说，川大"图书馆中学书籍约有十三万册，西文书籍约有两万余册。定期刊物，中西文共有五百余种。……在战前川大图书仪器比较尚不算多，但战后则为数可谓不少。因他校屡经迁徙，均受摧残，独川大未受影响，较为完整"。[2] 到了 40 年代抗战期间，一位美国学者裴飞，参观了川大农、理两院的设备后，很感兴奋，对其时的校长黄季陆说："我以为中国的大学都是一间间的大教室，想不到僻处成都的川大有这样完备的设备。"黄季陆说："看来他不深悉战时播迁中大学的困难，而川大则为后方惟一有充实设备而未受战争损害的大学。"[3] 这种情况为川大聘请教师和吸引学生都创造了良好的条件。

教师与学生

任鸿隽辞职后，川大的人事略有变化。与任关系密切的钱崇澍和王琎等先后离校。另一方面，从 1937 年上半年任鸿隽辞职的消息确定以后，张颐就开始在北平等地约请教师。从现存"国立四川大学档案"存留的资料来看，张先后接洽过李相杰、束世澂、吴永权、曾天宇、张熙若、朱光潜、蒙文通、叶麐、熊子骏等人。还给蒋梦麟、胡适写信，请他们将汤用彤、贺麟等人"相让"。[4]

〔1〕 赵人儁：《开战后我国经济之动态》，《川大周刊》第 6 卷第 32 期，1938 年 5 月 30 日，第 1—2 期。
〔2〕 《程校长招待渝蓉新闻记者》，《川大周刊》第 7 卷第 29 期，1939 年 4 月 24 日，第 2 页。
〔3〕 黄季陆：《国立四川大学——长校八年的回忆》，第 1744 页。
〔4〕 "川大档案"第 1371 卷。

接到邀请的人中，有不少人本不打算赴约，但抗战的爆发，使事情出现了转机。1937 年度开学，张颐请到了 22 位新教授，其中文学院 9 人（全院教师总数为 31 人，新聘教授约占 29%）、理学院 5 人（全院教师总数为 20 人，新聘教授占 20%）、法学院 3 人（全院教师总数为 14 人，新聘教授约占 21%）、农学院 5 人（全院教师总数为 14 人，新聘教授约占 35%）。[1] 其中文、农两院的新教授最多。农学院新聘教授增多是因为中国"比较健全"的农林方面的高等教育机关本来不多，还都"已被摧残和不能安心研究与读书了"，川大也就成为较好的选择。[2] 文学院新聘教授增多则是因为张颐本人是文科出身，对此较为重视的缘故。并且，文学院新聘教师有不少是从北平等地聘来，以至于新任文学院院长朱光潜发现，"文学院的各位同事，许多都是旧日的同学或同事"。[3] 时在川大中文系读书的王利器也说："尔时，日寇入侵华北，平津名教授多来川大任教，同学们私下里认为这是四川的北京大学。"[4]

在高层职员方面，则变化较多。文、法学院院长分别由朱光潜（并兼一直空缺的史学系主任）、曾天宇（并兼经济系主任）担任。中文系、外文系、教育系、生物系、化学系、政治系、农学系主任分别由李蔚芬、钟作猷、叶麐、周太玄、曹任远、徐敦璋、王善佺担任。其中，朱光潜最为张颐倚重，担任了除体育委员会、仪器委员会、卫生委员会以外的学校 13 个委员会的委员及出版委员会主席委员、图书委员会常务委员、

〔1〕 "校长报告"，《本年度第一次纪念周》，《川大周刊》第 6 卷第 2 期，1937 年 9 月 27 日，第 2 页。

〔2〕 邵维坤：《对于我国高等农林教育之观感》，第 6 页。

〔3〕 "朱院长讲演"，《本年度第一次纪念周》，第 4 页。

〔4〕 《王利器自述》，收高增德、丁东编《世纪学人自述》第 4 卷，北京十月文艺出版社，2000 年，第 199 页。

《国立四川大学学报》主编等要职，在 4 个院长中担任职务最多。另外，张颐与理学院院长魏时珍关系较好，在校务决策方面受魏影响较大。[1]

由于平津等地大学不能开学，教育部除了在西安、长沙设立了两所临时大学外，其他的教授均由中英庚款董事会礼聘，送往后方讲学。经过川大申请，得到了 7 个席位：原中央研究院研究员冯汉骥（考古学人类学）、原北大教授吴大猷（物理学）、原南开大学教授张洪沅（工业化学）、原清华大学教授萧公权（政治学）、原清华大学教授赵人儁（经济学）、原中央研究院研究员徐中舒（历史学）、原教育部高等教育司司长黄建中（教育哲学）。这 7 位教授由中英庚款董事会致送薪金，聘送期限为 1 年；期满后，经川大要求续聘，其薪金也由川大和庚款董事会共同负担。[2]

《川大周刊》第 6 卷第 11 期刊载了截止 1937 年 11 月底到校的新聘教授、副教授名单，其中留学生 17 人，非留学生 3 人，留学生占 85%；从籍贯看，川籍 13 人，外省籍 7 人，四川人占 65%，其中大多是长期在外地大学教书的。[3] 如曾天宇是民国前十年出川，民元回川后，在 1914 年又出省的，到 1937 已经有 23 年没有回川。[4] 数理系教授李珩自巴黎大学留学归国就一直在山东大学教书；生物系方文培在英国爱丁堡大学获得博士学位后，在中国科学社生物研究所和河南大学供职；王善佺在美国乔基亚（今通译佐治亚）大学硕士毕业后，

---

〔1〕《四川大学史稿》，第 210 页。

〔2〕《国立四川大学二十六年度校务进行概况》，《川大周刊》第 7 卷第 1 期，1938 年 10 月 3 日，第 2 页。

〔3〕 由于战争影响，不少从外省来的人到校较迟，没有列入名单。如萧公权、赵人儁、黄建中、杨人楩、徐中舒等。如果把他们考虑上的话，新聘教师的"国立化"程度还要更高一些。

〔4〕"曾院长演讲"，《川大周刊》第 6 卷第 2 期，第 6 页。

就在北京、江苏、浙江、天津等地的大学任教。此前他们多认为川大设备不足，不利研究，宁可选择外地，若非抗战发生，或者还不会回川大教书。[1]

新聘教师中还有几位是"故地重游"。如中文系的向宗鲁，1935年曾随重庆大学文学院一起并入川大，但不久就因修撰《巴县志》的工作辞职回渝。蒙文通曾在成大、成师大任教，1931年因反对三大合并辞职，以后在中央大学、河南大学、北京大学、河北女子师范大学任教。[2]曹任远曾作为"中基会讲座教授"在成大任教。周太玄是前一年出国考察离校的。杨伯谦曾作过成师大校长。吴永权是1935年随同王兆荣一起辞职的。

抗战的爆发是"群贤毕至"的主因，如孟寿椿在1938年初的一次演讲中说的："我们学校处此境遇，真是不幸中之幸。国家虽危，四川稍安，外来人员避难者甚多，……聘请教授也较容易，各国内名宿都联翩莅校讲授，从前请都难请得到的。"[3]1938年6月，川大举行第7届毕业典礼，张颐也提到："本校经费既少，年来亦无甚增加，而所聘教授人数，近年却略有增加。在王校长的时候，全校教授为六十位，任校长时增加到七十二位，本年专任教授业已增加到八十七位了。除管理中英庚款董事会聘送七位外，由本校所聘者亦已有八十位之多。"[4]

---

〔1〕 "川大档案"第221卷藏有李珩致魏时珍的一封信，从内容上看，当是1937年夏魏写信请李到川大任教，李向魏陈述需要天文学的仪器。

〔2〕 张颐1933年任教北大时，与蒙文通同住，"两人过从甚密"。张文达：《张颐年谱》，收侯成亚、张桂权、张文达编：《张颐论黑格尔》，四川大学出版社，2000年，第259页。

〔3〕《孟秘书长在本学期第一次总理纪念周（二月十四日）报告》，1938年2月14日，《川大周刊》第6卷第19期，1938年2月28日，第2页。

〔4〕《本大学举行第七届毕业典礼》，《川大周刊》第6卷第36期，1938年7月11日，第2页。

1938 年度，学校又增聘美国康奈尔大学博士、原国立北平大学农学院院长董时进等 18 人为教授、副教授、特约教授，另聘美国春田体育大学毕业生、原国立山东大学教授兼体育主任宋君复为体育主任，英国爱丁堡大学硕士、原山东大学专任讲师饶孟侃和原中央大学中华文化基金化学研究室研究员查雅德为专任讲师。董时进还代替辞职的曾省任农学院院长。[1] 新教师分布在各个学院。其中文学院 3 人、理学院 6 人、法学院 4 人、农学院 7 人。比起上一年来，理学院的师资力量得到了加强。1938 年底，中英庚款董事会干事长孙洪芬继 1936 年春之后第 2 次来到川大，"极力称赞川大现时人才之盛"。孟寿椿指出，"孙先生与各大学都有关系，其意见亦自足注意"。[2]

在学生方面，1937 年夏季招生，投考川大人数约 1200 人，录取 270 人，比较 1936 年投考 640 人，录取 331 人，"在投考人数，已可算增加了很多"。[3] 由于大量学生失学，教育部还命令川大再次招生。[4] 两次录取人数相加，达 407 人。此外，截至 1938 年 6 月，还先后收借读学生 488 人，使川大学生总数增至 1294 人。[5] 到了 11 月下旬，借读生"已达六七百人之多"。[6]

大批借读生涌入川大，也给川大带来了不少困难。一是学校设备有限，特别是因为新校舍还未建成，寝室人满为患。[7] 另一方面则是川大的课程设置有与外校不尽相同的地方。农学院就曾在院务会议上讨论过这一问题。最初决定对一、二、四年级借读生，"尽量容纳"。"至三年级借读生，因本院现无此

---

〔1〕 《本校新教授纷纷莅校》，《川大周刊》第 7 卷第 1 期，第 14—15 页。

〔2〕 《本年度第二次纪念周》，《川大周刊》第 7 卷第 8 期，1938 年 11 月 21 日，第 2 页。

〔3〕 《本年度第一次纪念周》，第 2—3 页。

〔4〕 《本年度续招新生》，《川大周刊》第 6 卷第 3 期，第 12 页。

〔5〕 《国立四川大学二十六年度校务进行概况》，第 1—2 页。

〔6〕 《本年度第二次纪念周》，《川大周刊》第 7 卷第 8 期，第 1 页。

〔7〕 《本年度新生周续志》，《川大周刊》第 6 卷第 3 期，第 11 页。

班，难于容纳。若任各该生自由选修二、四年级课程，亦颇多抵牾，及不能衔接之处，殊感不便。"[1]但是，仍然有不少外校三年级学生要求借读。在这种情况下，农学院最终决定允许旁听，并制定了相应的办法：一、"旁听生至少应习十五学分"；二、"第一次月考成绩若有三分之一功课不及格，得取消其旁听生资格"；三、"旁听生应即向各该生原肄业学校，报告在本院所选课程，须经原校认可，以书面通知本院者，始能发给成绩单。如不照此办理，或该原校无书面允许，得令其停止旁听"；四、"旁听生选课应先向各科教授商得同意，经允准后，再呈请院长核定"；五、"各门功课允准旁听生名额，由各系各研究室列表规定，并通知办公室查照"；六、"旁听生收容日期定本周星期六（十月十六日）截止，并由院布告周知"；七、"旁听生不得住校"。[2]

为了使新生和借读生了解川大，学校还在 1937 年 9 月 20—25 日举办了"新生周"。"每日午后课余时，由校长、秘书长、各院长、各系主任分别演讲求学方法及严守纪律等要项。"这一活动，按照孟寿椿的说法，是借鉴了"欧美日本及中国境内所办的外国教会学堂"的办法。"国立大学，除清华外，盖不多睹。"[3]其实清华的办法也是从美国来。因此，这一形式可谓是"外国化"了。

借读生的人数比新生还多，他们的到来，使川大原有的学生构成情况发生了极大的变化。张颐在 9 月 21 日按照惯例召开的迎新大会上，专门提到了对"因母校不能开学，来到这里借读的学生"，"我们更当一面表示同情，一面表示欢迎。因本

---

〔1〕《本大学农学院二十六年度第一次院务会议纪录》，《川大周刊》第 6 卷第 3 期，第 12 页。

〔2〕《国立四川大学农学院二十六年度第三次院务会议纪录》，《川大周刊》第 6 卷第 5 期，1937 年 10 月 18 日，第 4 页。

〔3〕《张校长与孟秘书长在新生周之演讲》，《川大周刊》第 6 卷第 3 期，第 1、4 页。

校既属国立，合全国为一家，应无主客之分"。[1]

截至 1938 年，川大在校学生共 1318 人。其籍贯分布情况如下：江苏 82 人、浙江 24 人、安徽 74 人、江西 22 人、湖北 42 人、湖南 24 人、四川 912 人、西康 18 人、河北 15 人、山东 8 人、山西 3 人、河南 9 人、陕西 5 人、甘肃 5 人、青海 1 人、福建 8 人、广东 20 人、广西 4 人、云南 13 人、贵州 18 人、辽宁 6 人、吉林 1 人、察哈尔 1 人、绥远 3 人、南京 4 人、上海 3 人、天津 2 人。[2] 其中四川（含西康）籍学生所占比例不到 71%，有了极大幅度的下降。[3] 相应地，外省学生不但人数大量增加，籍贯分布的范围也扩大了。

虽然随着各校内迁，借读生的人数也略有下降，但其比例依然很高。1939 年 4 月 14 日，程天放招待重庆、成都新闻记者时，宣布学生总数增至 1325 人，其中"长江下游及华北各大学学生来此借读者有五百余人"。他并把这一现象视为川大已经实现了"国立化"的一个标志："战前川大地方色彩较为浓厚，因学生大多数为川籍。战事发生后，外省学生人数达三分之一以上，现时可为一名副其实之国立大学。"[4]

院系与课程

随着川大的师资力量的增强、学生数量的增加和学校地位

---

〔1〕《本年度新生周续志》，第 11 页。
〔2〕《二十七年度国立四川大学学生之籍贯》，"川大档案"第 2024 卷。
〔3〕比较一下战前的中山大学。直到 1937 年，广东籍学生仍占中大学生总数的 82% 强，加上广西学生，则高达 91%。黄福庆认为，这表明中大仍是"局限在地区性大学的范畴，带有浓厚的地方色彩"。参考黄著《近代中国高等教育研究——国立中山大学》，中研院近代史所，1988 年，第 194 页。这说明，在国立大学中，需要"把国立二字真实化"的，不仅仅是川大一所。抗战的爆发，显然促进了川大的国立化程度。
〔4〕《程校长招待渝蓉新闻记者》，第 2 页。

的提高，以及战时经济发展的需要，这一时期教育部批准川大增设了不少学系，学校规模日益扩大。

农学院早在1935年就"应四川环境之需要"，拟办农学、林学、园艺、病虫害四系。当时教育部没有批准园艺和病虫害系的设置。1937年5月，教育部准设园艺系，令先设病虫害学科讲座，暂缓设系。[1] 当年夏，曾省赴京，"即便向教部将本院各系平均发展情形，及西南各省农林病虫害人才需要迫切等事实，缕晰详陈"。[2] 10月3日，教育部终于批准设立病虫害系。[3]

1939年3月，代理农学院院长王善佺向校务会议提交了一份报告，称："现代科学研究日趋精微，所有农学所含之各科，皆先后脱离而独立成另一部门。考之国内各大学农学院或独立农学院，虽设系内容有多寡之别，然无不于农学系之外，另设其他学系，以图收分途研习、精益求精之效。故广泛的农学系名称，早已不适合近代之情势"，"若仍袭用旧有农学系名称，不唯名实不符，且于学术研究之范畴及办事系统上，更易滋混淆之弊"。要求提请教育部，改农学系为农艺系。[4] 1939年6月，获得了教育部的批准。[5]

7月，农学院再次提出，"中国蚕桑，环球鼻祖。……乃科学发达，互相竞尚，人进我守，竟瞠乎其后。自抗战展开，蚕区沦陷，蚕业命运，不绝如缕"。国立大学设有蚕桑系的，只有中山和浙江两校。川大既是西南最高学府，"西南各省……又原有宜蚕之区。抗战以来，益形重要。蚕丝外销，量轻而价昂，尤为目前出口货物之大宗"。政府正在大力提倡蚕丝生产

---

〔1〕 教育部指令，1937年5月17日，"川大档案"第9卷。
〔2〕 《曾院长报告》，《川大周刊》第6卷第4期，1937年10月11日，第2页。
〔3〕 教育部指令，1937年10月3日，《川大周刊》第6卷第4期，第3页。
〔4〕 王善佺1939年3月8日提交校务会议报告，"川大档案"第9卷。
〔5〕 教育部指令，1939年6月，"川大档案"第8卷。

事业，"就川省而言，全国农业改进经费共为二百万元，而用之蚕丝部分者为数近百万元"，要求设立蚕桑学系。[1] 7 月 20 日，教育部批准了这一计划。[2]

1938 年春，农学院鉴于"大学农院与农民银行根本就没有联系"，学生出校后，不能应付这方面的工作，增设"合作簿记"、"合作金融"、"银行簿记"三课程。[3]

在法学院方面，1937 年 9 月，教育部批准将政治经济系分为政治、经济两系。[4] 1939 年 9 月，教育部鉴于"抗战以来，农、工、商、医等学科专门人才需要甚切"，而 1939 年度国立各院校统一招生中，投考工科和经济学系的学生人数增加，"为应社会需要，预储人才起见"，令川大增设经济学系一年级一班。[5]

理学院的数理系和法学院的政治经济系一样，是 1935 年教育部整顿川大时合并而成的。当时主要是因为四川高中毕业生不多，投考这四个系的人数较少。"但三年以来，高中毕业生年有增加，投考者众。一系名额有限，殊有不能容纳之势"。[6] 因此，随着政治经济系的拆分，1938 年 7 月，教育部批准将数理系改为数学、物理二系。同时并命令筹备将教育系改为国立川大初建时就拟设立的师范学院。[7]

在课程与教学方面，张颐继续推行任鸿隽时期的一些措施。经 1937 年度第四次行政会议决议，教学应取缔讲义，"完全以印发大纲为原则。若有必须翻印之书籍，则由注册课出版

〔1〕《国立四川大学农学院增设蚕桑学系计划大纲》，"川大档案"第 9 卷。
〔2〕 教育部训令，1939 年 7 月 20 日，"川大档案"第 9 卷。
〔3〕《曾院长在农学院第四次总理纪念周（三月七日）报告》，《川大周刊》第 6 卷第 22 期，1938 年 3 月 21 日，第 2 页。
〔4〕 校长张颐布告，1937 年 9 月 21 日，"川大档案"第 9 卷。
〔5〕 教育部训令 1939 年 9 月，"川大档案"第 8 卷。
〔6〕 张颐致陈立夫电，1938 年 7 月，"川大档案"第 9 卷。
〔7〕 教育部训令，1938 年 7 月 21 日，"川大档案"第 9 卷。

组斟酌办理"。这一政策出台后，"各院系学生，均各努力从事笔记及参证原书云"。[1]

关于基本国文和普通英文，1937年度规定，每学年终各举行一次会考。会考成绩优秀者，由学校发给奖金；不及格者，需要补修。为此，学校两科的会考委员会，主任委员均由文学院长朱光潜担任。[2] 1938年，教育部颁发了大学一年级学生共同必修科目，亦列入了国文、英文两科。为此，川大又特意制订了《基本国文规程》，做了一些很详细的规定：一、"各院系第一年级及文学院第二学年必修国文。成绩不合格者，此学年开始得补考一次；仍不及格者必须补修，递至试验及格为止。此项科目，称为基本国文"；二、"学年第二学期基本国文考试适用会考办法"；三、"平时成绩，以平时作文及学生勤惰定之"；四、"一年级间周作文一次，二年级每三周作文一次"；五、"一年级作文每学期在教室内由教员监督习作，至少四次；二年级至少三次"；六、"自开课第二周起开始作文。在教室习作者，于退出教室时向教员交卷。在教室外习作者，于命题之次日，向教员或基本系主任交卷。除确实因病或重大事故先行呈准各本系主任外，逾期不交以缺作论。不许补作"；七、"教员于命题之次周将作文卷改定送中国文学系主任办公室登记陈列，于再次周送还各本系主任办公室转发学生。未经登记陈列或逾限不送登记陈列者，即由中国文学系主任通知教员，将应得分数完全扣除"；八、"习作国文概由教员命题，学生不得自拟题目"；九、"习作概用散文"。[3]

按照教育部规定，各大学应设"党义"一课，但川大"向

---

〔1〕《本校减发讲义以后》，《川大周刊》第6卷第5期，第7页。

〔2〕《本大学基本国文会考条例》，《川大周刊》第6卷第32期，第8—9页；《本大学普通英文会考条例》，《川大周刊》第6卷第34期，1938年6月13日，第2—3页。

〔3〕《基本国文规程业已订定公布》，《川大周刊》第7卷第10期，1938年12月5日，第6页。

未开班"。1937 年度，学校增设了这门功课，由各院系各年级共同开班。[1] 川大此前未开此课的原因不详，或者与任鸿隽反对"党化教育"有关。不过，学生对党义课的积极性并不高。1938 年 3 月 7 日，曾省在农学院总理纪念周上就提到："据注册课报告，上周党义钟点，有许多同学均未到班听讲，殊有未合。希望诸位同学自本周起都要一律去上课，不要以为党义一科只记成绩，不计学分，便马虎了事。值此全面抗战，思想统一的时期，凡属国人，均应细心研究党义，秉承总理遗教，努力革命工作，才能得到最后的胜利，望各位注意为要！"[2] 曾省未必真的相信国民党党义能够起到"思想统一"的作用，这番话也不乏冠冕堂皇的成分，但川大增设党义一课，除了因它是部颁课程外，也确有其时代语境。1938 年 2 月 28 日，黄建中在总理纪念周上的演讲，也强调"中国抗战时期的学校青年"，应该有"纪律精神"与"牺牲精神"。他指出，"过去中国的大学颇重视个人的自由，国难时期已有相当转变。此时更应极度限制个人的自由，力求挽得国家民族的自由。更应使学生生活军人化，使学校纪律军队化；……养成意志齐一、行动一致的纪律精神"。[3]

也正是出自同样的考虑，川大加强了体育锻炼和军事训练。1938 年 11 月，学校规定从 12 月 5 日起，"除星期日外，每晨六时四十分钟至七时举行晨操。"要求"每晨齐着短服，一闻集合号音，即须到操，不得借故规避"。[4]

抗战开始后，许多学生"联名呈请实施国难教育"。对

---

〔1〕 《川大周刊》第 6 卷第 2 期，第 12 页。
〔2〕 《曾院长在农学院第四次整理纪念周（三月七日）报告》，第 2 页。
〔3〕 黄建中：《抗战时期的高等教育》，《川大周刊》第 6 卷第 23 期，1938 年 3 月 28 日，第 3 页。
〔4〕 国立四川大学布告（一），1938 年 11 月 24 日，《川大周刊》第 7 卷第 10 期，第 5 页。

此，张颐表示："学校方面对于这件事也非常重视。教育部早有训令要我们后方学校有战时后方服务的组织及训练，但是一面仍叫我们力持镇静，照常上课。必要时可将每周功课减少四时到六时，以便兼施战时服务之教程，但是从何时办起亦未明白规定。在学校方面，又恐两者不易兼顾，因此踌躇很久，会议多次，最近才想出一个具体方案，经校务会议议决，复经教育部核准。这就是将本学期上课时间相当缩短。把功课结束后，专为诸位设施一种军官训练。同时还设有政治部，专司政治教程。"[1]1937年12月22日，张颐发布布告，令于1938年1月2—26日，实行寒假在校战时训练。同时报经教育部批准，"三四年级与一二年级学生，同时参加"。规定"所有本大学男女学生，应一律受训，非亲丧病重，不得豁免"。[2]

战时科研与知识推广工作

抗战的爆发为川大的科研带来了新的机会，也使这一时期的科研带上了浓厚的战时色彩。同时，后方建设的需要也使川大更为重视与社会的联系，特别是在农业知识的推广方面，做了很多工作。

1938年夏，川大"鉴于抗敌军兴以来，各省将士莫不敌忾同仇，前仆后继；吾川军民士夫爱国素不后人，陆续出川抗战者亦极踊跃。本大学既为西南最高学府，亟应对是项史料加以搜集及整理，以供将来国史之采择"，组织成立了"川军抗战史料搜集整理委员会"，由孟寿椿任主席委员，朱光潜、曾天宇、蒙文通、周谦冲、徐中舒、杨伯谦、徐元奉、桂质柏、何

---

〔1〕《本大学第十次总理纪念周》，《川大周刊》第6卷第10期，1937年11月22日，第2页。

〔2〕本大学布告（一），1937年12月22日；本大学布告（二），1937年12月27日。均见《川大周刊》第6卷第15期，第2页。

鲁之任委员。[1] 1939 年 4 月，在学校编制二十八年度预算时，加入了这个委员会经费 2000 元。[2] 该委员会虽然以研究搜集"川军史料"为目的，但从其立意上讲，显然带有表彰川军爱国的意味；从人员的组成上讲，则是由川人与外省人共同组成。

1938 年，在冯汉骥的呼吁下，四川大学函请中央古物保管委员会联合调查四川文物。四川大学对川内的石器时代遗址、汉晋墓葬、古代建筑、壁画、石刻、造像等做了全面普查。这是国内第一次文物普查工作。[3] 同年，冯汉骥还在汶川县清理了一座石棺墓，"开创了川西考古发掘研究之先声"，把现代考古学研究带入了四川。[4]

为了应付战时需要，川大在化学系教授张洪沅的建议下，于 1938 年成立了应用化学研究处。[5] 研究课题多注重"现在川省一般所注意者"，包括："1. 利用川省资源，提制代替汽油或汽油之研究。2. 川省盐产之利用与溴碘之提取。3. 钝碱制造之改进。4. 四川天然硫磺之调查与提炼。5. 利用川煤，提取煤膏苯甲苯等物之研究。6. 测量彭山芒硝之产量与藏量。"应用化学研究处的经费一半由中基会拨给，一半由川大自筹。[6]

农学院则继续注重与地方政府合作，"为地方造就人才"。1938 年夏，四川省教育厅委托川大代办四川省立高级农科职业

〔1〕《本大学成立川军抗战史料搜集整理委员会》，《川大周刊》第 6 卷第 35 期，第 4 页。

〔2〕国立四川大学川军抗战委员会公函，1939 年 4 月 28 日，"川大档案"第 62 卷。

〔3〕林向：《著名考古学家冯汉骥》，《四川近现代文化人物（第三编）》，四川人民出版社，1995 年，第 83 页。

〔4〕童恩正：《冯汉骥小传》，收《冯汉骥考古学论文集》，文物出版社，1985 年，第 221 页。

〔5〕《为设立应用化学研究处呈报工作计划概要及规则仰祈鉴核备案令遵由》，原件藏中国第二历史档案馆，全宗号 5，第 6759 宗。

〔6〕《国立四川大学二十六年度校务进行概况》，第 4 页；"川大档案"第 21 卷。

学校。曾省考虑到"四川农村诸待改良，下级干部人才亟感缺乏。且各地所办职校，仅有初级农科，"不利于人才"深造"，答应与教厅合作。[1] 1938 年度招收 80 人，先设农、林二科，经费概由四川省教育经费下拨充。[2]

1935 年，农学院在成都市华阳县属狮子山圈地 300 余亩，开辟为果树、园艺、畜牧实验场，至 1938 年将征购手续办理完毕。曾省"鉴于此项新兴事业，亟应使当地农民明了该场办理情形，用便推进"，特于 1937 年 11 月 5 日设宴招待"该地团甲绅首"，"藉资联络，而便将该场工作情形随时介绍于农民，俾资推广"。在宴会上，曾省希望"团甲绅首"合作，"俾期该地日以繁荣，并作其他乡村之模范"。[3] 狮子山农场也引起了"地方人士之注意"。1938 年初，成都慈惠堂总理尹仲锡到场参观后，与农学院议定，由该堂选送学生 20 人到场实习。农学院同时决定开设农场农民学校，经费由慈惠堂和农学院共同负责，"其教授方式，注重浅近科学及实用工作"。[4]

农学院教授杨开渠研究的再生稻"正合政府长期抗战，增加粮食产量的需要"，得到了四川省政府的资助。四川省建设厅还建议由川大农学院的学生"分赴各县去扩大宣传，及登记试种农户"。在学生出发前，曾省除了要求学生注意采集农民的经验，"留作研究改良的借镜"外，还特意提醒"对乡人应持和蔼态度，举动应该慎重，服装勿事华丽。乡民有问必答，勿惮繁琐。如此定能给乡民以良好印象，而结果亦必佳"。[5]

这些工作不仅出于学术的考虑，更有当下的语境。曾省

---

〔1〕《农学院二十六年度第一次总理纪念周曾院长报告》，第 2 页。

〔2〕《国立四川大学二十六年度校务进行概况》，第 5 页。

〔3〕《本校农学院欢宴狮子山团甲绅首志略》，《川大周刊》第 6 卷第 8 期，1937 年 11 月 8 日，第 8 页。

〔4〕《本校农学院狮子山农场农民学校开学》，《川大周刊》第 6 卷第 19 期，1938 年 2 月 28 日，第 4 页。

〔5〕《曾院长在农学院第四次总理纪念周（三月七日）报告》，第 2—3 页。

说："本院同仁对于后方生产的农垦事业，向甚关心，总希望在危急存亡之秋，打通一条血路"，[1]正是此一心态的总结。

抗战宣传

抗战是此一时期校园生活的主要内容，其中川大抗敌后援会的工作极值得重视。对此，《四川大学史稿》已经作了较为详细的叙述，此处不拟重复。[2]不过，《川大史稿》主要从"中共党史"和"革命史"的角度切入主题，虽然揭示了不少内幕，但也因此忽视了一些具有重要意义的内容。因此，本段将做一些拾遗补缺的工作。

川大抗敌后援会是 1937 年 8 月 14 日成立的，是四川各界抗敌后援会的分会。后援会成立后，通过了一系列提案，包括将纪念周例行的默念 3 分钟改为对前方抗战将士及死难将士致敬默念 3 分钟、设立战时常识讲习会与战时各种常识编译委员会、组织纠察队及抗战歌咏队、组织话剧队，组织汉奸理论检讨委员会，举办汉奸理论检讨周等。其中汉奸理论检讨周是 11 月 13—20 日举行的，由各系同学搜集流言、一般谈话及出版物中的"汉奸理论"。后援会列出的汉奸理论包括："主张中国必败论，以销灭抗战的勇气"；"主张局部休战，以破坏统一战线"；"造谣惑众，扰乱后方秩序"；"为维持少数人的和目前的利益而牺牲全民族永久的生存与自由"；"分化抗敌力量，排除广大民众于抗敌战线之外"；"加重牺牲抗战的恐怖，诱致一般人苟安心理，以赞成妥协"等。[3]

自 20 年代起，就不断地有人指出，四川人缺乏国家观

---

〔1〕 《曾院长在农学院第四次总理纪念周（三月七日）报告》，第 3 页。
〔2〕 《四川大学史稿》第四章第三节《抗日救亡运动的蓬勃发展》，第 209—256 页。
〔3〕 各提案、决议均见 "川大档案" 第 54 卷。

念。[1]抗战爆发，四川远在后方，如何有效地进行更为广泛的社会动员，成了一个很重要的问题。1937年11月，川大举行6周年校庆，国民党四川省党部代表陈紫舆作了题为《四川大学之重要任务》的演讲。其中提到，"自民国元年到民国十一二年"，"一般的人关了夔门剑阁，不知尚有国家。所以历年无义战，只有混战"。这固然是因为军人不好，但是军人之所以能够肆意胡为，"责任实在是大家都应当分负的"。陈多年旅居在外，"外方的朋友常常说到我们四川文化落后，风俗鄙俚，还有许多酋长割据的现象。……我们起先听着这种话的时候，很是觉得刺耳，到了人家举出实例以后，也实在使我们无法自护其短"。不过，"目前中国既已一致对外，吾川健儿正已大多上前线抗战，其能奏殊勋者且不乏人，这是我们中国最好的现象，也是我们四川最好的现象"。"现在华北上海两方面，我们中国都打了败仗，后防的四川愈是趋于重要了"，这就要求青年们，"尤其是受了大学教育的青年们，更应当以浅近明白的文字语言，作锐利宣传的工具去唤醒民众。因为政府和政治机关都是按着平常的组织，在这非常时期是不足应付的"。[2]

这是其时不少人的共识。1938年3月28日，故宫博物院院长马衡在川大演讲中提出，关于"抗战的意义，救亡的责任"，"一般民众——尤其是最后方的民众还有不知道的"，这主要是因为"智识分子对于宣传指导的工作还未能充分做到"。[3]而共产党的熊复则在写于同一时期的一份报告里提

〔1〕 王东杰：《国中的"异乡"：二十世纪二三十年代旅外川人认知中的全国与四川》。

〔2〕《本大学成立六周年纪念》，《川大周刊》第6卷第9期，1937年11月15日，第3页。

〔3〕《孟秘书长报告并介绍故宫博物院院长马叔平先生讲演》，《川大周刊》第6卷第24期，1938年4月4日，第2页。

到，"川大的同学到德阳县去宣传，不敢下乡。原因是他们宣传不要皇帝（傀儡组织），要打日本，却在农村听说'日本是打不得的'，宣传打日本的要挨打"。[1] 从另一个角度为马衡的观察提供了证据。6月底，熊克武、邓锡侯都在川大毕业典礼上讲话，也都要求学生们将民族意识和抗战的意义"普及到民间去"。[2]

因此，抗日宣传是其时川大后援会的主要工作。在这方面，《川大史稿》所述主要集中在1937年12月该会改组以前。《川大史稿》认为，这次改组后，国民党CC系、复兴社和青年党等"顽固派"的力量夺取了后援会的领导权。因此，对该会此后的情况未做叙述。

事实上，该会的抗战工作并未停顿。1938年1月6日，后援团组织的寒假乡村宣传团一行50多人赴郫县、温江，"其宣传方式，计有讲演、戏剧、歌咏三种，并以极浅近之调查问讯，测验一般乡民对此战争之认识"。其中在两县共公演救国剧4次，演出剧目包括《放下你的鞭子》、《我们的国旗》、《一颗炸弹》、《九一八以后》、《汉奸的子孙》等。每次观众数目都在四五千人以上。[3] 3月中旬，后援会组织第二次乡村宣传团，赴成都附近红牌楼、簇桥、双流、中和场、中兴场等地宣传，方式包括"讲演、歌咏、戏剧、标语、传单、宣言、漫画多种"，其中在双流和中兴场观看爱国剧的观众"俱在数千人以上，为该两地空前之盛举"。[4] 抗敌后援还举办了战时民众讲习班，第1、2期共毕业学生200多人。第3期开始在农、

---

〔1〕 熊复：《一个关于四川的经济政治文化的报告》（1938年5月19日），《熊复文集》第1卷，第39页。

〔2〕 《本大学举行第七届毕业典礼》，第3、4页。

〔3〕 《本校抗敌后援会寒假乡村宣传团赴温郫各地宣传之情形》，《川大周刊》第6卷第17期，1938年2月14日，第5页。

〔4〕 《本校抗敌后援会近讯》，《川大周刊》第6卷第21期，1938年3月14日，第4页。

理学院各设一分班，学生达到 160 多人。[1]

1938 年 6 月，学生生活指导委员会议决，发动学生写信给前方战士。每周由值星负责写就，由学校统一发出。[2] 暑假，学校组织了夏令乡村服务团。一方面"使学生深入农村作抗战建国宣传，俾农民明了此次抗战之意义与自身之责任"，另一方面是鼓励学生服务农村，使农民努力生产，"以巩固复兴民族之新基础"。服务团分抗敌宣传组、农村服务组和露营组。主要任务包括："1. 举行通俗演讲；2. 举行戏剧公演；3. 举行展览会；4. 举行幻灯片表演；5. 举办纳凉会夕阳会；6. 举行清洁运动；7. 开办诊疗所；8. 举行游艺会；9. 举行游艺指导；10. 开办各种训练班；11. 开办平民识字班；12. 组织各种讨论会；13. 组察〔织〕农事指导会；14. 组织歌吟队歌咏班；15. 举行农产比赛。"要求队员访问农民家庭，进行生活和娱乐指导。[3]

需要指出的是，抗战宣传也为中共在成都的发展提供了一个契机。熊复的报告中说，关于"党在四川的情形"，"我知道得很少"。"1935 年以前，似乎在四川没有党的组织，因为过去党在四川的力量完全被摧残了。……党在成都的组织，似乎是在 1936 年以后才建立起来的。"[4] 这里用了两个"似乎"，表明熊复对此极不确定。这或者与他当时资历较浅有关，但也反映出 1936 年以前中共在成都的力量确实比较薄弱的事实。中共组织在成都的巩固，是与 1936 年川大扩大招生地域分不开的。中共北平市委指示韩天石、王广义等考入川大，建立起了

〔1〕《战时民众讲习班一二两期毕业》，《川大周刊》第 6 卷第 31 期，1938 年 5 月 23 日，第 3 页。

〔2〕《学生生活指导委员会第五次会议纪录》，《川大周刊》第 6 卷第 34 期，第 4 页。

〔3〕《国立四川大学夏令乡村服务团办法》，《川大周刊》第 6 卷第 36 期，第 10—11 页。

〔4〕 熊复：《一个关于四川的经济政治文化的报告》，第 24 页。

中共在成都的最初组织"中华民族解放先锋队"。[1] 随着抗战
宣传的扩大，中共在成都的力量也在逐步扩大，在 1937 年底
设立了地方训练班，训练下级干部。[2] 而中共力量的扩大，
也使得川大的学生运动成为全国学运的一部分。

第二节 "拒程"运动

抗战爆发后，国民党和中央政府加强了对大学的控制。
1938 年 1 月，陈立夫继任教育部长后，实行了一系列以整齐划
一为目标的措施，如国立院校统一课程、统一招生、统一教
材、审订大学教师资格、推行导师制、统一大学行政组织
等。[3] 在他就任后不到一年，发生了川大易长事件。

1938 年 10 月，原中国驻德全权大使程天放卸任回国。11
月中旬，国民党中央党部为"彻底整理四川党务"，在成都举
办了"党务工作人员干部训练班"，派程主持。[4] 12 月 13
日，国民政府忽然发表行政院会议的决定，任命程天放为川大
校长。[5]

程天放，江西新建人，美国意里诺（今译伊利诺）大学政
治学学士、硕士、都郎度大学政治经济学博士。曾任江西、安
徽、湖北省政府委员兼教育厅长、安徽省政府代主席、国立浙
江大学校长、安徽大学校长等职。[6] 程天放在政治上属于 CC

〔1〕《四川大学史稿》，第 217—218 页。
〔2〕 熊复：《一个关于四川的经济政治文化的报告》，第 25 页。
〔3〕 陈立夫：《成败之鉴——陈立夫回忆录》，台湾正中书局，1994 年，第 251—257 页。
〔4〕《兴中日报》1938 年 11 月 18 日，第 7 版。
〔5〕《新新新闻》1938 年 12 月 14 日，第 3 版。
〔6〕 程天放履历表，"川大档案"第 38 卷。关于程天放，又见《程天放先生事略》，
国史馆编：《国史馆现藏民国人物传记史料汇编》第 1 辑，国史馆，1988 年，第
512—516 页。

派，与陈立夫的关系很好。[1]

任命发表的次日，程天放在成都对记者表示，这一决议，"教育部事先未得本人同意"，他自己也是从报纸上看到的。"在教育部或以国立大学校长重要，命余承乏。但余本人则感觉过去虽从事教育行政有年，现在已无此兴趣。甚愿在他方面对国家有所贡献。故闻讯之后，即函陈部长询问经过。关于此事须俟与陈部长详细商谈之后，始能决定态度云。"[2]

川大教师看到这一消息，亦大吃一惊。盖张颐代理川大校长年余，校务发展，并无过错，而突然被撤，事先也毫无征兆。更重要的是，他们认为继任者并非其人。盖陈立夫以多年办理国民党党务的身份任教育部长，并加强对大学的管理，已被大家认为实行"党化教育"。[3]而程天放为 CC 派，任前又在主持党务工作。此举自然被认为教育部推进"党化教育"的一个明证。事实上，程在作浙江大学校长期间，确有推行"党化教育"的"前科"。1936 年初，竺可桢任浙大校长后，就在日记中记道："余数日各方探访结果，知浙大自程天放长校以后，党部中人即挤入浙校。"[4]另外，当时社会上还流传程天放在德国大使任上因不懂餐桌礼貌失礼之事。[5]因此，校内外"拒程"情绪很高。

"拒程"的主要推动者是川大文、理、农三学院院长朱光潜、魏时珍、董时进。其中，朱光潜和董时进都是无党的自由

---

〔1〕 陈立夫：《程天放兄逝世二十周年纪念》、萧铮：《忆南昌程天放兄》，均载《传记文学》第 51 卷第 5 期，1987 年 11 月，第 52—54 页。

〔2〕《兴中日报》1938 年 12 月 15 日，第 7 版，《新新新闻》1938 年 12 月 15 日，第 9 版。

〔3〕《成败之鉴——陈立夫回忆录》，第 239 页。

〔4〕《竺可桢日记》第 1 册，1936 年 2 月 23 日，第 16 页。

〔5〕《熊丸先生访问记录》，陈三井访问，李郁青记录，中研院近代史研究所，1998 年，第 91 页。罗宗文先生 2001 年 4 月 1 日在接受我的采访时也讲过同样的故事。

派知识分子，朱光潜相对来说不大发表政见，董时进则常常在《独立评论》这样的自由派刊物上议论时政。[1] 魏时珍是青年党员，与李璜、曾琦交好。他们3人中，朱光潜和魏时珍又与张颐有私交。特别是魏时珍，属于川大元老，在校内颇有威信。这三位都赞同学术自由的观点。法学院院长曾天宇不愿得罪陈立夫，宁可置身事外，故不大积极。[2] 14日，三院长会商，决定致电重庆行营主任张群，请求中央收回成命。电文由朱光潜起草，曾天宇也签了名。文曰："顷见报载，川大校长于学期中途无故变动，校务进行极感困难。校内外群情惑然，拟请我公顾念桑梓，婉致当轴，暂缓明令发表，用维教育，而息流言。"[3]

15日，由四院长联名邀请全校教师在至公堂大会，由朱光潜主席。"会上发言者很多，情绪激昂，都主张联名致电教育部请求收回成命，并发表宣言公开反对，当即推定朱光潜起草。"[4] 16日，魏时珍在接受成都《新民报》记者采访时表示，"川大各院长对于更易校长事，均觉过于'突然'。张校长虽无赫赫之功，但一本学者办学之旨，努力从事，初非政客者

---

[1] 董时进在程天放长校后辞职，主编《现代农民》月刊，发表了大量政论；1949年后，又自费印刷了《董时进上毛主席书》，反对土改。50年代初，移居美国。参考熊炬主编《〈现代农民〉的农业学家董时进》，《四川近现代文化人物续编》，第233—240页。

[2] 据"当时适在川大"的汪潜先生云，曾天宇"不表示态度，但偏向于程"。见汪潜《反对程天放作川大校长》（以下简称《反对程天放》），四川省政协、四川省省志编辑委员会《四川文史资料选辑》第13辑，1964年，第54页。由于现存"川大档案"关于"拒程运动"的材料极少，《川大周刊》对此更只字未提，汪潜文对其事内幕叙述较详。我同时并采访了其时正在川大历史系作助教的吴天墀先生及在秘书处工作的闵震东先生。他们与汪文所述相同之处，本文径引汪文为据。又，《四川大学史稿》对此事叙述，除了依据汪文外，也引用了韩天石、王怀安、康乃尔、郭治澄、邵松乔、陶然等的回忆材料，对了解中共在此事上的态度极有帮助。

[3] 《新民报》（成都版）1938年12月16日，第11页；《反对程天放》，第56页。

[4] 《反对程天放》，第56页。

可比。若中途易人，殊有影响于校务及学风。此种感觉，不仅各院［长］同有，即各教职员亦莫不皆然"。[1] 此处所载魏时珍的话虽然简短，但仍很含蓄地点出反对易长的主旨即反对"政客"办学。

当天下午，川大56名教授联名发出致教育部电：

> 四川为今日抗战后方重地，四川大学为今日全国仅存之完整的最高学府。人事进退，匪仅关系一校，实为抗战全局视听所系。自更换校长之［消］息披露于报端后，同人等服务川中，与闻较切。除已电陈当局，请即收回成命外，兹特以所见为全国关心教育之人士沥陈之。大学为作育高深学术人才之机关，学术理想贵在保持自由独立之尊严，远离潮政［政潮］之波荡，研究工作，尤需环境安定，不容轻易更改。欧美各国对于大学校长人选，必求其学术精深。一经任命，决无无故纷更之理。今加以撤换，使全校师生研究工作，顿受影响。后何□尚肯实□任□，此同人等所认为不可者一。后方教育事业于政治、军事、社会一切设施□□□□关，当抗战前途千钧一发之际，后方人心之安定，实为首务。川大自抗战以来，全校师生对研究学术之外，努力救国工作，尚无愧于国家。今于全校无问题之□，忽生龃问题，风声所播，窃恐人存观望，影响一切事□，有碍抗战工作，此同人等所认为不可者二。国家兴亡，系于士气。养士之来（原文如此。——引者）道，节操为先。近年以来，从事政治活动者，往往排斥异己。世风日下，国亦随之。为校长自宜奖励学术，专心教

---

［1］《川大理学院长魏嗣銮鎏谈易长问题》，《新民报》（成都版）1938年12月17日，第11页。括号内的字是引者所加。

育，人格皎然者，然后足为青年师表。今必欲去洁身自好之学术界先进，流弊所及，影响士风。此同人等所认为不可者三。以上三点，为同人等共同之认识，为今后进退之标准。事关教育学术前沿，揭诸国人，以求公论。[1]

签名者为朱光潜、魏时珍、董时进、林思进、龚道耕、向楚、李植、叶麐、钟作猷、周谦冲、胡助、张洪沅、郑衍芬、徐敦璋、向宗鲁、萧参、曹任远、熊子骏、顾葆常、李蔚芬、何鲁之、彭举、宋诚之、邓胥功、张敷荣、胡子霖、顾绶昌、饶孟侃、张佐时、罗念生、杨秀夫、熊祖同、周光烈、谭其骧、杨人楩、谢文炳、罗容梓、黄建中、刘绍禹、冯汉骥、柯召、傅葆琛、王善佺、杨伯谦、谢苍璃、曹诚英、邵均、余其心、张文曦、蓝梦九、张文湘、朱显祯、李家葆、高新亚、刘世楷、郑愈。

汪潜先生在回忆文章中把"拒程"的人分为三类。一是自由派知识分子，他们"拒程"，主要出于捍卫学术自由的目的。一是一些川籍教授，他们"拒程"的主要理由是"川人长川大"，由江西人为川大校长，未免视川中无人。一是青年党员，他们"拒程"，主要因为青年党和国民党的矛盾。[2] 这个名单也似乎证实了这个说法。自由派知识分子，如朱光潜、董时进等；四川文化界的老先生，如林思进、龚道耕、李植、向楚、向宗鲁等；青年党员，如魏时珍、周谦冲、何鲁之、彭举、顾葆常等，组成了这个名单的主体。汪潜并指出，龚道耕、林思进、李植、叶麐、吴君毅、熊子骏和高新亚等"尤极愤慨"。

不过，参加过运动的邓胥功先生在解放后的回忆文章里认

---

[1] 《新民报》（成都版）1938 年 12 月 18 日，第 11 页。括号中的字为引者所加。
[2] 《反对程天放》，第 54—55 页。

为"地域之争"和"党派之争""只是构成反对程氏来长川大力量之一，而不是主要原因"。他说：

> 反对程氏来长川大的主要原因，我认为提高一点，应是人心向背。从蒋介石登台后，十多年来，一直在学校进行法西斯统治，一般师生都只要求在政治生活上能多少有点民主气息，这就是张澜、王兆荣、任鸿隽、张颐虽不就是理想的人选，但大家都能相安的原因。现在程天放来了，他是一个著名的党棍子，他凭党棍子的关系，做过教育厅长、大学校长以及驻德大使，皆无成绩可言，还留有若干丑迹。这些问题还小。人们想到这个党棍子若来川大掌握了校长权柄，学校生活决不可能再像过去那样比较平静，将会发生川大未曾有的局面，还必然导演出许多恶剧，这是大家所关心的，也是大家所忧虑、所害怕的，这在当时是主要原因，是大多数教师也包括些社会人士的共同心理。[1]

除去"提高"云云显然带有"解放后"痕迹的语言外，邓的评论应该基本上可以描述"大多数教师"的真实心态。[2]宣言全文论述的重点也主要集中在这一方面。

虽然如此，"地域"和"党派"因素在其中起到的作用仍不可忽视。萧公权先生在回忆录中就把原因归结为"多数川籍教员认为'川人长川大'是'顺理成章'的办法。因此他们相

---

〔1〕 邓胥功：《拒绝程天放与川大迁峨眉》，《四川文史资料选辑》第13辑，第69—70页。

〔2〕 如，向宗鲁便主要因此反程。程天放接任后，曾派人向各教授进行疏通。时向宗鲁谓："谁能相信党棍子能办好大学教育呢？"罗元晖：《考据学家向宗鲁》，《成都文史资料》总第19辑，第101页。屈守元在回忆文章中也提到此事，不过略有不同："时守元方侍座问难。先生借与守元语，大声呵斥蒋介石"，见屈文《精于校雠的学者向宗鲁》，《四川近现代文化人物》，第282页。

信张真如必然会由代理而真除。教育部另派程天放先生长校的消息传到学校之后，他们大为失望"。"后来我到重庆，蒋廷黻兄对我说，发动风潮的人多系中青党的党员（如系事实，拒程风潮可能有政治背景）。"[1]事实上，如萧公权在这里所透露的，"党派之争"是国民党中央对此事的定性（详见后文），无党派的萧公权对此显然并未留意。不过，他对其中的"地域"心态则印象甚深。

此外，在这份名单中，曹任远是国民党元老谢持的女婿，曾参加胡汉民的"新国民党"，与 CC 派有矛盾。[2]他参加"拒程"，不排除有国民党内部斗争的因素（参看上章关于缪秋杰事叙述）。高新亚和中共、冯玉祥及四川地方势力都有来往。[3]熊子骏则是中共地下党员。另一方面，即使抛开这些因素，"一朝天子一朝臣"，对有的教师来说，换校长就有可能意味着自己饭碗不保。《吴虞日记》12 月 14 号记："川大校长委程天放氏，江西新建人，此后和君（即曾天宇。——引者注）恐院长不稳。其他如孟寿椿、李炳英、向宗鲁、李植等亦恐有变局。拭目俟之可也。"吴虞点这几个人的名，有何依据，日记中所述不详。从最后一句看，吴似有"幸灾乐祸"的意思。或者诸人与他有矛盾也未可知。16 号，吴虞日记中又有："川大学生已欢迎程天放矣。沈克勤来，言川大换校长，吴君毅略感恐慌。"[4]吴永权为何"恐慌"，日记亦未言。不过，综合起来看，吴虞似是指"饭碗"问题。当然，这只反映吴虞眼中的"拒程"运动而已，未必符合诸人的真实想法。不过，据吴天墀

〔1〕 萧公权：《问学谏往录》，第 135 页。

〔2〕 杨天石：《曹任远与胡汉民的"新国民党"——读谢幼田未刊稿〈谢慧生先生年谱长编〉》，收《海外访史录》，社会科学文献出版社，1998 年，第 351 — 354页。张颐因参加辛亥革命的缘故，与谢持"关系甚深"，前揭李璜书，第 203 页。

〔3〕 高兴亚：《冯玉祥与刘湘的秘密往来》。

〔4〕 《吴虞日记》下册，1938 年 12 月 14 号、16 号，第 789 页。吴虞对曾天宇看法不佳，似受其四女儿影响，日记中多有引述，如第 397、434、441 等页。

先生告，当时大学不多，又有派系，解聘之后，找工作不易。[1] 因此，这一说法也未尝没有道理（当然，吴永权反程是否因此，则是另一回事了）。不过，也正是有"饭碗"危机，有的人并未参与"拒程"，或者在程天放到校后采取了妥协态度。

由此可见，"拒程"运动是不满程天放或 CC 派的各方力量汇集的结果。

至于张颐，当然对此不满。不过，以他的身份，不便有所公开表示。17 日，成都《新新新闻》记者采访了张颐。张颐表示，他已经"心力交瘁，早思退避。惟以国难严重若此，故未敢言辞。……本人一切决惟中枢命令是遵，无任何意见可告"。虽然如此，他的谈话却很长，主要内容集中在对自己一年半来治校成绩的回顾方面，如谓自己"对于教师之遴选，系以学识修养俱丰者为标准，决无凭一己之私情，为最高学府教职员之进退。救〔故〕现各院教职员多系国内知名之士，与国立各大学相较，殆无逊色"。学生、教授人数多有增加，经费"绝对公开"等。[2] 实际上表达了自己的不满。1944 年 1 月 31 日，张颐还在给胡适的信中谈到这件事："弟于二十六年夏接管四川大学，至二十七年底，初未有何过失，徒以程天放自柏林回，政府无事与之，遂命渠来接。渠任职四年，教员四散，学风败坏，乃自动让交黄季陆以省党部主任资格兼任大学校长。"[3] 此是在私人信函中，张颐愤懑之情溢于言表。他写信时已距事情发生 4 年之久，依然不可释怀，可见此事对他刺激之深。

与此同时，迎程派也行动起来。此派的头脑系孟寿椿和法学院教授徐则骏。孟随任鸿隽到川大后，由于任经常出省接洽校务或参加各种活动，在校时间不多，孟就培植了一批自己的

---

〔1〕 2000 年 10 月 31 日采访吴天堰先生记录。

〔2〕 《川大校长张颐访问记》，《新新新闻》1938 年 12 月 18 日，第 10 版。

〔3〕 《胡适来往书信选》中册，第 568 页；又，《胡适遗稿及秘藏书信》第 34 卷，第 31 页。

势力，试图架空张颐。张颐对此甚为不满，故在校务方面多求助于魏时珍。孟寿椿对迎程甚是积极。他组织了一批学生，以川大抗敌后援会的名义决议：一、谒程致敬；二、电部转促；三、筹备迎送新旧校长大会。[1] 于 14 日电促程天放就任，称"以程先生之办学经验，实为主持本校最适宜人选"。15 日，也有毕业学生致电程天放表示程天放为校长，是"主持得人"。[2]当天成都《新民报》记者到川大采访魏时珍时，也在皇城本部的学生布告处发现了抗敌后援会和成都石室中学川大校友会的迎程通报。[3] 12 月 18 日，成都报纸上刊出刘彦和等 48 人发表的《川大毕业同学会紧要声明》，谓川大毕业同学会"凡属对外行动，均须大会议决"，而前此报上登的毕业同学迎程电文，"留省同学均属不知，当系少数分子假借同学会名义所为。同人等决不承认"。并同时刊出川大学生 423 人否认迎程是全校学生公意的启事，称："查此更易校长问题，多数同学虽多慎重考虑之中，却未表示任何意见。此等举动，必系少数学生假借名义所为，决非公意。"[4]

<hr/>

〔1〕《新新新闻》1938 年 12 月 16 日，第 9 版。
〔2〕《兴中日报》1938 年 12 月 16 日，第 7 版。
〔3〕《川大理学院长魏嗣銮谈易长问题》。通讯中提到"川大石室中学同学会"的存在表明任鸿隽、张颐等虽然不许同学会备案，但仍有类似组织的活动。
〔4〕《川大毕业同学会紧要声明》、《国立四川大学学生刘顺和、陈仲英、李荫远、杨正华、龚汲门、秦□、喻燊、汪榕等四百二十三人紧要声明》，《新民报》1938 年 12 月 19 日，第 8 版。《反对程天放》第 56 页称此举是青年党为主发起的。《四川大学史稿》第 260 页则称签名运动是中文系学生王利器发起的，"青年党的一些学生也积极参加了签名运动"。此说本《王利器自述》："一些有正义感而又好学的同学，都认为川大在一个黑格尔专家、英国皇家学会会员张颐博士长校以后，办得勃勃有生气，蒸蒸日上，不能让一个党棍子来把好端端的一个最高学府断送了，于是由我发起签名运动，揭露所谓'川大全体学生'去电欢迎程天放，是盗名欺世，并商拟一个声明，由我去找成都一些报纸刊登，他们都一概拒绝了，说省党部有通知，凡是关于川大的消息，一律不予刊登"。引文见第 199 页。此声明不知是否即"四百二十三人紧要声明"。王利器所说成都报纸不登川大消息（其实是对程不利的消息）事，从现在掌握的材料看是符合事实的，故反对程的声明是在与国民党中央颇有矛盾的《新民报》发表。

国民党四川省党部中的 CC 派也在策划迎程。成都报纸报道，15 日，川大学生赴沙利文饭店程天放居所谒程，程又重复了 14 日对记者的谈话内容。[1] 吴虞在 18 号的日记中也记道："丁铼秋来，江津人，川大讲师，云程天放乃此次蒋委座来川所委。李琢仁引川大全体学生往见程，陈述一切。故川大内容如何，程氏尽知。"[2] 李琢仁系国民党四川省党部委员，亦 CC 派。[3]

另一批人则基本上持中立态度。但他们的考虑也不尽相同。曾天宇是不愿意得罪国民党中央，法学院教授裘千昌和胡恭先则是因为了解多数学生的心态（见下文），也不愿参加党派斗争，故始终持旁观态度。[4] 赵人儁和萧公权在接到魏时珍等人的邀请后，商量的结果是"我们是'客卿'身份，不便过问校务，但也'不好意思'置身事外，似乎不妨去开会，看情形后决定行止"。[5]

据汪潜的观察，在学生方面，"无党派关系者占大多数，但因无组织，不能形成一致的意见和集体的力量。这大部分学生，在当时说不上什么思想觉悟，其中还有不少惑于程天放曾任驻德大使之虚名，和不喜欢张校长之老大（张氏平日不喜接近青年），幻想程来对川大前途发展有利"。国民党学生"即在这部分学生中积极活动，组织迎程"。青年党学生"人数较少，但步调一致，表示反程"。"左派进步学生，力量不大"，"对张亦感觉无可信赖，因而对这次拒程，不愿即时轻易介入，而主要把力量放在推动教师造成社会舆论上"。[6]

---

〔1〕《新新新闻》1938 年 12 月 16 日，第 9 版。
〔2〕《吴虞日记》下册，1938 年 12 月 18 号，第 790 页。
〔3〕《反对程天放》，第 53 页；罗宗文先生口述记录，2001 年 4 月 1 日。
〔4〕《反对程天放》，第 54—55 页。
〔5〕萧公权：《问学谏往录》，第 135 页。
〔6〕《反对程天放》，第 55 页。

吴天墀先生则告诉笔者，青年党在学生中的影响其实并不大，左派的"力量还强些"，但较为"隐蔽"。[1] 左派力量是大还是小，汪、吴两先生从不同的角度解释，意见不尽一致，但事实上又可互相印证。即，学生反程，青年党和左派是基本力量，但青年党表现较为明显，左派的表现要"隐蔽"得多。这样，就形成了汪潜先生所说"教师中反程的空气浓厚，学生中留张的态度淡薄"的局面。[2]

张颐是老同盟会员，在地方上本有一些人事关系。他又不像任鸿隽，对"地方"与"国家"的区分强调较多，相反，他在讲话中经常使用"我们四川"或"吾川"一类字眼，因此，在地方上颇得好感。1938年夏川大举行毕业典礼，张颐邀请了中央委员熊克武、川康绥靖公署主任邓锡侯、中央监察委员曾通一、重庆行营厅长叶元龙、四川省党部委员周荫棠、中央军事学校成都分校主任陈又新、四川高等法院检察官林超南、光华大学校长张寿镛、副校长谢霖、金陵大学校长陈裕光、华西大学校长张凌高、军事参议官但怒刚、地方耆绅刘豫波、朱叔痴、李伯申。这些人员大致包括三部分，一是中央与地方官员，一是驻蓉大学校长，一是地方士绅。如果和任鸿隽时毕业典礼所请来宾作一比较，其中的"地方"色彩要浓得多。不但有刘豫波这样的地方绅士和邓锡侯这样的地方军人，即使中央官员熊克武、曾通一（在国民党内均已边缘化）也是四川人。

另一方面，魏时珍等与四川地方军人多有联系，他们提醒四川军人，程天放是蒋介石的人，到川大来会加强蒋介石在四川的力量。其时，刘湘已死，邓锡侯、潘文华、刘文辉等联合起来，对蒋介石的势力在四川渗透极不满意，与中央的矛盾很

---

[1] 吴天墀先生口述记录，2000年10月31日。吴先生当时系青年党员。
[2] 《反对程天放》，第55页。

深。魏时珍的劝说打动了邓锡侯等人。[1]不过，邓、潘等虽然在"暗中对反程表示同情"，表现并不明显。[2]明确表示反对程天放的，是成都的地方耆绅。12月16日，他们向国民政府主席林森、参政会、国民党总裁蒋介石、副总裁汪精卫、行政院长孔祥熙、教育部长陈立夫发出了两份代电。

　　一份是由周道刚、徐孝刚、萧德明、罗春士、黄肃方、唐宗尧、裴纲、夏之时、彭植先、曾葆森、廖学章、刘星垣、李星辉、陈月舫、李劼人、周子龙等人发出的。除了称张颐"任职年余，众望允孚"外，特别强调要从"安定后方"的角度处理此事："当此抗战紧张之际，国家安危，系于一发，后方一切，似不宜轻于更动，诚恐引起反响，为害实不忍言。事关大计，固不仅教育一端为然。用敢迫切陈词，伏请本安定后方之旨，立予收回成命。"另一份代电是由方旭、尹昌龄、刘豫波、林思进、卢子鹤、向楚、李伯申、王子骞、郭湘、谢百城、闵次元发出。诉求对象除了林、蒋、汪、孔、陈诸人外，还有重庆行营主任张群、川康绥靖公署主任邓锡侯、副主任潘文华、四川省政府主席王缵绪。内容与周道刚等电大致相同。[3]

　　对川大内外的"拒程"运动，国民党中央也做出了反应。16日中央社电称：某教育专家谈，川大易长与否，"当局亦自有其绝对之权，他人无由置喙"。17日的《兴中日报》登载了这条消息并发表短评，称"某教育专家"所言，"真是鞭辟入里之论，我们极表赞同"。并称：

---

〔1〕　吴天墀先生口述记录，2000年10月31日。

〔2〕　《反对程天放》，第56页。

〔3〕　《新新新闻》1938年12月18日，第9版，《新民报》（成都版）1938年12月18日，第11页；又，《反对程天放》，第58页，《四川大学史稿》第260页。

川大□职教授和川大学生业已形成对立的双方。我们就现实的事实来论，川大学生之迎程送张，或者出于某种愿望也未可知，这还情有可原。至于教授名流们，即或不避维护自身地位嫌疑而高谈阔论，那么，所谓最高学府在政治上宜处于超然地位一语，我们不知道是否有最高学府校长永不更换的意思。而所谓在政治上宜处于超然地位一语，又不知道是否含有川大易长已成为政治斗争问题的意思？至于所谓维护思想之自由一语，更不知道学校是否应当受中枢的管束？是否学校易长以后学术思想就会失其自由？……教授名流们如果是防区制时代的封建军人和多事政客，对于中央的政令动辄借口反对或表示不能接受，我们不想说话。奈之何在国家已告统一的时期，在抗战建国的时期，更在最高学府作育人才、或以耆老自居、清高自许的人们，对于中央行政措施，居然大发其议论，学术之谓何？思想之谓何？教育之谓何？纪纲之谓何？[1]

《兴中日报》的刊头是四川省主席王缵绪所题，显然与四川省政府甚有关联。这篇社论也大抵代表了地方政府中亲中央一派的意见。其批判对象，不仅有川大教授，亦有地方耆老，向中央靠拢的倾向相当明显。

但成都士绅的反对声潮并未停止。18、19日，他们又分别发出两份通电。第一份通电的签名者有黄肃方、夏亮工、刘亚修、唐宗尧、曾子玉、李伯申、谭创之、闵次元、熊慕颜、周绍芝、王子骞、王伯常、郭梦芝、颜仲卿、汪蜀宇、杨懋实、谢百城、陈朴安、陈潜关。文曰：

---

[1] 《川大易长问题》，《兴中日报》1938年12月17日，第7版。

窃以为川大年来经现任校长锐意整顿，秩序井然，学风丕变。所延教师均属全国知名之士，人才之盛，向所未有。且现值学期当中，校务方在顺利进行之时。原任校长亦不闻有辞职失职之事，突然变易，已不可解。而继任者又为贻讥友邦，有辱国体之辈，更属可异。况明令尚未发表，而校内教员学生与各界人士之中已大起骚动。设若果成事实，势必掀起绝大风潮，先机之兆已见其端。当此国家危急存亡之秋，前线喋血苦战之际，我政府对于后防重地之措施，无不力求其安定。况迩来川中各县，民变之事已屡见不一，人心极为浮动。今若更对此原本安定之学府，无故更换校长，既非其时，复非其人，若竟因此而惹起学潮，殊失我政府慎重教育安定后防之本旨。心所谓危，不敢不告。[1]

第二份通电的签名者有方旭、尹昌龄、刘豫波、林思进、卢廷揌、黄金鳌、向楚、李伯申、蓝德明、曾宝森、王子骞、夏之时、谢百城、唐宗尧、闵次之、陈朴庵、郭湘、杨声、李劼人。文曰：

窃自抗战军兴，举国教育机关多被日寇摧残，四川大学幸地处僻远，得以照常推进。其校长张真如君，质直纯朴，一心学务，未尝为本分外之生活。循循师表，实吾川父老所供[共]信赖友者。报纸忽传钧院更动川大校长之消息，于是校内疑虑顿起，校外流言滋多。金谓川大成绩已著，且于学年中途无故更张，于事为不必要，于理为不可解。四川为后方重镇，最高领袖既已一再以安定二字相

---

[1] 《黄肃芳等请勿更动四川大学校长案》，中国第二历史档案馆档案，全宗号5，第2607宗。

勉，川人亦正仰承旨意，奋智力，竭资材以相从事。若川大者，既已安且定矣，而又突然纷更之，何益于事，只见其扰耳。设因此竟使识浅虑薄者流，各怀疑虑，影响所及，非细故也。学校公器，舆论公言，任免权衡，应请慎重出之。除电呈蒋总裁、参政会外，谨供鄙怀，诸维明察。[1]

18 日晚，程天放接受了记者的采访，再次自称"从事教育行政多年，实已有倦意"。但"中央极为重视川大，今后本人一切唯中央之命是从。何日到校视事，尚待回渝与中枢教育当局详商，三数日后返蓉，方可决定云"。[2] 口气已经与初闻消息不同，当是与陈立夫"详细商谈"的结果。19 日，程飞往重庆。当日中央社电：程天放日内返省接事。[3] 程天放在渝期间，又向陈立夫请示了"川大今后改革方针，及就职日期"，[4] 显然已经做好了接长川大的准备。

与此同时，川大教师方面也在加紧行动。19 日中午，朱光潜、魏时珍和董时进在成都明湖春宴请成都市新闻界人士，[5] 很明显是为了寻求舆论支持。此外，吴虞在 12 月 20 号的日记中也记到："癸叔夫人来，言川大教授举代表见王治易（即王缵绪。——引者注），请主张公道。治易云，此国立大学，我不便言。又云学生见程天放要求换五院院长，故魏时珍已未到

〔1〕 成都方旭等：《为川大校长任免权衡请慎重出之谨贡鄙怀诸维明察》，1938 年 12 月 19 日，中国第二历史档案馆档案，全宗号 5，第 2607 宗。此文与方旭等 16 号通电中的词句大体相同，仅有数字之差，如"其校长"为"川大校长"、"报纸忽传"前有"乃者"等。发电人名和顺序也不一致。故 19 日通电当在 16 日通电的基础上所作。

〔2〕 《民声报晚刊》，1938 年 12 月 19 日，第 4 版。

〔3〕 《新新新闻》，1938 年 12 月 20 日，第 3 版。

〔4〕 《民声报晚刊》，1938 年 12 月 20 日，第 4 版。

〔5〕 《民声报晚刊》，1938 年 12 月 19 日，第 4 版。

院。诸人窘急之态如画矣。"[1]"癸叔"，周岸登字，时在川大中文系教授词曲。[2]周岸登未在反程宣言上签名。查其履历，1931年曾在安徽大学任教，时适为程天放主安徽省政之时，或许因此与程氏有旧。

面对川大教师和成都社会的巨大压力，陈立夫对不同的人士采取了不同的措施。12月20日，在程天放晋谒陈立夫的当天，教育部给张颐发了一份电报：

> 国立四川大学张代校长，该校校长一职已奉院议通过，以程天放继任。本已令程校长克日到校就职，并令该代理校长移交在案。顷悉该校有少数院长教授对于校长问题颇持异议。查简命校长，权在政府。该院长教授，身为学生师表，应知服从政令，何能出位干政，败坏学风。本部甚望传闻之失实。如果确有此项情事，该代理校长应有导正之责，勿使学校前途发生不良影响，并盼于移交后来渝报告。特电知照。教育部号印。[3]

号电措辞严峻，而且有用"学校前途"来威胁张颐等就范的意思。显然，陈立夫是想采用高压政策迅速平息事件。

次日，教育部发出两份代电，分别致黄肃方和方旭等人。在致黄肃方等的代电中，教育部表示，"四川大学校长一职，

---

[1]《吴虞日记》下册，1938年12月20日，第790页。按川大其时只有四院。

[2] 关于周岸登，参考林荫修《词坛巨匠周岸登》，《四川近现代文化人物》，第293—298页。

[3] 教育部1939年号电，"川大档案"第1940卷；《新民报》1938年12月21日，第7页；又，《反对程天放》第58—59页，《四川大学史稿》第261页。《吴虞日记》1938年12月21号亦有引用，但文句颇有不同："云闻新校长发表以后，全体师生均表示热烈欢迎，惟有一二院长教授，因地位关系，略有异议"。其实，不是"略有异议"，而是"颇持异议"。至于"地位关系"云云，则显然属于"创作"。吴虞所录文本不同，或者是"所传闻异词"的缘故。不过，更有可能是他把自己的解释加入了其中。

自任鸿隽辞职及本部暂以张颐代理，使校务进行益加顺利。最近中央正式任命程天放为该校校长，系属恢复学校行政常轨，本非无故易长"。又叙述了程天放在教育界的履历，称程"办学经验极富，以长川大，足资表率而期进展"。接下来称"委座对于国立大学校长人选，审虑周详，与诸先生爱护川大之意正复相同，想为明达所共悉。诚恐远道传闻易滋误会，特电达复诸，希察照"。致方旭等的代电基本内容与致黄电相同，但强调"此职悬虚已久，校务改进，诸多困难。顷中央任命程天放继任，借以恢复行政常轨，自与易长不同"。前电尚承认张颐的治校成绩和"易长"的事实，后电则根本不认为张颐是真正的校长，任命程天放也非"易长"。[1]

张颐属于"下属"，可以严厉训斥。但地方绅士则不同，对他们说话，需要讲究策略。这两份代电措辞委婉，表示地方绅士反中央只是因为"远道传闻"造成的"误会"而已，中央政府与地方社会其实心意相同。

事实上，教育部看到黄肃方等人的代电后，就命令川人郭有守调查"列名各人履历"。郭有守呈文称："兹经查明，黄肃方等多系成都一般人所称现时之在野名流，寓居蓉城，未任军政现职者盖居多数。"从这段话看，中央政府最担心的大概就是这一事件中有"任军政现职"的地方势力的参与。郭有守开具的调查情况如下：

黄肃方　军人，保定生

萧静轩　大竹人，旧一军系统，曾任财政厅长

夏亮工　曾任都督，其如夫人即在上海开锦江饭店者

---

〔1〕 教部代电《复黄肃方不录由》、《致方旭》，均为中国第二历史档案馆档案，全宗号5，第2607宗。《陈部长昨电复蓉绅耆》，《新新新闻》1938年7月22日，第10版；《新民报》（成都版）1938年12月22日，第11页。

刘亚修　　曾任熊克武代表，刘湘时代任专员

唐宗尧　　旧一军系统

曾子玉　　同上

李伯申　　曾任省议会会长，闻此人尚好

谭创之　　曾任国文教员

熊慕颜　　曾任旅长

闵次元　　商人

周绍芝　　曾任邓部旅长

王子骞　　曾任旅长

王伯常　　曾任邓部旅长

郭梦芝　　自流井人

颜仲卿　　名流

汪蜀宇　　刘湘旧部

杨懋实　　前重庆大学事务长，甘绩镛之儿女亲家

谢百城　　曾任蒙藏委员会，石时代简任秘书

陈朴安　　曾任川团练局长

陈潜溪　　不详〔1〕

从这份名单看，主要调查的对象是 12 月 18 日代电的签名者。19 日的代电有不少人与此份重复，其他如方旭、尹昌龄、刘豫波名列"五老七贤"，在地方上声望甚高。林思进、向楚、李劼人则是文化名人，并与川大关系密切〔2〕。从其身份上看，大抵不出郭有守所谓的"在野名流"。郭的调查极简单，不过也是花了一些心思的。其中介绍比较特殊的，有两个人。一是李伯申，国民党人，曾任四川省议会议长，和张群的

---

〔1〕　郭有守呈文，中国第二历史档案馆档案，全宗号 5，第 2607 宗。

〔2〕　李劼人与张颐私交甚好，其时二人"在沙河堡比邻而居，过从甚密"。李眉编：《李劼人年谱》，第 45 页。

关系不错，后来张群作四川省政府主席时，他被任命为秘书长，较接近中央，故得到"尚好"的评语。另一位是杨懋实，调查专门指出他是四川省财政厅厅长甘绩镛的儿女亲家。不过，正如调查表明的，他们都已是"过气"之人了。[1] 夏亮工这位辛亥革命时期的"都督"，竟然需要靠其"如夫人"董竹君来确定身份。不过，最值得注意的就是这份名单上的人多数有地方军人背景。

郭有守负责调查的这份名单中，只有夏亮工和李伯申等和张颐一同参加过辛亥革命，双方大概有过一些交往。其余的人，既有旧一军系统，又有刘湘、邓锡侯的系统。而张颐自民初出川，直到 1936 年才回省。本人又是较为纯正的学者，和这些新旧军人势力当无太深的关系。也就是说，他们拥张反程，应无私人关系在其中。更重要的，恐怕和当时多数四川地方军人与中央政府的矛盾有很大关联。

同日，陈立夫并以个人名义密电邓锡侯、王缵绪和潘文华，为程天放寻求地方支持：

> 成都川康绥靖公署邓主任晋康兄、省政府王主席治易兄勋鉴。密。前在汉晤教，承示川大校务亟待整顿，甚感关垂。该校自任前校长辞职以后，一时未得继任人选，因准以文学院院长张颐暂摄。惟为整顿校务起见，校长一职未可久悬。适委座莅渝，命以程天放继任。已奉院令发表。程校长两长大学，成绩卓著。以长川大，必能施展素抱，适合先生整顿川大之期望。已令克日到校就职。以后关于校务之改进，务祈就近赐予赞助，无任感兴。

---

[1] 罗宗文先生在 2001 年 4 月 1 日接受我的采访时看过这份名单，也有这些人在当时已经"过时"的说法。

致潘电内容大致相同。[1] 陈电中提到的"承示川大校务亟待整顿"，不知是邓锡侯还是王缵绪。若是邓，他为何要有此建议，其真意如何，都不清楚。

21 日，《兴中日报》刊出短评，宣布了"程天放即飞蓉接长川大"的消息，更明确地点出了"党化教育"的主题："如果不是倭寇和汉奸，绝不能说党化教育已成过去的话。"短评并提出，一些"'别有用心的人们'，故意造出一些谰言蜚语来耸动老同志们的听闻；而另一方面，这些'别有用心'的人们，却在大肆弹'党化教育已成过去'等论调。这不是自己揭露了'利用老同志'的马脚么？"此是将朱光潜等"别有用心的人们"与夏亮工、李伯申等"老同志""区别对待"。成都耆绅的代电中以"抗战"、"安定"等大名目为理据，《兴中日报》则"反其道而用之"，以"拒程"为"扰乱民族复兴根据地的败类"、"邪说横行，为敌人作先锋队"。况且，"张真如既是'代理'川大校长，根本上又是中央所任命"，其"反对中央命令可以说是等于叛逆"。[2]

21 日晚，孔祥熙设宴招待程天放。22 日，张群分别致电王缵绪、邓锡侯、潘文华，要求对川大与成都社会"种种浮言""施以导正，并协同新任校长程天放到校视事"。[3]

当天，程天放与中央委员曾扩情、黄季陆、贵州省党部委员李厚如同机到蓉。曾、黄都不是 CC 派。到机场欢迎的，有四川省党部书记长黄仲翔、委员彭纶、李琢仁、冷曝东、周遂初、秘书罗文谟、科长董家骥、李征梧、邓锡侯的绥靖公署参谋长马德齐，"川大教职员及在校学生代表等"400 人。[4] 四

〔1〕 电邓主任、王主席，电潘副主任，1938 年 12 月 20 日，中国第二历史档案馆档案，全宗号 5，第 2607 宗。
〔2〕 《程天放即飞蓉接长川大》，《兴中日报》1938 年 12 月 21 日，第 7 版。
〔3〕 《兴中日报》1938 年 12 月 22 日，第 7 版。
〔4〕 《程天放今接长川大》，《兴中日报》1938 年 12 月 23 日，第 7 版。

川省党部除黄与周外，皆 CC 派或亲 CC 派。[1]

程天放在机场对中央社记者发表谈话说："本人对中国政界积习，往往一机关长官更易，僚属即大加更动，素认为不应有之现象。大学为学术机关，与行政机关有别，更□安定。故在渝时，即电达孟秘书长，请先转告各同事安心供职。此后自有秉承中央意旨，尽个人力量，谋川大之发展向上，尤注重于设备之充实、精神之振作，及学术研究风气之提高云。"[2]

当天，程在接受《新新新闻》记者采访时，又做了同样的表示。并称：

> 关于思想一层，大学教育，首重学术研究。必须在学术方面有成绩，大学之地位始能提高。自由不成问题。惟此项自由，系指在一定范围之内而言。去年七七抗战以来，国内各党各派均捐弃成见，一致集中于三民主义旗帜之下，受国民党最高领袖之领导，向前迈进，以求达致抗战建国民族复兴之目的，从无人对信奉三民主义稍持异议。而国民党之教育方针，即系以实行三民主义为最高原则，在此原则之下，思想、行动均尊重自由，并非如一般人曲解之"党化教育"，以为非国民党人即不能做教职员也。[3]

在"拒程"方面，张颐接到"号"电后，感到事态紧急，遂在电文上批示道："速笺函各院长及全体教员查照。""速"字下并画有 3 个圈，[4]其焦急之情可见一斑。号电印发后，激起众怒。22 日，在朱光潜、魏时珍、董时进的召集下，全校教

---

〔1〕 《反对程天放》，第 53 页。
〔2〕 《程天放今接长川大》，《兴中日报》1938 年 12 月 23 日，第 7 版。
〔3〕 《程天放访问记》，《新新新闻》1938 年 12 月 23 日，第 10 版。
〔4〕 张颐在教育部 1939 年号电原件上的批示，"川大档案"第 1940 卷。

师 80 余人在文殊院大会，由朱光潜主席。"朱讲话慷慨激昂，痛斥陈立夫专横颠顸，蔑视大学教授人格，主张全体罢教，以示抗议。魏、董两院长亦相继发言，对陈立夫之挟其党派偏见排斥异己，摧残学术自由，大加抨击。会上群情激烈，均赞同罢教。当即决定自二十三日起实行罢教，公推朱光潜草拟罢教宣言及驳斥教育部文电，请求社会各界声援。"[1]

吴虞日记 22 号也记有相关情形："君毅来，言七十余教员签名留张颐。和君亦签名，后又取消之。张颐大不谓然。其实和君签名与否，程氏皆不必用，徒为笑耳。此足知其心劳日拙矣。"[2] 从这段记载中我们也可以看到曾天宇夹在现任同僚与未来校长之间的那种依违失据的心态。处此困境的人当不止曾天宇一人。

23 日上午 8 时，上课教师将《罢教宣言》发给学生后退出教室。宣言全文曰：

> 本校校长问题，同人前为维持学术尊严，陈述意见，公诸社会。顷由张校长转到教部来电，谓为出位干政，败坏学风，并谓校长有导正之责。披览之余，不胜骇异。窃同人以学术界之人谈学术界之事，何为出位干政？同人在校并未制造派系，利诱生徒，何为败坏学风？院长、教授皆由学校礼聘而来，与校长不过暂时宾主，迥非主管僚属之比，何得言受其导正？！教部之电，实属不明体制，蔑视教授人格，同人认为此学术界莫大耻辱。自本日起，不再到校上课。特此声明，伏维公鉴。[3]

---

〔1〕《反对程天放》，第 59 页。
〔2〕《吴虞日记》下册，1938 年 12 月 22 号，第 790—791 页。
〔3〕《国立四川大学教授罢教宣言》，《新民报》（成都版）1938 年 12 月 21、22、23、24、25 日，均为第 8 页；《反对程天放》，第 61 页；《四川大学史稿》第 262—263 页。

同日，罢教教师还向外界发布了一则启事，宣布了罢教的消息，并公开了致教育部电文：

查本大学更动校长问题，引起校内校外重大纠纷。所有经过情形，大部容或未能尽悉。既承指示，"勿使学校前途，发生不良影响"，具见尊重学术，维护教育之意。同人等敢不将事实真象及所持理由，为大部一详陈之：

窃大学校长地位，与普通行政官吏不同。进退黜陟虽由政府，而其道德学问必为社会所公认，而后可以为人师表。故政府有任免之权，而社会实司其选择之任，非可纯用政治权力，强之服从。使学术界教育界人士，一切如小吏之于长官，奉事惟谨而已也。故欧美大学校长，多行推选之制，其尊重学术，因而推崇大学教授地位，不以寻常法令格之，意其盛也。今推选制虽不行于吾国，然大学教授对于校长问题，自述其意见，以为本身进退之标准，而乃谓之出位干政，岂普通言论自由，出处进退自由，一经置身国立大学，遂为赫赫威令所剥夺乎？此同人所不解者一也。

大学教授有发展文化领导社会之责。平时在既定国策之下，自由讲学。遇国家多事之时，无论政治法律外交，乃至国策之修正，或受政府咨询，而发抒谠言；或自陈所见，以供社会采择，皆为国法之所容许，贤明政府之所乐受。汉制，博士与九卿、中二千石会议大致。君主时代，犹且重视学术人才如此。即在近年，如上海十教授之本位文化宣言，及最高领袖所召集之庐山座谈会，教育问题之外，大学教授尚可自由发表主张，况对于政府任用大学校长之标准，陈述意见，公诸社会，无触犯忌讳之辞，无牵涉私人之语，尤无所谓阻挠政府行政用人之意，何得目之为出位干政？此同人所不解者二也。

且以学术所得贡献政治，则政治可期改善；以政治之力束缚学术，则学术日就衰败。故欲保持学术机关之尊严，但于既定国策之下，不使有扰乱政治之行；此外不以政治手段干之，不以派系私意行之。所以然者，惧其以势利而乱学术之公是公非也，惧使学生慑于威武，诱以利禄而戕其节概也，惧政治权力，利用学术机关，以惑乱社会之视听也。故大学无论公立私立，要必使之成一纯粹学术集团。而大学校长之唯一选格，必其学术湛深，操行纯洁，为学术界教育界所推服而不营营于政治活动者。若其人具政治长才乏教育兴趣，而以之为大学校长，非用违其才，则别有用意。二者无一而可。知其不可，而曰此政府命令也，服从之而已，是则非大学教授所宜出也。大部以同人此举为败坏学风，不知败坏学风之责，究应谁属？此同人所不解者三也。

校长之于教授，非如长官之于属僚。聘任之始，自当慎重人选，既聘之后，则当尽量使之发抒其学术能力与主张。又当尊重其人格与地位，不容干涉其个人言论行动。此次同人发表宣言，动机纯洁，不受意于任何要人，不就谋于任何党派。况在张君，自有志趣，岂同人所得而□制之？而同人所欲为，又岂为校长者所得而约束之？校长非尊官，同人实否认其导正之权，而大部以此责之张君，此又同人所不解四也。

又大部电中□目同人为少数院长教授。查本大学设文理法农四学院，院长四人，教授八十余人。列名宣言者，朱光潜、魏嗣銮、董时进三院长也，林思进等七十余人，皆教授也。大部有案可查，其不为少数甚明。此则事实真象，大部或为人所蒙蔽，而未能尽悉，尤不能不为大部郑重声明者矣。

要之国家垂危，至于今日，我最高领袖之宵旰勤劳，全国人士之艰苦奋斗，只为民族生存，争最后之胜利而已。语曰："白刃在胸，自不暇瞬。"我政府宜多为有利抗战之举，少做后方不必要之事。如学年中途，而更张平静无事之大学，同人所谓不必要者也。惟大部慎重权衡而措施之。国家幸甚！全国教育幸甚！

文末并希望"各界同胞，同声响应，予以援助"。[1]

在罢教宣言及文电上签名者，由在"拒程"宣言上签名的56人增长为86人。新增者有周太玄、余锡嘏、赵人儁、凌均吉、张宗元、吴永权、阎汶玉、郭子雄、吴太岗、祝同曾、曾宇康、周煦良、游学泽、吴昌源、曾用修、庞俊、路朝銮、林如稷、李万沅、李仲卿、黄斗懿、萧敦俊、孙炳章、何崇焕、马骥群、李君懿、冯素芸、丁缉熙、陈义掞、濮毂、高华寿、桂质柏、吴天墀、张垂诚、胡芳萍、张孟修、熊世骐、萧公权、刘雅声、徐荣中等。有些原本不打算发表意见的，如赵人儁和萧公权也签了名，或者是受"群情"感染，但也可知"号电"对具有"道高于势"传统的读书人刺激之深。当然，也有一些人曾在"拒程"宣言上签名而未在罢教宣言上签名，有宋诚之、张敷荣、饶孟侃、罗容梓、黄建中、柯召、曹诚英、邵均、余其心等9人。[2] 这或者跟教育部已经明令程天放，转圜余地不大有关。

罢教宣言与"拒程"宣言不同的第二点是，"拒程"宣言由朱光潜等三院长首先签名，接下来是林思进、龚道耕、向楚、李植等地方文化名流和川大元老，罢教宣言则是由向、龚、林、李起头，接下来才是朱、魏、董。根据中国人的习惯，排命顺序的变化通常都包含有特殊的意味。朱、魏、董等人大概是想借这几位元老的声望增强拒程的力量。

---

[1] 《四川大学教授启事》，《新民报》（成都版）1938 年 12 月 21、22、23、24、25 日，均为第 8 页。

[2] 《四川大学史稿》则谓签名者有张敷荣、饶孟侃，与报纸所列不同，不知何据。

当天上午，孟寿椿等到出纳课，逼迫干事张文淮（张颐侄子）打开保险箱，取出校印。10 时，程天放到校，受到约百余学生的欢迎，孟寿椿随即奉上印箱，程天放正式就职，并宣布聘请周岸登为文书主任。下午 2 时，在至公堂召开了迎程大会，来宾有黄仲翔、省府代表王白与、省府秘书长陈筑山、教育厅代表吴且雄等。先由学生代表蒋祥信致辞欢迎，接下来由程天放训话。大致谓，"中枢当局对于我国大学教育，尤其四川大学"极为重视。"本人做事，不避艰难"，"即经负责以后，必尽力为之"。之后，陈、黄、王、吴等先后发言，表示祝贺。3 点半，大会结束。〔1〕

25 日，程天放邀请全校教师在明远楼举行茶会。到会者有60 多人，除了未在罢教宣言上签名的曾天宇、王文元、王少成、金尤史、徐则骏、张少墨、曾省外，签名的王善佺、傅葆琛等也到了会。程天放在会上又一次重复了在三民主义下尊重学术独立和不更动教师等许诺。曾天宇等也在会上发了言，对改进川大提出了意见。这次会议从下午 3 点开到 6 点，与欢迎大会的草草结束形成了对比。〔2〕26 日，《川大周刊》在停了一周后继续出版，刊头由任鸿隽所题换成了程天放所题。

26 日，经全校教师商议，决定发出《文化宣言》。宣言由杨人楩执笔，谓："民族之兴衰，系于文化之消长；而文化之进退，又随学术以转移。"其他诸如政权、制度、人事的变化，对民族的影响久不过百年，暂者不过数十年而已。"是以远识之士，不愿因政治之需要而牺牲学术使独立。"原因有五：一、"学术之目的在于探求真理"，"绝非政治所能包举"，

---

〔1〕《程天放到川大就职》，《新新闻》1938 年 12 月 24 日，第 10 版，又，《本校教职员学生举行欢迎程校长大会》，《川大周刊》第 7 卷第 12、13 合期，1938 年 12 月 26 日，第 6 页。

〔2〕《程天放昨招待四川大学教授》，《新新闻》1938 年 12 月 26 日，第 10 版，《程天放报告治理川大方针》，《兴中日报》1938 年 12 月 26 日，第 7 版。

"更非任何主义所能限制"。"政治有党派，而学术无党派；政治有恩仇，而学术无恩仇，此所谓学术独立者，并非强为高论，实学术本身之性质有以致之。不应包者而强包之，不应限者而强限之，其结果必致于削足适履。"二、"近世科学昌大，学重专门"，"学者不兼为政治家，而政治家亦不必兼为学者"，故"学术之与政治，途径既殊，界限綦明，不容越俎代庖"。三、学者"不因其具有国民之资格，受政府之支配，而遂丧失其学术上之独立之资格也"。学者可有政治见解，"然而只须界限分明，不以学术为政治之工具"，就不损害其学者身份。"学校非政党之地盘，学术非政治之工具，此学术独立之又一意也"。四、政府对教育的"指导统制"，"只求方向正确，不悖立国之精神，非谓举学者超然之品格而摧残之，取学术自由之空气而破坏之，置文化之尊严于政治需要之下也"。政府评价教授，不应以其党派、政见为标准。五、今日列强之中，"学术独立之国家皆为民主"，"学术附庸之国家皆为独裁"，三民主义乃是"一高尚之民主主义"，"国民政府，非独裁之制度也"，因此也应实行学术独立政策。抗战以来，国人"泯除党派之成见"，"团结效忠，已著成绩"。同人等虽"不能于抗战有直接之献，然亦有慕于团结效忠之旨，愿就每人训练所专，兴趣所向"，"维持国家树人进学之大计"。"别无立场，只求国家与民族之盛兴，不拘党派，凡主张保持学术之独立尊严者即为同志。"宣言并提出四项建议：

（一）发挥学术上最高量之智能，以应用于抗战，使学教皆有力量供献于抗战之机会；（二）应设立一独立而崇高之最高学术文化机构，以统筹文化建设事业；（三）在不违背抗战救国纲领之原则下，解除一切言论出版之取缔与限制；（四）慎选各校教师，首以人格为标准，提高其礼遇，以尊师重道。大学应设立审议机关，根据舆论，进退教师。[1]

之后，"法学院教授高新亚又草拟宣言一篇，明白提出二陈系、CC派之名，对其摧残学术、压制言论出版自由、迫害青年学生之种种发动活动，痛加斥责"。川大学生彭德明等200多人，也以"我们对于文化的态度"为题，"发出宣言响应"，提出"发扬民主精神，打破封建观念，提倡自由思想，反对垄断与奴化"。[2]

27日，成都的报纸上登出了张颐的声明，引述了张文淮23日的报告：

> 文淮本日早七钟在本课办事室接得孟秘书长电话，询问校印箱是否发至出纳课保险柜内，当即答云：是的。至九时许，文书课职员曹增荣来课索取印箱。文淮当云，闻文书课路主任已辞职，何人需要。曹答系奉孟秘书长之命来取。因程新校长本日到校接事，即刻需要此印。文淮□言，印箱系路主任派人送来寄放，现路主任已将箱匙缴呈校长。现校长因公外出，容向请示。语至此，孟秘书长已率同多人入室，怒气汹汹，拍柜大骂，并谓你敢于违抗政府命令么？你若不开柜，我要拿你查办。遂逼开保险柜，亲自检出印箱携去。

张颐宣布，此举"如果属实，不仅违法渎职，实于最高学府尊严有碍，依法查究"。印箱内除校印外，"尚有颐橡皮私章及密码电本等物，诚恐以后有人毁箱盗用，发生弊端"，故登报声明私章作废。[3]

---

〔1〕《川大教授文化宣言》，《新民报》（成都版），1938年12月29日，第10页。
〔2〕《反对程天放》，第62—63页。高兴亚等宣言未见。
〔3〕《新新新闻》1938年12月27日，第1版。闵震东先生2002年4月4日接受我的采访时，证实了张文淮的说法。

当天，朱光潜等77人又一次发出致蒋介石等人代电，谓：

> 教部立言失体，致激动公愤，演成罢教。……现在新任校长程天放未约定交代日期，竟于梗日到校，劫夺印信，强为接替。内外嗤鄙，纷扰益甚。窃念川大易长问题，教钧座维护教育，尊重学术，历年对于川大扶持奖掖，尤具苦心。无非为国家培养士风，为民族阐扬文化。复兴之效，实基于是。今此完整之大学，忽乱清宁之学风，推演所届，将使士类蒙羞，群情沮丧。上负薄献，下决民志。国难当前，岂宜有此？光潜等身居大庠，出处进退自有节度。惟事有关学术消长，事业兴坏，与夫钧座所就就爱护者，公正发愤，义不容已。近日默察情势，深知程天放不洽舆情，恐难继任。似宜别简学行俱优，声望素孚之士，接长川大，以慰士林之望，以系川人之心。不揣冒昧，敢举所知如胡适、李四光、任鸿隽、王世杰、陈启修等学术湛深，行谊端正，物望所归，足备斯选。钧座领导全民，尽瘁国家，素以汲引人才为重，敬乞一言主持，俾后方安定之。大学得复常轨，不特芸芸学子沾被大德，全国学术前途实利赖之。

此份代电由国民政府军事委员会办公厅转交教育部，陈立夫在"深知程天放不洽舆情"一句旁，有墨笔圈点，文后并有批注："本党竟无一人！"[1]

青年党在"拒程"运动中的表现甚为突出，同时，张颐虽不是青年党，但他是青年党领袖李璜的姐夫，与李本人关系甚笃，且在北大时就与"国家主义派的教授及学生皆相处得很好"。[2]另一方面，四川又是青年党的根据地，国民党早就对此特别留意

〔1〕 原件藏中国第二历史档案馆，全宗号5，第2607宗。

〔2〕 李璜：《学钝室回忆录》，上册，第201—204页。

了。因此，在国民党看来，这一运动实是青年党在背后作梗。

12月27日，李琢仁致电陈立夫："国派虽略有表示，但在川大之力量有限，究不能为害。已饬川同志全体出动，决无问题也。"[1]由电文来看，国民党早已把青年党当作了主要对手。两天后，李琢仁又有一封电报致陈："川大事国派总动员，已变为国派与本党之争。故坚促放公皓飞渝请示。此间军事当局以有接洽，决能贯彻中央威信，详情放公面陈。请分电邓、潘及王协助接收，则彼辈面子成全，必能顺利成功。再，此间绅耆为国派利用，可不理。签名教授多因位置关系，应严斥。学生一致欢迎放公，为极好之现象。"陈立夫回电表示："王主席及邓、潘二先生及绅耆等均已去电，说明经过。望本党同志团结一致，以应付此事。"[2]将陈立夫在朱光潜等代电上的批注、李琢仁的密电以及前引蒋廷黻的话等材料综合而观，我们可以发现，在国民党中央看来，此事主要是青年党和国民党之间的竞争。[3]这使得问题进一步复杂化，失去了转圜的可能。

陈立夫提到致王、邓、潘之电，或即汪潜文中引用的："国府迁川，中央近在重庆，经行政院会议通过任命之国立大学校长，竟不能顺利就任。有损中央威信，委座甚为震怒，责成四川军政当局，协助解决。"张群也致电和他关系较好的李伯申，"要李在地方绅耆中为程疏通。陈立夫又派教育部主任秘书郭

---

[1] 李琢仁恳电，"促天放先生早日就职"，中国第二历史档案馆档案，全宗号5，第2607宗。"国派"即国家主义派，亦即青年党。

[2] 李琢仁电及陈立夫回电，均藏中国第二历史档案馆，全宗号5，第2607宗。陈立夫回电中对王、邓、潘所用不同称呼，显有亲疏之分，值得注意。

[3] 后来黄季陆曾在回忆程天放的文章中提到此事，谓"那时四川刚从防区制归中央统一指挥不久，地方的狭隘观念仍然严重，又夹杂了党派的因素"。黄季陆：《无比的哀痛——悼念程天放先生》，收《黄季陆先生论学论政文集》第3册，第1784页。黄季陆在此所说，大概仍是国民党中央一派的看法。不过，地方上的反对力量主要是实力派军人和士绅。其中地方军人在政治压力下，只敢在私下里有限度地表示同情，地方士绅则多是过气人物，并不能成就气候。故国民党中央实际上并未把"地方观念"看得很重。而青年党的力量就不可忽视了。

有守到成都与各方商洽"。蒋介石也为此致电邓锡侯、潘文华、王缵绪。邓、潘找到李伯申，李又找到李炳英和向楚。向、李表示"教育部号电蔑视教授人格，激起公愤；程天放办党多年，排斥异己，恐难与共事"。邓、潘将这层意思通知了张群与程天放。[1]

对罢课的教师来说，随着时间的推移，也有骑虎难下之感。朱光潜等 27 日的代电表明，他们已经把运动的策略由"留张拒程"修改为"拒程"。即是说，朱光潜等人已经意识到"留张"是不可能的了。同时，国民党籍学生组成了复课大会，派代表拜访各院长、教授，要求复课。[2]罢课这一行为开始使得教师们的处境渐渐尴尬起来。

27 日，在罢课将近一周之际，程天放也致函各教授，对"号"电问题做了解释：

> 先生惠鉴，天放猥以菲材，忝长川大，当明令公布之时，踟蹰去顾，不敢递承。盖自抗战以来，川省已成民族复兴最重要之根据地，川大又为国立大学中最完整之一校。中央期望至殷，地方关系至切。自维谫陋，恐贻覆□。加以本学期业已开学，校中一切，正循轨进行，中道更张，或非最妥。在中央用人则度德量时，自有权衡。但本人则度德量时，于心未惬。因此中央社记者来访之际，发表谈话，表示尚须考虑，非故为谦让，实出诸至诚。……到校以后，获知诸教授先生，颇有以教育部致前张校长之电，措词较严，遂未到校授课者。此在诸先生为保师道之尊严，天放自能谅解。比将诸先生之意旨转陈教育部，顷奉陈部长覆电如下："成都四川大学程校长天放兄勋鉴，

---

〔1〕 《反对程天放》，第63页。
〔2〕 《反对程天放》，第64页。

四川为今后抗战建国之策源地，川大实西南培育人才之枢纽。切望吾兄与各教职员，共体时艰，协力迈进。俾树之风声，勉作楷模。前本部致张代校长电，对教职员诸君，虽责之稍严，实以期待过厚。希转述此意，切盼。弟陈立夫宥印。"足征过去不幸事件之发生，完全由于误会。现在经此电之解释，诸先生当可以了解教育部之本意。……尚请以学校前途、学生学业为重，……共期在三民主义范畴之内，崇学术之自由，策校程之进步。〔1〕

由于程天放接长的局面已成，学生又要求复课，不少教师也开始动摇。在这种情况下，中共川康特委指示川大总支部，从国共合作的立场出发，要求共产党员不应直接出面参与"拒程"运动，并提出新的斗争策略：一、欢迎程天放，建设新川大；二、欢迎81位教授全部返校，要求程天放不得辞退一个教授；三、改组秘书处，驱除孟寿椿；四、实施抗战教育；五、救济平津失学、失业同学。目的是"既使他不太难堪，又能给他以制约"。〔2〕 "驱孟"的要求提出后，得到了"拒程"派的大力支持。盖孟寿椿在校内培植自己的私人势力，早为人不满；此次又抢夺校印，积极迎程，为反程派所不齿。"拒程"既不可能，"驱孟"成功，亦算小胜，且可削弱程天放的势力。故将重点转移到"驱孟"方面来。

12月31日、1月2日，反程派学生另组织的"复课请援团"派代表两次见程，提出挽留全体教师返校上课、尊重学术独立与自由和整顿学校，驱逐孟寿椿的要求。程天放对前两项要求一口应承，对后一项表示还须考虑。

---

〔1〕《新新新闻》1938 年 12 月 29 日，第 10 版，《程校长陈部长均促各教授即日到校上课》，《川大周刊》第 7 卷第 14 期，第 3—4 页。
〔2〕 韩天石等回忆材料与罗世文讲话，转引自《四川大学史稿》，第 264—265 页。

1939 年 1 月，程天放向参加明远楼茶会的教师表示，愿意公开赞助学术自由的主张，将另设教务处处理教务问题；各院系教师的聘任，由校长征求院长、系主任同意后决定，现任教师的位置全不更动；任用学生以成绩和操行为标准。[1]

2 日，陈立夫又致在罢教宣言上签名的教师一电，谓：

> 顷接代电，得悉诸君对本部致前代校长号电，有所未解。查号电所称各节，原令张前代校长查明办理。诚如来电所称，既无阻挠政府用人行政之意，本部方幸传闻之失实，对诸君初无改敬礼之心。惟近据报告，诸君竟因校长问题，而宣言罢教。消息传来，怆惜至深。按诸君罢教宣言所揭橥者，为学术之自由与教授之尊严。大学为崇尚学术之地，学术研究自当尊重。但行政体制，亦不能不顾。川大前代校长，原系于任前校长辞职以后，由部派代。今政府以合法之手续，任命正式校长，为政府应尽之职责，决非为任何妨碍学术自由之意，此点当为诸君所谅察也。大学教授，为士林表率，一举一动，皆垂范于后学。本部爱重大学教授者至深，故所期望者亦愈切。既置疑于传闻之词，实无改于尊重之心。自当无损于师道之尊严，诸君亦可无所芥蒂于心矣。今当国家危急存亡之秋，政府对于人力财力俱艰之时，……我后方教育同人，正当加倍努力，共维秩序，方无负于国家，无愧于前方将士。立夫忝司教育，凡有学生因罢教而失学者，无论事之曲直如何，职责所在，均难坐视。盖罢教一日，即牺牲千百学生一日之学业，亦即损伤抗战建国之一分力量。诸君皆明达之士，想亦心有未安，尚望消释误会，即日复教，以重教育。至于崇奖学术，尊重师道，原系本部既

―――――――――

[1] 本段和上段均见《反对程天放》，第 64—65 页。

定方针，与诸君所期望者，正无二致。此则愿与诸君共同努力者也。朱、魏、董三院长，能于复教后来渝一叙，尤所企盼。特此电复，即希查照。〔1〕

程天放此时对教师之去留问题，其实已早有打算。1月1日，周岸登拜访吴虞时就透露李蔚芬、魏时珍"在所必宰"。〔2〕周是程的文书主任，此话当非无据。

同时，成都的报纸上也出现了要求复课的声音。1月3日的《新新新闻》发表评论谓："我们不忍心这民族复兴根据地的最高学府，一旦陷入停滞状态，所以始终未置一议。有之，则我们不赞成学生参预于反对拥护之列。""现在又是交过一年了，我们仍然看见许多传单宣言之类，多所主张。"现在抗战建国，"第一要加强我们的团结，第二更要不去做亲者所痛仇者所快的事情"，对于大学来说，"不应使他成为两个敌对的壁垒"。〔3〕

1月5日，对川大教师态度较为友好的成都《新民报》也登出通讯，谓川大一派冷清。文章引述一个学生的话："不管是张校长也好，程校长也好，总得想法不缺我们的课。真是神仙打仗，凡人遭殃。"〔4〕

罢课教师也在做出最后的努力。1月2号吴虞日记载："景伯云魏时珍等拟组织聘任委员会，要求校长承认有执行实权。作函与癸叔言之。"〔5〕

---

〔1〕《新新新闻》1939年1月3日，第9版；《程校长陈部长均促各教授即日到校上课》，第4页。

〔2〕《吴虞日记》下册，1939年1月元旦，第791页。

〔3〕《为川大问题说一句话》，《新新新闻》1939年1月3日，第5版。

〔4〕更生：《罢课中的川大》，《新民报》（成都版）1939年1月5日，第7版。

〔5〕《吴虞日记》下册，1939年1月2号，第791页。按此段文意较为模糊，是魏时珍"作函与癸叔言之"，抑或吴虞得知消息后写信给周报告此事，很难判断。从吴虞此时段的日记看，他对"拒程"运动的态度较为含糊，但从措辞看，似不以为然。但若是吴作书给周，则吴的态度就不能仅仅以"不以为然"来概括了。

1月5日，邓锡侯、潘文华、王缵绪等在沙利文饭店宴请了尹仲锡、徐孝刚、周道刚、邵从恩、李伯申、廖学章等地方绅耆和程天放及川大教授向楚、林思进、李蔚芬、王善佺、钟作猷、朱显祯、徐敦璋等70余人。邓锡侯致辞中表示，此次是受蒋、张、陈的委托，协助程天放解决罢教问题的，希望复课。邵从恩也代表地方绅士提出复课的希望。程天放讲述了他的办校方针：品格的陶冶、学术的研究、技能的训练。最后由向楚代表教师致辞，感谢邓、潘、王，同意程天放的办学方针，"并希望程校长尊重全体教授意见"，定于下周复课。[1]

下午5时许，"沙利文饭店宴会厅中宾主正欢谈甚洽之时"，反程派"复课团""前来欢迎教授复课，并向新校长陈述改进学校意见，要求首先撤换秘书长孟寿椿，高唱事先编好的驱孟拉拉词"。邓、潘、王等当即向学生表示，要"圆满解决此事"。1月7日，"复课团"准备再开驱孟大会。[2]邓、潘、王再次表示，他们将赴渝面请教育部撤换孟寿椿。12日，川大驱孟学生致电行营转在渝的邓、潘、王，云"驱孟无果，群情不安。除□呈教部外，祈钧座等秉公维护，用伸正义"。[3]程天放也不愿意因为孟寿椿再次引起矛盾。在这种情况下，孟寿椿不得不"奉教部召飞渝"。同时回渝的，还有奉命"议处川大问题"的郭有守。[4]

1月9日，罢课教师发表由李蔚芬起草的复课宣言。称教育部"不察情实"，"严词诃责"，"同人等不忍见最高学府之尊严、大学教授之人格，扫地以尽。既不能忍辱含诟以对生徒；又不能［归］饰辞巧说以欺社会，不得已而出于罢教之一举"。经过

---

〔1〕《新新新闻》1939年1月6日，第10版。
〔2〕《新民报》(成都版)1939年1月7日，第6版。
〔3〕《四川日报》1939年1月13日，第7版。熊复说，《四川日报》是在中共的影响下出版的。前揭熊文，第24页。
〔4〕《四川日报》1939年1月12日，第2版。

陈立夫的解释，表明"当局"对"学术研究之自由，学校教师之尊严""亦必有明确之认识"。同时，"罢教以来，大学诸生，仓皇辍业，坚请早日复课；而军政当局、乡邦耆老亦皆殷勤关念"，又接程天放来函，消释误会，"其维护教育，尊重学术之意，与同人等初无二致。同人等鉴于国难当前，负荷纂重，即日复课"。此时，领导"拒程"运动的朱光潜、董时进都已离开成都，魏时珍则表示须与二人商量后始能决定去就。〔1〕三人最终仍以辞职离校表示抗议。朱光潜与张颐一起赴乐山武汉大学，〔2〕董时进辞职自

〔1〕《新新新闻》1939 年 1 月 9 日，第 10 版。
〔2〕 1 月 15 日，朱光潜到武大后，辗转收到了周扬 1938 年 12 月 29 日寄到成都的来信。周扬信的内容如何，不得而知。朱光潜回信说："假如它早到一个月，此刻我也许不在嘉定而到了延安和你们在一块了。教部于去年 12 月中发表程天放做川大校长，我素来不高兴和政客们在一起，尤其厌恶与程氏那个小组织的政客在一起。他到了学校，我就离开了成都。"（《致周扬》，《朱光潜全集》第 9 卷，安徽教育出版社，1996 年，第 19 页）"早到一个月"云云，其实是客气话。盖从周扬写信到朱光潜收信尚不足一个月也。又，朱光潜在 1949 年写的《自我检讨》一文中，谈到自己在学生时代接受了"为学问而学问"的观念。"假如说我有些微政治意识的话，那只是一种模糊的欧美式的民主自由主义。26 年抗日战事起，我转到四川大学。校长是一位北大哲学系的旧同事，倒是规规矩矩地办学，可是因为不会逢迎教育部长陈立夫，过了一年就被撤了职，换了他的党羽程天放。当时我以一个自由思想者的立场，掀起风潮去反对。反对不成，我就辞了职离开四川大学。这是我生平第一次感到反动政府的压迫而起反抗。这消息传出去了，一位在延安做文化工作的先生曾经写信邀我去延安，我很想借这个机会去看我能否参加比较积极的工作。由于认识的不够和意志的薄弱，我终于辜负了这位先生的好意，转到武汉大学去继续教书。"这位"在延安做文化工作的先生"即周扬。朱在这篇真诚反省自己的文章里对"拒程"的动机及"拒程"运动对自己思想的触动都交代得很清楚。从中可见，中共其实很关注朱光潜等人在"拒程"运动中的表现。此事对朱光潜的影响也较大。《自我检讨》一文原发表于 1949 年 11 月 27 日《人民日报》，收《朱光潜全集》第 9 卷，引文在第 535—536 页。后来朱光潜作了武大教务长以后，王星拱还为此受到陈立夫的批评。在王的劝说下，朱加入了国民党。据时在武大读书的卢祥麟的回忆，朱光潜到武大后，又与程天放和陈立夫发生过一场类似的冲突。1943 年，陈立夫趁武汉大学校长王星拱患病期间，派程天放出长武大，武大教师发起"挽王抵程"运动，叶圣陶、朱光潜、丁燮和、戴名巽、彭迪先等为此联名发表宣言。"对此，陈立夫亲自出马施加压力，召开师生大会，多数教师和学生拒绝参加，结果任程天放为校长的企图未能得逞。"卢祥麟：《在乐山时期的武汉大学》，中国人民政治协商会议西南地区文史资料协作会议编：《抗战时期内迁西南的高等院校》，贵州民族出版社，1988 年，第 231 页。

办农场并主编《现代农民》杂志。魏时珍于1940年起任川康农工学院院长。[1]

第三节 余波：从"国立化"到"党化"

程天放接任后，一面继续推进"国立化"措施，一面加强了"党化"教育。

程氏到校后所面临的第一个问题是如何消除反对力量。为此，他在不同的场合几次宣布要"谋川大的进步"。在这方面，中央政府也确实给了他不少支持。

首先是经费问题。1938年12月26日，程天放第一次出席学校的总理纪念周，说自己视事才数日，还未完全明了学校的情形，但"一切事业的发展，经费为先决条件"，"故本人对大学经费，是第一件注意的事"。他讲述了与四川省政府就川大经费问题的交涉经过：

> 过去本大学经费来源，为中央政府与地方政府共同拨

[1] 这个学校是蒋介石以军事委员会的名义筹办的。据魏时珍先生的学生、川大物理系姚昌瑞教授于2002年4月10日转述，魏时珍的院长职务是由李璜向蒋介石"要"来的。学院的董事包括张群、陈布雷、王世杰、张道藩、李璜、左舜生、任鸿隽、邓锡侯、刘文辉、卢作孚、黄季陆、胡次威和魏时珍。见汪克勇《魏时珍先生年谱（简略稿）》,《魏时珍先生纪念文集》，第106页。从名单看，基本上是由国民党、青年党和四川地方实力派组成的，象征着这三派（不稳定）的"联合"。这一名单上所反映出来的几方和"拒程"运动所牵涉到的各方颇有相似之处。邹韬奋曾回忆到，李璜对他说，"有几个教员因为有了青年党籍被发现，便被打破饭碗。"李氏"对此事当然非常愤慨，他乘着和蒋先生见面的机会，把这件事很具体地告诉了蒋先生，并把因党籍问题被打破饭碗的教员名单都交给了蒋先生。蒋先生听了之后，认为这是不应该的，他说：'我把青年党的同志看作和国民党的同志一样，让我叫他们查明纠正。'"见邹韬奋《患难余生记》，收《经历》，岳麓书社，1999年，第192页。按邹氏所说，未必即是"拒程"一事，然作为旁证，却可表明青年党领袖对于党员"饭碗"的保护。

给，中央约占三分之二，地方约占三分之一。最近省当局，以本大学系国立的缘故，经费应全用国款，故将本校每年应领省款十八万元，未列入省预算内。本人闻讯以后，深感川大经费若突然减少十八万元之巨，困难极大。前日特与省当局谈及此项问题，并说明川大在四川特殊重要。就系统上，四川大学虽是国立，应用国款；然实际上川大的陶铸之青年，四川学生最多数，故川大前途之发展，直接于四川求学青年有密切关系。省当局答覆本人，可向中央建议，请求增加经费。本人对省当局解释，以后中央若获增加经费，应作为充实设备之用。不应因中央增加经费，而地方减少经费。仍请省当局保存本大学年领省款十八万元的原案。[1]

1939 年 2 月，程天放再次提到经费问题："本人到校以后，就感觉经费很少。无论就人数、院系来说，川大经费在国立大学中却算是最少的。如中山大学、中央大学经费均在百万以上，西北西南两联大、武汉、同济、浙江大学的经费亦比本校为多……这对学校的前途影响颇大。所以本人特向教部请求增加经费，一以提高教职员的待遇，一以增加图书仪器，请每月增加一万元。经再三接洽的结果，教部已有允意。"最后决定每年增加 5 万元。另外，"抗战以后购买外国图书颇不容易"，教育部成立了战时图书征集委员会，在英国得了 15000 镑的捐款购买英国图书。"本来这个办法教部是想补充抗战以后被迁徙的学校"，程天放知道后，向教育部请求，称"川大虽未因迁移而损失，但过去图书太少，而且川大容了不少因迁徙而来的借读生，故有同样补充之必要。结果大约可得两千英镑

---

〔1〕《程校长出席总理纪念周讲演词》，1938 年 12 月 26 日，《川大周刊》第 7 卷第 12、13 合期，第 2 页。

的书"。[1]

同时，程天放鉴于"国内国立大学教职员薪给多以七折计算，而本校则为六折"，相对而言"待遇低下"，决定自 1939 年 3 月 1 日起，教职员薪水以 7 折计；到职一年以上薪水在 50 元以下者，一律加薪 5 元。[2] 这一政策有利于改善程天放在教师中的形象。

1939 年春，四川省政府在制订下年度预算时，又未列入川大经费。蒋介石得悉这一情况后，"曾电饬川省府对补助川大之教费迅予照拨"。经四川省与教育部协商，将四川省应拨西康教育经费而未付部分移拨川大，不足数由省教育经费旧欠项下拨付。[3] 同时，经程天放"迭次向中央请求"，1940 年度川大经费由原来的 53 万 7 千元增长至 63 万元。"除了固定的经常费外，又增加临时经费，迁移费三万，建筑费八万，设备费八万"。[4] 根据 1941 年初全国高等教育经费统计，川大占了总数 2230 万元的二十二分之一，由国立大学中的第十三四位上升为第四位。[5]

程天放长校以后，不少人相继辞职，特别是高级职员。[6]

---

〔1〕《本校程校长在渝公毕返校》，《川大周刊》第 7 卷第 19 期，1939 年 2 月 6 日，第 8 页。

〔2〕《程校长提高教职员待遇之第一声》，《川大周刊》第 7 卷第 26 期，第 6 页。

〔3〕《川省府补助本大学教费将拨发》，《川大周刊》第 7 卷第 29 期，第 7 页。教育部为此与四川省教育厅的函电，藏中国第二历史档案馆，全宗号 5，第 3587 宗。

〔4〕程天放在 1939 年 12 月 5 日新生开学典礼上的讲话，收国立四川大学教务处出版组 1942 年 6 月编印《程校长讲辞选辑》上册，"川大档案"第 39 卷。在程天放的要求下，教育部又答应给临时搬迁费 2 万元，见《二十八年度校务会议记录》1939 年 12 月 13 日，"川大档案"第 178 卷。

〔5〕程天放在 1941 年 2 月 24 日国父纪念周上的讲话，《程校长讲辞选辑》上册，"川大档案"第 39 卷。

〔6〕1943 年 2 月 1 日，武汉大学教授何定杰的女儿、时就读川大的何海平曾对杨静远说，自朱光潜"带了一批先生到武大来，川大只剩下一些脓包了"。杨静远：《让庐日记》，武汉大学出版社，2003 年，第 109 页。这一说法对剩下的教师自然极不公平，但当时反映出学校里一批向学的学生对程天放长校以后情况的不满。

因此，这方面人员构成的变化很大。接替朱光潜、魏时珍、董时进的是向楚、张洪沅、王善佺，接替"因事请假"的孟寿椿的是傅况鳞（兼法学院教授）。傅是四川人，系"前京沪著名律师"，"历任南京《中央日报》、《新中华报》、《建设日报》、《妇女晨报》等报主笔"。1938 年回川后，应邓锡侯之邀，出任川康绥靖公署上校秘书、驻汉办事处处长等职。[1] 傅在地方上有些关系，和邓交好。1936 年他还在南京时，曾受四川旅京同乡会的委托，准备对陈衡哲提起诉讼。1939 年 2 月，程天放又聘请曾任中央政治学校研究部总干事、国立戏剧学校训导主任的廖登学为庶务课主任。[2]

有关职员的变化，萧公权曾经回忆道，程天放到校后，请赵人儁担任经济系主任，萧公权担任政治系主任。萧氏向赵表示，首先，自己曾经"立志专心教学，不担任任何学校行政工作"；其次，"昨天，政治系教授张宗元先生对我说，学校通知他，下年不再续聘。他是南开大学毕业生，曾留学美国。在川大任教将满三年。我听见现任系主任徐敦璋先生说：'他教学的成绩不错，颇受学生的尊敬。只是他心直口快，爱谈时事，毫无顾忌。'校长想整顿政治系，因而要我做系主任，依理我应该协助他。然而在约我之先，他解聘了系里并未渎职的教授。系主任的职务我确实不便承担"。[3]

萧的回忆表明，程天放到校后，希望借助赵人儁、萧公权等反程并不坚决但在学术上极有建树的人的声望提升自己的支持率，同时又力事排斥张宗元这种"爱谈时事"的人。萧公权不就聘的理由是，"在约我之先，他解聘了系里并未渎职的教授"。萧的意思并不是他一定不可以就任，但是，按教师聘任

---

〔1〕 《川大周刊》第 7 卷第 22 期，1939 年 2 月 28 日，第 6 页。
〔2〕 《川大周刊》第 7 卷第 20 期，1939 年 2 月 13 日，第 7 页。
〔3〕 萧公权：《问学谏往录》，第 136 页。

条例，教授的聘任与解聘应与系主任商量。程天放解聘张宗元，大概使萧公权感到程的确不够尊重"学术自由"，因此表示"确实不便承担"。

程天放也加强了学校训育制度。如，1940年1月起，规定"总理纪念周实行点名"。[1]此外，实行的一系列措施还包括："（1）生活指导方面：采取积极消极并重之原则，一方面订定励志公约、奖励办法，鼓励学生自觉、自强、自治、自信；一方面订定各种规则，制止不合规律之思想行为生活；（2）生活考查方面：根据各种考核办法，就其平时记载参以导师报告，综合而定学生操行成绩。"[2]

在党务方面，1938年底，国民党四川省党部、四川省执委会就在四川的各大学中组织了直属区分党部，川大的党员进行了登记。[3]1939年春，程天放报国民党中央，要求在川大成立国民党川大直属区党部和三青团川大直属区队，并建立了两个筹备处。前者由向楚、傅况鳞、钟行素负责，后者由徐则骏负责。半年之间，川大教职员、学生经程天放介绍加入国民党者达400多，学生加入三青团的有200多人。[4]1939年2月15日，他写信给陈立夫，希望二人共同介绍私立华西协和大学校长张凌高等100多人加入国民党，并要求增加华西大学的补助费。[5]当是张希望通过程的引介谋求教育部的更多财政支

---

〔1〕 牌告，"川大档案"第122卷。

〔2〕 《四川省教育视察团视察报告》，1941年4月，中国第二历史档案馆，全宗号5，第1975宗。

〔3〕 《本校国民党员行将组织直属区分部》，《川大周刊》，第7卷第10期，第6页。

〔4〕 《反对程天放》，第67页。程为筹备直属区党部，向川大教授散发入党申请书。张颐佢、农学院教授张文湘为此辞去教职，改任江津园艺示范场场长。事见缪彤希《张文湘与伏令夏橙》，江安县政协文史资料研究委员会编《江安文史资料选编》第5辑，1991年，第76—77页。

〔5〕 原件藏中国第二历史档案馆，全宗号5，第2706宗。

持，但这样一来国民党的力量也就大大增强。[1]

1939 年 6 月，在迁校峨眉的紧张工作中，川大党义研究会成立。程天放亲自致函国民党中央政治部、正中书局、军事委员会政治部、中央宣传部、国立编译馆、中山文化教育馆等处，搜求"各种有关本党主义、革命事迹及抗战建国之报章杂志书籍论著画片等"，以充实该会书报室。[2]

1940 年 10 月 10 日下午，为庆祝国庆，川大直属区党部在学校召开了"教职员同志座谈会"，到会 100 多人，由训导长兼党部书记柯育甫主席，讨论题目为"如何推进学校党务"，"对各种学科及训育实施配合三民主义之教学，均由各教授交换意见，发挥详尽"。会议从 2 点持续到 5 点 30 分始散。[3]

1941 年 4 月，四川省教育视察团第一组视察了在川各高校（含内迁的中央大学、武汉大学等）后表示："就各校党务团务工作现状言，似以四川大学及华西大学为最佳；就党与团工作言，团之工作似较佳"。[4] 此可见两校在党化教育方面的成功。

被认为程氏实行党化教育措施之一的，还有迁校峨眉的举动。由于重庆、万县等地已经遭到日军轰炸，因此，从 1939 年

〔1〕 华西大学因系教会学校，故长期以来自成一套。据 30 年代中期在该校读书的艾西由等人的回忆："华西坝成为事实上的租界，军阀势力不敢侵入，一九三二年，军阀刘文辉、田颂尧在成都巷战，城内不少'士绅'逃往华西坝避难。两军军队调动，宁肯绕道也不敢通过华西坝的捷径。教育制度上更是自搞一套，不用国民党的党义而用基督伦理，拒绝成立国民党党部。我们在华大读书几年，没有哪里挂过'党国旗'"（艾西由、李宋、徐庆坚：《回忆一九三五年华大反逮捕斗争》，《成都文史资料选辑》第 7 辑，1984 年，第 74 页）。
〔2〕 原件藏"川大档案"第 1800 卷。
〔3〕 川大送交成都《中央日报》、《新新新闻》、《党军日报》及重庆《中央日报》的新闻稿，"川大档案"第 1935 卷。
〔4〕 《四川省教育视察团第一组视察高等教育意见》，中国第二历史档案馆档案，全宗号 5，第 1975 宗。

1月起，程天放就计划迁校，并先后派人到灌县、彭县、崇宁、峨眉等处勘察。陈立夫一开始对这一计划并不赞成，主张川大应以疏散为主。[1] 但在程天放的劝说下，最终应允，并拨给了搬迁费。6月，学校开始搬迁；9月，正式在峨眉开课。程天放坚持要迁校的原因，汪潜、邓胥功两先生异口同声地认为是为了"逃避舆论的攻击"；[2] 吴天墀先生则说，程天放认为成都社会复杂，把学校搬到偏僻之区，可以防止学生受到各种思想的影响。此时刚好有日军飞机轰炸成都，给了程天放一个机会。[3] 虽然我们不能肯定程天放迁校的根本动机，但这一举动显然不为川大师生所欢迎。因此，后来黄季陆接长后的第一件事就是把学校重新迁回成都。

在"拒程运动"中，程天放目睹了地方士绅、特别是一些在川大任教的老先生发挥的重要作用，而地方军政势力也是中央政府不得不直面的一种力量，因此，在"国立化"程度提升和"党化"教育加强的同时，程天放也试图与地方派搞好关系。他任用傅况鳞即和邓锡侯有关。另外一个例子是向楚。向虽然是国民党员，但政治色彩不浓，在地方上享有声望，因此，更接近地方派。他是川大的元老，从他地位的升降中，颇可看出历任校长在用人方面的一些考虑。在王兆荣时期，他一直任文学院院长，并经常出面与地方当局交涉。任鸿隽和张颐时期，文学院院长一直由新派人物担任，向在校务活动中也较为沉寂。"拒程"开始后，由于要得到地方势力的支持，向楚等人的地位也随之上升，并在解决问题的过程中扮演了重要角色。程到校后，再以向楚为文学院长。人类学家弗思曾经发现，在一些新兴的自治国家里，往

---

[1] 《程校长出席总理纪念周讲演词》（1939年3月27日），《川大周刊》第7卷第25期，1939年3月27日，第3页。

[2] 《反对程天放》，第68页；前揭邓胥功文，第70页。

[3] 吴天墀先生2000年10月31日口述记录。

往有传统重新兴起的现象，原因是新的政府试图塑造一个与前政权有区别的新的社会特征。[1]程天放重新起用向楚，或许就具有这一象征意义。

根据"川大档案"所存记录，1939年1月—1942年10月，程天放外出16次，其间，校务由向楚代理8次之多，占了一半。[2]可知程天放对向楚的倚重。此外，向楚也和程天放有些应酬。现存向楚诗集中有《育仁招饮，程天放、戴季陶两君在座，天放赋诗奉和》一首，未系年，大致当在程天放长校期间。前四句谓："向柳园中各尽欢，疏狂失笑广文毡。多才能赋程元凤，好事当官戴伯鸾。"[3]第三句即指程天放。此是酬酢之词，从中不能判断两人有更深的交往，但应该也不是偶一为之。

向楚作为地方民间领袖对知识界和中央政权均有吸引力，说明"民"的象征性政治潜力因"民国"这一国家形象的树立得到强化，而在中央和地方的竞争中具有了超越性地位。这种潜力不一定成为现实，但各方出于与政治有关的目的对这一非政治的力量加以有意识地利用，说明其作用未可忽视。

第四节　小　结

经过抗战初期的努力，川大基本上实现了"国立化"。下面是1938—1939年度上期在四川省的各高校概况一览表：[4]

---

〔1〕　雷蒙德·弗思：《人文类型》，费孝通译，商务印书馆，1991年，第6页。
〔2〕　程天放历次外出牌告，"川大档案"第41卷。
〔3〕　向楚：《空石居诗存》，四川大学出版社，1988年，第77—78页。
〔4〕　《新四川月刊》第1卷第2期，1939年6月30日，第40—41页。

表1

単位：人、元

学 校 名 称	学生	职员	教授	讲师	助教	经费	图书仪器费
国立中央大学	1940	134	160	39	102	1720000	2152400
国立中央大学医学院	65	12	9	4	9	12000	5100
国立中央大学附属牙专	48	2	3	1		80000	1400
国立东北大学	330	40	28	2	6	193200	15281
国立武汉大学	800						
国立四川大学	1200	76	78	28	18	720000	1200000
国立北平师大劳作专修科	23	2	1	6	1	14400	
国立药学专科学校	180	22	15	12	7	114000	19131
省立重庆大学	720	72	79	27	18	500000	
省立教育学院	144	34	13	7	1	150000	
省立戏剧教育实验学校	63	16	10	2		50000	
私立华西协合大学	568	28	48	43	17	6152159	
私立光华大学	386	18	34		3		30000
私立金陵大学	506						
私立金陵女子文学院	115	13	23	6	4	172192	
私立复旦大学							
私立齐鲁大学	280						
私立朝阳学院	103						
私立武昌中华大学							
私立武昌艺术专科学校							
私立武昌文华图书馆专校							

除了少数几所学校情况不详外，由表中可以看出，在1938年上半年，中央大学仍然实力最强，在1938年下半年，川大的学生、职员、助教、图书仪器费均位居第二，教授、讲师人数和经费数目均列第三。其中教授人数与居第二位的重庆大学相比，仅差1人；在经费方面，华西大学是教会学校，原本就"财大气粗"，比中央大学的经费还要充裕得多。因此，川大在这些方面的排名已相当靠前。这虽然只是对位于四川的各高校的分析，但是，除了云南的西南联大、贵州的浙江大学，当时川内汇聚了中国最好的几所大学。因此，我们至少可以说，当时的川大已经进入全国实力最强的几所学校之一。这当然和"四川"这一省区位置分不开，重庆大学的发展也有赖于此。

大概正是由于这个原因，1943年初黄季陆接任川大，就提出"四川大学要在建国的大业中，竭尽其国立大学应尽的义务"。他希望"不但要使川大成为全国最高最完善的学府，同时还要使川大成为世界上有名的完善的学府"。[1]即是说，在黄季陆看来，川大的"国立化"已经完成，此时的问题已经不是"国立化"，而成了"世界化"了。这其实只算是黄氏的一厢情愿，因川大其时虽有了大的发展，距"全国最高最完善的学府"的要求尚差得远。不过，川大已经实现了真正的"国立化"，倒已获得公认。只是这已是在"国"缩小了的情况下，不免带有讽刺意味。

另外一个具有讽刺意味的现象是，川大此前一直同地方当局存在着或明或暗的冲突，在这一过程中，"中央"常常被川大人当作一种庇护性力量来求助。但是，随着国立化的实现，川大人冲突的对象却换成了中央。"拒程"运动夹杂着

---

〔1〕 转引自李有为《黄季陆略历及长川大建树》，《成都文史资料选辑》总第19辑，第24—25页。

"道势"之争、党派之争、地域之争，参与者各有理据，但对大多数人来说，体会最深的却是学术独立受到了干预。

程天放出长川大，当然有陈立夫等提倡党化教育的考虑，但是，国民党政府对这一运动未必准确的"定性"（青年党与国民党之争）却是造成事情难以转圜的一个不可忽视的原因。另一方面，这次运动的参与主体是教师，这和此前几次运动中学生积极参与的情况形成了对比。这似乎也是运动失败的一个原因。

就学理而言，国立化的实现并不一定必然干预到学术自由，省管也不一定就会有更多的自由。川大的情况带有一定的特殊性，它和程天放本人的政治背景及拒程运动的政治化分不开。不过，在事实上，由于四川政局动荡，地方政府本身就不稳定，社会风气又较重文，对学校自然疏于管理，如能获得地方军人的"庇护"，还会得到一些实际利益（当然，此利益亦是相对的）；中央更是形同虚设。1935 年以前的川大，遇到的危机多在经济方面，这自然对教育和学术的发展不利，但另一方面，学术本身也获得了一个相对宽松的空间。此前地方军人与学校虽也有因校长人选发生的冲突，但通常并不涉及教师进退和教育理念问题，因其本身对理念并不大关心。从这个意义上说，任鸿隽说四川军人不为"主义"而战，未必全无好处。周辅成说，北伐前的四川是"军阀专横的世界；他们虽然已知自己前途不妙，但也仍在力求生存。他们怕共产党，但不怕国民党，所以力求左右逢源；只要你不惹他，言论还是可以自由的"。[1]而反观陈立夫管理教育，之所以激起反对，一个原因便在于他有自己信奉的

---

[1] 周辅成：《我所亲历的 20 世纪》，收《论人和人的解放》，华东师范大学出版社，1997 年，第 491—492 页。

"主义"。〔1〕

从全国的情况看，亦有类似情形。一般说来，北洋政府时期，在教育方面相对宽松。萧公权便注意到，"北京政府对于教育似乎倾向于放任。任何'热心教育'的人，组织一个董事会，筹集一些经费，租赁适宜的房屋，雇请必需的教职员，便可设立'大学'，定期招生"。〔2〕因此，教学质量也就大打折扣。国民政府成立后，加强了教育管理，但学术环境也多少受到影响。这一具有诡论性质的转变，或许是人们始料未及的。

---

〔1〕 王汎森先生注意到，新文化运动以后，中国的思想界有两条相矛盾的思路"平行前进"："一方面是追求新学术"，也就是要建立一个脱离政治教条的"学问之独立王国"；"另一方面是要找'主义'"。见《"主义崇拜"与近代中国学术社会的命运——以陈寅恪为中心的考察》（收《中国近代思想与学术的系谱》，第470页）任鸿隽本人便同时显出这两条思路的影响。早在1914年，他就哀叹"吾中国之无学界"乃是中国国家衰弱的原因和表现，而呼吁"建立学界"（《建立学界论》、《建立学界再论》，收《科学救国之梦：任鸿隽文存》，第3—13页）。虽然在任的思想中救国的一面更占上风，但他对政治干预学术（如"党化教育"）也持激烈的批判态度。

〔2〕 萧公权：《问学谏往录》，第89页。

第 **5** 章

大学中的"国家"：总结与思考

　　四川大学国立化进程历时甚长，其间不管是全国和四川的政局还是学校的状况都发生了很多变化。国立化虽是其中的一条"主线"，但在不同的时间，随着不同的情势，对不同的参与者来说，其实际意谓并不完全相同。大体而言，这一进程可分三个阶段：一、1935 年以前。四川政治为中央政府的实际控制能力所不及，处在半独立状态。学校虽名国立，实是一所地方性大学。川大师生为了对抗地方势力的控制，积极寻求中央的支持，成为此期国立化的基本特征。二、1935 年到抗战初。在中央政府的支持下，两位校长任鸿隽和张颐大力推进国立化，使川大从地方力量的控制下解脱出来，并着力消除学校地方色彩。而中央则将此视为权力扩张的一部分，又使国立化带上了中央化色彩。三、随着抗战爆发，川大的国立化基本完成，学校被牢固地掌握在中央政府手中。但这一结果却使川大人与中央产生了分歧。

　　这一进程涉及多种社会层面与问题的互动，为民族主义和国家统一运动的广泛作用与表现形态提供了一个超越简单的观念史思考的广阔空间。换言之，思想并不仅仅表现为言论与观点，也具体地展示为不同社会群体的行动选择和各种社会制度的构建。本章拟在前文的事件叙述基础上，对此进程中各群体与阶层的互动、"国家"及与之密切相关的"中央"、"地方"等概念在不同事件语境中的落实情形、现代国家制度建设与学术教育的吊诡关系，以及国家建设、国家—社会等理论在中国近代史研究中的适用度等问题加以初步的反思。

在中央与地方之间

国家、中央、地方及其与大学的关系，是川大国立化进程中一个最具启示意义的主题，其具体情况随着时间推移而有不同表现。这也影响到"国立化"三字的实际内涵。

1912 年《大学令》颁布，取消高等学堂的建制以后，四川社会就一直有筹设大学之议。不过，多数议论却并未明确这所大学是国立抑或省立。或者说，此时四川知识界的大多数人（包括耆绅）关注的主要问题还是四川地方教育和文化的发展，至于拟设中的学校之"归属"问题，人们似还未考虑。1916 年，成都高师定名"国立"，是四川有国立学校之始。1925 年傅振烈筹办成都大学，本计划就高师改造而成，故延用高师旧制，定为"国立"。在此后的成、高纠纷中，四川需要一所国立大学的要求开始浮出水面。成大最初不同意成、高分办，而是要"附丽"于高师之上，便是出于这一考虑。盖成大本是地方善后会议的决议，其"国立"之名实不正。直到教育部批准"分途并进"，成大"瓦解"的危险才告解除。但不管是北洋政府还是南京政府，对成大这一在地方势力支持下建立起来的学校，虽然都允许"备案"，然均未正式认可其"国立"身份。成大师生虽然也一向以"国立"自居，但"名分"仍然是困扰着他们的一个重要问题。

如张澜所说，成大使用国款，虽无国立之名，却有国立之实。成大也因此成为"三大"中实力最强的一所学校。因此，成大对"国立"身份的渴求，并不完全出于实际利益的考虑，更多地还在"国立"这一名分本身的吸引力。那么，"国立"对成大人来说意味着什么呢？比起省立大学，国立大学的地位较高，恐怕是最主要的原因。而这又是四川人的地域自尊心的一种体现。1931年张澜要求承认成大为"国立"的呈文，即从中央政府不应有地域歧视这一角度立论，便可见出这一层关怀。换言之，"国立化"要求的背后乃是对地方文化教育事业的关切。

1927年夏，龚道耕要求高师改大的呈文与张澜呈文的立论角度如出一辙，但是，二人的具体目标却恰好南辕北辙。如果说成大所欲在"国立"之名的话，高师（师大）却刚好相反。它是空有国立之名，而无国立之实，经费来自四川省款，常常入不敷出，并因此受到省立各校的排斥。因此，他们所要求的，是实现经费上的"国立化"。否则，就有可能在实际上被当作非国立学校来看待。比如说，1927年吴芳吉在家信中所说，省立学校经费不充，"成大是国立"，故情况稍好。这句话严格推敲是不通的。盖高师更是"国立"，情况与省立各校一样糟糕。吴在有意无意中以经费的来源作为了"国立"与否的标准，或者反映出时人心目中对"国立"标准的一种实际认知。

但问题是，成大使用的"国款"，恰恰是掌握在地方手中的。或者说，"地方"在这一方面反而比从理论上最能代表国家的"中央"更具"国家"的实力。但是，在理论上，成大的"国立"无异自封，因其并未得到中央的许可。高师也因此对成大不服。但是，在四川，中央的命令实际上只是一纸空文，能否落实，全看地方政府的意愿。高师在地方上没有刘湘这样更为强大的靠山，在经费上反而不能"国立"。其间所呈现的"国家"与"地方"的复杂关系，或者说，中央与地方谁更有能力代表国家的问题，颇值得深思。

"国立化"的另一好处，就是尽可能地少受地方势力的干预。高师学生在反对傅振烈的宣言中就强调地方势力无权管理国立学校。姜亮夫先生也曾回忆说，成都高师的学生是"在枪炮声中读书"的，这使他们"对四川军阀非常厌恶"：

> 在举行毕业典礼时，杨（森）以当地长官身份出席毕业典礼。等校长、来宾讲过话后，我作为毕业生代表致答辞，我便傻里傻气地说："今天在这里的一切人要明白，这块地方属中央，不属四川省，成都高师要像个国立大学，不要被地方扰挠！……"这两句话是指杨森，因为杨森进城，换了好几个校长，后由于学生反对，阴谋未成，最后由张表方先生调解自任校长，风波才得以平息，我的这两句话一出口，掌声不绝达二三分钟之久，大家情绪振奋！杨森立即带一排军人盛怒而去。张表方校长看了，知道不好，立即和林山腴先生商量。……匆匆写了一封信叫我去华西大学。据说我离开成都高师不久，杨森就派兵来成都高师抓我，我已到华西大学，正好当时有个传教士一家五人要回国，华西校长派人替我化装成抬滑竿的人，混在这群人中逃出成都，来到资中，资中已不是杨森的防地。[1]

或者因为时间久远，姜先生的回忆在细节方面不尽确切。其中最有问题的是，张澜任高师校长是 1926 年春，其时杨森已经兵败退出成都了。怎么可能会有派兵抓人之事呢？因此或有误记。不过，其表达出的国立大学"不应被地方扰挠"的想法，

---

[1]　姜亮夫：《忆成都高师》，第 279—280 页。

却具有鲜明的时代色彩。[1] 高师学生拒绝傅振烈的宣言中，抱怨"本校国立于斯，亦数苦其荼毒"，即为此意。

另一方面，如同省立各校观察到的，由于中央在四川形同虚设，国立的成都高师有时可以利用自己的地位赢得真正的国立学校和四川的省立学校都无法获得的自主权。在这种情况下，"国立"成为一个可资利用的名义，"中央"也成为一个旗号，学校借此从地方政府那里获得自主，其所欲恐怕并不是真正的"国立"。

但是，国立学校自主权的大小与有无，实际上要看地方政治权势想不想管。有时，问题特别棘手，比如成、高纠纷中，双方各有援据，负责处理的教育厅长万克明夹在两大之间，便以高师属于国立，"向来直隶教部管理"为理由，希望能够推脱干净。但是，当地方权势要插手学校事务的时候，由于中央权力在地方上的实际缺席，国立大学也无可奈何，如1931年刘文辉强行合并"三大"。

四川大学国立化进程中，各方政治权势的运作清晰可见。在中央入川以前，主要是地方政治势力之间的冲突。从校长的更替来说，从傅振烈到张澜，背后分别有杨森和刘湘的支持。合并"三大"，是刘文辉统一四川的一个步骤，标志着他在成都教育界打败了其他各军。刘文辉对待国立川大，有似刘湘对待国立成大；这样，王兆荣和国立川大也在事实上被卷入了地方军人之间的争斗。"二刘"大战，刘文辉败退，刘湘入主，张澜再长川大之说也沸沸扬扬。此事虽然没有实现，刘湘却和国立川大屡起冲突。谁握了四川的权力中心，谁也就自然掌握

---

〔1〕 英国口述史学家保尔·汤普逊曾引用 R.R.詹姆斯的经验之谈："记忆作为有关具体事件的裁判是非常容易出错的。但是在特征和气氛上，在文献资料不充分的事务上是非常具有启发性的"。《过去的声音——口述史》，覃方明等译，辽宁教育出版社、牛津大学出版社，2000年，第166页。事实上，姜先生回忆的价值也恰是在"特征和气氛"上表现出那个时代的"真相"。

了、或自以为有理由掌握四川大学。

1935 年以后，这一进程则主要转变为中央政府与地方势力的权力竞争。刘湘两次推荐川大校长人选，都未经中央认可。此一时期，川大的"国立化"实有两重涵义：对于国民政府来说，这是四川"地方中央化"的一个组成部分，意味着中央政府权力的扩张。因此，校长人选牢牢地控制在中央手中，不像20 年代，国立学校的校长要由省政府照会，实际上变成了地方政府的权力。1938 年底的"拒程运动"，中央政府特别留意的一个问题就是是否有地方派的现任军政人员的支持。实际上，邓锡侯、潘文华等对"拒程"确抱同情态度。但时移势易，成都已由僻远之区变成了畿辅地带，亲中央派已经占了上风，邓、潘等也只好依违其间，见风使舵。在川大教师向王缵绪求助的时候，王答以川大系国立大学，自己无权干涉，与万克明当年的回答如出一辙。但实际的政治情势已不复当初。万克明想推脱责任，是因处在地方政治的旋涡中；王缵绪拒绝川大的求援，则是亲中央的表现。[1]

但是，对于任鸿隽这样的知识分子来说，川大的"国立化"实有较"中央化"更重要的意义，那就是推动中国的"学术独立"与发展。在这种意义上，国家并不等于"中央"，相反，全国的发展，必须建立在各地区发展的基础上（详见后文）。

四川大学的发展一直存在经费问题。20 年代，成大由于实际掌握盐余的刘湘的支持，在各校中后来居上，佼佼一时。但因为盐区散在各军防区之内，经费仍不能拨足。国立川大成立后，最初由于刘文辉的支持，尚无大事。在"二刘"之战爆发以后，经费为"二刘"瓜分（刘文辉提款在前，刘湘提款在

---

〔1〕 国立大学校长的人选常是地方与中央争夺的对象。据赵俪生回忆，"青岛大学起过风潮，学生背后有各派势力，如山东省政府、胶济铁路局之类，目的是想撑走教育部派来的杨振声"。《篱槿堂自叙》，上海古籍出版社，1999 年，第 36 页。

后，故不排除刘湘提款也有与刘文辉竞争之意）。战争结束，由于刘湘对王兆荣的恶感，情况并无好转。直到1935年任鸿隽时期，才在蒋介石的直接支持下，有了明显改善。而地方政府拖欠的情况，仍时有发生，即使亲中央的王缵绪执掌川政时期，也还有取消川大补助费的决议。从中不难看出地方和中央在实际利益上的冲突。[1]

另一方面，川大虽是国立大学，但它在中央政府心目中的地位，却常常随四川的地位变化而转移。比如说，在高师立案时，关于经费问题，当时的教育行政委员会只表示办法可行，到底能否落实，却要看四川地方当局的处置。实际上，不管是国立成都高师（师大），还是最初几年时的国立川大，在中央的教育政策中都一直处于边缘境地。如北洋政府国务院档案中有一份1922年编印的中央教育机构设置及编制表，在"隶属机关"一栏中，只列入了北京、武昌和沈阳3个高师，并无成都、南京和广州高师。[2] 按，1918年教育部公布的"全国高等师范学校概况"称，对南京、成都和广州各高师"仍准由省费继续办理，俟国库稍裕再为接收"。[3] 如是则成都等3个高师因未用国款，虽在名义上属"国立"，但并不被中央视作"隶属机关"，可知吴芳吉用以判断"国立"与否的标准也并非异想天开。由于高师（师大）性质含混，教育部一度似并不把其当作国立学校看。如1930—1931年，教育部发给师大的各项

---

[1] 地方政府拖欠国立大学经费，并非川大一家。竺可桢被任命为浙大校长后，向陈布雷打听学校情况，得知学校"经费每年七十六万元，完全可靠，而浙省月万余元则常须迟发"。《竺可桢日记》，第1册，1936年2月21日，第15页。

[2] 《光绪三十一年至民国十一年中央教育机构设置及编制的演变》，中国第二历史档案馆编：《中华民国史档案史料汇编》第3辑"教育"，江苏古籍出版社，1991年，第4—5页。

[3] 《教育部公布全国高等师范学校概况》，《中华民国史档案史料汇编》第3辑"教育"，第191页。

训令中，均直称"成都师范大学"，前并不加"国立"二字（此前是有的。这一变化的具体原因不详），成大就更不用说了。

国立川大初期，情况也好不到哪里。虽然教育部颁布的《民国二十年度全国高等教育概况统计表》中"国立各大学"部分列入了四川大学的名称，[1]但是，1932年教育部编印的《教育部职员录》，在"直辖国立院校校长名单"中，却没有四川省内任何一所大学校长的名字。[2]或者与北洋政府时期的情形相类，在"国立"大学中还有"直辖"与"非直辖"的区别乎？1933年前，甚至川大的经费都没有得到财政部的正式认可。虽然当年财政部在王兆荣的催促下，把川大经费列入补助费，仍未获得国立大学应有的待遇。直到1934年，蒋介石已经确定了开发四川的政策，川大经费才列入国家教育费中。[3]

川大"国立化"的另一个后果是校内的党派问题开始突出。成大时期，由于整个国内政治都处在激变时期，张澜也有意识地实行兼容并包的政策，中国现代历史上的三大党——国民党、共产党和青年党在校内都很活跃。但经过1928年的"二·一六惨案"，[4]学生的政治热情开始下降。国立川大初期，中共和国民党的力量在川大都很薄弱，教师中势力较强的青年党

---

〔1〕《民国二十年度全国高等教育概况统计表》，中国第二历史档案馆编：《中华民国史档案史料汇编》第5辑第1编"教育（一）"，江苏古籍出版社，1994年，第248页。

〔2〕台湾中研院近代史所藏"朱家骅档案"，第154卷第1号。此条材料承罗志田教授提供。

〔3〕经费是其时中央政府控制各类学校的一个重要手段。参考方光伟《民国私立大学的兴衰》，《教育史研究》1993年第2期。从程天放介绍私立华西协合大学校长张凌高加入国民党的信中看，此事必和华西希望增加补助费有关。虽然我们不知道是谁主动（张或程）。

〔4〕1928年2月14日，四川省立一中的学生在冲突中打死了校长杨廷铨，刘文辉等认为此事系中共指使。16日，四川省整理党务特派员、三军军警团联合办事处处长向育仁出动军警，从成大、成师大及附中、公立川大法政学院等校捕去师生100余人。当天下午，即枪杀14人，其中成大学生6人、师大学生1人、师大附中教师1人、公立川大学生1人。事件发生后，张澜以人权无保障为名，宣布辞职。成大师生也大力抗议。详见《四川大学史稿》，第132—136页。

也因没有对手显得沉闷。1936年任鸿隽扩大招生，中共地下党员韩天石等投考川大，在川大恢复了中共地下组织。此后，共产党、青年党和国民党之间的斗争也越来越突出。在党派摩擦这方面，川大一改过去相对平稳的局面，开始与国内"先进"地区的学校趋同。[1]换言之，这些全国性的政党在川大的活跃与否，也是衡量学校"国立化"程度的一个重要指标。

这一事例也启发我们对所谓近代中国"国家建设"问题的讨论加以反思。这些讨论多采国家行政力量基层化的视角，着眼于"国家"对地方"社会"的权力渗透，其理论前提则将各级的行政力量视为一个整体，均为"国家"之代表，从而构建出"传统—现代"、"国家—社会"的二元分析框架[2]。但此一思路到底在多大程度上适合于近代中国，尚可讨论。

一方面，在中国传统观念中，"官"和"民"的区分在理论上似比"中央"与"地方"的区分更为重要。后者在现实政治中虽确实存在，且所谓"藩镇"与中央的对立或对抗也不是偶然现象，但在理论上思考进而区分"中央"与"地方"，恐怕要到晚清以降了。尽管中国以前并无近代西方那样的"国家"观念，将所有的行政层级笼统视为"国家"之代表，却可能更近所谓"前近代"中国的官、民之分；从"国家"中正式区别出"中央"和"地方"，并认可双方的相对独立性，则是一"近代"现象。而"中央"和"地方"在政治生活中的长久冲突，更表明各级政权的实情与理论上的"一以贯之"相去甚远。

另一方面，中国文化中"道高于势"的传统仍在近代潜存

---

[1] 据四川大学校史办公室编《川大英烈》（成都科技大学出版社，1999年）一书所载烈士名单统计，20年代"三大"校友中共有中共烈士18人，30年代国立川大时期无，40年代有18人。此虽不能完全代表中共在四川大学的活动情况，但其活跃程度的变化也可见一斑。

[2] 参考 Richard S.Horowitz, State Making Theory and the Study of Modern Chinese History,《近代中国史研究通讯》，第19期；杜赞奇《文化、权力与国家——1900—1942年的华北农村》，王福明译，江苏人民出版社，1995年，第1—3页。

且与某些西来观念如"学术自由"等结合并发挥着其力量。沿此思路，"国家"实超越了中央和地方的政治层级划分，具有独立的意涵，故虽因"地方割据"的现实而使中央在与地方竞争中作为"国家"的代表者受到了知识界的拥护，但这一竞争仍需经过"道义"的考量，中央并不必然被视为国家的化身。川大国立化进程中"国家"、"中央"和"地方"在人们的认知和实践的层面上所呈现的错综关系，提示着"国家"在近代中国的具体意味还有待进一步的研究。

地方观念与全国观念

国家由"地方"而成。因此，一般情况下，地方观念与国家观念并不截然对立，有时还可相辅相成。但遇到特殊情境，尤其是外患剧烈时，两者便常常发生严重冲突。不过，即使在后一种情形下，二者的关系仍有不少复杂的面相，难以概而言之。

20世纪初，一部分国人因对清政府救亡能力失望及受西方"地方自治"启发与鼓励，开始倡导通过"爱乡"来"救国"的思想。到了20年代，处在南北分裂夹缝中的几个地区提出了"联省自治"的主张，在看似"分裂"之中包藏着走向全国统一的目标。不过，其时也有人注意到"联治"思路确实存在着真正分裂的危险。因此，在20年代中后期，更强调内部整合的统一观念就在国内舆论中取得了压倒性的优势。30年代，随着日本催逼日甚，中国的国家危亡迫在眉睫，国家观念的重要性益形显露，其思想说服力和社会号召力均大大增强，地方观念也越来越在国人的思想论说中成为一个负面形象。[1]

----

〔1〕 以上参考李达嘉《民国初年的联省自治运动》、苏云峰《联省自治声浪中的"鄂人治鄂运动"：兼论省籍意识之形成及其作用，1920—1926》、罗志田《乱世潜流：民族主义与民国政治》，第153—158页。

事实上，地方观念（感情）有时会成为刺激国家观念的一个重要动力。罗志田教授曾注意到，咸同以降，随着湘军的兴起，湖南士人心态大变，开始日益强调湖南人"对天下之责任"，表现出全国性的眼光。[1]不过，这种对于"天下"的责任感，又是与对"湖南人"这一地域性认同的强调分不开的。

川大国立化运动也体现出国家观念与地方观念既有冲突又有互助的多重纠缠关系。30年代，在外患催逼之下，拥护国家统一，可说是其时人心所向，但政治上的统一并不能掩盖各地人们在心理上存在的实际差异。1935年中央军入川，自然是国家统一的表现，却在社会中引发了不同的反应。有些人对蒋介石和中央政府的势力扩张表示警惕，如一向提倡打开夔门的张澜，此时一变，提出"川人治川"之议。[2]而通常被新知识分子当作"落后"势力的徐炯则力辩"今日大势，有国界无省界"："若有英法俄日而治中国，当极端反对之，所谓有国界也。若山东、河北、浙江而治四川，当极端欢迎之，所谓无省界也。"盖"四川者，全国之四川，非四川一省之四川。以四川为一省之四川，此土司之见也。以四川为全国之四川，此春秋大一统之义也"。[3]据国民党人易劲秋说，徐文发表后，"赢得一般知识分子尤其大中学生的热烈回响"。[4]易文发表于20世纪90年代的台湾，虽或有特殊的历史背景，但拥护统一确是30年代中期四川社会的主流意见。徐炯一向以守旧知名，其文章能获得大中学生的"热烈回响"，可知统一观念之深入人心。

不过，正如《川行琐记》事件表现出来的，地方认同仍是

〔1〕　罗志田：《近代湖南区域文化与戊戌新旧之争》，第84—85页。
〔2〕　崔宗复：《张澜先生年谱》，重庆出版社，1985年，第75页。
〔3〕　子休（徐炯）：《异哉所谓川人治川也》，《川报》1935年6月2日，第6版。徐文谓，"倘分省界焉，而谓山东人不可以治川，岂谓诸葛武侯尚不如张澜乎？"可知其作文时心目中实有一张澜在，当与四川社会的新旧之争不无关联。
〔4〕　易劲秋：《忆成都》，《川康渝文物馆年刊》1997年，第265页。

人们根深蒂固的情感形式，赞成统一并不一定会磨灭了地方观念。陈衡哲的文章激起了四川人的强烈反感。但有意思的是，川人表达他们地方情感的方式却是指责陈衡哲存有地域歧视，破坏了国家团结。此固然可知其时"团结"和"统一"在国内的号召力，但既然已是标签，或也有虚悬象征的意味，而不免沦为思想论争甚至权势竞争的武器。事实上，除了任鸿隽这样对做"中国人"而非"某省某县人"具有明确自觉的知识分子，地域观念实难破除。[1]

值得注意的是，任鸿隽指出，四川的地方意识是随着四川被称为民族复兴根据地而得到强化的。换言之，四川在全国地位的上升，加重了四川人的使命感，也增强了四川人的自尊心。此前，他们多有自我批评。比如说，不管是较旧的龚道耕，还是较新的张澜，都认为四川文化落后于华东。旅外人士在这方面的言论就更多。[2]另一方面，不管是在四川"自成格局"的时代，还是在"民族复兴根据地"时代，川人却有个一以贯之的认识，即四川在西南地区实为翘楚。成大、高师等都曾经强调自己培养的学生中不仅是四川人，也有不少云南、贵州等西南地区的学生，并以此作为自己"国立"的表现和应尽的职责。任鸿隽观察到，"西南这两个字，近来被用来做特别

---

[1] 熊丸先生说，抗战时期在四川发生过不少地域冲突。但有时是不同地方人们在生活、语言上的差异引起的，未必即是地域歧视。举例见《熊丸先生访问记录》，第5—6页。值得注意的是，抗战前由于外省人与四川人的交往相对较少，很多地域差异并未成为一个问题。战争爆发，外省民众大批入川，交往增加，省际隔阂的问题反而显得较前更为突出。如《四川日报》1939年2月10日（第3版）报道，重庆市警察局"通令各局所查禁长警呼喊'下江人'"。命令说："四川因素年积习，素有川省人与下江人之分，此虽为一幼稚之语，然而引起无谓纠纷实属不少，因此往往起因甚微反致事态扩大，均由□'下江人'三字所致。"警察局"徐局长并表示希望一般市民共同努力抗战建国工作，不必画分地域，而一起无谓之纠纷"。

[2] 王东杰：《国中的"异乡"：二十世纪二三十年代旅外川人认知中的全国与四川》。

区域的代表"。他虽然表示"决不赞成"，但依时人认知，"西南"仍多被视为"区域"化的（其时所谓西南，在政治上又多特指两广）。[1] 换言之，四川人的地域意识有时或包含了"西南"的意味。[2] 但强调自己在西南地区文化最"先进"，对云、贵人来说，仍是"地域歧视"的表现，又恐怕是川人自己没有意识到的。

钱穆曾经以包括四川大学在内的几所大学为例批评了中国近代的地域观念："近代国人崇慕西化，喜言通俗，恶称大雅。惟求分裂，不务和合。各地设立大学，亦务求地域化。如武汉大学、浙江大学、四川大学，其校长必限于当地人。云南大学亦然。"[3] 他和任鸿隽在反地方观念这一点上是相同的，但地方观念是如何造成的，两个人的看法却正好相反。任鸿隽以乡土意识为中国传统，而"吾辈"则重国家观念。钱穆却恰恰认为，中国传统读书人系"天下士"，关怀的范围要宽得多，地域观念乃是近人向往西化的结果。[4]

---

〔1〕　需要指出的是，"西南"二字在当时有其特殊的政治意味。这一概念本与北洋相对，属于"民党"一方；至 1925 年两广新势力兴起，在蒋介石领导的国民党眼中，"西南"乃由正面转向负面，渐被"军阀化"（此一过程参考罗志田《国际竞争与地方意识：中山舰事件前后广东政局的新陈代谢》，《历史研究》2004 年第 2 期）。任鸿隽将"西南"视为一负面概念，亦是与蒋介石的国民党政权一致的表现之一。

〔2〕　但有时又特强调省的区分。如 20 年代中期的川省自治运动中，就有人提出，"环吾川者，为西藏，为青海，为滇黔湘鄂陕甘，皆吾中华民国之领土，而吾四川兄弟之省区也"。"然而回忆北军入川，陕军入川，鄂军入川，滇军入川，黔军入川，以及某某入川，则是吾川之外侮，并非帝国主义之英法，而为吾兄弟之省，而为吾左右之邻。"仲年：《团结自治以御外侮》，《蜀评月刊》第 3 期，1925 年 2 月，"自由言论"栏第 6—8 页。

〔3〕　钱穆：《再论中国文化传统中之士》，《国史新论》，生活·读书·新知三联书店，2001 年，第 212 页。

〔4〕　不过，钱穆也认识到国家观念和乡土观念是不可截然二分的。他注意到："国家观念即建立于乡土观念上。没有乡土观，很易没有国家观与民族观。"与任鸿隽不同。见《漫谈新旧文学》，收《中国文学论丛》，生活·读书·新知三联书店，2002 年，第 203 页。

任鸿隽和钱穆都赞同国家观念，反对过强的地域意识，但造成地域意识的原因，二人的看法却截然不同。批评中国人缺乏国家观念，是从晚清梁启超等人以来中国思想界的主流见解。但在更了解中国传统的钱穆看来，问题并不这样简单。他的这段话是在批评新文化运动者学习西方、在中国推行语言与文字分离运动时所说。在提倡白话文的胡适心中，"国语的文学"可以打破阶级的畛域，起到统一全国人民的作用。这是他从欧洲"文艺复兴"中得到的一个启示。[1]但钱穆如同章太炎一样，强调中国传统的统一主要是靠"文字"而非语言，文字较语言更具"全国性"和"天下性"。钱穆并不否认中国传统有雅俗之分，但他认为，正是因为中国传统重"雅"尚"通"，故不为地域所限；而"俗"是地域性的，一味追求通俗的结果恰是不能"通"。

英国学者盖尔纳把以"识字"为基础的高层次文化的普及并因此打破了农业社会中上层与下层阶级的界限视为民族主义形成的一个表征。[2]但丁使用方言入文在西方民族主义发展史中的意义，更是广为人知。美国人类学家本尼迪克特·安德森也强调由"印刷资本主义"激发的方言的兴起对民族这一"想像的共同体"的建构所起到的推进作用。[3]但问题是，这一模型是否适合中国？胡适把白话文运动与但丁俗语入文的努力相提并论，意在使中国像西方一样地"复兴"，[4]却未料到文言文和白话文之分与拉丁文和近代欧洲各国国语的区分并不能简单地划等号。事实上，中国重"文"的传统确实有其独特

---

〔1〕 罗志田：《再造文明之梦——胡适传》，第162、186页。

〔2〕 厄内斯特·盖尔纳：《民族与民族主义》，韩红译，中央编译出版社，2002年，第11—15、33—51页。

〔3〕 Benedict Anderson, *Imagined Communities: Reflections on the Origin and Spread of Nationalism*, Thetford Press, 1983，pp.67—79.

〔4〕 罗志田：《中国文艺复兴之梦：从清季的"古学复兴"到民国的"新潮"》，《汉学研究》（台北），20卷1期。

之处，白话文学也并非方言文学。唐德刚就曾指出，中国的方言文学并未能滋长，"是因为我们有个全国一致通用的记录文字把他们规范了、约束了"。〔1〕

传统的音韵学也在某种程度上起到了削弱方言的作用。清代学者对方言的研究，往往从书上寻求出处，即所谓"寻源"。〔2〕章太炎之《新方言》，亦在指出"俗"中之"雅"，方言原可相通："读吾书者，虽身在垄亩与夫市井贩夫，当知今之殊言，不违姬汉。"〔3〕向楚1902年曾在两广师范教国文，"当时教一班学生80余人中，只有30人听得懂他的四川话，因此往往讲授课文还得依靠翻译，很不方便，有时不能不勉强改用一些普通话语音来讲课。加之他通音韵，对方言也有研究，很快便能大致听懂学生的广东话"。〔4〕就此意义而言，钱穆的观察或者不无道理。〔5〕

新旧文化观的纠葛

上述事件其实牵涉到一个如何对待传统文化的问题。在传统中国，本存在着"一个统一的思想意识市场"。〔6〕但是，在西潮冲击下，这一"市场"却呈现崩溃之相。对任鸿隽这样西化意识较强的知识分子来说，中国需要在某种程度上外国化，

〔1〕《胡适口述自传》唐德刚注，华东师范大学出版社，1993年，第180页。
〔2〕 胡奇光：《中国小学史》，上海人民出版社，1987年，第313—323页。
〔3〕 章太炎：《新方言》，转引自许寿裳：《章炳麟》，存萃学社编：《章炳麟传记汇编》，香港大东图书公司，1978年，第99页。
〔4〕 向在淞：《前川大文学院长向楚》，《成都文史资料》总第19辑，第28页。
〔5〕 新文化运动的文言与白话之争，现有研究多自新旧角度考虑，对其具有的民族主义意义似考虑不多，钱穆等人的批评更少有认真对待。但是，雅俗之辨确实牵涉到全国与地方关系的问题，这与西方式的民族主义大不相同。这一问题颇可注意，唯不是本书重点，不及详述。另外，傅斯年批评章太炎的语言学仍旧在书中打转，推崇赵元任、刘半农的"实验语音学"，除了学术典范的争论外，具有类似的意义。
〔6〕 参考罗志田《地方意识与全国统一：南北新旧与北伐成功的再诠释》，第194页。

317

外国化即等于中国的现代化，只有实现了现代化才能实现真正的国家化。但同样力倡国家观念的徐炯却强烈反对任鸿隽、胡适等人提倡的新文化。1935 年夏，成都报纸传言任鸿隽要请胡适为川大文学院长，徐炯闻言，便在题为《凡有血气莫不尊亲》的祀孔大典演讲词中说："胡适素以打倒'孔家店'自豪。此间报纸，若《快报》、若《新新新闻》，皆谓有人聘之来蜀，长文学院"，如果胡适真的来的话，"吾党之士，则惟有毅然决然反对之而已矣"。[1]

在徐炯的眼里，孔子可谓中国文化的象征，反孔岂非反中国文化？"尊尊亲亲"尚不能，又何来国家观念？故其反新文化，正是出自同样的民族主义冲动。

这几位一致赞同国家观念的人在文化观念方面却不尽相同，甚至针锋相对。而文化观，特别是民族文化观，实是民族主义的一个重要内容。换言之，他们同是民族主义者，但心目中对于"中国"的理解却颇多差异。这一事实颇能表明中国现代民族主义的多歧性质。

在中国现代教育史和文化史上，"新"是主流。因此，川大的国立化进程也不可避免地存在着新旧之争。这里边既有美国化取代日本化的学制之争，也有文化思想之争。向楚的学生陶亮生曾经引述向楚的一段回忆：

> 先生言："清末张之洞说：'中学为体，西学为用'，一般人则体会为'用'指物质文明，'体'指精神文明。自蔡元培长教育部，主北京大学，随后又有所谓大学院。其人本旧学，然一味崇拜欧西，以为缘饰。当时，南京高师转化之东南大学，不遵此轨，成都高师直至国立成都师

---

〔1〕《明日省文庙祀孔》，《新新新闻》1935 年 8 月 26 日，第 11 版。

范大学，尤为不遵此轨。然功令所限，始终有不得不同文共规之势。我任四川教育厅长时，兼摄国学院。此校乃省立，有伸缩余地。所以，我才敢沿前院长骆公骕先生之例，请徐子休先生讲宋元哲学。徐先生辞以老，乃商得每周开讲座一次。先生不受聘，不受酬，安车迎送，出席一载。于是学生始闻'义理之学'，使学生知读书当与立身行己挂钩。此所谓大人之学，亦即精神文明的体现。但不久三大学合并，此事便废。"〔1〕

此处所谓"国学院"，即公立川大的中国文学院。向楚这段回忆颇能传达出川大的"国立化"进程对新旧思想竞争所产生的决定性影响。〔2〕

"国学"是清季民初以来四川学术界的"强项"，四川学者也颇以此骄傲，并对"新学者"表示不以为然，在很多情况下，这又常常和地域意识结合起来，表现为"看不起外面这些人"的风气。随着"国立化"的推进，这一情况虽然有所减弱，但至少到40年代初仍有存留。语言学家赵振铎回忆说：抗战开始后，不少外省学者到川，"由于各自的经历不同、学

---

〔1〕 陶亮生：《先师向仙乔先生言行忆录》，《成都文史资料》总第19辑，第28页。
〔2〕 王汎森先生在中央研究院与河南地方当局就殷墟发掘之冲突的研究中，发现民初中央、地方与学术观念上的新旧之争的"纠缠"，与本文所注意到的问题颇有相类之处。不过，王先生所发现的"在安阳，中央代表着新，地方代表着旧"的情况，与川大的例子不甚相同。一方面，川大的新旧之争更多地由私人发动。另一方面，不大和外界交往的四川学人在"国学"方面具有的特长表明，"地方"的未必就是"旧"的，反而可能是全国的。但是，新派占据上风确实是川大"国立化"的一个结果。另外，王先生还注意到，20年代末，南京政府虽然在表面上实现了国家统一，中央研究院也自认为"全国最高的学术研究机关"，但由于河南尚非国民政府实际能够控制之地，地方上对中央命令多持阳奉阴违的态度。在这种情况下，由谁来发掘，以及怎样发掘殷墟这个学术问题也就和政治权力绞缠在一起。这一情形可以与本文所考察的现象互相发明。王汎森：《什么可以成为历史证据》，文后附录《民初中央、地方与新旧学术观点之纠缠》，收《中国近代思想与学术的系谱》，第367—372页。

问不同，外来的学者与四川大学本地学者，特别是与一些老先生有矛盾，有冲突，宗派现象比较明显"：

> 当时四川大学有一种不好的习惯，一些老先生看不起外地的教师，像叶圣陶这么著名的学者，到川大来，居然没有让他在校本部教书，而是在成人夜大教书。叶圣陶当时在省教育厅兼职，常常要到外地去考察。一些老先生见他有时不在学校，就趁机贬损他，说"叶圣陶为啥不敢来上课嘛，他的《辞源》、《辞海》还没有运来，等运来了，他就来上课了"。〔1〕

如赵振铎所说，川籍学者的这种自信来自双方的"经历不同、学问不同"，显然与不同地区的学术风气有关。由于大学在现代成为学术研究的重要体制性场域，这种差异自然要在不同地区的大学中表现出来。"国立大学"虽并不一定与学术上的地域化相矛盾，且地域化学术往往成为一国之中不同学术风格与流派的实际表现，但川大的国立化进程显然伴随着校内学术典范的转移。此处不妨以文、史两个系为例对此略做说明。40年代以后，四川学者最为擅长的"国学"，较多地集中在中文系，历史系则经几位外省人如徐中舒、冯汉骥等先生的提倡，成为"新史学"（或曰"新考据学"）在国内的重镇，即是一有趣的对照。〔2〕

---

〔1〕 赵振铎口述、张家钊整理《音韵文字世家二三事》，《当代史研究》2003年第3期。
〔2〕 以"文字学"为例，中文系的研究多沿承清代"小学"之风，多少属于傅斯年所说"以《说文》为本体，为究竟，去做研究的文字学"；而历史系的古文字研究则以甲骨文为中心，与考古学关系密切，目的在用做历史学的工具，《说文》仅仅降为"材料之一种"。傅斯年语见《历史语言研究所工作之旨趣》，收《史料论略及其他》，辽宁教育出版社，1997年，第42页。自然，此处所论文史两系学风的差异仅就"大体"而言，且不及今日情形，如具体论，就要复杂得多。如，历史系的蒙文通先生属于近代"蜀学"传人，实游离于新旧之间，但基本上与"新史学"有不少同调之处。

另一有趣之处是，如就学术风格而言，四川学者所做"国学"实更为"传统"，故也可说更为"正宗"，但在"新学者"的眼里，却不免"地方学术"（"蜀学"）色彩，也揭示出学术和"国家"之间更为复杂的对应关系。

大学自主与学术独立

省立大学有"伸缩余地"，可以做一点国立大学做不到的事，有此体会的不止向楚一人。[1]早在 1917 年，杨昌济就在一篇呼吁湖南设立省立大学的文章中提出，每省均应设立一所大学，但是，教育部当局则"似认为大学应归国立而无需省立者"。他说：

> 余以为此中央集权之政策，乃少数政客之迷梦，徒酿政争，无裨实际，此不可不大声疾呼，唤醒国人者也。中国之有省，有将近千年之历史，已成一有机之体，自有生命，不能以一二人之私意强行解散者也。中国之省，盖几如德国之邦、美国之州焉。……中国民族单纯，地势连属，固非英国之比，然欲以中央政府之权力，干涉各省地方之事务，其势固有所不行也。况教育行政本为地方行政之一，而画一教育之弊又为东邦人士之所昌言乎！吾愿后来任教育部之事者，鉴于国家之大势，抛弃此垄断教育权之主张，庶几各省之学风咸得自由发展，将来万派争流，终归大海，祖国之文化且将大放其光明焉。此余所馨香祷

---

〔1〕 但是，如本书提到的，省立大学的"伸缩性"不应被夸张。在"三大"合并过程中，公立川大较之其他两校的发言权要少得多，原因就是它从属于四川省政府。广西的事例，参看 Eugene William Levich, *The Kwangsi Way in Kuomintang China, 1931—1939*, M.E.Sharpe, Inc.1993, pp.126—140。

祝者也。[1]

湖南省的地方自治运动虽然是 1920 年开始实行的，但在此之前这一思潮就已在社会流传了。[2] 杨文中也颇可见出晚清以来的地方自治思潮的影响，与向楚所回忆的时代语境颇不相同。同时，两人看法虽有同调之处，但"省"的地位在两人观念中所占地位并不一样。相对而言，杨昌济更重地方在发展教育中的作用。[3] 而向楚虽对国立大学与省立大学在"伸缩余地"方面的区别有较为明确的认识，却仍然积极推进"三大"合并运动。这固然出于他试图整顿四川教育的实际考虑，然亦与他的全国观念有关。

省立大学毕竟仍是"官学"，更具"伸缩余地"的是私立大学。1919 年，王征就写信给胡适，提议蔡元培应在上海办一新大学，理由之一就是："私立大学较官立者易于措置，于吾党新学新业定易为力。"[4] 吴芳吉在 1930 年也在给主持江津聚奎中学的友人的信中说："所贵私立学校，在其自有权威，自有尊严，为社会中人素所信仰。"只要聚奎中学办好了，"彼一省教育厅批准与否，无关于轻重也"。他并强调："吉等对于重庆大学即抱此旨，不向南京教部请求立案。"[5] 自晚清起，章太炎等就在思考"官学"和"私学"的问题，更趋新的王和

〔1〕 杨昌济：《论湖南省创设省立大学之必要》，王兴国编：《杨昌济文集》，湖南教育出版社，1983 年，第 349—350 页。

〔2〕 李达嘉：《民国初年的联省自治运动》，第 60 页。

〔3〕 19 世纪末和 20 世纪 60 年代，在地方力量的推动下，英国的教育事业获得了迅速的发展，但不久即遭到了中央政策的干预，从而使"教育的自治权受到了直接的威胁"。或可与本文所述做一对照。参考布赖恩·西蒙《教育史的重要性》，收《当代教育史研究与教学的主要趋势》，第 13—15 页。

〔4〕 《王征致胡适》，1919 年 6 月 11 日，《胡适来往书信选》上册，第 53 页。

〔5〕 吴芳吉：《致戴叔壎》，《吴芳吉集》，第 1041 页。

不太新的吴的言论中可以明显看到与章太炎类似的关怀。[1]但是，私立学校的自主权仍然有限。徐炯因"不满现行学制"，在尊孔的大成会的基础上创设了大成学校，"取书院、学校、私塾三制而混合组织之"。1928 年，徐进而拟改大成学校为书院，"以造就通儒"。即因"格于部章，未克实现"。[2]而不向教育部立案的重庆大学，后来不但立了案，更成为国立大学。

　　不过，对 20 年代四川的多数读书人来说，国立大学是否有"伸缩余地"，似并未进入他们的考虑。至少，这一考虑并不紧迫。事实上，1935 年以前，由于中央政府相距遥远，无法真正地控制四川，川大发展所遇到的最大问题，如经费危机、校产危机等都直接来自地方。而每当川大遇到地方政府的侵害时，便要诉诸中央政府。换言之，在这一阶段，川大师生所追求的"国立化"确有"中央化"的内涵。

　　当然，这一时期，中央政府的作用常常只是象征性的，并不能对地方政府产生真正的威慑力量，对中央政府的命令，地方政府可以找到种种借口加以应付；但是，诉诸中央却可以使地方当局在道义和法律上处于不利的状况。因此，在这一时期，"国立"的地位常常是川大对付地方政府、赢得发展空间的一种手段。

　　"国立化"的类似"意义"也在武汉大学的历史中体现出来。1932 年 5 月 30 日，时任武大教务长的周鲠生在题为《大学之目的》的讲演中说，"武汉大学初提议设立的时候，究竟是省立或国立，性质没确定，实则名称也没确定"，当时蔡元培为大学院长，决定武大为国立大学。

---

〔1〕　陈平原：《中国现代学术之建立——以章太炎、胡适之为中心》，北京大学出版社，1998 年，第 70—115 页。
〔2〕　刘子健：《徐子休先生传》，《新四川月刊》第 1 卷第 2 期，1939 年 6 月 30 日，第 48 页。

　　这虽然是形式问题，而究竟是重要的。鉴于湖北省政府变动之频繁，湖北教潮这样纷扰，我们试想，假使武大是省立的，便很难平和发展到现在局面；而且有许多教授也不会来教书，有许多同学也不会来读书。不但外省同学有许多不会来读书，就是湖北同学也必然有许多不会来的。[1]

武大因与国民政府关系密切，很早就实现了真正的"国立化"，而川大的"国立"性质则长期处在"有名无实"的境地；不过，周鲠生所做的"试想"却说明在时人心中，真正的国立大学可在某种程度上超脱地方政局的动荡，获得一个相对"平和"的发展环境（实际是否能够实现又是另一回事）。川大随地方政潮波动的现象虽与武大的情况恰好相反，却反证了周鲠生的思路。

　　然而，历史又常常呈现吊诡之相。地方势力虽然力图控制川大，也在物质方面给川大造成了诸多麻烦，甚至直接影响到学校的生存。但在另一方面，四川本是尚文之地，同时，一般来说，军人对教学和学术并无特别的兴趣，更无意干涉学者们的"治学自由"。然而，随着中央西迁，川大真正实现了"国立化"，却因学术自由的原因直接和中央政府发生了冲突（此前主要是和地方政府冲突）。事实上，拒绝教育部派来的校长而宣布罢课，在东部的不少大学都曾有过，如清华大学、东南大学等，但在川大却是第一次（高师学生 1924 年反对傅振烈是因他是地方派来的）。从这方面说，也可以看作川大"国立化"的一个表现。但这显然不是中央心目中的国立化，而是经各国立大学的实践形成的一个"典范"。"拒程"宣言颇可见出

---

〔1〕　原载《国立武汉大学周刊》第 130 期，1932 年 6 月 7 日，转引自高平叔撰著《蔡元培年谱长编》第 3 卷，人民教育出版社，1999 年，第 613 页。

中国传统读书人一向秉持的"道高于势"的理想。不过，"道"原本和超出"国"的"天下"相联，此处的"学术"则与"党派"相对而与"国"相应。知识界本不以为"国立化"即"中央化"，更不必是"党化"，这一区别虽在现实中并不完全明晰，却不时可见。因此，较之诸前任，程天放是最"中央"的一个，却最不受川大人的欢迎。"国立化"实现了，大学师生想要捍卫大学独立的目的却较之在地方政府控制时期更难办到，这一"党化"的结局显然是当初大力推动"国立化"运动的川大师生始料未及的。[1]

按照舒新城的说法，"国立"的真正标准存在于各"先进"学校的实践中。这一思路也潜存于成大学生的言论里：成大虽非政府所办，却体现出社会的需要，并自觉地担当起改造社会的重任，因此成为"国立"的。这些认知又启示出另一问题："国家"的象征主要是中央政府，还是"社会"？

胡适曾徘徊于理想的政治和实际的政府以及由此带来的"政府的诤友"与"国家的诤臣"这两种角色之间，却因实际操作层面上"政府"和"国家"的难分难解而不得不由"诤臣"兼做"诤友"。不过，川大"国立化"进程中不少事例表明，由于"民"这一概念在政治言论中的地位得到提升（在政治实践中则未必），在不少人的认知中，"社会"确比"政府"更有作为"国家"象征的能力，而这，或者可为所谓"国家—社会"理论提示出一个可能的相异空间：社会不但与国家相对，它也可能是国家的根源。

其实，抛开"党化"与否的问题，当时也有不少人指出，教育部实行的集权体制对学术的发展未必有益。其中，知识的地方性是一重要理由。如川大史地系就曾对教育部统一全国课

---

〔1〕　当然，"党化"主要与程天放个人有关，换一个人，就未必会推行"党化"教育，如黄季陆也是国民党员，但并无人批评他搞"党化"。

程的计划提出意见：

> 选修课不宜规划过于方整固定。学分虽有定明，但课程则不必全国划一也。中国幅〔员〕广大，各地情形殊异，各校自具特色，如地方及专题研究，皆当因时、因地、因人而设置其最适宜之选修课（如川大因特殊环境与需要，即设有"西南民族及其文化"一学程，定为三、四年级选科），庶能发展特长，有益实用。〔1〕

中国传统向有从家到国再扩展到天下的思路，晚清又受到由爱乡到爱国的西方观念的影响，朝野均有写作"乡土教科书"的行动，史地系的这一提议大概与此不无关联。当然，从现代人类学、民族学的角度看，西南地区为中国民族聚居最为复杂的地区，确有其特性。如不了解这一特性，自然也就无从了解中国。

自然科学也存在着地方性知识的问题。杨翠华女士在研究中基会的著作中指出，中基会"对'本土性'或'地方性'的科学特别重视"。所谓地方性的科学，"是以各地特殊事实为题材而研究建立的科学，如地质学、生物学、气象学等"，而物理学、化学等则是具有"世界性"或"普通性"的科学。任鸿隽、严济慈、翁文灏等对此都有明确见解。按照任鸿隽的解释，中国之所以应该发展地方性的科学，原因有二。一是普通科学在"科学程度尚未十分发达的国家"难以"一蹴而就"，二是"此类科学的题材，既然于世界共通的，故我们乐于利用他人已有的成就，而不发生迫切祈求的需要"。翁文灏也说，

---

〔1〕《对于教育部史学系课程标准草案之意见》，"川大档案"第225卷。原文未详时间，从"史地系"的名目来看，至少是在1939年以后。方括号内字系笔者所加。

"中国的材料我们自不利用，外国科学家就来利用了"。[1] 这一体认落实为具体的研究成就，如陈寅恪在 1931 年观察到的，中国的自然科学中，地质、生物、气象等，"可称尚有相当贡献，实乃地域材料关系所使然"。[2]

在这方面，任鸿隽、翁文灏的具体理由不尽相同，不过，其出于民族主义的考虑则一。要注意的是，以上诸人所说的"地方性"的科学，实指"中国"的科学。或者说，从"世界"的角度看，"中国"即是地方。因此，这些言论出自学术"中国化"的努力。但是，在"中国"内部，又有着不同的"地方"，在这一层意义上发展"地方性知识"，又和学术"国家化"有关。我们看到，任鸿隽长川大期间，一直将地方性知识的考察作为一个重要的科研方面。张颐等人也继承了这一取向，并将这种地方性的材料扩大到人文学术的领域（抗战史料、人类学）。从这个意义上讲，大学的国立化也意味着"中国"在知识上的统一。但是，学术史的发展证明，知识的统一又要求并表现为地方性知识的大力发展，未必支持全国性的整齐划一。而这又是与中央政府的集权趋势恰相反对的。

但是，虽然如此，现代中国仍以"国立大学"为高等教育的主流形态。所谓"国立大学"，本是中央政府调控全国教育的一个手段，如 1929 年由国民政府颁布的《大学组织法》第二

---

[1]　参看杨翠华《中基会对科学的赞助》，第 204—206 页。任鸿隽、翁文灏文亦转引自此处。傅斯年提倡的"东方学"，也有防止外国人抢材料的意思。可知这一认识乃是当时中国的自然科学家与人文学者的共识。需要指出的是，这些言论不仅体现出中国知识分子"防守"的一面，还有明显的"预流"心态，即希望进入世界学术之林并为世界学术做贡献。参考罗志田《走向国学与史学的"赛先生"——五四前后中国人心目中的"科学"一例》，《近代史研究》2000 年第 3 期；《学术与国家：反思 20 世纪前 30 年关于国粹、国故与国学的思想论争》，《二十一世纪》2001 年 8 月号；《古今与中外的时空互动：新文化运动时期关于整理国故的思想论争》，《近代史研究》2000 年第 6 期。

[2]　陈寅恪：《吾国学术之现状及清华之职责》，《金明馆丛稿二编》，生活·读书·新知三联书店，2001 年，第 361 页。

条规定："国立大学由教育部审查全国各地情形设立之。"〔1〕
不过，一方面，国民政府对私立学校有着诸多限制，如规定
"不得以省市县等地名为校名"等〔2〕；另一方面，作为国立
大学，由国家拨发经费，经济上有保障，而这是一所大学能否
成功的重要条件。事实上，我们看到，经费危机常常是促使私
立或省立大学谋求"国立化"的一个基本动因。

如，1938 年春，私立复旦大学（重庆校）和大夏大学因经
费困难，要求改为国立。复旦最初要求保留校名和校董会，但
后一条件未被批准。1939 年夏，改为向教育部申请补助费，"国
立决作罢论"。如是"勉力撑持"到 1941 年秋，"学校经济真达
山穷水尽之境。不改国立，势必中辍"，于是又"恢复国立前
议"。〔3〕与此相似的，还有私立厦门大学（1936 年）、广西省
立广西大学（1939）、河南省立河南大学（1942）、四川省立重
庆大学、浙江省立英士大学、山西省立山西大学（均为 1943

〔1〕 《国民政府颁布大学组织法》，《中华民国史档案史料选编》第 5 辑第 1 编 "教育
（一）"，第 171 页。

〔2〕 《教育部公布之修正私立学校规程》，《中华民国史档案史料选编》第 3 辑 "教
育"，第 41 页。

〔3〕 有关文献见复旦大学校史编写组编《复旦大学志》第一卷（1905—1949），复旦
大学出版社，1985 年，第 174—177 页；《教育部关于私立复旦、大夏两校申请改
为国立呈与行政院批》，《中华民国史档案史料选编》第 5 辑第 2 编 "教育
（一）"，第 839—842、847—851 页。与复旦同时提出改 "国立" 的大夏大学则
不同。该校也是两次提出改国立之议（1939 年、1942 年），起因也是经费问题。
大夏大学的校董之一何应钦 "认为保持私立，学校能够独立自主，少受政潮影
响，人事稳定，教授安心，有利于学术的自由探讨。但若不改国立，又不能解目
前和今后之危。而经费之筹措，何实爱莫能助。最后，只好采取两全之策，何将
大夏申请改国立事，在行政院会议上提出讨论，如不获准，则请政府适当拨款补
助"。教育部决定将大夏与贵州农工学院合并，组成国立贵州大学。此议一出，
即遭大夏师生反对。教育部收回成命，大夏仍保留私立性质。张廷勋：《大夏大
学内迁记略》、王守文：《抗战时期内迁西南的高等院校》，第 141、151—153 页。
由于大夏大学多有有权势的董事，教育部想 "改
编" 大夏的目的失败，可知经济政策并不总能保证干涉大学事务的成功。不过，
像大夏这样能够坚持下来的学校并不多。另外，川大的事例也证明了何应钦所说
的，国立大学多受政潮影响，人事（特别是高层人事）也因此不够稳定。

年)、私立海南大学（1950）等。[1]

另一个原因大概和国人重"官学"而尤崇"国学"的传统有关。1904年，英国留学生严复在翻译甄克斯《社会通诠》的原序中，就把牛津大学译为"鄂福斯国学"，[2]显然不能理解为严复不清楚牛津大学的性质；而美国留学生胡适1912年在《非留学篇》里，提出办中国自己的大学的救国主张，虽以"国家大学"、"省立大学"和"私立大学"并列，却显然最重"国家大学"。盖"此等国家大学，代表全国最高教育，为一国观瞻之所在"。且其校中教师"所编各学科讲义，宜供全省大学之教本"，也就是说，"国家大学"足以领袖"省立大学"。[3]我们从四川知识分子积极推动川大"国立化"进程的态度中，也不难发现"国立"二字的巨大吸引力。而这吸引力又不仅仅来自于经费等具体的物质性条件，也来自于"国家"在人们心目中的崇高地位。

地方史的研究不是要在地方层面上"复述"历史学家们立足于全国历史获得的"整体经验"，它的目标是特殊的"地方性知识"，包括对"国家"的地方性体验和认识。但与此同时，地方史也是国家历史一个不可或缺的组成部分，甚至是国家历史的依存之所，而我们对"大中国"的深入理解，显然也离不开对无数个像四川大学这样的"小社会"的真切认知。

---

[1] 分别见《时事新报》1936年6月27日第2张第3版；《行政院关于省立广西大学改为国立呈与国民政府批》、《教育部关于省立河南大学改为国立呈与国民政府批令》、《行政院关于改重庆、英士、山西等大学为国立并恢复北洋工学院呈与国民政府批及有关文件》，均载《中华民国史档案史料选编》第5辑第2编"教育（一）"，第842—845页、第852—860页；苏云峰：《私立海南大学（1947—1950）：近代中国高等教育研究》，中研院近代史所，1990年，第113—119页。

[2] 甄克斯：《社会通诠》"原序"，严复译，商务印书馆，1981年，卷首，无页码。

[3] 胡适：《非留学篇》，姜义华主编：《胡适学术文集·教育》，中华书局，1998年，第19页。

后 记

本书是在我的博士论文基础上修改而成的。选择这样一个题目，动机说来好笑：十几年前，我负笈成都，到四川大学历史系求学，却一度困扰于不少老师口中甚重的方音。这使我很是奇怪：一所全国重点大学，何以有此浓重的"地方色彩"？后来读到任以都教授在《剑桥中华民国史》中的相关论述，与自己的经验相碰撞，更使我感到"此中有深意"。故在后来攻读博士学位时，"就地取材"，选择了这样一个"讨巧"的题目。

题目选定后，曾经引起不少人的好奇：博士论文可以写这个么？质疑的人不少，而我穷于解释，只有自信"历史无处不在"。现在，书已写成，使我坚定了这一信心。

不过，"曲终奏雅"之际，也应该补充说明的是，我在川大的经历告诉我，这所学校的"国立化"至今仍在"进行时"。相对于书稿末尾所写的情形，今日情形似乎还有所"倒退"。因此，这本书虽然结尾于1939年，并不意味着故事有了个终结。历史既在不断发展中，任何一个题目似乎都很难说已经结束，但一本书却总要有个时段限制。事实上，故事的结尾不同，整个故事的基调就要发生根本的变化：喜剧？悲剧？"罗曼司"？不一定那么"后现代主义"，海登·怀特的质疑却未可掉以轻心。历史学者永远都只能得"历史"本身的一枝一叶。这无可避免，也不必因此把历史学"扔进历史的垃圾箱"，但却值得每一个历史学者"戒慎恐惧"。

感谢我的博士导师罗志田教授。从论文的选题到细节的推敲，从读书治学到为人处世，他都真正为我付出了大量心血（文中不成熟的地方，当然要由我自己负责）。尤其值得我感念的是，多年来他的宽容和耐心，使我慢慢走上了学术的正轨。感谢我的硕士导师朱维铮教授的严格要求，使我体会到治学的艰辛和快乐。感谢答辩委员会的各位老师和匿名评审过此书的各位专家，尤其是周振鹤、桑兵老师向"三联·哈佛燕京学术丛书"委员会的推荐。感谢读书以来给了我诸多指教的师长，特别是王炎平、漆鹏、王挺之、孙锦泉、景蜀慧、徐亮功、缪元朗、白彬、徐开来、杨天宏等老师，商量学术，指点迷津，惠我良多。本书的责任编辑孙晓林老师的严谨和负责也使我避免了不少错误。

论文的写作过程中，承美国宾夕法尼亚州立大学的任以都教授、四川大学物理系的姚昌瑞教授、已经退休在家的张文达先生慷慨为我提供材料。亲历这段历史的罗宗文、闵震东、吴天墀先生接受了我的采访，告诉了我许多难以在存世文献中看到的"内幕"。其中，吴先生今年上半年不幸去世，没有来得及看到这本书的问世，希望借此机会向这位历史学的老前辈表达我的哀悼和敬意。四川大学档案馆、图书馆、校史办公室、中国第二历史档案馆为我的论文写作提供了资料上的支持。

在论文写作过程中，徐跃、赵灿鹏、陈波、刘耀春、刘君、杨兴梅、邓常春、杨民、赵娓妮、雷兵等友人，也出力甚多。特别是赵灿鹏、陈波和刘耀春兄，是我十多年来的学术与道义之交，对我的启益之处，难以一一描述。刘风才、李贤文、龙成鹏同学帮我核对了部分资料，也对他们表示感谢。

我的妻子辛旭和我在学术上的共同体认是支撑我治学读书的精神力量。书中的一些观点，也经过了她的指正。这本书从构想到完成的过程，也是我们从相知到相爱的过程。因此，不管在哪一方面，它都对我具有别样的意义。

2004 年 12 月 3 日，濯锦江畔

参考文献

原始档案

国立成都高等师范学校档案（四川大学档案馆）：第6、32、33、46、68、71、134—137卷

国立成都师范大学档案（四川大学档案馆）：全宗

国立成都大学档案（四川大学档案馆）：全宗

公立四川大学档案（四川大学档案馆）：全宗

国立四川大学档案（四川大学档案馆）：第1—9、13—28、32、34—44、46、49、50、52—56、62、63、76、83、85—87、89、92、97—100、109、114、115、120—122、124—128、131、133、135—141、170—175、178、186—189、195、202、204、206、221—225、439、488、493—502、507、520—525、575—577、582、594—597、628、629、693、695、696、720、763、764、852、854、912—922、948、1223—1229、1252、1255—1258、1367、1370—1377、1447、1449、1454、1455、1459、1539—1545、1554、1560—1563、1577、1581—1585、1594—1605、1655、1675、1685—1687、1730—1735、1771、1782、1784—1801、1828、1829、1859—1890、1892、1893—1898、1915—1940、2012、2013、2022—2027、2076、2081、2082、2113、2114、2117、2121—2124、2141—2157、2475、2515—2522、2531—2538、2546、2549—2555、

2560、2572、2601—2623、2629—2637、2640—2644、2648—2666、2912、3099—3107 卷

国民政府教育部档案（中国第二历史档案馆）：全宗号5，第1975、2607、2706、2952、3587、6759宗

朱家骅档案（台湾中研院近代史研究所）：154—1

报刊

《北京大学四川同乡会会刊》

《北平晨报》

《成都工商时报》

《成都国民日报》

《成都快报》

《川报》

《独立评论》

《复兴日报》

《国立成都大学第五周年纪念会特刊》

《国立成都大学旅沪同学会会刊》

《国立成都大学校报》

《国立成都大学一览》，1931年

《国立成都师范大学校报》

《国立成都师范大学一览》，1931年

《国立四川大学一览》，1935年

《国立四川大学周刊》

《国民公报》

《华西日报》

《建设日报》

《力文》（成都）

《民声报晚刊》

《商务日报》

《社会日报》

《蜀评月刊》

《蜀社社刊》

《四川教育公报》

《四川日报》

《文学丛刊》（国立成都大学）

《现代教育》（国立成都大学）

《现代评论》

《新川报》

《新民报》（成都版）

《新民报》（南京版）

《新四川月刊》

《兴中日报》

其他史料

艾西由、李宋、徐庆坚：《回忆一九　　三五年华大反逮捕斗争》，《成都文

史资料选辑》第 7 辑，1984 年

陈大齐：《自述》，国史馆编：《国史馆现藏民国人物传记史料汇编》第 2 辑，国史馆，1989 年

陈立夫：《程天放兄逝世二十周年纪念》，《传记文学》第 51 卷第 5 期

陈立夫：《成败之鉴——陈立夫回忆录》，台湾正中书局，1994 年

陈铭德、邓季惺：《〈新民报〉二十年》，《文史资料选辑》第 63 辑，中国文史出版社，1986 年

陈三井：《熊丸先生访问记录》，李郁青记录，中研院近代史研究所，1998 年

陈雁翚：《对〈回忆华西日报〉一文的几点质疑》，四川省政协文史资料研究委员会编：《四川省文史资料选辑》第 44 辑，四川人民出版社，1995 年

陈寅恪：《吾国学术之现状及清华之职责》，《金明丛稿二编》，生活·读书·新知三联书店，2001 年

陈祖武：《记成都〈新新新闻〉》，《四川文史资料选辑》第 24 辑，四川人民出版社，1981 年

程靖宇：《记北京大学第一位女教授陈衡哲》，收《新文学家回想录》（与陈从周《徐志摩年谱》合刊本），沈云龙主编《近代中国史料丛刊续编》第 954 辑，台湾文海出版有限公司

程千帆：《桑榆忆往》，上海古籍出版社，2000 年

蔡元培：《蔡元培文集》第 14 卷，台湾锦绣出版事业股份有限公司，1995 年

崔宗复：《张澜先生年谱》，重庆出版社，1985 年

存萃学社：《章炳麟传记汇编》，香港大东图书公司，1978 年

戴家祥：《戴家祥自述》，收高增德、丁东编：《世纪学人自述》第 3 卷，北京十月文艺出版社，2000 年

悼念魏时珍先生纪念文集编辑组：《魏时珍先生纪念文集》，1993 年，自印

邓胥功：《拒绝程天放与川大迁峨眉》，四川省政协、四川省省志编辑委员会编：《四川文史资料选辑》第 13 辑，1964 年

冯思刚：《周翔传略》，《巴蜀史志》1992 年第 2 期

冯友兰：《三松堂自序》，人民出版社，1998 年

复旦大学校史编写组：《复旦大学志》第一卷（1905—1949），复旦大学出版社，1985 年

傅斯年：《历史语言研究所工作之旨趣》，收《史料论略及其他》，辽宁教育出版社，1997 年

高觉敷：《高觉敷自述》，收高增德、丁东编：《世纪学人自述》第1卷，北京十月文艺出版社，2000年

高平叔：《蔡元培年谱长编》第3卷，人民教育出版社，1999年

高兴亚：《冯玉祥与刘湘的秘密往来》，全国政协文史资料委员会：《文史资料选辑》第42辑，中国文史出版社，1986年

国际联盟教育考察团：《国际联盟教育考察团报告书》，沈云龙主编《近代中国史料丛刊三编》第11辑，台湾文海出版有限公司

郭沫若：《郭沫若全集》文学编第11、12卷，人民文学出版社，1992年

耿云志：《胡适遗稿及秘藏书信》，黄山书社，1994年

龚谨述：《蒙文通先生传略》，蒙默编：《蒙文通学记》，生活·读书·新知三联书店，1993年

国史馆：《程天放先生事略》，《国史馆现藏民国人物传记史料汇编》第1辑，国史馆，1988年

国史馆：《何鲁之先生事略》，《国史馆现藏民国人物传记史料汇编》第8辑，国史馆，1993年

国史馆：《余又荪先生事略》，《国史馆现藏民国人物传记史料汇编》第7辑，国史馆，1992年

胡光麃：《波逐六十年》，联经出版事业公司，1992年

胡　适：《胡适的日记》，中国社会科学院近代史研究所中华民国史研究室编，香港中华书局，1985年

胡　适：《胡适学术文集·教育》，姜义华编，中华书局，1998年

胡先骕：《胡先骕文存》上卷，江西高校出版社，1995年

黄季陆：《国立四川大学——长校八年的回忆》，收《黄季陆先生论学论政文集》第3册，国史馆，1986年

黄季陆：《无比的哀痛——悼念程天放先生》，收《黄季陆先生论学论政文集》第3册

黄稚荃：《向楚对辛亥革命及教育学术之贡献》，收《杜邻存稿》，四川人民出版社，1990年

姜亮夫：《忆成都高师》，《学术集林》卷二，上海远东出版社，1994年

姜亮夫：《姜亮夫自述》，收高增德、丁东编：《世纪学人自述》第2卷，北京十月文艺出版社，2000年

柯　召：《自述》，中国科学院学部联合办公室编：《中国科学院院士自述》，上海教育出版社，1996年

朗格诺瓦、瑟诺博司：《史学原论》，李思纯译述，任鸿隽校订，商务印

书馆，1931 年

李德琬：《鱼藻轩中涕泪长——记李哲生一九二六年晋谒王国维先生》，王元化主编：《学术集林》卷11，上海远东出版社，1997 年

李德琬：《记陈寅恪遗墨》，《学术集林》卷13，上海远东出版社，1998 年

李德琬：《吴宓与李哲生》，《新文学史料》2002 年第 2 期

李恩绩：《爱俪园梦影录》，生活·读书·新知三联书店，1984 年

李 璜：《学钝室回忆录》，上册（增订本），香港明报出版社，1979 年

李 眉：《李劼人年谱》，《新文字史料》1992 年第 2 期。

李义彬：《中国青年党》，中国社会科学出版社，1982 年

李有为：《黄季陆略历及长川大建树》，《成都文史资料选辑》总第 19 辑

李约瑟：《川西的科学（二）生物学和社会科学》，《李约瑟游记》，贵州人民出版社，1999 年

廖友陶：《张澜兴建的民主与科学堡垒国立成都大学》，《四川地方志通讯》1986 年第 2 期

冷寅东：《刘湘、刘文辉争霸四川的几次战争》，全国政协文史资料委员会编：《文史资料选辑》第 10 辑，中国文史出版社，1986 年

刘恩义：《周太玄传》，四川科技出版社，1992 年

刘文辉：《走到人民阵营的历史道路》，全国政协文史资料研究委员会编：《文史资料选辑》第 33 辑，中国文史出版社，1986 年

卢作孚：《卢作孚文集》，凌耀伦、熊甫编，北京大学出版社，1999 年

罗元晖：《考据学家向宗鲁》，《成都文史资料》总第 19 辑

罗宗文：《张澜先生办成都大学》，《文史杂志》1999 年第 6 期

罗宗文先生口述记录，2001 年 4 月 1 日、9 月 9 日

毛 坤：《毛坤图书馆学档案学文选》，梁建洲、廖洛刚、梁鳣如编，四川大学出版社，2000 年

米庆云：《国立成都大学兴废记略——从成大、成高的纠纷到成大、师大、川大的合并》，四川省政协、省志编辑委员会编：《四川文史资料选辑》第 8 辑，四川人民出版社，1963 年

缪彤希：《张文湘与伏令夏橙》，江安县政协文史资料研究委员会编：《江安文史资料选辑》第 5 辑，1991 年

闵震东先生口述记录，2002 年 4 月 2 日

南开大学经济研究所经济史研究室：

《中国近代盐务史资料选辑》第1卷，南开大学出版社，1985年

彭迪先：《我的回忆与思考》，四川人民出版社，1992年

钱昌照：《钱昌照回忆录》，中国文史出版社，1998年

钱基博：《答诸生论大学》，《中国文化》第14期，生活·读书·新知三联书店，1996年

钱　穆：《再论中国传统文化中之士》，收《国史新论》，生活·读书·新知三联书店，2001年

钱　穆：《中国历史研究法》，生活·读书·新知三联书店，2001年

钱　穆：《漫谈新旧文学》，收《中国文学论丛》，生活·读书·新知三联书店，2002年

钱　穆：《中国史学名著》，生活·读书·新知三联书店，2001年

清华大学校史研究室：《清华大学史料选稿》第2卷（上），清华大学出版社，1991年

屈守元：《怀源小札》，收《晚初阁论著辑录》，电子科技大学出版社，2002年

任鸿隽：《记章太炎先生》，收陈平原编：《追忆章太炎》，中国广播电视出版社，1997年

任鸿隽：《科学救国之梦：任鸿隽文存》，樊洪业、张久春选编，上海

科技教育出版社、上海科学技术出版社，2002年8月

舒新城：《蜀游心影》，中华书局，1939年

舒新城：《我和教育》，龙文出版社股份有限公司，1989年

述　尧：《四川今日之大学教育》，《北京大学四川同乡会会刊》，创刊号，1934年

四川大学校史办公室：《川大英烈》，成都科技大学出版社，1999年

四川省文史研究馆：《四川军阀史料》第4辑，四川人民出版社，1987年

四川省政协文史资料研究委员会、四川省文史馆：《四川近现代文化人物》，四川人民出版社，1989年

四川省政协文史资料研究委员会、四川省文史馆：《四川近现代文化人物续编》，四川人民出版社，1989年

四川省政协文史资料研究委员会、四川省文史馆：《四川近现代文化人物（第三编）》，四川人民出版社，1995年

唐德刚：《胡适口述自传》，华东师范大学出版社，1993年

唐端正：《唐君毅先生年谱》，《唐君毅全集》第29卷，台湾学生书局，1991年

唐振常：《唐振常自述》，收高增德、

丁东编：《世纪学人自述》第6卷，北京十月文艺出版社，2000年

唐振常：《武化世界》，《万象》第1卷第5期，辽宁教育出版社，2000年

陶亮生：《先师向仙乔先生言行忆录》，《成都文史资料》第19辑

陶英惠：《任鸿隽与中国科学社》，《传记文学》，第24卷第6期

童恩正：《冯汉骥小传》，收《冯汉骥考古学论文集》，文物出版社，1985年

王伏熊：《合并国立大学》，《独立评论》第185号

王利器：《往日心痕——王利器自述》，山西人民出版社，1997年

王利器：《李庄忆旧》，中研院史语所编：《新学术之路——中央研究院历史语言研究所七十周年纪念文集》下册，中研院史语所，1998年

王利器：《王利器自述》，收高增德、丁东编《世纪学人自述》第4卷，北京十月文艺出版社，2000年

王世杰：《王世杰日记》第1册，中研院近代史研究所，1990年

王叙五：《自述》，四川师范学院等编：《王叙五遗作选》，自印，出版年月不详

王兆荣：《关于一九一八年我国留日学生反帝救国团的回忆》，秀山县政协文史资料研究委员会编：《秀山文史资料》第3辑

翁文灏：《翁文灏日记选》，史丽克整理，《近代史资料》总104号，中国社会科学出版社，2002年

汪潜：《反对程天放作川大校长》，《四川文史资料选辑》第13辑

吴成芳：日记手稿（四川大学历史系孙锦泉教授藏）

吴芳吉：《吴芳吉集》，贺远明、吴汉骧、李坤栋编，巴蜀书社，1994年

吴天墀：《后记》，《吴天墀文史存稿》，四川大学出版社，1998年

吴天墀先生口述记录，2000年10月31日

吴虞：《吴虞集》，赵清、郑城编，四川人民出版社，1985年

吴虞：《吴虞日记》下册，中国革命博物馆整理，四川人民出版社，1986年

吴玉章：《吴玉章回忆录》，中国青年出版社，1978年

向楚：《空石居诗存》，四川大学出版社，1988年

向在淞：《前川大文学院长向楚》，《成都文史资料》第19辑

萧公权：《问学谏往录》，学林出版社，1997年

萧铮：《忆南昌程天放兄》，《传记文学》第51卷第5期

谢增寿、康大寿：《张澜传略》，档案出版社，1992年

熊　复：《熊复文集》第1卷，红旗出版社，1992年

熊　伟：《恩师张颐》，收《自由的真谛——熊伟文选》，中央编译出版社，1997年

晏阳初：《平民教育运动的回顾与前瞻》，收《告语人民》（与赛珍珠《告语人民》合刊本），宋恩荣编，广西师范大学出版社，2003年

杨昌济：《杨昌济文集》，王兴国编，湖南教育出版社，1983年

杨静远：《让庐日记》，武汉大学出版社，2003年

杨明照：《杨明照自述》，收高增德、丁东编《世纪学人自述》第3卷

杨士衡：《化学家杨秀夫教授》，四川省政协文史资料研究委员会编：《四川文史资料选辑》第46辑，四川人民出版社，2001年

姚昌瑞教授采访记录，2002年4月10日

易劲秋：《忆成都》，《川康渝文物馆年刊》1997年

曾　琦：《曾琦先生文集》，陈正茂、黄欣同、梅渐浓编，中研院近代史所，1993年

张惠昌：《四川军阀混战中的"善后会议"》，四川省文史研究馆编：《四川军阀史料》第4辑，四川人民出版社，1987年

张孟闻：《任鸿隽先生传略》，《科学》第38卷第1期，1986年3月

张朋园、杨翠华、沈松侨：《任以都先生访问记录》，潘光哲记录，中研院近代史研究所，1993年

张文达：《忆朱光潜先生》，《辅仁校友通讯》第20期

张文达：《张颐年谱》，收侯成亚、张桂权等编：《张颐论黑格尔》，四川大学出版社，2000年

张文湘：《张文湘自传》，未刊稿，1991年（张文达先生提供）

赵慧芝：《任鸿隽年谱》，《中国科技史料》第9卷第2期、第4期；第10卷第1期、第3期

赵俪生：《篱槿堂自叙》，上海古籍出版社，1999年

赵星洲：《回忆〈华西日报〉》，四川省政协文史资料研究委员会编：《四川省文史资料选辑》第40辑，四川人民出版社，1992年

赵振铎：《音韵文字世家二三事》，张家钊整理，《当代史研究》2003年第3期

甄克斯：《社会通诠》，严复译，商务印书馆，1981年

郑桂仁：《向楚先生传》，《川康渝文物馆年刊》1990年

中共重庆地委：《重庆地委向中共中央的报告——四川各派军阀动态》，收周勇主编《杨闇公纪念集》，重庆出版社，1993 年

中国第二历史档案馆：《中华民国史档案史料汇编》第 3 辑"教育"，江苏古籍出版社，1991 年

中国第二历史档案馆：《中华民国史档案史料汇编》第 5 辑第 1 编"教育（一）"，江苏古籍出版社，1994 年

中国科学社：《赴川考察团在成都大学演说录》，《科学》第 15 卷第 7 期

中国人民政治协商会议西南地区文史资料协作会议：《抗战时期内迁西南的高等院校》，贵州民族出版社，1988 年

中国社会科学院近代史研究所中华民国史研究室：《胡适来往书信选》，香港中华书局，1983 年

钟树梁：《川大 7 年求学记》，张家钊整理，《当代史研究》2003 年第 3 期

周传儒：《自传》，北京图书馆《文献》编辑部、吉林省图书馆学会会刊编辑部编：《中国当代社会科学家》第 2 辑，书目文献出版社

周辅成：《我所亲历的 20 世纪》，收《论人和人的解放》，华东师范大学出版社，1997 年

周辅成：《平凡的一生》，北京图书馆《文献》编辑部、吉林省图书馆学会会刊编辑部编：《中国当代社会科学家》第 3 辑，书目文献出版社，1983 年

周辅成：《周辅成自述》，收《世纪学人自述》第 4 卷，北京十月文艺出版社

周开庆：《民国四川人物传记》，台湾商务印书馆，1966 年

朱光潜：《致周扬》，《朱光潜全集》第 9 卷，安徽教育出版社，1996 年

朱光潜：《自我检讨》，《朱光潜全集》第 9 卷

竺可桢：《竺可桢日记》第 1 册，人民出版社，1984 年

研究著作

埃马纽埃尔·勒华拉杜里：《蒙塔尤：1294—1324 年奥克西坦尼的一个山村》，许明龙、马胜利译，商务印书馆，1997 年

安东尼·吉登斯：《民族—国家与暴力》，胡宗泽、赵力涛译，生活·读

书·新知三联书店，1998 年

保尔·汤普逊：《过去的声音——口述史》，覃方明、渠东、张旅平译，辽宁教育出版社、牛津大学出版社，2000 年

彼得·伯克：《历史学与社会理论》，姚朋、周玉鹏等译，上海人民出版社，2001 年

陈平原：《中国现代学术之建立——以章太炎、胡适之为中心》，北京大学出版社，1998 年

陈能志：《战前十年中国大学教育经费问题》，《历史学报》第 11 期，1983 年 6 月

陈能志：《战前十年中国的大学教育（1927—1937）》，台湾商务印书馆，1990 年

陈三井：《民初西南大学之倡设与弃置》，《中央研究院近代史研究所集刊》第 19 期

程美宝：《地域文化与国家认同——晚清以来"广东文化"观的形成》，收杨念群编：《空间·记忆·社会转型——"新社会史"研究论文精选集》，上海人民出版社，2001 年

程美宝：《由爱乡而爱国：清末广东乡土教材的国家话语》，《历史研究》2003 年第 4 期

杜恂诚：《民国时期的中央与地方财政划分》，《中国社会科学》1998 年第 3 期

杜赞奇：《文化、权力与国家——1900—1942 年的华北农村》，王福明译，江苏人民出版社，1995 年

厄内斯特·盖尔纳：《民族与民族主义》，韩红译，中央编译出版社，2002 年

方光伟：《民国私立大学的兴衰》，《教育史研究》1993 年第 2 期

费孝通：《乡土中国》，生活·读书·新知三联书店，1985 年

费正清、费维恺：《剑桥中华民国史》，中译本，中国社会科学出版社，1994 年

弗里曼、毕克伟、赛尔登：《中国乡村，社会主义国家》，社会科学文献出版社，2002 年

顾学稼、林霨、伍宗华：《中国教会大学史论丛》，成都科技大学出版社，1994 年

郭颖颐：《中国现代思想中的唯科学主义（1900—1950）》，雷颐译，江苏人民出版社，1995 年

胡奇光：《中国小学史》，上海人民出版社，1987 年

黄福庆：《近代中国高等教育研究——国立中山大学》，中研院近代史所，1988 年

黄宗智：《华北农村的小农经济与社

会变迁》，中华书局，2000年

季啸风：《中国高等教育变迁》，华东师范大学出版社，1992年

贾晓慧：《〈大公报〉与中国20世纪30年代的现代化运动》，《近代史研究》2001年第6期

江　铭：《教育史研究的回顾与展望》，《教育史研究》1997年第2期

金耀基：《大学之理念》，生活·读书·新知三联书店，2001年

金以林：《南京国民政府发展大学教育述论》，《中国社会科学院近代史研究所青年学术论坛》（1999年卷），社会科学文献出版社，2000年

金以林：《近代中国大学研究：1895—1949》，中央文献出版社，2000年

金以林、丁双平：《大学史话》，社会科学文献出版社，2000年

卡特林娅·萨里莫娃、欧文·V.约翰宁迈耶：《当代教育史研究与教学的主要趋势》，方晓东等译，教育科学出版社，2001年

克利福德·格尔兹：《深描：迈向文化的阐释理论》，收《文化的解释》，纳日碧力戈等译，上海人民出版社1999年

匡珊吉、杨光彦：《四川军阀史》，四川人民出版社，1991年

雷蒙德·弗思：《人文类型》，费孝通译，商务印书馆，1991年

李达嘉：《民国初年的联省自治运动》，台湾弘文馆，1986年

李　涵：《缪秋杰与民国盐务》，中国科学技术出版社，1990年

李润苍：《章太炎与四川》，收《论章太炎》，四川人民出版社，1985年

李书磊：《村落中的国家——文化变迁中的乡村学校》，浙江人民出版社，1999年

李正心：《论光复时期台湾高等教育祖国化》，《教育史研究》1998年第4期

刘海峰：《高等教育史研究之探讨》，《教育史研究》1997年第2期

刘　伟：《晚清"省"意识的变化与社会变迁》，《史学月刊》1999年第5期

刘正伟：《论大学区制的试行及其对普通教育的影响》，《教育史研究》1999年第3期

罗志田：《胡适传——再造文明之梦》，四川人民出版社，1995年

罗志田：《权势转移：近代中国的思想、社会与学术》，湖北人民出版社，1999年

罗志田：《二十世纪的中国思想与学术掠影》，广东教育出版社，2001年

罗志田：《乱世潜流：民族主义与民

国政治》，上海古籍出版社，2001年

罗志田：《走向国学与史学的"赛先生"——五四前后中国人心目中的"科学"一例》，《近代史研究》2000年第3期

罗志田：《古今与中外的时空互动：新文化运动时期关于整理国故是思想论争》，《近代史研究》2000年第6期

罗志田：《中国文艺复兴之梦：从清季的"古学复兴"到民国的"新潮"》，《汉学研究》（台北），第20卷第1期，2002年6月

罗志田：《国家与学术：清季民初关于"国学"的思想论争》，生活·读书·新知三联书店，2003年

罗志田、葛小佳：《东风与西风》，生活·读书·新知三联书店，1998年

吕芳上：《从学生运动到运动学生：民国八年至十八年》，中研院近代史研究所，1994年

苗春德、吕云飞：《河南省教育史学科：1978—1996》《教育史研究》1997年第2期

彭通湖：《四川近代经济史》，西南财经大学出版社，2000年

商丽浩：《政府与社会：近代公共教育经费配置研究》，河北教育出版社，2001年

沈怀玉：《从图书馆走向历史研究：苏云峰先生的学术生涯与成就》，《近代中国史研究通讯》，28期

桑　兵：《清末新知识界的社团与活动》，生活·读书·新知三联书店，1995年

桑　兵：《晚清学堂学生与社会变迁》，生活·读书·新知三联书店，1995年

桑　兵：《晚清民国的国学研究》，上海古籍出版社，2001年

施幼贻：《吴芳吉评传》，重庆出版社，1988年

四川大学校史编写组：《四川大学史稿》，四川大学出版社，1985年

四川省人民政府参事室、四川省文史研究馆：《川康实力派与蒋介石》，四川大学出版社，1993年

宋良曦、钟长永：《川盐史论》，四川人民出版社，1990年

苏云峰：《从清华学堂到清华大学（1911—1929）：近代中国高等教育研究》，生活·读书·新知三联书店，2001年

苏云峰：《从清华学堂到清华大学（1928—1937）：近代中国高等教育研究》，生活·读书·新知三联书店，2001年

苏云峰：《私立海南大学（1947—1950）：近代中国高等教育研究》，

中研院近代史所，1990 年

陶飞亚、吴梓明：《基督教大学与国学研究》，福建教育出版社，2000年

陶英惠：《蔡元培与大学院》，《中央研究院近代史研究所集刊》第 3 期

王炳昌：《教育史》，收曾业英主编《五十年来的中国近代史研究》，上海书店出版社，2000 年

王东杰：《国中的"异乡"：二十世纪二三十年代旅外川人认知中的全国与四川》，《历史研究》2002 年第 3 期

王东杰：《"回到听讼现场"》，《中国图书商报·书评周刊》2002 年 7 月 4 日

王尔敏：《戊戌湖南客籍人士对于地方思潮的启发》，《国立台湾师范大学历史学报》，第 5 期，1976 年

王汎森：《中国近代思想与学术的系谱》，联经出版事业股份有限公司，2003 年

王健文：《校史叙事观点的再思考》，《新史学》第 14 卷第 3 期，2003 年

王　柯：《民族与国家：中国多民族统一国家思考的系谱》，中国社会科学出版社，2001 年

王伦信：《台湾地区的中国教育史研究概况》，《教育史研究》1997 年第 4 期

王铭铭：《村落视野中的文化与权力》，生活·读书·新知三联书店，1997 年

王铭铭：《社会人类学与中国研究》，生活·读书·新知三联书店，1997年

王铭铭：《教育空间的现代性与民间观念——闽台三村初等教育的历史轨迹》，《王铭铭自选集》，广西师范大学出版社，2000 年

王挺之：《欧洲中世纪的教育》，《四川大学学报》（哲学社会科学版）2001 年第 3 期

王续添：《经济·文化·外力——民国地方主义成因探析》，《教学与研究》1999 年第 3 期

王续添：《民国时期的地方心理观念论析》，《史学月刊》1999 年第 4 期

王玉娟：《民国川政统一初期（1935—1939 年）基层行政人员的任用》，四川大学历史文化学院硕士学位论文，2001 年，未刊

王玉娟：《刘湘政府（1935—1938）对川省基层行政人员的任用倾向》，《四川大学学报》（哲学社会科学版），2002 年第 4 期

王忠欣：《基督教与中国近现代教育》，湖北教育出版社，2000 年

吴家莹：《中华民国教育政策发展史：国民政府时期（1925—

1940）》，台湾五南图书出版公司，1990 年

吴振汉：《国民政府时期的地方派意识》，台湾文史哲出版社，1992 年

谢长法：《任鸿隽的实业教育思想》，《教育与职业》1999 年第 8 期

谢长法：《借鉴与融合：留美学生抗战前教育活动研究》，河北教育出版社，2001 年

熊明安：《中国高等教育史》，重庆出版社，1988 年

许国春：《对近年中国教育史研究之研究》，《教育史研究》1997 年第 4 期

许丽梅：《民国时期四川"五老七贤"述略》，四川大学硕士学位论文，2003 年，未刊

雅克·勒戈夫：《中世纪的知识分子》，商务印书馆，1999 年

杨翠华：《中基会对科学的赞助》，中研院近代史研究所，1991 年

杨翠华：《任鸿隽与中国近代的科学思想与事业》，《中央研究院近代史研究所集刊》第 24 期（上），1995 年 6 月

杨天宏：《基督教与近代中国》，四川人民出版社，1994 年

杨天石：《卢沟桥事变前后蒋介石的对日谋略》，《近代史研究》2001 年第 2 期

杨天石：《曹任远与胡汉民的"新国

民党"——读谢幼田未刊稿〈谢慧生先生年谱长编〉》，收《海外访史录》，社会科学文献出版社，1998 年

易劳逸：《1927—1937 年国民党统治下的中国：流产的革命》，陈谦平等译，中国青年出版社，1992 年

应　星：《大河移民上访的故事》，生活·读书·新知三联书店，2001 年

于进胜：《中国教育史研究中的一个方法论问题》，《教育史研究》1997 年第 2 期

余科杰：《张澜评传》，群言出版社，2002 年

曾业英：《论一九二八年的东北易帜》，《历史研究》2003 年第 2 期

中研院近代史研究所：《抗战前十年国家建设史研讨会论文集（1928—1937）》，中研院近代史研究所，1984 年

中研院近代史研究所：《中华民国历史与文化讨论集》，中研院近代史研究所，1984 年

中研院近代史研究所：《认同与国家：近代中西历史的比较论文集》，中研院近代史研究所，1994 年

张　剑：《1940 年的中央研究院院长选举》，《档案与史学》1999 年第 2 期

张太原：《自由主义者与马克思主义：〈独立评论〉对中国共产党的态度》，《历史研究》2002 年第 4 期

张宪文、陈兴唐、郑会欣：《民国档案与民国史学术讨论会论文集》，档案出版社，1988年

章开沅、马敏：《基督教与中国文化丛刊》，湖北教育出版社，2000年

章　清：《"学术社会"的建构与知识分子的"权力网络"》，《历史研究》2002年第4期

周　川：《任鸿隽的教育思想及办学实践》，《高教与人才》，1994年第2期

周谷平：《教育史学科建设刍议》，《教育史研究》1997年第2期

周予同：《中国现代教育史》，上海良友图书印刷公司，1934年，上海书店《民国丛书》影印本

朱维铮：《基督教与近代文化》，上海人民出版社，1994年

外文研究著作

Anderson, Benedict. *Imagined Communities: Reflections on the Origin and Spread of Nationalism*, Thetford Press Limited, 1983

Burke, Peter. (ed.) *New Perspectives on Historical Writing*, The Pennsylvania State University Press, 1995

Fitzgerald, John. Warlords, Bullies, and State Building in Nationalist China: The Guangdong Cooperative Movement, 1932—1936, *Modern China*, Vol.23 No.4

Hobsbawm, E. J. The Revival of Narrative: Some Comments, *Past and Present*, No.86

Horowitz, Richard S. State Making Theory and the Study of Modern Chinese History, 《近代中国史研究通讯》第19期

Israel, John. *Student Nationalism in China, 1927 — 1937*, Stanford University Press, 1960

Kapp, Robert A. *Szechwan and the Chinese Republic: Provincial Militarism and Central Power, 1911—1938*, Yale University Press, 1973

Levich, Eugene William. *The Kwangsi Way in Kuomintang China, 1931—1939*, M.E.Sharpe, Inc., 1993

Stone, Lawrence. The Revial of Narrative: The Reflections on a New Old History, *Past and Present*, No.85

重要人名索引

出版后记

当前，在海内外华人学者当中，一个呼声正在兴起——它在诉说中华文明的光辉历程，它在争辩中国学术文化的独立地位，它在呼喊中国优秀知识传统的复兴与鼎盛，它在日益清晰而明确地向人类表明：我们不但要自立于世界民族之林，把中国建设成为经济大国和科技大国，我们还要群策群力，力争使中国在 21 世纪变成真正的文明大国、思想大国和学术大国。

在这种令人鼓舞的气氛中，三联书店荣幸地得到海内外关心中国学术文化的朋友们的帮助，编辑出版这套《三联·哈佛燕京学术丛书》，以为华人学者们上述强劲呼求的一种纪录，一个回应。

北京大学和中国社会科学院的一些著名专家、教授应本店之邀，组成学术委员会。学术委员会完全独立地运作，负责审定书稿，并指导本店编辑部进行必要的工作。每一本专著书尾，均刊印推荐此书的专家评语。此种学术质量责任制度，将尽可能保证本丛书的学术品格。对于以季羡林教授为首的本丛书学术委员会的辛勤工作和高度责任心，我们深为钦佩并表谢意。

推动中国学术进步，促进国内学术自由，鼓励学界进取探索，是为三联书店之一贯宗旨。希望在中国日益开放、进步、繁盛的氛围中，在海内外学术机构、热心人士、学界先进的支持帮助下，更多地出版学术和文化精品！

生活·读书·新知三联书店

一九九七年五月

三联·哈佛燕京学术丛书

一至八辑书目

三联书店

三联书店

三联书店